Calvin Cozym

Die Chroniken

von Mytlaghyr

Hexenjagd

AF191626

Fantasyroman

Calvin Cozym

Die Chroniken

von Mytlaghyr

Hexenjagd

CALVIN COZYM
FANTASY

Impressum

Bibliografische Information der Deutschen Nationalbibliothek:
Die Deutsche Nationalbibliothek verzeichnet diese Publikation in
der Deutschen Nationalbibliografie; detaillierte bibliografische
Daten sind im Internet über http://dnb.dnb.de abrufbar.

© 2024 Calvin Cozym
Verlag: BoD • Books on Demand GmbH, In de Tarpen 42,
22848 Norderstedt
Druck: Libri Plureos GmbH, Friedensallee 273, 22763 Hamburg
ISBN: 978-3-7583-4273-8

©2024 überarbeitete Neuauflage (Erstauflage erschien 2021 im
Hybrid Verlag)

Lektorat: Senta Hermann, Antonia Grafweg

Korrektorat: Johannes Eickhorst

Coverdesign: Magical Cover Design, Giuseppa Lo Coco

Karte: Margo Wendt

Cover Fortellas Geschichten: Jennifer Schattmaier – Schattmaier-
Design

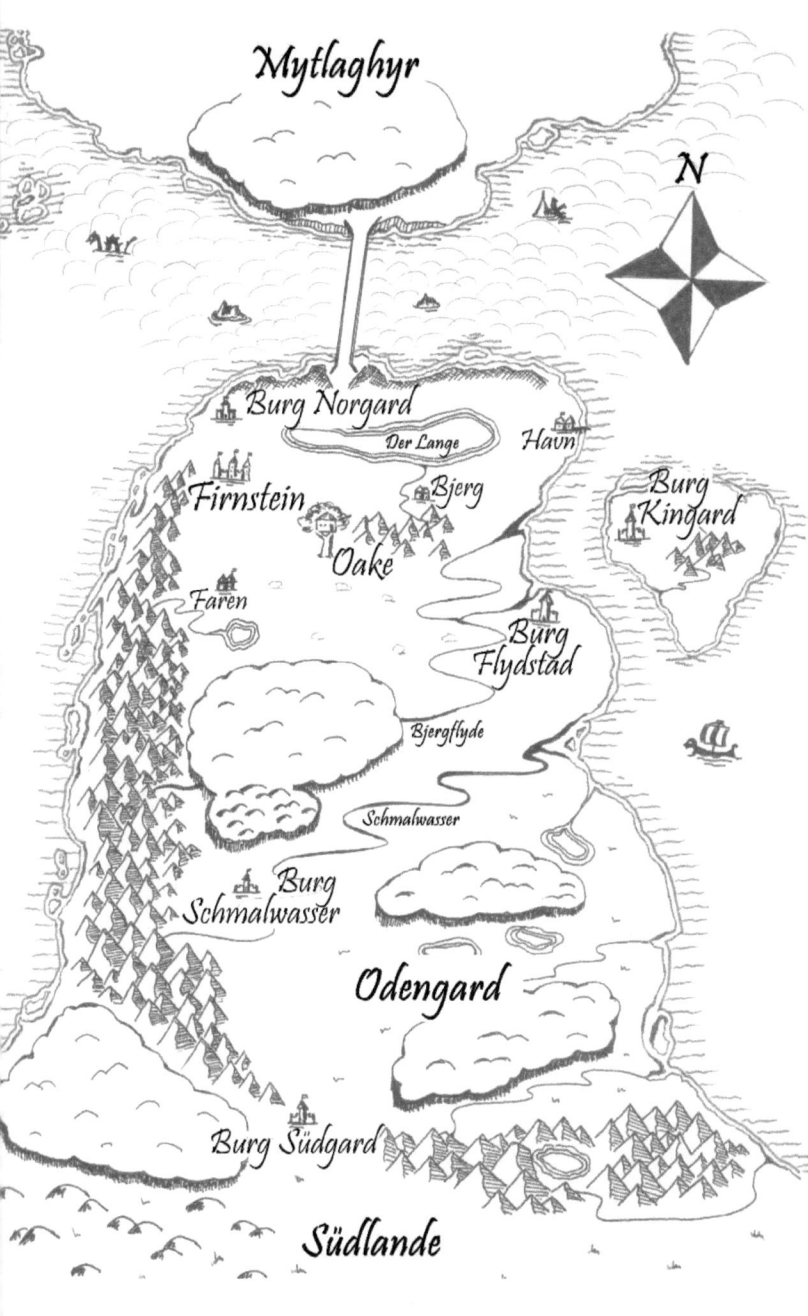

Der Tod ist der größte Magier von allen!
Er findet jedes Geschöpf,
egal wie gut es sich zu verstecken vermag.
Er gewinnt den Kampf gegen
den stärksten Krieger mit Leichtigkeit
Er erlöst die unheilbar Kranken
sogar von ihren übelsten Leiden.
Er vermag es wie kein anderer,
plötzlich und unerwartet zu erscheinen.
Er kündigt sich an, ohne ein Wort zu verlieren.
Er ist gerecht und ungerecht zur gleichen Zeit.
Er ängstigt und fasziniert in gleichen Teilen.
Er überdauert selbst die Unendlichkeit.
Er ist unsichtbar und doch allgegenwärtig.

(Auszug aus den Lehren des Deadaed)

Kein einziger Laut

Ferodil

Aus seinem Versteck heraus beobachtete er sie. Die Sonne ging gerade auf und die noch langen Schatten machten es ihm leicht, sich zu verbergen. Seine Augen folgten dem hübschen Menschenkind, wie es mit der Hüfte schwingend vorbeischritt. Es war ganz allein mit seinen zwei Eimern auf dem Weg zum Bach. Einem kleinen Rinnsal, welches ihr Dorf mit Wasser versorgte. Sie lief nur wenige Schritte entfernt an ihm vorbei, doch sie bemerkte ihn im Schatten der Bäume nicht.

Wie sollte sie auch? Er grinste selbstgefällig. Schließlich war er schon seit ewigen Zeiten ein Meister der Tarnung, ein Spion, und vor allem war er eines: ein Jäger.

Völlig ahnungslos tauchte sie den ersten Eimer ins kühle Nass, wie an jedem Morgen seit seiner Ankunft. Er beobachtete das Dorf schon einige Tage. Spähte sie seither jeden Tag aus. Der Ort wirkte im Vergleich zu anderen Dörfern in diesem Teil Odengards recht groß.

Ihre Pflicht erfüllend würde sie die Wassereimer ins Haus ihrer Ziehmutter bringen. Sie erschien pünktlich wie immer. Wirkte brav wie immer. Schwierigkeiten erwartete er mit ihr nicht.

Ihr Kleidersaum tauchte ins Wasser und die Nässe verdunkelte den roten Stoff, als sie den Eimer ins Moos direkt am Ufer stellte, um nach dem zweiten zu greifen. Ihr Beobachter konnte trotz der Entfernung jede einzelne der Mücken erkennen, die ihr surrend um die Ohren schwirrten.

Sie schien nicht die leiseste Ahnung zu haben, in welcher Gefahr sie schwebte. Seelenruhig schöpfte sie das Wasser aus dem Bach. Doch ihr Leben, so kostbar es sein mochte, konnte schon im nächsten Moment ein jähes Ende finden.

Achtlos strich sie sich eine widerspenstige, braune Strähne hinter ihr Ohr. Dann griff sie mit jeder Hand einen Eimer und begab sich auf den Pfad, auf dem sie hergekommen war, um nach Hause zurückzukehren. Er sah ihr an, wie das Gewicht der Eimer an ihren Armen zog. Dennoch setzte sie, ohne ein Wort der Klage, einen Fuß vor den anderen.

Ein wahrlich fleißiges Mädchen bist du.

Sie schien dabei sogar die aufgehende Frühlingssonne zu genießen, soweit ihr das bei der schweren körperlichen Arbeit überhaupt möglich war. Zumindest trug sie ein Lächeln zur Schau und blinzelte dem hellen Schein entgegen.

Die Eimer wirst du leider nicht mehr nach Hause tragen, Menschentochter. Heute wirst du kein fleißiges und braves Mädchen sein.

Er träufelte etwas Flüssigkeit aus dem kleinen grünen Fläschchen in ein Tuch, stopfte den Korken wieder in die Öffnung und steckte das Gefäß zurück in seine Tasche. Ein Geräusch verursachten seine Bewegungen nicht.

Von seinem Versteck aus erschien ihm das Ufer zu weit entfernt und zu wenig bewachsen, um sich unbemerkt anzuschleichen.

Ferodil hielt sich bereit. Das Mädchen kam langsam näher. Auch wenn er dies schon so oft getan hatte, ein gewisser Nervenkitzel blieb dennoch jedes Mal. Seine Muskeln spannten sich an unter seiner Haut. Bereit loszuschlagen, lauerte er gleich einem Raubtier auf den richtigen Moment.

Wenn sie auch nur einmal schreit, ist das gesamte Dorf binnen kürzester Zeit hier.

Angespannt blickte er in Richtung der Siedlung. Noch lag sie verträumt im morgendlichen Dunst.

Das kleine Tor in der Palisade schätzte er als etwa hundert Schritt entfernt ein.

Weit genug für sein Vorhaben. Es durfte nichts schiefgehen, sonst waren all seine Bemühungen vergebens.

Doch das blieb nicht seine einzige Sorge. Vielmehr beunruhigte den Lauernden die Erde, deren zunehmende Erschütterung er spürte, seitdem die Kleine die Eimerhenkel wieder in den Händen hielt. Erschütterungen, die das junge Ding dort drüben offenkundig noch nicht einmal wahrnahm. So unbekümmert wie sie den Weg entlanglief. Denn noch handelte es sich nur um ein kaum spürbares Beben. Er ahnte, zu welch einem bedrohlichen Donnern es schon bald heranwachsen würde.

Den Grund der Erschütterung kannte der erfahrene Spion nur zu gut.

Galoppierende Pferdehufe, die sich dem noch nicht aus dem Schlaf erwachten Dorf näherten. Mindestens ein Dutzend Reiter. Sie näherten sich unaufhaltsam, setzten ihn unter Druck.

Die schmächtige Trägerin lief geradewegs an der alten Kastanie vorbei, deren knorrige Zweige fast den Boden berührten. Wasser schwappte aus ihren Eimern. Wieder bemerkte sie den Fremden hinter dem frischen Blättergrün nicht. Lautlos und geduckt wie eine Katze, die im nächsten Moment auf eine Maus springen wollte, schlich er aus seinem Hinterhalt und betrat den schmalen Trampelpfad.

Ohne ein Wort der Warnung umklammerte er sie blitzschnell von hinten. Sein rechter Arm hielt ihren schmalen Oberkörper fest und die linke Hand drückte ihr das Tuch auf Mund und Nase.

Erschrocken ließ das Mädchen die hölzernen Eimer fallen. Auch ihr Angreifer bekam ein paar Spritzer Wasser auf seine Hose. Doch das störte ihn nicht. Zurück hielt es ihn erst recht nicht.

Sein Opfer zappelte, wollte schreien und sich losreißen. Beides verhinderten sein fester Griff und die Umklammerung. Es lief immer gleich ab. Der Angreifer kannte das nun schon zur Genüge.

Er hauchte ihr ein »Schhhh … kleines Menschenkind, wehre dich nicht. Alles wird gut« ins linke Ohr.

Natürlich wehrte sie sich noch einmal kräftig. Nichts Anderes erwartete er. Je mehr sie sich bemühte, desto mehr Luft drang in ihre Atemwege. Auf diesem Wege beschleunigte sich die Wirkung des Mittels. Vergeblich versuchte sie sich aus seinem Griff zu befreien.

»Du bist kräftiger, als du aussiehst, Mädchen. Das kommt wohl von der harten Arbeit. Aber loslassen kann ich dich leider nicht mehr.«

Die Kraft verließ ihren Körper. Schlussendlich sackte sie in sich zusammen. Die Augen geschlossen und völlig wehrlos. Bedenkenlos legte er seine Beute ab. Mitten auf dem Pfad. Das hohe Gras links und rechts des sich schlängelnden Trampelpfades machte sie unsichtbar. Dennoch durfte er nicht lange verweilen.

Er blickte in Richtung des Dorfes. Nichts außer dem Rauch aus den Schornsteinen der Behausungen war auf dem Weg zu ihnen. Der Beginn seiner Mission verlief nach Plan. Das Schicksal stand auf seiner Seite. Hastig stellte er die Eimer hinter das nächste Gebüsch und schulterte das Mädchen. Ihr Körper wog nicht allzu schwer.

Nur die frisch entstandene Pfütze blieb zurück.

Mit etwas Glück würde die Sonne den Boden trocknen lassen, bevor jemand die Kleine vermisste. Die Leute sollten ohnehin bald größere Probleme bekommen als ein verschwundenes Mädchen.

Der in grün und braun Gewandete verließ den Pfad, ohne sich nochmals umzusehen. Sein Weg führte in Richtung Westen durch den dichten Wald. Ein nahezu unberührter Hain. Er mochte den Geruch dieses Forstes. Auch wenn die Luft hier etwas stickig war, erinnerte ihn der Duft entfernt an seine Heimat.

Der Mai brach gerade an. Alles stand in einem saftigen Grün. Fast jeder Busch entfaltete seine Blüten. Der blaue Himmel und die aufsteigende Sonne versprachen warmes Wetter. Ein schöner Tag, wenn auch nicht für alle Bewohner des Landes Odengard.

Doch das berührte den Fremden nicht weiter. Ganz Odengard war dem Untergang geweiht und seine Bevölkerung schien es noch nicht mal zu wissen.

Unbeirrt strebte er seinem Ziel entgegen. Das zusätzliche Gewicht erschwerte es ihm, keine tiefen Fußabdrücke im weichen Waldboden zu hinterlassen. Machte ihn langsam und kostete ihn wertvolle Zeit. Er drang tiefer ins Unterholz ein. Schnurstracks ging er weiter in Richtung seines Verstecks, ohne einen Schweißtropfen der Anstrengung zu verlieren.

Noch während er seine Beute durch den Wald trug, hörte er aus dem Dorf kommendes Geschrei. Die große Schlacht begann also. Er schaute nicht zurück.

Dort unten tobte ein ungleicher Kampf! Schwere Reiterei und gepanzerte Fußsoldaten gegen einfache Bauern und Handwerker ohne nennenswerte Waffen. Bei den meisten von ihnen handelte es sich um Frauen, alte Männer oder Kinder. Der Sieger stand für ihn von vornherein fest. Es stellte sich nur die Frage, wie viele Opfer es geben würde.

Davor hatte er das Mädchen zumindest bewahrt. Der Anflug eines Lächelns lag auf seinem Gesicht. Die Sonne stand fast senkrecht am Himmel, als er sein Lager erreichte.

Er nickte Mira kurz zu. »Danke, dass du auf meine Sachen aufgepasst hast.« Wie immer sprach sie kein Wort.

Dieser Hügel bot eine exzellente Sicht auf das Geschehen. Die Entfernung zum Dorf, das Buschwerk und die Bäume schützten diesen Ort vor einer Entdeckung aus der Ferne.

Ihr Lager befand sich auf halber Höhe des Hügels inmitten einer kleinen Lichtung. Ein idealer Aussichtspunkt. Es gab keinen besseren Fleck in dieser Gegend für sein Vorhaben.

Die Bewusstlose setzte er an eine kerzengerade alte Kiefer, legte ihre Hände an beiden Seiten des Stammes vorbei und fesselte sie sorgsam auf der Rückseite des Baumes.

Noch sorgsamer knebelte er ihren Mund. Denn kein Schrei von ihr durfte durch den Wald in Richtung der gepanzerten Soldaten dringen.

Er betrachtete das wehrlose Mädchen, wie sie bewusstlos am Baum lehnte. Ihr Kopf hing ihr seitlich herunter, berührte beinahe ihre rechte Schulter. Das braune Haar hing in strähnigen Locken herab. Für diese Gegend hatte sie einen erstaunlich dunklen Teint. Er wusste auch warum.

Die Wirkung des Mittels ließ langsam nach. Seine Miene verfinsterte sich. Der Entführer griff nach einem Fläschchen in seinem Rucksack. Das Gepäckstück lehnte unverändert an einem abgestorbenen Baum.

Miras Blicke folgten ihm stumm. Sie lag im Schatten der Bäume. Abseits der Gefangenen. Sie tat ihm leid, weil er sie zurückgelassen hatte, um auf das Gepäck zu achten.

Er wandte sich wieder dem Mädchen zu. Vor ihr kniend öffnete er ploppend den Verschluss des Fläschchens und hielt ihr die Öffnung des bräunlichen Gefäßes unter die Nase.

»Es ist nun an der Zeit, dich zu wecken.«

Vernichtendes Feuer

Ferodil

Die Bewusstlose begann sich langsam zu regen. Ihr Entführer wusste, dass es etwas dauern würde, bis sie die Augen öffnen und wieder ungetrübt sehen konnte. So kannte er es von jedem seiner Opfer. Mal ging es schneller, mal dauerte es etwas länger.

Er wartete ab, beobachtete sie. Das Mädchen begann, ihre Augenlider zu bewegen. Er wandte sich von ihr ab, um das Treiben im Dorf zu beobachten. Sie im Auge zu behalten, empfand er als nicht mehr notwendig. An ihren Bewegungen hörte er deutlich, wie die Betäubung langsam nachließ. Nach kurzer Zeit der Benommenheit erwachte sie vollends. Die Geräusche in seinem Rücken verrieten es ihm.

Sie versuchte sich zu befreien, doch jedweder Versuch blieb zum Scheitern verurteilt. Sie konnte nicht fliehen. Seine Fesseln hielten immer. So auch an diesem Tag.

Sein dunkelgrüner Umhang umhüllte seinen Körper. Die tief ins Gesicht gezogene Kapuze tauchte sein Antlitz in dunkle Schatten. Er gewährte ihr nur den Blick auf seine Rückseite.

»Ich weiß, dass du dich vor mir fürchtest. Unser Aufeinandertreffen habe ich mir beileibe anders vorgestellt. Dennoch blieb mir keine Wahl, als dich an diesen Ort zu verschleppen.«

Mit der Hand deutete er in Richtung des Dorfes. Mindestens dreißig bewaffnete Männer in Kettenhemden, teils sogar beritten, hielten dort unten die Bewohner in Schach.

Das Mädchen regte sich. Es schabte an der Rinde des Baumes. Der Knebel verschluckte jedes Wort, das sie hindurchzupressen versuchte.

»Du wirst es vermutlich nicht gern sehen. Doch du sollst lernen, den wahren Feind zu fürchten. Er lauert dort unten in deinem Dorf und nicht hier auf diesem Hügel.«

Mit forschendem Blick verschaffte er sich einen Überblick über die Lage, ließ dem Mädchen etwas Zeit, das Ausmaß des Überfalls zu erfassen. Einige der Behausungen brannten. Dunkler Rauch stieg in den Himmel hinauf. Der Wind trug die Schwaden als warnendes Symbol in die Welt hinaus. Von hier aus sahen die kleinen Hütten noch weniger beeindruckend aus, wie er fand. Ein typisches Menschendorf dieser Gegend lag vor ihm. Nicht mehr und nicht weniger. Nichts, worin er auch nur eine Nacht verbringen wollte. Die Rauchschwaden und die Soldaten ließen das Dorf noch ungastlicher erscheinen.

Trotz der Entfernung erkannte er, dass Verwundete und Tote auf dem Boden lagen. Sämtliche Bewohner versammelten sich in der Mitte auf einer freien Fläche. Die Angreifer umringten sie mit Armbrüsten und gezogenen Schwertern. Wer sich nicht dort befand, lag reglos in den Gassen.

»Schwer bewaffnete Krieger gegen Kinder, Frauen und Alte. Sie schrecken vor nichts zurück. Siehst du? Schau es dir genau an!«

Aus einer Hütte kam gerade noch ein Soldat spaziert.

Hinter Ferodil knarzte das Seil. Ein angestrengtes Stöhnen drang durch den Knebel. Der Strick rieb unaufhörlich über die Kiefernrinde.

»Es tut mir leid, dass wir uns auf diese Weise kennenlernen müssen«, sagte er mit einem ernstgemeinten Bedauern in der Stimme und drehte sich zu ihr, sah in ein errötetes Gesicht.

Direkt neben dem Mädchen hockte er sich hin und beobachtete weiter das Geschehen im Dorf.

»Mein Name ist Ferodil.« Seinen fremdländischen Akzent vermochte er nicht zu verbergen. Die Sprache der Menschen beherrschte er recht gut nach all seinen Reisen. Dennoch, wie seine Muttersprache würde sie auch in tausend Jahren nicht klingen.

Er spürte ihren angsterfüllten Blick, der zu ihm herüberschielte. Auch eine gehörige Portion Wut schwappte aus ihren braunen Augen. Eine gefährliche Mischung. Ferodil schlug die Kapuze zurück. Der Stoff gab sein Gesicht, seine spitzen Elfenohren und sein langes blondes Haar, welches er zu einem Zopf gebunden trug, für die Augen des Mädchens frei.

Sie versuchte zurückzuweichen. Der Baum und die Fesseln hinderten sie daran.

Ihre Augen spiegelten Angst und gleichzeitig auch ihr Erstaunen wider. Zumindest wenn er es richtig deutete.

Wieder versuchte sie etwas zu sagen. Wieder ließ es der Knebel nicht zu.

Der Elf beschloss, dies vorerst so zu belassen. Zu viel stand auf dem Spiel.

»Siehst du die Reiter und Fußsoldaten?«

Selbst an ihrem entfernten Aussichtspunkt konnte man die Anspannung und die Angst spüren, die dort unten in der Luft lag.

»Dies sind die Soldaten des Königs aus dem Süden. König Hennrich der Dritte lautet sein Name. Manche nennen ihn auch den Eroberer oder den Tapferen.« Ferodil schnaubte verächtlich. »Mit seiner Armee im Rücken wäre jeder Mensch tapfer, glaube mir. Selbst der armseligste Wurm.« In Ferodils Stimme schwang seine Verachtung mit. Seine Miene verzog sich zu einer grimmigen Fratze.

»Du erkennst seine Soldaten an dem blauen Banner mit dem gelben Sonnensymbol darauf.«

Eine kurze Pause sollte seine Worte wirken lassen. Sie sollte sich die Banner gut einprägen.

»Siehst du den Mann mit dem weißen Gewand, in der Mitte des Platzes?«

Seine eisblauen Augen schauten in ihr verschwitztes Gesicht. Sie nickte leicht.

Den Mann konnte man wahrhaftig nicht übersehen. Er versteckte sich zwar hinter den Soldaten, aber er redete auf die Leute ein. Ferodil erkannte es deutlich an dessen Gesten, auch wenn seine Worte nicht den weiten Weg zum Hügel hinauffanden.

»Das ist einer, der sich Priester nennt. Ein selbsternannter Vertreter des Einen Gottes auf Erden. Dieser seltsame Glaube verbietet jegliche Form von Hexerei oder Magie, den Glauben an andere Götter und noch vieles mehr, was euch Odengarder ausmacht.«

Er sog die Luft tief ein und fuhr mit Bitterkeit in seiner Stimme fort: »Die Zeiten der Heiler und Kräuterkundigen sind nun auch hier vorbei, fürchte ich. Elfen und Zwerge sind längst aus deinem Land verschwunden und allmählich schwindet auch sämtliche Magie. Ich werde deshalb Odengard verlassen, so schnell ich kann.« Seine Augen verengten sich und fixierten sie. »Mit dir gemeinsam!«

Sie zerrte wieder an ihren Fesseln. Daher beeilte Ferodil sich hinzuzufügen: »Keine Angst, du hast selbst die Wahl, ob du mitkommen möchtest oder stattdessen lieber zurück in dein Dorf gehst.«

Du wirst mitkommen, ob du willst oder nicht. Darüber gibt es keine Diskussion! Dein Können ist für mich von unermesslichem Wert. Es gibt nicht mehr viele Menschen deiner Art.

»Es liegt an dir«, fügte er, um einen freundlichen Tonfall bemüht, hinzu.

Er schaute wieder hinunter zum gestürmten Dorf. Gestürmt erschien ihm angesichts der Kräfteverhältnisse schon fast übertrieben. Viele der jungen Männer waren anscheinend Adolar in den Krieg gefolgt. Einem von Beginn an aussichtslosem Unterfangen angesichts der klaren Übermacht Hennrichs. Nur das Schicksal wusste, ob sie je ins Dorf zurückkehren würden.

Die verbliebenen Bewohner schienen nicht viel Gegenwehr geleistet zu haben. Selbst für Ferodil kam der morgendliche Angriff einigermaßen überraschend. Die Südländer traten um einige Tage früher auf den Plan, als er es erwartet hatte.

»Hier wirst du nirgendwo mehr sicher sein, Menschentochter. Die Anzahl der Männer dort unten verrät mir, dass sie entweder Angst vor jemandem haben oder schlicht ihre Macht demonstrieren wollen. Muss ich Angst vor dir haben?«

Er sah ihr direkt in ihre Rehaugen. Sein elfischer Blick durchbohrte sie. Furcht verspürte er nicht.

»Du ahnst nicht im Geringsten, welche Kräfte in dir schlummern. Habe ich recht?«

Ihr irritiertes Kopfschütteln und der fragende Blick genügten ihm als Antwort.

»Wirklich schade. Dabei wäre es von Vorteil, wenn du deine Fähigkeiten zumindest ein wenig beherrschen würdest. Der Weg ist lang und ganz sicher nicht ohne Gefahren. Etwas Zauberkunst hätte da nicht schaden können. Nun, sei es drum.«

Innerlich fluchte Ferodil. Es sollte einfach nicht sein Tag werden. Erst die Soldaten, die viel früher kamen, als er es erwartet hatte, dann das im Waldesgrün auffällige rote Kleid des Mädchens und nun wusste sie nicht einmal, welche Macht sie besaß. Ferodil grinste das Mädchen an, in der Hoffnung, vertrauenswürdig zu wirken. Fast schien es, als wollte sie müde zurückgrinsen. Doch der Stoff vor ihrem Mund verbarg ihre Lippen.

Sie starrte wie gebannt auf das Dorf. Denn plötzlich kam Bewegung in das Geschehen dort unten. Ein paar blaugewandete Männer begannen einen Pfahl in den Boden zu treiben. Einige andere von ihnen stapelten Feuerholz und Reisig rundherum. Dazu mengten sie etwas Stroh unter.

Kaum stand das Konstrukt, erteilte der Priester gestenreich Befehle. Einer der Soldaten gab sie an die anderen weiter. Dieser Kerl stach aus der Menge heraus. Im Gegensatz zu den anderen Kämpfern trug er einen langen blauen Umhang, der, so Ferodils Augen ihn nicht täuschten, wohl bis zum Boden reichen musste. Seinen Helm zierte ein blauer Federschmuck. Er glitt behände aus dem Sattel. Die Zügel seines Rappen drückte er ganz selbstverständlich einem der nahestehenden Fußsoldaten in die Hand.

»Der da muss ihr Anführer sein.«

Der Kerl bellte Befehle, deren Befolgung nicht lange auf sich warten ließ. Die Bewaffneten drängten die Dorfbewohner mit Waffengewalt und Fausthieben in Richtung des Holzhaufens. Am Rand des Platzes schufen sie eine Gasse zwischen der Menschenansammlung und den Bauten. Kurz darauf eilten zwei der Südländer zu einem Haus. Es befand sich in der Nähe der Holzpalisade.

Das Mädchen neben ihm konnte nicht wissen, was passieren würde, doch ihre aufgerissenen Augen verrieten Ferodil, dass sie nichts Gutes ahnte. Zu Recht, wie er aus Erzählungen wusste.

Zwei Schergen entfernten einen vor der Tür verkeilten Holzbalken und zerrten ein altes, keifendes Weib aus der Hütte. Aus der Hütte, in der das Mädchen neben ihm bis heute Morgen noch selbst gelebt hatte und aufgewachsen war. Es handelte sich um die Hütte der Dorfheilerin und Kräuterkundigen. Der Elf erinnerte sich, wie er das Mädchen und die Alte beim Aufhängen von Heilkräutern beobachtet hatte. Sie scherzten und lachten gemeinsam während der Arbeit.

Die Männer schleppten die alte Frau in Richtung des gerade errichteten Pfahles auf dem Dorfplatz. Das Kräuterweib zeterte und wehrte sich nach Leibeskräften. Doch gegen die starken Krieger fand sie keine Möglichkeit, sich zu befreien. Erbarmungslos ketteten sie die noch immer lauthals protestierende Frau an den Pfahl. In eine ähnliche Position, wie das Mädchen gerade hier saß, wie Ferodil bemerkte.

Das hatte er so nicht beabsichtigt. Der Elf ärgerte sich. Sie musste sich genauso fühlen wie die Todgeweihte auf dem Dorfplatz. Ferodil entschied sich, sie die ganze Grausamkeit der Menschen auf diese Weise am eigenen Leib spüren zu lassen.

Der Priester redete auf alles und jeden im Dorf ein. Ferodil verstand kein Wort. Die Entfernung machte es seinem feinen Gehör unmöglich. Ohne Unterlass prasselten die Worte des Kuttenträgers auf die Bewohner ein. Er zeigte dabei immer wieder abwechselnd in Richtung des Pfahles und der Kräuterfrau. Letztlich richtete sich seine Predigt an das alte Weib. Im Dorf herrschte eine greifbar angespannte Stille, abgesehen vom Gerede des Priesters.

Kurz bevor dieser zum Ende seiner Rede gelangte, kam Bewegung in die Bevölkerung. Es sah aus wie ein Protest, ein Aufbegehren. Doch die Soldaten antworteten mit ein paar Faustschlägen und harten Schwertknaufhieben. Binnen kurzer Zeit beherrschten sie die Lage wieder.

Das Aufbegehren seiner gefesselten Begleitung jedoch nicht, wie Ferodil feststellte. Ihre Gesichtsfarbe konkurrierte mit der Morgenröte.

»Zum Glück habe ich dich noch nicht befreit. Du scheinst mir kämpferischer, als du aussiehst. Trotz deiner zierlichen Gestalt. Doch das würde dir für den Moment nur den sicheren Tod bescheren. Auch wenn ich dich gut verstehen kann. Du darfst jetzt nicht schreien!«

Erste Tränen rannen dem Mädchen über die Wangen und verfingen sich im Knebeltuch. Der um den Kopf gewundene Stoff sog die salzige Flut auf, bevor sie aufs Kleid tropfen konnte.

Auch Ferodil, der skrupellose Jäger, konnte nur schweigend verfolgen, was dort unten vor sich ging. Er selbst scheute sich nicht davor, zu töten. Doch er nahm seinen Opfern den Atem, um selbst zu überleben oder um seine Aufträge zu erfüllen. Niemals aber tötete er seine Gegner unter unnötigen Schmerzen. Diese Soldaten allerdings schienen es fast aus purem Vergnügen zu tun. Er ballte eine Faust.

Widerlich! Das hat nichts mit Ehre zu tun.

Der Mann mit dem Umhang griff sich eine Fackel, ging auf dem Platz umher, präsentierte das brennende Holz für alle Anwesenden deutlich sichtbar. Er sprach ein paar Sätze, bevor er den Haufen aus Holz, Stroh und Reisig entzündete, auf dem die Alte gebannt und angekettet auf ihr Schicksal wartete.

Die Heilerin wand sich am Pfahl hin und her, als das Fackelfeuer auf den Haufen übergriff. Hoffnungslose Versuche, den züngelnden Flammen zu entkommen. Es war aussichtslos. Sie schrie um Hilfe. Das konnten seine Elfenohren bis hier oben hören. Doch niemand konnte ihr helfen.

Ihre Überzahl wussten die Dorfbewohner nicht in einen Vorteil umzusetzen. Ihnen fehlte es an Kämpfern und Waffen. Starr vor Angst blieb ihnen nichts Anderes übrig, als dem schrecklichen Treiben beizuwohnen.

Ferodil sah keinen Weg, durch sein eigenes Eingreifen die Soldaten zu besiegen. Selbst wenn er dieses überaus hohe Risiko hätte eingehen wollen. Im Dorf befanden sich zu viele Soldaten und er käme ohnehin zu spät dort unten an, um das Leben des Menschenweibs noch retten zu können.

Er löste seinen Blick vom Dorfgeschehen und wandte sich zum Mädchen neben ihm um.

Die Verzweiflung stand ihr ins Gesicht geschrieben. Aus roten Augen starrte sie gen Dorfplatz. In Sturzfluten rannen ihr die Tränen übers Antlitz. Ihre Schreiversuche verschluckte der Knebel so unerbittlich, wie das Feuer rings um den Hexenpfahl tobte. Das Mädchen zappelte wild und versuchte sich zu befreien. Die Fesseln hielten sie fest, wie kräftige Pranken. Das Verhalten der Gefesselten glich dem der Alten im Dorf, nur dass sie nicht in Flammen stand und keinen Schmerzensschrei zu ihren Göttern fahren ließ.

Ein brenzliger Geruch stieg dem Elfen in die Nase, der nicht aus dem Dorf kam. Worüber er sich wunderte. Aber ringsum konnte er keine Flammen erkennen. Spielte ihm seine Fantasie gerade einen Streich, weil die beiden Frauen ähnliche Qualen erleiden mussten?

»Du wünschst dir, ich würde die Fesseln zerschneiden, nicht wahr? Ich kann es dir nicht verübeln. Mich würde es auch äußerst zornig machen, wenn ich du wäre. Den Gefallen kann ich dir aber leider nicht tun.«

Das Feuer entzündete das armselige Kleid der alten Frau.

»Selbst die Sonne verkriecht sich hinter einer Wolke, um dem Schauerspiel nicht beiwohnen zu müssen«, murmelte Ferodil.

Trotz der Entfernung konnte er die Qualen der Brennenden hören. Schreie, die auch er nicht so schnell vergessen würde.

Die Wächter zwangen die Dorfbewohner mit gezogenen Schwertern, an Ort und Stelle auszuharren, das makabre Schauspiel bis zum Ende mitanzusehen.

Einen Tod wie diesen werde ich für mich zu verhindern wissen, schwor er sich stumm, und tastete nach dem Messer an seinem Gürtel, um zu prüfen, ob es sich an Ort und Stelle befand.

Es dauerte nicht lange, bis die Alte am Pfahl erschlaffte. Die Flammen vollendeten unvermindert ihr gefräßiges Treiben.

Die Menschentochter weinte bitterlich und schluchzte in den von Speichel und Tränen durchnässten Knebel. Die Zornesröte in ihrem Gesicht verschwand und wechselte in ein milchiges Weiß, wie er es von den Hauern der Orks kannte.

Ferodil legte ihr eine Hand auf die Schulter und flüsterte: »Auch wenn du mir nicht glauben magst. Ich kann verstehen, was in dir vorgeht. Wie sie dich innerlich zerreißen, die Wut und die Trauer. Ich kenne dieses Gefühl nur zu gut. Bedauerlicherweise.«

Bei den letzten Worten klang eine tiefe Bitterkeit in seiner Stimme mit. Sein Blick senkte sich zu Boden. Alte Erinnerungen stürmten in seinen Kopf wie ungebetene Gäste. Grausame Bilder seiner Vergangenheit huschten an seinem inneren Auge vorbei, um ihn zu quälen. Er vermochte die vergehende Zeit in diesem Augenblick nicht mehr einzuschätzen. Bilder, die er am liebsten vergessen oder gar rückgängig machen wollte. Seine Rechte bildete wie von selbst eine zitternde Faust. Seine Erinnerungen ließen ihn viele düstere Zeiten in kurzer Abfolge ein weiteres Mal erleben. Mit Mühe zwang er sich zurück ins Hier und Jetzt.

Stumm beobachtete er die grausige Szenerie bis zum Ende. Soldaten trieben die Bewohner in die verbliebenen Behausungen zurück. Vom Gluthaufen zog eine dünne Rauchsäule gen Wolkenhimmel.

Er beschloss, der Weinenden Zeit zu lassen. Zeit, sich die schrecklichen Bilder einzuprägen, aber auch Zeit, um sich von der alten Frau in gewisser Weise zu verabschieden. Ihrer Trauer freien Lauf zu lassen. Ihm war bewusst, wen diese Barbaren da gerade verbrannt hatten. In welchem Verhältnis die Alte zu dem Mädchen stand.

Stille legte sich über den Ort. Der Priester und ein Großteil der Soldaten zogen sich gemeinsam mit ihrem Anführer aus dem Dorf zurück.

Ferodil hockte sich vor das Mädchen. Der Elf holte ein Tuch aus seiner Tasche und wischte ihr damit die tränenfeuchten Wangen, so gut es ging, trocken. Sie ließ es regungslos über sich ergehen. Ihre Augen starrten ins Leere. Es dauerte eine gefühlte Ewigkeit, bis den gerade getrockneten Tränen keine weiteren mehr folgten und der schier unendliche Strom versiegte.

Trost zu spenden war noch nie meine Stärke. Doch heute wünschte er sich, sein Einfühlungsvermögen reichte aus, um das Mädchen auf seine Seite zu ziehen.

Er sprach sie so vorsichtig, wie er nur konnte, an: »Du hast gesehen, was dort unten geschehen ist. Neben der Alten hättest du stehen sollen, wenn es nach denen gegangen wäre.«

Habe ich gerade Alte zu ihrer Ziehmutter gesagt?

»Willst du Rache für dieses grausame Verbrechen nehmen? Für den qualvollen Tod deiner Ziehmutter? Für all das Leid deiner Freunde und Nachbarn?«

Seine Augen fixierten die seines Gegenübers. Im dunklen Braun fand sich kein fröhlicher Glanz mehr, wie er ihn noch am Morgen aus seinem Versteck heraus betrachtet hatte.

Die Kleine zeigte kaum eine Regung. Lediglich ihre Augenlider zogen sich wütend zusammen. Ein Blick, der hätte tödlich werden können, wenn die Gerüchte über ihre Talente tatsächlich stimmten. In diesem Augenblick stimmte es den Elfen froh, sie, ohne einen Hauch einer Ahnung bezüglich ihrer Kräfte, vorgefunden zu haben.

»Du wirst deine Rache bekommen, wenn es so weit ist. Doch hier und jetzt ist weder der richtige Ort noch die richtige Zeit dafür. Das wird dir hoffentlich irgendwann bewusst, selbst wenn dein Hass dir im Moment etwas Anderes sagt. Sei ehrlich zu dir!«, forderte Ferodil und packte sie an den Schultern, als Versuch, sie aus ihrer Lethargie zu befreien.

»Du hast doch gesehen, wie keiner deiner Freunde im Stande war, etwas dagegen zu unternehmen. Trotz der Überzahl eurer Leute. Du könntest nichts ausrichten. Selbst wenn ich dir helfen würde.«

Seine Worte erschienen ihm selbst erbärmlich.

»Du musst mir vertrauen, wenn du überleben willst!«

Ihre Augen wanderten ruckartig vom Dorfgeschehen, welches sein Oberkörper ohnehin verdeckte, geradewegs in sein Gesicht. Ein grimmiges Augenpaar starrte ihn an.

»Gut so«, fuhr er fort und freute sich, ihre volle Aufmerksamkeit zu bekommen.

Jetzt bloß kein falsches Wort!

»Schau mich an und höre mir genau zu. Du hast selbst gesehen, in welcher Gefahr du im Dorf schwebst. Mich würde es nicht verwundern, wenn sie deine Nachbarn befragen.« Ferodil betonte das letzte Wort auf eine Art und Weise, die nichts Gutes verhieß. »Schon bald werden sie von dir wissen und nach dir suchen.« Der Elf machte eine Pause, versuchte in ihrem Gesichtsausdruck zu lesen, ob sie ihn verstand. »Es ist ein langer Weg und wir müssen uns gegenseitig vertrauen können, wenn wir beide lebendig ankommen wollen. Damit du später zurückkehren und Rache nehmen kannst. Kann ich dir vertrauen?« Er legte den Kopf leicht schief.

Ihre verheulten Augen deuteten ein unschlüssiges Nicken an. Wut und Trauer standen ihr noch immer ins Gesicht geschrieben. Sie prangten darin wie fett geschriebene einzelne Worte in einem aufgeschlagenen Buch.

»Als Zeichen meines Vertrauens verrate ich dir, dass ich beabsichtige, mit dir in meine Heimat, nach Mytlaghyr, zu gehen. Mehr kann ich dir, um unserer beider Sicherheit wegen, nicht verraten. Zumindest für den Moment nicht.«

Ihr Antlitz offenbarte ihr Erschrecken.

Ferodil wusste, dass die meisten Menschen seine Heimat nur aus übertriebenen Geschichten kannten. Jedes Mal, wenn er eine ihm bekannte hörte, wurde noch etwas Spektakuläreres hinzugedichtet. Keine der Geschichten und Sagen entsprach der Wahrheit und doch glaubten die Menschen an sie.

»Du musst dich nicht fürchten, egal, was man dir erzählt hat. Wir gehen deutlich freundlicher mit Menschen um als diese barbarischen Gottesanbeter.«

Seine Hand strich ihr über die Locken.

»Als weiteres Zeichen meines Vertrauens werde ich dich sogleich losbinden. Ich nehme an, deine Sitzhaltung ist sicherlich nicht sonderlich bequem, stimmt's?«

Sie nickte schüchtern.

»Doch vorher möchte ich dir noch jemanden vorstellen. Sie wird uns auf unserer Reise begleiten. Sie ist ein bisschen anders als wir. Ja, anders trifft es am besten.« Ferodil lächelte. »Doch ihr Schicksal ist mit meinem eng verwoben und sie ist meine treueste Begleiterin. Ich fürchte, dass du dich arg erschrecken könntest und dir ein Angstschrei über die Lippen kommt.« Prüfend schaute Ferodil seine Gefangene an.

»Die Aufmerksamkeit der Soldaten möchten wir doch beide nicht erwecken, oder?«

Sie nickte.

»Daher bitte ich dich um Verständnis, dass ich dich erst befreie, wenn ich sicher sein kann, dass du ruhig bleibst.«

Er wartete gar nicht erst auf eine Antwort auf seine Frage, sondern wies sie einfach an: »Schließ deine Augen und öffne sie erst, wenn ich es dir sage.«

Sie zögerte.

»Vertraust du mir nicht?«

Nach einem weiteren Moment des Zögerns schlossen sich ihre Augenlider.

Ein Schrecken vor Augen

Lisbee

Für einen Augenblick herrschte absolute Stille. Kein Laut störte den Frieden des Waldes. Kein Vogel sang in den Baumwipfeln und Büschen um sie herum.

Lisbee spürte warmen Atem auf ihrer Haut. Der Dunst toten Fleisches drang in ihre Nase.

Ihr Götter, lasst es einen Scherz dieses Elfen sein.

Ferodils Stimme erklang: »Du kannst die Augen nun öffnen.«

Bernsteinfarbene Iriden funkelten Lisbee an. Sie erschrak so sehr, dass sie es fertigbrachte, sich trotz der Fesseln am Stamm entlang kratzend auf die Beine zu stellen. Die Rinde ritzte ihr feine Risse in die Schulterblätter. Sie bemerkte sie nicht. Dem Wesen vor ihr galt all ihre Aufmerksamkeit. Ihre Hände ballten sich zu Fäusten, als ob sie vergaßen, dass sie wehrlos und gefesselt um den Baum geschlungen lagen. Glücklicherweise trug sie noch den Knebel. Dumpfe Laute hallten über die Lichtung.

Ungläubig starrte Lisbee auf den viel zu großen, schwarzen Wolf. Völlig ungerührt saß dieses Monstrum zu ihren Füßen und legte den Kopf schief.

»Schhh … hab keine Angst«, hörte sie die seit kurzem bekannte Stimme und schielte nach rechts, wo dieser Ferodil stand.

»Darf ich vorstellen? Das ist Miranee. Sie ist ein Schattenwolf. Ich sagte dir bereits, sie ist ein bisschen anders als du und ich. Dennoch wird sie uns auf unserer Reise begleiten. Miranee wird dir nichts antun, wenn du ihr keinen Grund dafür gibst. Im Gegenteil, Mira wird dich beschützen, wenn es sein muss. Du bist jetzt Teil ihres Rudels, dessen Anführer ich bin. Also folge mir und dir wird kein Leid geschehen.« Er sprach, als wäre es das Normalste auf der weiten Welt, mit einem riesigen Wolf zu reisen. »Mira, vielleicht fürchtet sich das Mädchen etwas weniger, wenn du ein paar Schritte zurückgehst.«

Die Wölfin wich von Lisbee zurück und ließ sich neben Ferodil auf dem weichen Boden nieder. Er tätschelte ihren Kopf, als sei sie ein zahmer Hund.

»Siehst du? Sie tut dir nichts. Sonst hätte sie dich doch schon längst zerfleischen können. Oder? Es gibt keinen Grund, dich zu fürchten.«

Lisbee fühlte sich von den Pupillen der Wölfin von oben bis unten gemustert. So als wollte das mächtige Tier abschätzen, wie viele Mahlzeiten sie wohl aus ihr herausbekam. Oder ob ihr schlanker Mädchenleib überhaupt für mehrere Tage ausreichte. Verbissen drückte sie ihren Rücken gegen die Rinde und erstarrte dabei zusehends in ihrer Unfähigkeit, sich aus ihren Fesseln zu befreien, um vor der Bestie davonlaufen zu können.

»Ich mache dich jetzt los, wenn du mir versprichst, nicht wegzulaufen und still zu sein. Vergiss nicht – dein Leben hängt davon ab, nicht entdeckt zu werden von diesen Monstern dort unten.«

Lisbee nickte zustimmend, obwohl sie noch immer überlegte, die Beine in die Hand und Reißaus zu nehmen. Ihre Augen klebten förmlich an der Wölfin und wollten sich nicht lösen, da sie jederzeit mit einem Angriff rechnete. Der Elf nahm ihr zunächst den Knebel ab. Sie holte tief Luft. Es fühlte sich befreiend an, wieder in vollen Zügen atmen zu dürfen.

Ihr Atem ging angesichts des Schreckens noch immer flach und schnell. Während er in aller Seelenruhe um die Kiefer herumging, fragte Ferodil bereits: »Wie heißt du, Menschenkind?«

Zögerlich kam ihre Antwort aus dem Mund gekrochen: »Lisbee ... ich heiße Lisbee.«

Sie ließ die Wölfin nicht aus den Augen. Weglaufen bedeutete schon wegen dieser ungewöhnlichen Reisebegleitung ihren sicheren Tod. Das dämmerte ihr so langsam. Das Tier konnte sie mit seinen langen Läufen einholen und zur Strecke bringen, bevor sie selbst überhaupt dreißig Schritte weit kam.

Ursprünglich beabsichtigte sie, nach dem, was sie heute ansehen musste, nicht zu fliehen. Lisbee sah ein, dass sie in Schmalwasser nicht mehr sicher war, aber in Begleitung eines Schattenwolfes konnte es unmöglich ungefährlicher sein.

Sobald sich eine Gelegenheit bietet, werde ich das Weite suchen. Ich muss nur abwarten.

Lisbee rieb ihre schmerzenden Handgelenke. Abschürfungen zeigten ihr deutlich, an welchen Stellen die Seile sie festgehalten hatten.

Sie ging noch ein paar Schritte zur Seite, versuchte Abstand zwischen sich und die riesige Wölfin zu bringen. Sämtliche Härchen ihres Körpers standen ihr zu Berge. Noch mochte das Ungetüm da friedlich liegen. Nur die Götter wussten, was in dessen Kopf wohl vorgehen mochte. Vielleicht würde diese Miranee sie schon im nächsten Moment doch als leckeren Happen betrachten, fürchtete das Mädchen. Was wusste sie schon über Schattenwölfe? Nichts! Überhaupt nichts! Aber sie kannte gewöhnliche Wölfe. Na ja, zumindest wusste sie über diese zumindest ein bisschen Bescheid. Begegnet war sie zum Glück noch keinem. Das Wort Schatten im Namen verhieß jedenfalls keine freundlichere Verhaltensweise.

Warum konnte der Elf sie wie einen zahmen Schoßhund streicheln? Warum gehorchte sie ihm aufs Wort?

Ferodils Worte rissen sie aus ihren Gedankengängen.

»Wir bleiben heute Nacht hier und brechen morgen in aller Frühe auf. Du musst dich ausruhen und von dem Schrecken erholen. Setz dich zu mir und iss etwas. Du musst doch hungrig sein!«

Seine Vermutung stimmte. Lisbee bemerkte das Grollen in ihrem Magen. Eigentlich sollte sie pünktlich zum Frühstück wieder bei Cynthia sein, wie auch sonst jeden Tag. Doch daraus sollte am heutigen Morgen nichts werden. Daraus würde nie wieder etwas werden. Sie schluckte.

Die Sonne strahlte nun schon weit aus dem Westen gen Erde.

Der Elf holte etwas kalten Braten aus seinem Rucksack und teilte ihn auf. Ein Stück gab er Miranee, eines legte er auf seinen Schoß und eines hielt er Lisbee entgegen.

Sie zögerte, doch setzte sich schließlich in der Hoffnung, dass die Wölfin liegen blieb. Ihr Hunger siegte über ihre Angst vor dem großen Raubtier. Immerhin verdeckte der Elf ihre Sicht auf die fingerlangen Eckzähne der Wölfin.

Kraftvoll biss Lisbee ein Stück von dem trockenen Fleisch ab. Es schmeckte anders als sie es kannte, aber dennoch nicht übel.

»Ist das Hase?« Sie sprach, während sie kaute.

»Nein, Kaninchen«, sah Ferodil sie an und verzog keine Miene. Doch Lisbee stand der Sinn nicht nach Scherzen. Nicht, nachdem alles, was ihr wichtig war, aus ihrem Leben gerissen wurde.

»Es ist leider nicht viel, aber besser als nichts. Wenn du magst, habe ich noch ein paar Äpfel im Gepäck.«

Sie nickte dankbar und schluckte hastig das kalte Fleisch herunter.

Der Elf reichte ihr einen Trinkschlauch. Lisbees Kehle verlangte danach, befeuchtet zu werden. Gierig trank sie einen kräftigen Schluck des Wassers.

»Das ist von nun an deiner. Fülle ihn, so oft du kannst, damit du immer genug zum Trinken hast. Womöglich werden wir nicht überall Wasserstellen vorfinden. Also teile ihn dir gut ein.«

Mit der Linken ergriff er einen zweiten Schlauch und nahm einen großen Schluck daraus.

»Es wird eine kalte Nacht werden.« Ferodil reichte ihr eine Decke. »Deck dich gut zu, Lisbee. Ich möchte nicht, dass du dich erkältest. Leider können wir kein Feuer entzünden. Der helle Schein würde uns schon am ersten Tag unserer Reise an die Sonnenanbeter verraten.«

Das Mädchen tat wie ihr geheißen und warf sich die Decke über die Schultern. Samtig weich schmiegte sie sich an ihren Körper, bedeckte ihre freien Schultern.

»Nicht unbedingt die beste Reisekleidung«, deutete sie an sich hinab. »Andererseits kam auch alles etwas zu überraschend.«

Ferodil nickte.

»Mira wird auf uns aufpassen. Wir sollten uns schlafen legen. Sie hat bereits am Tage geruht, als ich dich geholt …«, er stockte, »… gerettet habe, meine ich. Eure Sprache liegt mir nicht so gut. Bitte verzeih mir.« Der Elf tätschelte den Kopf der Wölfin. »Eine bessere Wache als meine Miranee kannst du dir des Nachts nicht wünschen. Ihr entgeht nichts. Keine Maus könnte unbemerkt durch unser Lager tippeln.«

Die Sonne stand inzwischen tief. Der Himmel verfärbte sich in allen erdenklichen Rottönen. Doch Lisbee bewunderte das Naturschauspiel nicht, so wie sie es sonst gerne tat. Zu viele Gedanken kreisten durch ihren Kopf. Der vergangene Tag verlief so völlig anders als alle anderen. Ihr Herz verlangte über die Geschehnisse zu sprechen. Es mangelte Lisbee aber an Vertrauen zu ihrem elfischen Retter. Irgendetwas an ihm erschien ihr seltsam. Ganz zu schweigen von der ungewöhnlichen

Begleitung. Sie vermochte es nicht zu benennen, woran sie sich störte. Es handelte sich nur um ein unbestimmtes Gefühl.

Er hat mich gerettet, aber warum nur mich und nicht uns alle? Cynthia könnte noch am Leben sein, anstatt so grausam gestorben zu sein.

Eine Träne stahl sich aus ihrem Augenwinkel. Sie wischte sie mit dem Handrücken ab und schniefte.

Was für Fähigkeiten meint er, die angeblich in mir schlummern sollen?

Ferodil legte sich ohne eine Decke auf den Waldboden und hüllte sich nur in seinen Umhang.

»Schlaf gut.«

Lisbee zog die Decke enger um ihre Schultern. Die Rinde eines Baumes schmerzte in ihrem Rücken.

Der Elf lag auf der Seite. Er atmete ruhig und gleichmäßig.

Lisbee rieb sich die Augen, traute sich aber nicht einzuschlafen. *Viel gefressen hat sie nicht*, beäugte sie die Wölfin. *Wahrscheinlich lauert das Biest nur darauf, dass ich die Augen schließe. Dann gibt es einen Happen leckeres Menschlein.*

Die Augenlider fielen ihr zu. Sie riss die Augen ruckartig wieder auf. Wie lange hatte sie wohl geschlafen? Lisbees Puls hämmerte wie ein wild gewordener Schmied an ihre Schläfen. Hastig versuchte sie sich auf der Lichtung zu orientieren. *Gut, sie sitzt noch da.* Sie atmete tief durch und ihr verkrampfter Körper entspannte sich wieder.

Der Mond verschwand hinter den Wolken. Auf der Lichtung schwand mit ihm das Licht und hinterließ nur noch schwarze Silhouetten.

Erneut klappten Lisbees Augen zu. Sie riss sie wieder auf. Ihr Herz ging schneller. *Wo ist die Wölfin?*

Hektisch sah Lisbee sich um. Sie suchte die Dunkelheit ab. Ihr Rücken schmerzte. Sie ignorierte den Schmerz und drückte sich fester gegen den Baumstamm.

Bei den Göttern, da liegt sie ja.

Wieder verlor Lisbee den Kampf gegen ihre schweren Augenlider. Dieses Mal blieben sie geschlossen.

Aufbruch ins Ungewisse

Lisbee

»Wach auf! Wir müssen los!« Lisbee spürte Ferodils Hand an ihrer Schulter rütteln. Benommen öffnete sie die Augen und blinzelte. Tau kühlte ihre Haut. Die frühen Vögel sangen.

Bin ich am Ende doch eingeschlafen? Bei den Göttern, wie konnte ich nur? Aber immerhin scheine ich noch lebendig zu sein.

Die Wölfin saß wieder am gleichen Platz wie gestern Abend.

Lisbee tastete nach ihrem Rücken. »Autsch. Dann ist das wohl wirklich kein böser Traum. Es ist tatsächlich alles so vorgefallen. Gestern habe ich noch gehofft, ich würde aufwachen und alles ist wie immer.«

»Du träumst nicht.« Der Elf klang gleichgültig.

Lisbees Körper erschlaffte. Sie stöhnte, ließ sich gegen den Stamm fallen. Sofort machten sich die Schrammen wieder bemerkbar.

»Cynthia, was hast du nur getan, dass sie dich …? Dass sie das mit dir gemacht haben? Du warst immer so gut zu allen. Zu mir warst du stets wie eine echte Mutter und nun kann ich dir nicht einmal Lebewohl sagen. Wir werden uns niemals wiedersehen. Niemals! Dabei wolltest du mir noch so viel beibringen. Wie man Menschen heilen kann und alles über deine geliebten Kräuter.«

Eine Träne rann über ihr Gesicht. Sie dachte an den unverwechselbaren Geruch nach getrockneten Kräutern, der in ihrer Hütte alles andere überstrahlt hatte.

»Roll deine Decke zusammen und dann gib sie mir. Ich verstaue sie in meinem Rucksack. Den Trinkschlauch trägst du allein.«

»Wie wäre es mit etwas Anteilnahme und Trost nach allem, was gestern geschehen ist?«

»Es tut mir leid, darin war ich noch nie besonders gut.«

Sie beobachtete ihn dabei, wie er hastig seine Sachen verpackte.

»Warum hast du ausgerechnet mich gerettet? Was erwartest du von mir?«

»Das wirst du noch früh genug erfahren. Uns fehlt die Zeit für lange Erklärungen.«

Der Elf packte weiter, ohne sie zu beachten. Auf dem Rücken trug er einen Köcher und einen kurzen Bogen. An seinem Gürtel hingen ein kurzes Schwert und ein Messer. Bis auf das Messer hatte sie gestern keine Waffen bei ihm gesehen, erinnerte sie sich.

»Beabsichtigst du, da Wurzeln zu schlagen, Lisbee?«

»Ich bin einfach nur müde, bei den Göttern. Nein, natürlich nicht!« antwortete sie leise.

Lisbee sprang auf, streckte kurz ihre Glieder. Ihr Rücken knackte. Behände rollte sie ihre Decke zu einem kleinen Bündel zusammen und übergab es ihm wortlos. Der Trageriemen des ledernen Trinkschlauches schnitt ihr in die Schulter.

Ferodil schulterte seinen Rucksack.

»Sag deiner Heimat Lebewohl. Womöglich wirst du noch einmal zurückkehren. Womöglich auch nicht. Dein Schicksal wird es zeigen. Die Zukunft wird es zeigen. Egal wie, wir müssen jetzt gehen. Sie werden wahrscheinlich schon bald nach dir suchen.« Er deutete in Richtung Burg Schmalwasser. »Nimm diesen Dolch hier und befestige ihn an deinem Gurt. Du solltest nicht unbewaffnet sein. Unser Weg ist gefährlich.« Ferodil hielt ihr die Waffe hin und Lisbee griff danach. Bevor er losließ, fügte er noch hinzu: »Verletze dich aber nicht damit! Die Klinge ist wahrlich scharf.«

Lisbee empfand die Stimme des Elfen heute deutlich kühler als gestern noch.

»Hoffentlich stimmen die Geschichten und Märchen über euch Elfen nicht, die mir Cynthia so oft erzählt hat. Sonst wird das wohl eine sehr lange und trostlose Reise. Doch welche Wahl bleibt mir?«

Der Elf antwortete mit einem Schulterzucken.

Lisbee warf einen Blick hinunter ins Dorf. Dort unten erkannte sie einige Soldaten, die zwischen den Häusern marschierten.

Sie betrachtete den Dolch, an dessen Scheide sich eine Lederschlaufe befand, und fädelte die Schlaufe an dem Strick ein, den sie als Gürtelersatz um ihre Hüften trug.

Ihr Blick richtete sich erneut auf Schmalwasser. So hieß es, ihr Heimatdorf. Sie schniefte.

»Irgendwie war Schmalwasser trotz allem meine Heimat. Warum nur musste Cynthia so grausam sterben?

Das will mir nicht in den Kopf. Sie half jedem Bedürftigen, so gut sie nur konnte.« Ihre Stimme glich einem erstickten Flüstern. Lisbee wischte sich einzelne Tränen von der Wange und wandte sich ab.

Ferodil lief vor ihr den steilen Hügel hinauf. Miranee stand neben ihr und gab Lisbee unvermittelt einen Stupser mit der Schnauze. Das Mädchen zuckte vor Schreck zusammen. Ihr Herz überschlug sich. Jede Faser in Lisbees Leib spannte sich an. Bereit, nach dem Messer zu greifen und es durch das dichte, schwarze Fell der Wölfin zu rammen.

Die Bernsteinaugen musterten Lisbee. Die Wölfin legte den Kopf dabei schief.

»Sie tut nichts«, flüsterte die Mädchenstimme leise vor sich hin. »Sie tut nichts!« Die Anspannung wich nur langsam aus Lisbees Körper. Sie schaute die Wölfin an, vermied es dabei aber, dem Raubtier direkt in die Augen zu schauen.

»Du hast ja recht! Es ist an der Zeit, loszulassen und aufzubrechen. Was auch immer mich am Ziel meiner Reise erwarten wird, kann nicht schlechter sein als das, was mich dort unten erwarten würde.«

Mit eiligen Schritten folgte sie dem Elfen. Nach kurzer Zeit keuchte sie vor Anstrengung. Alsbald brannten ihre Waden.

Ferodils Vorsprung schmolz. Der Elf drehte sich nicht nach ihr um. Ein Apfel flog ihr über seine Schulter entgegen. Mit Mühe fing sie das unerwartete Wurfgeschoss auf.

»Wir müssen sparsam mit dem Essen umgehen. Wir gehen auf dem schnellsten Wege nach Norden in Richtung Mytlaghyr. Wenn wir heute genügend Strecke zurücklegen, und uns sicher sein können, nicht verfolgt zu werden, mache ich heute Abend ein Feuer und brate uns etwas. Falls Miranee etwas für uns fängt. Wenn wir nicht weit genug kommen, dann eben nicht.«

»Eine seltsame Art des Ansporns.« Lisbee blieb ihm dicht auf den Fersen. Genüsslich biss sie in den Apfel. Er schmeckte süß und sah überhaupt nicht verschrumpelt aus. Fruchtsaft lief über ihre Wange. Mit dem Ärmel wischte sie darüber. »Wo hast du so einen frischen Apfel her? Ich meine, die Erntezeit liegt schon ein halbes Jahr zurück. Er müsste ganz schrumpelig und faulig sein.«

Ferodil antwortete nicht.

Der Gedanke an ein warmes Feuer und frisches Fleisch verlieh ihren Beinen neue Kraft. Der Apfel stillte ihren Hunger allerdings kaum. So langsam kam auch noch Durst dazu.

Der Tag verhieß etwas kühler zu werden als der Gestrige. Wolken verdeckten die Sonne von Zeit zu Zeit.

Lisbee blickte hinter sich. Dort trottete die schwarze Wölfin in ihrer ganzen Größe und Pracht. Das Tier strotzte nur so vor unbändiger Muskelkraft, wirkte gleichzeitig auch grazil und irgendwie zerbrechlich auf Lisbee. Jede Bewegung mutete geschmeidig an, wie bei einem Hauskätzchen. Nichts an ihr zeugte von dem gefürchteten Raubtier, das Lisbee aus alten Geschichten kannte.

Stumm folgte die ungewöhnliche Reisegesellschaft dem von Ferodil auserkorenen Pfad durch den Wald. Auf der anderen Seite des Hügels betraten sie eine kleine Straße, die sich nach Norden durch den Wald schlängelte.

»Wohin führt die Straße, Ferodil? Weißt du, so weit kam ich in meinem Leben bisher aus Schmalwasser nie heraus?«

»Sie bringt uns auf den richtigen Weg. Spar dir deine Luft lieber und rede nicht so viel.«

Sie mühte sich weiter, Schritt zu halten, verzog das Gesicht und hielt sich die Seite.

»Das kann ja eine fröhliche Reise werden. Hoffentlich rennt der Kerl nicht die ganze Zeit so«, murmelte sie.

Todesboten

Lisbee

Lisbee eilte mit großen Schritten hinterher, um zu dem Elfen aufzuschließen. Kalter Schweiß stand ihr auf der Stirn. Ein lauer Wind wehte ihr entgegen und kühlte ihr Antlitz.

»Willst du mich eigentlich die ganze Zeit über nur anschweigen?«

Ferodil drehte sich nicht einmal zu ihr um. »Besser, ich täte es. Immerhin schnaufst du schon wie ein Troll. Dabei stehen wir erst am Anfang unserer Reise. Mein Rat ist ernst gemeint. Spar dir deine Kräfte lieber auf.« Seine Stimme klang nicht angestrengt. Er hetzte den Handelsweg entlang und wirkte dennoch, als sei es für ihn ein lockerer Spaziergang.

»Ich bin es eben nicht gewohnt, so hart zu marschieren«, keuchte sie.

»Dann gewöhn dich lieber bald dran. Wir dürfen keine Zeit verlieren. Bestimmt suchen sie dich schon längst.« Ferodil beschleunigte sein Tempo. Die Wölfin trottete vorneweg.

»Warte doch mal«, beschwerte sich Lisbee. »Warum sollten sie mich suchen? Wie kamen die Südländer überhaupt nach Schmalwasser? König Adolar hat doch jeden kampffähigen Mann zum Kampf gerufen, um sie an der Grenze zurückzuschlagen.«

»Hast du seither einen der Männer wiedergesehen?«, fragte er kühl.

Lisbee dämmerte es langsam. »Nein«, antwortete sie kleinlaut. »Aber warum sollten sie nach mir suchen? Die wissen doch nicht mal, wer ich bin.«

»Hoffen wir es für uns. Ich glaube nicht daran.«

»Bei den Göttern, warum denn nicht?« Lisbee rannte schon fast. Lange würde sie dieses Tempo nicht mithalten können.

»Sie werden in eurem Haus sicher bereits entdeckt haben, dass nicht nur eine Person darin lebte. Deine Nachbarn werden schnell freiwillig von dir berichten. Glaub es mir. Wenn man seine Fragen mit dem richtigen Nachdruck stellt, erfährt man alles, was man wissen möchte. Ich weiß, wovon ich spreche, und die Südländer stellen ihre Fragen mit Nachdruck.« Ferodil hielt kurz inne. »Du weißt wirklich nicht, wer du bist und was du in dir trägst, nicht wahr? Du weißt nicht einmal, wer deine Eltern sind, stimmt's?«

»Ich bin Lisbee, ein einfaches Mädchen. Ich trage nichts in mir.« Sie zog eine verdutzte Grimasse. »Cynthia war mir mehr eine Mutter als die Frau, die mich geboren hat, es je sein könnte. Ich kenne sie nicht einmal. Und falls du mich zu meinen Eltern bringen willst, dann brauchen wir nicht weiterzugehen.«

Tränen bildeten sich in ihren Augen beim Gedanken an das, was die Soldaten ihrer Ziehmutter angetan hatten. Sie wischte sie mit dem Ärmel weg.

Ferodil lief einfach weiter.

»Sag mir doch bitte endlich, was du von mir erwartest, Ferodil!«, rief sie ihm nach.

»Nicht hier und nicht jetzt. Wir müssen sehen, dass wir vorankommen.«

Lisbee verdrehte die Augen. Aus diesem Elfen wurde sie nicht schlau. Sie rannte hinterher, um nicht völlig den Anschluss zu verlieren. »Erzähl mir mehr über die Soldaten mit den Sonnen auf der Brust. Was treibt sie an, das zu tun, was sie gestern ...«, Lisbee stockte, brachte es einfach nicht über die Lippen.

Ferodil hielt unentwegt Ausschau nach feindlichen Soldaten. Fast so, als würden sie das Gespräch aus einem der zahlreichen Büsche heraus belauschen.

»Es heißt, König Hennrich der Erste hätte einst ein Bündnis mit den Anhängern des Glaubens an den Sonnengott geschlossen. Der König benötigte Mittel, um eine Armee aufzustellen. Er beabsichtigte, sein kleines Reich im Süden zu vergrößern. Die Verfechter des Sonnenglaubens statteten ihn mit den Mitteln aus. Im Gegenzug gelobte Hennrich der Erste, nur noch an den Sonnengott zu glauben und diesen Glauben in die weite Welt hinaus zu verbreiten. Wohin das führte, siehst du daran, dass sein Enkel nun Odengard überfallen und eingenommen hat, damit auch ihr Steuern an die Priester entrichten müsst.«

»Bei den Göttern, ich verstehe.« Lisbee strich sich eine Strähne aus dem Gesicht.

»Diese Götter solltest du vor den Südländern besser nicht erwähnen. In ihren Augen gibt es nur einen Gott.

Fremde Götter dulden sie nicht. Genauso wenig wie Magie, spitze Ohren oder kleinwüchsige Kerle mit Bärten bis zum Boden. Wer in Verdacht steht, über magische Kräfte zu verfügen, der wird verbrannt.«

Lisbee kratzte sich am Kopf. »Das verstehe ich nicht. Cynthia konnte nicht zaubern. Das hätte ich doch mitbekommen.«

»Hat sie Mittel gebraut und Menschen geheilt?« Ferodil fragte beinahe beiläufig.

»Das hat doch nichts mit Zauberei zu tun«, empörte sich Lisbee.

»Du hast selbst gesehen, wie die Südländer darüber denken.«

Unbeirrt lief der Elf weiter, während Lisbee sich noch fragte, was daran falsch sein mochte, anderen Menschen zu helfen, wenn es ihnen schlecht erging.

»Ein guter Freund behauptete schon vor vielen Jahren, dass die Südländer eines Tages einen Krieg um ihres Glaubens Willen mit einem anderen großen Reich beginnen werden.« Ferodil schaute über seine Schulter zurück, während er dem Straßenverlauf weiter folgte. »Es wird wohl ein sehr lang andauernder Krieg sein, mit hohen Verlusten auf beiden Seiten. Selbst wenn er eines Tages endet, wird er immer unterschwellig weiter brodeln. Er sagt, das hat er in einer Vision gesehen. Kaum zu glauben, oder? Manchmal hat dieser Freund doch etwas viel Fantasie, auch wenn er ein begnadeter Seher ist. Doch das wirst du noch früh genug selbst feststellen. Am Ziel unserer Reise wirst du ihn kennenlernen.«

Lisbee zuckte mit den Schultern. Ihre Gedanken drehten sich noch immer um ihre Ziehmutter. Plötzlich entdeckte sie eine kleine Ansammlung von Pflanzen mit goldenen Blüten. Sie blieb stehen und bückte sich.

»Was machst du denn da, Lisbee?« Auch Ferodil hatte angehalten und trat ungeduldig von einem Bein auf das andere.

»Das ist Güldwurz. Getrocknet helfen die Blüten gegen Entzündungen. Man findet sie in unserer Gegend nicht allzu oft.«

»Das mag ja alles so sein, aber wir haben keine Zeit für Kräuterkunde, Lisbee.«

Lisbee pflückte ein paar Blüten ab. »Kannst du sie bitte für mich in deinem Gepäck verstauen? Mein Kleid hat leider keine Taschen. Wer weiß schon, ob wir sie nicht irgendwann benötigen.«

Ferodil nahm ihr die Blüten ab und stopfte sie in eine Seitentasche seines Rucksacks. »Los jetzt!« Er drehte sich schon wieder in Marschrichtung. »Wir müssen weiter.«

Schweigend gingen sie eine Weile nebeneinander. Die Wölfin eilte ihnen voraus.

Das heisere Krächzen von Raben und Krähen lenkte Lisbees Aufmerksamkeit in Richtung des wolkenverhangenen Himmels.

»Warum kreisen die Vögel dort oben über dem Wald?«

Ferodil sah nicht einmal auf. »Das sind Boten des Todes. Aasfresser. Irgendwo dort im Wald muss ein totes Tier liegen.«

Miranee kehrte an Ferodils Seite zurück und knurrte einmal kurz, bevor sie urplötzlich in Richtung des Waldes stürmte, um im Dickicht zu verschwinden.

»Mira, wo willst du hin? Bleib hier!«, rief Ferodil ihr nach.

»Nicht sonderlich gut erzogen, wenn du mich fragst«, feixte Lisbee und erntete einen strafenden Blick, der ihr das erste richtige Lächeln, seitdem sie zum Wasserholen aufgebrochen war, sofort wieder aus dem Gesicht trieb.

Auf Spurensuche

Ludger

Ludger legte dem Bluthund die Schlaufe des Strickes um den Hals, streifte die Schlinge sorgfältig über die Schlappohren. Der Hanfstrick diente ihm als Laufleine. Zu seinen Füßen saß der einzige Jagdhund, den es auf der Burg Schmalwasser gab. Vorerst zumindest. Der Baron würde sicher bald weitere aus dem Süden ordern, vermutete er. Schließlich ging sein Herr nur zu gerne auf die Jagd. So kurz nach der Übernahme der Burg standen eben noch keine weiteren Hunde für eine Hetzjagd zur Verfügung.

Wo blieben bloß die zwei Armbrustschützen, die ihn begleiten sollten? Ludger hasste Unpünktlichkeit wie die Pest.

Die Sonne stand gerade einmal hoch genug, um über die Burgmauer zu scheinen, doch der Jäger war schon lange auf den Beinen. Zuerst hatte er den Folterknecht besucht. Ein äußerst fieser Mensch, wenn man ihn fragte. Aber der Kerl verstand sein Handwerk so gut wie Ludger seines.

Leider hatte der Mann aus dem jungen Nachbarsmädel der alten Hexe nicht viele Neuigkeiten herausquetschen können. Ludger musste grinsen. Quetschen traf es im Zusammenhang mit dem Folterknecht in der Tat besonders gut.

Er erinnerte sich noch genau, wie die Soldaten das schreiende Mädel auf Geheiß des Priesters aus dem Dorf gezerrt und die protestierende Mutter mit einem Schwerthieb ruhiggestellt hatten. Der Geruch von frischem Blut stieg ihm in die Nase bei dem Gedanken daran. Ein Lächeln spielte um seine Lippen. Ludger hielt es für unwahrscheinlich, dass das Weib überlebte. An Schwerthieben in den Wanst hatte er schon die tapfersten Recken elendig krepieren sehen. Warum sollte es der Heidin anders ergehen?

Wann erscheinen diese Faulenzer endlich?

Ludgers Gedanken schweiften zurück zum Folterkeller. Der grausame Folterknecht prahlte nur allzu gern mit seinen Verhörmethoden. Ludger hatte ihm nicht zugehört. Die Qualen des Mädchens interessierten ihn nicht mehr als das Schicksal ihrer Mutter. Ihm ging es nur darum, herauszufinden, wo das gesuchte Kind stecken könnte. Nur deswegen ging er so früh schon zum Foltermeister. Ob es irgendwelche bekannten Verstecke gab, wohin sie sich hin und wieder zurückzog, gedachte er in Erfahrung zu bringen. Die Verhörmethoden hatten nur wenig Neues in Erfahrung gebracht. Das gesuchte Mädchen hieß Lisbee. Ein junges Ding, welches ursprünglich nicht aus Schmalwasser stammte. Die Gefolterte vermutete, Lisbee könnte in den Wald gerannt sein, als sie die Reiter bemerkte. Eine Vermutung, wie sie ihm selbst auch durch den Kopf ging. Also nichts, was ihn auch nur irgendwie weiterbrachte. In Luft konnte sie sich schließlich nicht aufgelöst haben.

Diese wertlose Heidin würde jedenfalls nicht lebend aus dem Folterkeller entkommen. Das war ein Fakt! So sicher wie der alltägliche Sonnenaufgang. Nur Fakten interessierten ihn. Fakten und keine dämlichen Vermutungen.

Was mit den Heiden hier in diesem jämmerlichen Nest geschah, kümmerte ihn nicht weiter. Wer nicht an den Sonnengott glaubte, in dem sah er keinen gleichwertigen Menschen. Ein Mensch, so wie er einer war. In voller Inbrunst dem Himmelsherrn ergeben. Nein, dieses Volk hier bestand nur aus Barbaren und Heiden. Und Barbaren oder Heiden brauchte die Welt bei Gott nicht. So predigte es der Priester jeden Sonntag und Ludger empfand es mehr als zutreffend. Warum sollte der Herr der Sonne ihn belügen, wo er der Welt doch täglich sein warmes Licht spendete und sie so am Leben erhielt, wachsen und gedeihen ließ? Nein, es gab keinen Grund, nicht an den Sonnengott zu glauben. Eher fiele es ihm ein, sich seinen rechten Arm abzuhacken, als dem Herrn des Himmels abzuschwören.

Die Leine straffte sich mit einem Ruck und riss ihn aus seinen Gedanken. Ärgerlich ruckelte Ludger am Strick, weil der Hund sich ohne sein Kommando von der Stelle bewegen wollte.

»Sitz!«, blaffte er ihn an. Das Tier duckte sich, schaute ihn mit gesenktem Kopf an und setzte sich wieder an den alten Fleck.

Ludger blickte sich wütend um. Seine Finger spielten ungeduldig mit dem Strick.

»Wann kommen die zwei endlich?«, brubbelte er vor sich hin. »Sonst suche ich die Kleine allein. Die Hexe gestern konnte auch nicht zaubern und verbrannte, ohne auch nur irgendetwas dagegen unternehmen zu können. Warum sollte ich also ein Mädchen fürchten?«

In diesem Moment kamen die beiden Schützen um die Ecke des lang gezogenen Stallgebäudes gebogen, vor dem er wartete. So langsam wie sie trotteten, wirkten die beiden nicht so, als verspürten sie besonders große Lust, ein kleines Mädchen zu suchen. Gähnend spazierten sie ihm im Schlenderschritt entgegen.

»Euch mache ich schon noch Beine, ihr Halunken,« zischte Ludger. »Da seid ihr ja endlich! Mein Befehl lautet, das Mädchen zu finden. Ich will die kleine Hexe nicht den ganzen Tag suchen müssen. Außerdem ist der Baron nicht für seine Geduld bekannt. Also los, auf die Pferde!« Seine Worte klangen so schroff, wie er es meinte. Denn er verspürte nicht die geringste Lust, sich vor dem Baron rechtfertigen zu müssen, nur weil die beiden Soldaten ihren Arsch nicht etwas früher hochbekamen.

Schließlich kannte Ludger den Baron nur zu gut von gelegentlichen Jagdausflügen, auf die er den Adligen begleiten durfte. Im Grunde verstand er sich gut mit ihm, doch Ludger wusste, wie schnell Baron Lodewig zornig werden konnte, wenn etwas nicht nach seinem Willen verlief.

»Wir reiten zuerst zum Dorf und schauen uns dort um, ob sie wieder zurück ist! Die Nacht war kühl und finster. Das arme Ding muss sich doch schrecklich fürchten.« Er grinste hämisch. »Bestimmt ist sie bereits zurückgekehrt.«

Die Männer saßen auf und ritten, ohne ein Wort zu sagen, den Weg zum Dorf hinunter. Ludger ritt an der Spitze. Der Hund trottete am Strick neben seinem Pferd her und schaute immer wieder ehrfürchtig zu ihm auf. Die beiden anderen Reiter folgten ihm. Es ging leicht bergab.

Beim heiligen Sonnenschein. Was hatte er da bloß für beschissene Leute für diesen Auftrag zugeteilt bekommen? Die konnten ihm im Leben keine Hilfe sein. Ludger bekam es als Hundeführer des Barons zwar nur selten mit dessen Soldaten zu tun, kannte die beiden Männer seines Herren aber dennoch. Wenn auch mehr vom Hörensagen.

Den großen Mann mit dem dunklen Haar kannte Ludger nur als Trunkenbold. Ein bulliger Kerl, der keinem Streit aus dem Weg ging, besonders im Suff nicht. Sein Name lautete Harald, soweit Ludger wusste. Ein kampferprobter Recke, wie man sich erzählte. Beim Gottesdienst hatte Ludger ihn in all der gemeinsamen Zeit unter Lodewig allerdings noch nie angetroffen.

Die Statur des zweiten wirkte dagegen regelrecht schmächtig. Ludger wusste natürlich um die Geschichte, die man sich über ihn erzählte. Vor Schlachten sollte es demnach regelmäßig nach Scheiße aus seinem Beinkleid stinken. Den Namen des Mannes kannte Ludger sehr gut. Jeder im Tross des Barons kannte dessen

Namen. Er hieß Hubert. Als Hubert der Hosenscheißer war der Kerl zu großer Bekanntheit gelangt.

Alles Hadern nutzte nichts. Ludger hatte einen Befehl und den würde er beim Licht der Sonne auch ausführen, mit oder trotz der beiden Kerle im Schlepptau.

In Schmalwasser angekommen übergaben sie ihre Pferde an die Wachen am Eingangstor, wenn man die Öffnung in der Palisade aus angespitzten Baumstämmen so nennen wollte. Das Loch war gerade einmal breit genug, um nebeneinander zwei Karren oder ein Ochsengespann passieren zu lassen.

Die Gruppe musste sich nicht beim Wachoffizier rechtfertigen und durfte ungehindert passieren. Sicher kannte der Kerl den Grund, warum sie kamen.

Die Drei marschierten schnurstracks an den Dorfbewohnern und deren windschiefen Behausungen vorbei. Im Eiltempo passierten die Männer des Barons von Ruß überzogene, noch qualmende Trümmer. In Richtung der Hütte der am Vortag verbrannten Hexe führte ihr Weg. Als sie den Dorfplatz überquerten, schaute Ludger auf die verkohlten Reste und rümpfte die Nase. *Recht so.*

Ein zufriedenes Lächeln lag auf seinem Gesicht.

»Die nächste Hexe wird auch bald brennen. Vielleicht schon heute Abend. Je nachdem, wie es dem Herrn Baron und Priester Luzius beliebt. Hoffentlich ist sie nicht zu Hause. Das würde mir den Spaß verderben.« Er sprach mehr zu sich selbst als zu den Soldaten.

Vor der Hütte der Alten blieb er abrupt stehen. Der Hund und die zwei Soldaten taten es ihm gleich.

»Durchsuchen!«, befahl er barsch. »Denkt daran, der Baron will sie unbedingt lebend haben. Also seid gefälligst vorsichtig mit euren Waffen.«

Harald betrat die Hütte zuerst. Er bückte sich unter dem Türrahmen hindurch. Hubert folgte ihm. Für Ludgers Geschmack allerdings viel zu zögerlich. Aus der Tür drang eine kräftige Stimme: »Die Hütte ist verlassen. Hier ist niemand.«

Ludger zog an der Hundeleine und ging mit dem Tier ins Haus. Der Hänfling wich zwei Schritte zurück, als der Bluthund über die Schwelle trat. Die Behausung bestand aus nur einem Zimmer. Kochstelle und Schlafplatz, alles zum Leben Notwendige befand sich in diesem einen Raum.

»Habt ihr alles durchsucht? Nichts vergessen?«, fragte Ludger knapp, während er sich um die eigene Achse drehte und selbst nochmal nach potenziellen Verstecken Ausschau hielt.

»Jawohl!«, lautete die ebenfalls knappe Antwort des Großen. Aber wer konnte einem Säufer schon trauen?

In der Hütte lag alles durcheinander. Ein Bett lehnte auf die Seite gekippt an der Wand. Auf dem Boden fand Ludger allerhand Gerümpel verstreut vor. Kräuter und anderer Hexenkram, der bei der Durchsuchung zu Boden gefallen sein musste. Er kannte sich mit diesem ketzerischen Zeug nicht aus. Fakt war, hier hielt sich tatsächlich niemand auf. Fakt war auch, dass ihm die Luft in diesem engen Häuschen zu stickig wurde. Er beschloss, die Suche draußen fortzusetzen.

»Du da, hol die Pferde!«, wies Ludger den Schmächtigen an. Wohlwissend, dass dieser nun am Bluthund vorbeimusste. Das Tier streckte ihm neugierig seine feuchte Nase entgegen. Dem Hosenscheißer entwich sofort jegliche Farbe aus dem Gesicht. Dennoch presste er sich am Bluthund vorbei. Der Jäger grinste zufrieden.

Er hielt dem Vierbeiner ein Kleidungsstück vor die Nase, welches er dem Besitz des Mädchens zuordnete. Nach alter Frau sah es jedenfalls nicht aus.

»Such!«

Das Tier zögerte nicht lange und führte sie aus dem Haus. Ludger packte kräftig zu, um die Leine nicht aus der Hand zu verlieren.

Die Nase des Hundes schnüffelte dicht über den Boden. Hier im Dorf gab es zu viele ihrer Spuren, in alle möglichen Richtungen verteilt. Das Tier fand keine eindeutige Fährte. Ludgers Aufmerksamkeit fiel auf die schmale Öffnung in der Palisade. Es handelte sich nur um ein kleines Seitentor. Hinter diesem Durchlass entdeckte Ludger in einiger Entfernung einen Bachlauf und eine Ahnung breitete sich in ihm aus.

Er zeigte in Richtung des Gewässers. »Dort werden wir es versuchen.« Ludger zog die Spürnase energisch mit sich.

Der Trunkenbold folgte ihm unaufgefordert den Weg hinunter zum Wasser. Harald murrte mit rauer Stimme: »Muss ich etwa noch weit laufen wegen der Kleinen? Die ist hier draußen doch sowieso schon so gut wie tot. Wenn der Hunger sie nicht umbringt, dann erledigen es die Wölfe oder gar ein Bär für uns. Ich hörte, es soll davon einige in diesen Wäldern geben. Wir können uns doch einfach in eine Schänke setzen, gemütlich ein Bierchen trinken und behaupten, wir hätten nur noch ein paar Knochen und Kleidung von ihr gefunden.«

»Halt den Mund und komm mit. Je eher wir sie haben, desto eher kannst du wieder das Gesöff trinken gehen, was die hier Bier nennen.«

Ludger suchte nach Spuren im Sand. Auf dem Pfad fanden sich zu viele von ihnen.

»Mach dich lieber nützlich und pass auf unseren kleinen Hosenscheißerhubert auf, damit er sich nicht auf ein Pferd setzt und verschwindet.«

Beiden Männern stand ein Grinsen im Gesicht, als Ludger den Namen in abfälligem Tonfall erwähnte. Trotz des Scherzes beabsichtigte Ludger nicht, Freundschaft mit dem Soldaten zu schließen. Der Kerl huldigte schließlich nur dem Wein, dem Bier und den Weibern. Aber nicht dem Sonnengott, der ihnen die Kraft verlieh, all diese Ländereien zu erobern. Ludger nahm an, dass Haralds Meinung über ihn ähnlich schlecht ausfiel.

Ludger deute auf den Weg. »Ich sehe mich derweilen hier etwas um.«

Sie erreichten das Ufer des Rinnsals. Der ausgetrampelte Pfad verriet ihm, wo genau die Leute ihr Wasser für den täglichen Bedarf herholten.

Hubert kam gerade an. Er plagte sich damit, die drei Pferde hinter sich herzuziehen. Neben Harald blieb er stehen.

»Da bist du ja endlich! Hoffentlich finden wir die Hexe bald. Ich habe schon schrecklichen Durst«, hörte Ludger den Trinker jammern.

»Du kannst ja einstweilen Wasser aus deinem Trinkschlauch trinken. An deinem Sattel hängt einer«, erwiderte Hubert.

Dafür bekam er von Harald einen Klaps in den Nacken. Ludger hörte es klatschen.

»Werd bloß nicht frech, Hosenscheißer! Beim nächsten Mal zieh ich dir eine rein, dass du deine Zähne vom Boden auflesen kannst. Hast du mich verstanden?«

Hubert erwiderte nichts und starrte zu Boden.

Schade! In dem Moment, wo es spannend wird, verlässt ihn der Mut. Was für ein Jammerlappen!

Eines der Pferde schnaubte und stampfte mit dem Huf auf den staubigen Boden.

Der Jäger sah sich am Bach um. Der Kläffer schnüffelte einer Fährte nach. Die Nase dicht über dem Boden zog das Schlappohr am Strick in Richtung eines Dickichts. Das Tier besaß so viel Kraft, dass Ludger sich nach hinten lehnen musste, um nicht mitgerissen zu werden.

»Sitz!« Aufgeregt winselnd gehorchte der Rüde.

»Nun, such«, befahl Ludger. Er ließ der Leine etwas Spiel und folgte dem Vierbeiner. Hinter reichlich Gestrüpp fand er zwei hölzerne Eimer. Sie lagen da wie achtlos weggeworfen.

»Wir haben unsere Spur!«, rief Ludger den anderen zu. Der Hund zog weiter in Richtung der Baumreihen und er folgte ihm.

»Dieser Wald ließe sich problemlos zu Pferde durchqueren«, rief Harald. »Einer der wenigen in dieser Gegend.«

»Sitz!«, wies der Jägersmann seinen Hund erneut an. Das Winseln und Hecheln klangen noch aufgeregter als zuvor. Nur mit Mühe gelang es Ludger, sich durchzusetzen und den Hund im Sitz zu halten. Er näherte sich der unruhigen Spürnase und löste ihr den Strick vom Hals. Mit großen Schritten eilte er zu seinem braunen Wallach und schwang sich in den Sattel. Der Hund blieb gehorsam an Ort und Stelle sitzen, zappelte aber vor Aufregung, als ob er in einem Nest voller Ameisen saß, die ihn plagten.

»Aufsitzen! Weit kann sie zu Fuß nicht gekommen sein. Bis zum Abend haben wir sie und können wieder am warmen Feuer sitzen oder bei einem Bier.« Er schaute Harald provokant an. Doch der fühlte sich wohl nicht angesprochen. Er verzog jedenfalls keine Miene.

Die beiden Schützen stiegen in die Sättel ihrer Pferde.

»Such!« Der Bluthund jaulte freudig auf und rannte los. Ludger schnalzte mit der Zunge und sein Wallach setzte sich ebenfalls in Bewegung. Aufmerksam steuerte er den Braunen in Richtung des ansteigenden Hügels. Manövrierte ihn an Gestrüpp, Geäst und Baumstämmen vorbei. Das saftige Grün und die blühenden Büsche beachtete der Jäger nicht weiter. Er schenkte dem Bewuchs um sich herum nur gerade noch so viel Aufmerksamkeit, dass er sich keinen blutigen Striemen durch einen herunterhängenden Zweig im Gesicht zuzog. Seine

Konzentration galt einzig und allein dem Aufspüren seiner Beute. Er hielt nach Fußabdrücken und abgeknickten Zweigen Ausschau.

Die zwei Soldaten folgten ihm, wie er am dumpfen Geräusch von auf Moos trampelnden Hufen erkannte.

Dieser Harald säße vermutlich lieber irgendwo mit einem Krug Bier auf dem Tisch und einem hübschen Weib auf dem Schoß, als sich auf dem Rücken seiner Mähre durch den Wald zu schlängeln. Aber Bier und Weiber mussten warten. Befehl war Befehl!

Einige Zeit später erreichten die drei Reiter eine Lichtung. »Bei Fuß!«, rief Ludger dem Hund zu. Dieser erhob den Kopf vom Boden und kehrte missmutig winselnd zurück.

»Anhalten«, gab der Hundeführer nach hinten durch. Harald gab das Kommando lauthals an Hubert weiter. Die Pferde kamen mitten auf der Lichtung zum Stehen. Die Sonne fiel in gleißenden, fadendünnen Strahlen auf den Waldboden, als wollte der Sonnengott Ludger ein Zeichen senden, dass sie an der richtigen Stelle suchten, auch wenn er sie noch nirgends entdecken konnte.

»Wartet hier und haltet euch bereit.« Sein Befehl erklang leiser als gewöhnlich. *Falls sie sich noch hier aufhält, muss sie nicht alles mitbekommen. Unsicherheit macht ängstlich.* Ludger grinste.

Normalerweise verfügte er gegenüber den Soldaten des Barons als einfacher Hundeführer nicht über die Berechtigung, ihnen Befehle zu erteilen. Doch das kümmerte ihn im Augenblick nicht. Ohne ihn würden die beiden Trottel das Mädchen nie im Leben finden und außerdem taten sie ja bereitwillig, was er sagte.

Noch immer im Sattel sitzend, sah Ludger sich um, kratzte sich erst das stoppelige Kinn und anschließend seinen, seit gestern ratzekahlrasierten Schädel. »Scheiß Läuse«, brummte er kaum hörbar und spähte weiter ins Unterholz.

»Wo bist du?« Es war mehr ein an sich selbst gerichtetes Flüstern als eine an einen der Anwesenden gestellte Frage. Sein Wallach scharrte mit dem Huf, drängte vorwärts. Er zog hart an den Zügeln. Nicht halb so elegant, wie er es beabsichtigte, glitt er aus dem Sattel und band sein Reittier an einem Ast fest.

Das Moos hier glänzte noch feucht vom Tau. Die Grashalme ebenfalls. Aufmerksam schweifte sein Blick über die kleine Lichtung.

Von hier aus hat man die beste Sicht aufs Dorf. Eine Information, die ich dem Baron nach meiner Rückkehr überbringen sollte. Vielleicht springt ja eine Belohnung für mich heraus.

»Siehst du was?« In Haralds Stimme konnte Ludger deutlich den zunehmenden Bierdurst hören. Er drehte sich zu den Reitern um und bemerkte, wie Huberts Augen zu allen Seiten das Unterholz durchforsteten.

Ludger versuchte sein Erstaunen nicht allzu sehr mitklingen zu lassen. »Sie war hier.« Er zögerte kurz, bevor er es den anderen eröffnete. »Und sie war nicht allein.«

Der Hosenscheißer zog den Kopf ein und duckte sich so gut es ging. Als ob er dadurch unsichtbar würde.

»Was meinst du damit?«, erkundigte sich der Grobian und wirkte dennoch uninteressiert.

»Schau dir das Gras an. Wenn du zwei Stellen siehst, an denen es heruntergedrückt ist, dann liegt es ausnahmsweise nicht daran, dass du zu viel gesoffen hast.«

Sofort unterbrach ihn der Hüne mit donnernder Stimme: »Pass auf, was du sagst! Sonst verfüttere ich dich an deinen Schoßhund!«

»Was heißt das?«

Ludger sah verwundert zu Hubert hinüber, der unaufgefordert dazwischenfragte. Dessen Stimme glich einem Mäusepiepsen.

»Was bedeutet das, was du da gerade gesagt hast, Hundeführer? Hat die Hexe sich in zwei geteilt?«

»Natürlich nicht, du Schwachkopf!«, erwiderte er und rollte die Augen. »Aber sie war nicht allein hier. Irgendjemand begleitet sie. Sie müssen hier übernachtet haben. Weit können sie nicht sein. Sie sind zu Fuß.«

Spurenlesen zählte in der Tat nicht zu seinen allergrößten Stärken. Ludger verließ sich lieber auf die Spürnasen von gut ausgebildeten Hunden. Aber diese Abdrücke ließen keine andere Erkenntnis zu.

»Hier sind sie jedenfalls nicht mehr. Der Hund wird uns zeigen, wohin sie gegangen sind.«

Ludger schwang sich wieder aufs Pferd und starrte Harald an. »Wir beide sprechen uns später noch mal«, funkelte er den Trunkenbold grimmig an.

»Such!« Ein Freudenlaut des Hundes erklang und Ludger trieb sein Pferd mit den Hacken vorwärts.

Auf der anderen Seite trafen sie auf so etwas wie eine Straße, als das Gelände allmählich flacher wurde. Zwei parallele Spuren ohne Grünwuchs zeugten davon, dass hier regelmäßig Händler mit ihren Karren entlangkamen.

Sie folgten dem Bluthund, der zum Erstaunen Ludgers auf der Straße blieb und sie nicht wieder abseits des Weges in die Wälder führte.

Die Gejagten schienen es sehr eilig zu haben. Darum blieben sie auf dem Weg. So kamen sie schneller voran. Wie dumm für die zwei. Ludgers Mundwinkel wanderten nach oben. Den Pferden kam das Gelände entgegen. Es eignete sich viel besser, als sich um Bäume und Buschwerk zu schlängeln. Seine Beute betrachtete er schon fast als gefangen.

Sie ritten im Schritt weiter. Ludger wollte die Jagd noch etwas hinauszögern, genoss es schon deshalb, weil Harald auf diese Weise noch länger auf sein Bier warten musste. Im Sattel sitzend griff er sich ein Stück Brot aus seiner Satteltasche und aß es genüsslich. Seine erste Mahlzeit an diesem Tag. Das Pferd folgte gleichmäßig schreitend dem ausgefahrenen Pfad. Ludger blickte zum Himmel. Die Sonne lugte von ihrem höchsten Punkt durch die Wolken.

Der Baron musste dann eben auch noch ein wenig warten. Er sollte seine Hexe schon noch am selben Tag bekommen. Das sagte ihm sein Jagdgespür.

Von vorn erscholl lautes Gebell. Hastig schluckte er den letzten Bissen herunter und trieb seinen Wallach an.

Nicht weit voraus, an einer kleinen Biegung, schlug der Köter mit eingezogenem Schwanz an. Mit einem Handzeichen bedeutete Ludger den anderen anzuhalten, als sie die Stelle erreichten.

Die Biegung verlief an einer steilen Böschung entlang. Dort lag ein Kastanienbaum. An der Stelle, wo sich einst die Wurzeln in das Erdreich gruben, teilte ein Krater von zwei Mannslängen die Böschung in zwei Teile. Das hellbraune Laub hing noch an den Zweigen. Von seinem Pferd aus vermutete Ludger an der Stelle, wo der Baum einmal stand, eine kleine Aushöhlung, die als Versteck dienen mochte. Für einen unaufmerksamen Reisenden leicht zu übersehen.

»Absteigen und Armbrüste bereit machen!« Seine Worte kamen ihm absichtlich so laut über die Lippen. Das rote Stoffstück ließ er nicht aus den Augen.

Der Hund kläffte unaufhörlich. Das Gebell hallte von den Bäumen zurück. Das Vieh sollte ruhig bellen. Die Beute sollte sich ruhig fürchten. Umso leichter würden die Männer es haben, wenn sie das Mädchen einfingen. Angst machte gefügig. Nicht umsonst parierten seine Hunde stets so gut.

»Das Mädchen brauchen wir lebend. Vergesst das nicht!«, ermahnte er seine unliebsamen Begleiter. »Wer auch immer sie begleitet, ist für den Baron nicht von Wert.«

Die Armbrüste klackten laut, als die zwei Schützen sie spannten. Mit den Waffen im Anschlag begaben sie sich in Position.

»Komm heraus, Mädchen, und dir wird nichts geschehen. Dem Baron verlangt es danach, dich noch heute auf der Burg zu empfangen.« Ludger versuchte sich an einem möglichst freundlichen, wenn auch gespielten Tonfall. Er lauschte und grinste voller Vorfreude. Nichts rührte sich außer die im Wind raschelnden Blätter an den Bäumen. Ansonsten drang nur Stille an sein Ohr. Kein Vögelchen sang. Ein eindeutiges Zeichen für einen erfahrenen Jäger.

Erneut ergriff er das Wort: »Komm schon, Kleine. Du sitzt ohnehin in der Falle.«

Haben die beiden Schwachköpfe sie noch immer nicht entdeckt? Sie stehen nur da und starren Löcher in die Luft. Bei denen ist wohl jede Hoffnung verloren. Was habe ich nur verbrochen, dass man mir diese beiden mitgeben musste?

Ludger seufzte leise. Mit der Rechten deutete er in Richtung der steilen Böschung.

»Fakt ist, dass du nicht fliehen kannst, Lisbee. Komm heraus oder wir kommen dich holen!« Nun sprach er schon weniger freundlich. Von der Nennung ihres Namens versprach er sich noch mehr Verunsicherung.

Wie aus dem Nichts drangen aus dem Wald hinter ihnen lautes Knacken und stampfende Geräusche, als ob dort jemand auf einem wild gewordenen Schlachtross galoppieren würde. Ludger fuhr herum. Er entdeckte nichts außer dicht gedrängten, saftig grünen Blättern. Das Buschwerk schirmte alles ab, was sich im Inneren des Waldes befand. Es musste etwas Großes sein, so wie es im Unterholz knackte. Es rannte sehr schnell. Ludger

schluckte, denn er bemerkte, dass es sich auf ihn zube-
wegte und er nur wenige Schritte vom Buschwerk entfernt stand. Zu spät, um noch wegzulaufen.

Für einen Herzschlag schaute er zur Seite. Die Schüt-
zen legten auf das Gestrüpp an. Der Jäger erkannte die
Angst in den Augen der beiden Männer, die wie er auf
das warteten, was auch immer da kommen mochte.
Selbst der Bluthund drängte sich winselnd an Ludgers
Bein.

Er zog sein Jagdmesser. Weitere Waffen trug er nicht
bei sich. »Was zum Henker ...«, murmelte er.

Im nächsten Augenblick sprang ein schwarzer Schatten aus dem Buschwerk und flitzte in Windeseile zwischen den Männern hindurch. Das Wesen sprang
behände die Böschung auf der gegenüberliegenden
Straßenseite hinunter, bevor der Jäger erkennen konnte,
wessen Fell ihn da gestreift hatte. Ludger blieb keine
Zeit, dem Wesen hinterherzusehen. Dem Schatten folgte
ein riesiger Bär. Ein sehr wütender Bär mit gefletschten
Zähnen.

Verdammter Knoten

Hubert

Hubert verschoss seinen Bolzen, ohne auch nur ansatzweise zu zielen. Das Geschoss vergrub sich dem dumpfen Klang nach tief in der Rinde eines Baumes weiter hinten im Wald. An seinem Bein lief eine warme Flüssigkeit herunter und verteilte sich in seinem Beinkleid. Er zitterte am ganzen Leib. Mit aufgerissenem Mund starrte er auf die Bestie. Seine Sinne vermochten sich nicht von ihr zu lösen.

Ludger brachte gerade noch ein »Herr der Sonne, steh mir bei!«, heraus, bevor der Bär sich auf ihn stürzte und sich in seiner Kehle verbiss. Der Hund ging knurrend und bellend auf das Riesenvieh los. Das mächtige Tier ließ vom röchelnden Ludger ab. Blut sammelte sich in einer Lache unter dem Körper des Jägers.

Ein einziger Hieb mit der mächtigen Pranke löschte das Leben des Kläffers vom einen auf den anderen Moment aus. Jaulend flog der Hund durch die Luft. Grotesk verrenkt blieb das treue Tier fünf Schritte vor Hubert liegen.

Haralds Bolzen traf den rechten Hinterlauf. Meister Petz stellte sich auf die Hinterbeine. Gegen ihn wirkte Harald wie ein Zwerg. Mit weit aufgerissenem Maul brüllte das Raubtier seine Wut heraus. Das Blut Ludgers, vermischt mit Bärenspeichel, tropfte zähflüssig von den Fängen der Bestie. Alles ging so rasend schnell, dass der Mann mit den Bärenkräften nicht mal mehr Zeit fand, sein Schwert zu ziehen. Das Ungetüm verbiss sich im Arm des Kameraden. Wütend schüttelte der Bär seinen Kopf. Es ruckte und Hubert hörte Haralds Knochen brechen. Ein schmerzerfüllter Schrei folgte. Harald stürzte. Der Bär setzte sofort nach.

Im Hintergrund wieherten und trampelten die Pferde. Der blonde Schütze bemerkte, wie sie versuchten, sich loszureißen.

Wütend brüllte das pelzige Biest. Hubert zuckte zusammen. Lange würde sich der Wüterich nicht mehr mit seinem Kameraden aufhalten. Hubert stand da, als sei er ein angewurzelter Baum, sah nur noch die spitzen Zähne in Richtung von Haralds Kehle schnappen. Ein gurgelndes Geräusch erklang.

Huberts Starre löste sich. Die Armbrust warf er achtlos beiseite und rannte los. Nach wenigen Schritten erreichte er die Pferde. Sie schnaubten und wieherten ängstlich.

Hastig schaute er noch mal zurück. Der Bär ließ seine Wut noch immer an Harald aus.

Fürchterlich zitternd versuchte Hubert, die Zügel eines der Rösser vom Ast zu lösen. Ein schier aussichtsloses Unterfangen. Kalter Schweiß rann dem letzten verbliebenen Kämpfer von der Stirn. Seine Finger gehorchten ihm nicht.

Panisch betete er: »Herr, steh mir bei! Herr, steh mir bei!« Dabei schrie er immer lauter.

Der Lärm im Hintergrund verstummte. Hubert drehte sich erneut um. Sein Blick trafen den des Ungetüms. Das Vieh schäumte vor Wut. Ein markerschütterndes Brüllen hallte von den Bäumen wider.

»Herr, so steh mir doch bei!«

Der Knoten ließ sich nicht lösen. »Haltet doch still, ihr verdammten Viecher!«, brüllte er die Rösser an. Die Tiere zogen nur noch stärker an den Zügeln. Auch sie witterten den nahenden Todbringer.

Huberts Zittern verschlimmerte sich. Der Schweiß ließ Huberts Finger von den Zügeln abrutschen.

»Er kommt! Er kommt! Hilf mir doch, oh Herr! Er kommt! Ich will dich lobpreisen mein Leben lang. Ins Kloster gehe ich, wenn du mich nur am Leben lässt. Mein Dienst endet schon in ein paar Tagen. Das weißt du doch, Herr der Sonne!« Huberts Stimme überschlug sich fast, hörte sich an wie ein heiseres Krächzen.

Endlich löste sich der Knoten.

»Ich danke dir, Herr!«, jubelte der Hosenscheißer voller Erleichterung.

Der Blondschopf sprang mit so viel Schwung in den Sattel, dass er beinahe auf der anderen Seite wieder herunterfiel. Nur mit Mühe hielt er sich auf dem Rücken der Stute.

Wie ein Wilder trat Hubert der Fuchsstute mit den Hacken in die Flanken. In Richtung der Burg jagte das Pferd auf dem Karrenpfad davon und ließ den Tod hinter sich.

Hubert krallte sich an der wehenden Mähne fest und betete. Er betete im Stillen, dass das Ungetüm sich lieber die Hexe als nächstes schnappen würde, anstatt ihm hinterherzujagen. Einen Blick zurückzuwerfen, wagte er nicht.

Atemlos

Lisbee

»Ich kann nicht mehr«, keuchte Lisbee und blieb stehen. Den Oberkörper nach vorn gebeugt und die Hände auf ihren Oberschenkeln abstützend, rang sie nach Atem. Schweiß tropfte ihr vom ganzen Körper. Ihre Seiten stachen unerträglich. Der Brustkorb des Mädchens hob und senkte sich ohne Unterlass im Rhythmus ihres Keuchens.

»Meine Beine brennen wie Feuer, meine Lunge auch. Ich kann keinen Schritt mehr gehen. Ich höre meinen Herzschlag im Kopf, als ob dort jemand zu einem wilden Tanz trommelt.« Ihre Atemnot ließ sie nur abgehackt sprechen. »Selbst wenn der Tod mich auf der Stelle ereilen sollte – ich kann keinen Schritt weiter rennen. Ich brauche eine Verschnaufpause. Dringend! Andernfalls laufe ich mich zu Tode.«

Ferodil sah sich um, wartete einen Augenblick, bevor er antwortete: »Die Gefahr scheint vorerst gebannt.«

Im Gegensatz zu ihr atmete der Elf lediglich etwas schneller als gewöhnlich und sprach noch immer recht flüssig.

»Ich denke, wir haben sie fürs Erste abgehängt.«

»Wer waren diese Männer? Und wo kam der Bär plötzlich her?« Noch immer schnappte das Mädchen nach Luft. Sie ließ sich erschöpft ins feuchte Moos fallen.

Lisbee wusste nicht, wie lange sie gerannt waren oder wo sie sich befanden. Um sie herum reckten Bäume in verschiedenen Größen und von unterschiedlicher Art ihre Äste in Richtung der Sonnenstrahlen. Sie wuchsen sehr nah beisammen, bildeten einen dichten Wald. Das Blätterdach über ihr tauchte die Umgebung in ein stickiges Zwielicht. Ein geschützter Ort, bestens geeignet, um sich zu verstecken.

»Das waren die Männer von König Hennrich. Du erinnerst dich doch sicher an die Soldaten im Dorf?«

Lisbee nickte knapp und japste noch immer wie ein Fisch an Land. Wieso es dem Elfen nicht ebenso erging, wollte ihr nicht in den Kopf.

»Ich sagte doch, sie werden dich suchen. Allerdings habe ich nicht erwartet, dass sie einen Hund dabeihaben. In einem solchen Fall wäre ich anders vorgegangen. Ich muss unbedingt mehr über sie in Erfahrung bringen. Nur wie? Man darf diese Männer nicht unterschätzen, wie mir scheint. Dennoch bin ich schon von Schlimmerem verfolgt worden.«

»Schlimmerem?«

»Ja. Vargreitern zum Beispiel.«

»Was für Reitern?« Lisbee verstand nicht, wovon er sprach. »Kenne ich nicht.«

»Vargreiter. Orks auf riesigen wolfartigen Wesen mit scharfen Zähnen, die …« er winkte ab. »Ich habe keine Lust auf ausführliche Erklärungen.«

Miranee setzte sich neben Ferodil. Sie hechelte. Auch ihr sah Lisbee die Anstrengung kaum an.

»Mira, du blutest ja!« Dem Elf stand der Schreck ins Gesicht geschrieben. Lisbee beobachtete, wie er die Schattenwölfin untersuchte, hastig das Fell betastete. Die Fähe ließ es reglos über sich ergehen.

Auch Lisbee begutachtete die Wunde aus der Ferne. Für mehr reichte ihre Kraft noch nicht wieder.

»Zum Glück nur ein Kratzer.« Aus Ferodil sprach die Erleichterung. Lisbee meinte, die Anspannung von seinem Körper abfallen zu sehen, als hätte er stundenlang einen Sack Korn geschleppt und nun fallengelassen.

Hatte er nicht davon gesprochen, wie wichtig sie ihm sei, als er sie vorstellte? Krampfhaft versuchte Lisbee sich an den Vortag zu erinnern. Warum genau, das hatte er ihr allerdings nicht verraten.

Ferodil unterbrach ihre Anstrengungen, indem er das Wort an die Fähe richtete: »Du hast die Reiter kommen hören und bist in den Wald gerannt, um dich mit einem Bären anzulegen, nur um ihn zu uns zu locken. Du bist so mutig und gerissen zugleich!« Der Elf lobte die Wölfin schon fast überschwänglich. Lisbee sah ihn zum ersten Mal lächeln. Es war kein aufgesetztes Lächeln, sondern eines aus tiefstem Herzen.

»Warum gerissen?«, wollte Lisbee wissen. Von Tieren mit Verstand hatte sie noch nie etwas gehört.

»Weil ihr Instinkt ihr sagte, dass wir Hilfe benötigen, als sie unsere Verfolger bemerkte. Um keinen von uns dreien in Gefahr zu bringen, hat sie den Bären in unsere Richtung gelockt. Der Bär hat die Südländer angegriffen und uns damit Gelegenheit zur Flucht verschafft. Wie würdest du das nennen?« Er wartete nicht auf ihre Antwort. »Ich nenne es gerissen!«

»Kann das nicht auch einfach Zufall gewesen sein? Ich meine, sie könnte sich dem Bären doch auch rein zufällig beim Fressen genähert haben«, bohrte Lisbee nach. »Ich meine, wir haben doch die Raben kreisen sehen. Bestimmt hat er sich an einem Kadaver zu schaffen gemacht.« So langsam beruhigte sich ihre Atmung. Nur die vermaledeiten Seitenstiche ließen nicht nach. Sie erinnerten Lisbee an das schier endlose Gerenne.

Ferodil sprang auf und fuhr sie an: »Du hast doch keine Ahnung, wozu meine Miranee im Stande ist! Sie hat gerade dein Leben gerettet! Wir mussten nicht einmal kämpfen und du zweifelst an ihrer Klugheit! Du unterschätzt meine Mira, und zwar gewaltig!«

Lisbee hob entschuldigend die Hände. »Ist ja schon gut. Ich werde nichts mehr gegen sie sagen. Womöglich hast du ja recht.« Einen Streit anzufangen, lag, hier mitten in der Wildnis, ganz sicher nicht in ihrer Absicht. Erst recht nicht in ihrem ausgelaugten Zustand.

»Aber das ist noch lange kein Grund, mich anzuschreien«, ärgerte sie sich dennoch über die ungestüme Reaktion ihres elfischen Begleiters. »Sie ist doch nur ein Tier. Und Tiere denken nicht. Jedenfalls nicht wie Menschen oder meinetwegen auch Elfen.«

Ferodil räusperte sich: »Es tut mir leid. Ich wollte nicht laut werden. Aber du musst wissen, Mira ist mir außerordentlich wichtig. Bezeichne sie also nie wieder als Tier. Damit beleidigst du sie. Meine Mira ist alles, was mir geblieben ist. Ihr darf nichts zustoßen. Dann wäre all das hier vergebens.«

»Warum denn vergebens?« Die Neugier übertrumpfte Lisbees Erschöpfung.

Schweigend starrte sie in die Gasse im Buschwerk die sie auf ihrer wilden Flucht gerissen hatten.

»Ruh dich noch etwas aus. Der Bär hat uns Zeit verschafft und wir können hier ein wenig rasten. Bis jemand den Verlust der Männer bemerkt und nach ihnen sucht, wird es mindestens bis morgen früh dauern. Außerdem sind wir zu weit davongerannt, um heute noch eingeholt zu werden. Ich sammle in der Zwischenzeit etwas Feuerholz. Miranee wird bei dir bleiben. Sie soll sich auch etwas erholen. Später schicke ich sie auf die Jagd nach unserem Abendessen. Nur keine Angst, ich werde mich nicht weit entfernen.«

Lisbee bemerkte sehr wohl, wie der Elf versuchte, ihrer Frage auszuweichen. *Was verheimlicht er mir nur?*

»Warum jagst du uns nicht etwas mit deinem Bogen? Ich nehme an, du bist doch ein Jäger. Zumindest siehst du aus wie einer.«

»Weil ich lediglich zwanzig Pfeile in meinem Köcher mit mir führe, Lisbee. Ich möchte nicht riskieren, auch nur einen davon zu verlieren, weil er womöglich bei der Jagd abbricht. Wer weiß, ob wir beim nächsten Aufeinandertreffen so glimpflich davonkommen.« Der Elf schüttelte seinen Kopf. »Ich werde sie vielleicht noch alle benötigen, wenn wir uns gegen unsere Häscher erwehren müssen. Ich schätze, nach dem heutigen Tag werden wir erst recht verfolgt. Das werden die Südländer nicht auf sich sitzen lassen. Außerdem sind die Männer des Königs überall im Land unterwegs.« Sein Arm vollführte eine ausladende Bewegung und betonte das Wort *überall*.

»Das kann doch nicht sein«, entfuhr es Lisbee. »Das hätte sich doch längst herumgesprochen.« Ungläubig schüttelte sie den Kopf. Wenn sich all diese erwähnten Soldaten so verhielten wie die in Schmalwasser, dann mochte sie sich gar nicht ausmalen, welch schreckliche Zukunft Odengard bevorstand. »In fast jedem Dorf lebt eine Heilerin. Sie werden sie doch nicht alle ...« Lisbee hielt sich die Hand vor den Mund. »Das darf nicht wahr sein. Du musst dich irren.«

Ferodil schüttelte den Kopf. »Es heißt, es gab eine gewaltige Schlacht an der südlichen Grenze Odengards. In dieser Schlacht sind Adolars Mannen von den Soldaten Hennrichs vernichtend geschlagen worden. Dem Vernehmen nach haben wohl nicht viele Odengarder überlebt. Es soll ein blutiger und unerbittlicher Kampf gewesen sein.« Er legte beiläufig seinen Rucksack ab. »Wie mir scheint, hat Hennrich es sogar geschafft, nahezu jeden der Boten abzufangen, die die Bevölkerung vor den nachrückenden Truppen hätten warnen können. Du hast recht, eine solche Nachricht hätte sich doch längst wie ein Lauffeuer auch bis zu eurem abgelegenen Dörfchen verbreitet. Dem scheint mir nicht so, wenn ich dich recht betrachte. Also müssen die Gerüchte demnach stimmen, was die Boten betrifft.«

Lisbees braune Augen öffneten sich bis zum Anschlag. Entgeistert starrte sie ihren Begleiter an. »Das kann doch nicht wahr sein!«, flüsterte sie mit zittriger Stimme. »Odengard ist verloren.«

»Ich fürchte, so ist es. Ich selbst habe auf meiner Reise nach Schmalwasser etliche Trupps der blauen Armee dabei beobachtet, wie sie durch Odengards Ländereien zogen. Außerdem traf ich einen Späher aus meiner Heimat. Er berichtete mir, was er zum Ausgang der Schlacht wusste. König Hennrich scheint seine Statthalter auf sämtliche eurer Burgen zu entsenden. Und was die dort dann anstellen, das haben wir ja beide gesehen.« Er schaute ihr geradewegs ins Gesicht. »Odengard, so wie du es kennst, wird wahrscheinlich bald nicht mehr existieren.« Ferodils Gesicht verzog sich. Lisbee las darin dessen Verachtung gegenüber den Sonnengottanbetern ab. Sie teilte seine Meinung. Niemals würde sie den Tag vergessen, als die Südländer ins Dorf kamen.

»Das war grauenhaft! Die arme Cynthia.« Lisbee schluckte und schwieg für einen Augenblick.

»Was wollen diese Männer denn nur von mir? Ich bin doch nur ein einfaches Mädchen.«

»Sie denken, du wärst eine Hexe und wollen dich ebenfalls verbrennen. Schließlich hast du in ihren Augen bei einer gelebt. Wahrscheinlich hat sie auch ihr Wissen über Kräuter und ihre heilende Wirkung mit dir geteilt. Zumindest hast du mich ja heute schon über dieses gelbe Kraut belehrt. Wie hieß es doch gleich?«

»Güldwurz.«

»Ja genau.« Seine Miene verfinsterte sich. »Von den Kräften, die du in dir trägst, mögen sie vielleicht nichts wissen. Aber du hast bei der Kräuterfrau gelebt und von ihr gelernt. Also bist du in ihren Augen eine Hexe. Sie wissen nichts über Magie und verteufeln sie. Weil sie sie nicht verstehen, darf sie in ihren Augen auch nicht existieren und sie bekämpfen sie gnadenlos mit Feuer. Aber was erzähle ich dir da?«

Der Elf schlug die geballte rechte Faust mit der Unterseite gegen einen Baum, als ob dieser nicht mehr lebendig, sondern bereits eine Tischplatte wäre. »Vermutlich wollen sie auch dich auf einen Scheiterhaufen zerren, um den Rest des Dorfes einzuschüchtern, die Bewohner gefügig zu machen. Wer weiß schon, was in den Köpfen dieser Männer vor sich geht.« Er zuckte mit den Schultern. »Wer du wirklich bist, kann außer mir niemand hier in Odengard wissen. Außer vielleicht ...« Er schaute kurz nachdenklich, schüttelte den Kopf und setzte dann wieder an zu sprechen: »Aber ...«

»Das ist doch lächerlich!«, protestierte Lisbee und fiel ihm ins Wort. »Ich kann nicht zaubern oder hexen oder wie man das auch immer nennen mag. Niemand vermag das. Das ist doch nur Aberglaube!«

»Niemand, den du kennst, vermag das!«, unterbrach sie Ferodil mit fester Stimme nun seinerseits. »Du wirst noch Gelegenheit bekommen, Menschen und Elfen mit solchen Gaben kennenzulernen. Vorausgesetzt, wir kommen lebend in Mytlaghyr an.«

»Werden sie uns nicht auch dorthin verfolgen?«

»Sollen sie es ruhig versuchen. Sie werden es schnell bereuen.«

Der Elf strahlte Zuversicht aus. Etwas, was Lisbee nicht mit ihm teilen konnte. Ihre Heimat schien dem Untergang geweiht und sie konnte sich keinen sicheren Ort vorstellen, wohin man sie nicht verfolgen würde.

»Ich werde nun endlich Holz für ein kleines Feuer sammeln gehen, bevor wir mit unserem Gerede noch mehr Zeit vergeuden. Sieh zu, dass dich niemand findet und erhole dich etwas.« Mit diesen Worten verschwand er in den Wald und ließ sie mit der Schattenwölfin zurück. Schon nach wenigen Schritten ins Dickicht hinein verschluckte ihn das Grün.

»Sieht aus, als müsste ich mich mit dir anfreunden«, stellte Lisbee fest. »Nun ja, so übel scheinst du ja nicht zu sein. Kannst du wirklich denken wie wir? Irgendetwas an dir finde ich dennoch sonderbar. Irgendwie unheimlich. Du hättest mich schon letzte Nacht fressen können. Warum hast du es nicht getan?«

Die Fähe reagierte nicht.

»Dennoch, du bist und bleibst trotz alledem ein Wolf, ein wildes Tier und kein zahmer Hund. Ich werde dich im Auge behalten.«

Miranee legte den Kopf schief.

»Wehe, du versuchst, mich zu fressen. Denk daran, ich habe einen Dolch und könnte dich damit erstechen. Denk ja nicht, ich würde es nicht tun!« Lisbee versuchte grimmig dreinzuschauen. Ihre Rechte deutete auf die scharfe Klinge an ihrer Hüfte.

Natürlich konnte sie die Schattenwölfin nie im Leben besiegen. Das wusste sie selbst, aber sie hoffte, ihre Worte würden dem Tier ein wenig Respekt einflößen, damit es sich einen Angriff zweimal überlegte. Wenn Miranee überhaupt etwas von alledem begreifen konnte. Ganz sicher musste der Magen der Wölfin genauso sehr knurren, wie Lisbees eigener. Da käme ihr ein zartes Menschlein doch sicher gelegen. An Lisbee war zumindest mehr dran als an dem kleinen Happen vom Abend zuvor.

Die Schattenwölfin schaute sie an, als könnte sie Gedanken lesen. Lisbee empfand es als lauernd. Erleichtert atmete das Mädchen aus, als die Wölfin ihr den Rücken zukehrte und im Moos Platz nahm.

»Du musst ja nicht gleich beleidigt sein«, kam es aus Lisbees Mund. »Du bist ja empfindlicher als ein kleines zickiges Mädchen.«

Nachdenklich beobachtete sie das majestätische Tier.

Ob Ferodil tatsächlich richtiglag? Besaß sie tatsächlich einen schlauen Geist? Sie mochte sich irren, aber die Wölfin schien sie zumindest ansatzweise zu verstehen. Das konnte nicht sein. Das durfte nicht sein! Es war wider die Natur. Vor ihr saß sicher nur eine ganz normale Wölfin, redete sie sich ein. Gezähmt von dem Elfen. Etwas groß geraten vielleicht, aber doch nur ein gewöhnliches Tier. Oder etwa doch nicht?

Geschichte schreibt der Sieger

Luzius

Luzius saß in seiner Kammer und betrachtete die Karten, die ausgebreitet auf seinem Tisch lagen. Flackernde Kerzen standen überall verteilt. Draußen dämmerte es bereits und das Fenster seines Kämmerleins ließ ohnehin nicht viel Tageslicht hinein.

Die Skizzen zeigten die Burg Schmalwasser in ihren Grundrissen und die dazugehörigen umliegenden Ortschaften. Schmalwasser lag am nächsten. Als größtes der zugehörigen Dörfer diente es wohl als Namensgeber der Burg. Ansonsten gab es noch zwei kleinere Orte in der näheren Umgebung und einzelne Bauerngehöfte.

»Da wartet eine Menge Arbeit auf mich«, seufzte er mit ernster Miene. »Ich muss die vielen Leute bekehren und umgehend ein Gotteshaus errichten. Fragt sich nur, was davon die schwerere Aufgabe wird.« Wenn er etwas genau planen wollte, sprach er gern zu sich selbst, um mit eigenen Ohren zu hören, ob seine Ideen gut klangen. Allerdings tat er das nur, wenn sich niemand in Hörweite befand. Meistens jedenfalls.

Ein lautes Klopfen unterbrach den Mann Gottes.

Ärgerlich rief er: »Herein!«

Eine der Wachen öffnete die schwere Tür zur kleinen Kammer. »Priester Luzius, der Herr Baron wünscht Euch zu sprechen.«

»Was gibt es denn?« Luzius versuchte, sich seinen Ärger über die Störung nicht zu sehr anmerken zu lassen.

»Das weiß ich nicht«, antwortete der Wachmann. »Aber der Baron sagte, ich solle mich beeilen.«

»Dann muss es wohl dringlich sein. Ich werde mich sputen. Wo wünscht der Herr mich denn zu sprechen?«

»In der großen Halle.«

»Du kannst dich wieder deinen Aufgaben widmen. Ich finde allein zurecht und werde schnellstmöglich zum Baron eilen.«

Die Tür verschloss sich und der Soldat ging seiner Wege, wie Luzius am Hall der Schritte im Flur hörte.

»Doch vorher muss ich noch etwas auf der Karte markieren«, hörte er sich selbst sagen. »Hier wäre doch ein guter Platz!« Er nahm die Feder aus dem Tintenfässchen und malte einen kleinen Kreis auf die Grundrisskarte des Burggeländes. Die Feder legte er anschließend auf dem Tisch ab und betrachtete nochmals den Platz seiner Wahl. »Ja, ein sehr guter Ort. Zentral im Burghof. Keine Schatten. Die Sonne kann die heilige Halle dort ungehindert durchfluten.« Der Priester nickte zustimmend, während die Kerzen auf der hölzernen Tischplatte aufflackerten.

Bedächtigen Schrittes machte er sich auf den Weg durch das Gemäuer, hin zur großen Halle. Modergeruch trat ihm in die Nase. Nach wenigen Augenblicken erreichte er sein Ziel. Kaum angekommen und durch das Tor geschritten, begrüßte ihn der Baron: »Da seid Ihr ja endlich, Priester Luzius.«

Der Geistliche verbeugte sich knapp. »Es verlangte Euch danach, mich zu sprechen, Baron Lodewig. Ich bin sofort losgeeilt, als Euer treu ergebener Soldat mich informierte. Was bedarf denn noch einer so dringlichen Unterredung zur Abendstunde, werter Baron?«

»Das wird Euch der einzige Überlebende meines kleinen Suchtrupps am besten selbst schildern.«

Der Baron wandte sich an den zweiten Anwesenden: »Hubert, schildere Priester Luzius, was du mir soeben berichtet hast. Und lass keine Kleinigkeit aus. Auch wenn sie dir noch so unscheinbar erscheinen mag.«

Der Baron setzte sich auf seinen breiten Sessel, der thronartig am hinteren Ende der Halle stand.

Luzius blieb an Ort und Stelle stehen und sah den verängstigten Kerl an, der ganz verloren, wie ein Häufchen Elend, in der länglichen Empfangshalle wirkte. Flackernde Schatten tanzten auf seiner Haut. Sie rührten von den Fackeln an den Wänden und dem Kerzenrad, welches an einer rostigen Kette von der Decke hing.

Zögernd ergriff Hubert das Wort, wie es ihm vom Baron befohlen ward. »Wir haben das Mädchen in ihrem Haus gesucht. Der Hund hat uns zum Bach geführt. Doch da war sie auch nicht. Also ritten wir durch den Wald. Auf einer Lichtung meinte Ludger etwas von einer zweiten Person, die bei ihr gewesen sein soll.«

»Habt ihr jemanden gesehen?«, hakte der Priester nach.

»Nein, Priester Luzius. Wir haben niemanden gesehen. Da waren nur zwei Abdrücke im Gras. Als wir den

Spuren weiter folgten, sah ich einen angebissenen Apfel auf dem Boden. Er sah recht frisch aus, worüber ich mich noch wunderte. Wir waren also auf der richtigen Spur. Am Ende folgten wir der Straße und plötzlich schlug der Bluthund an. Als wir sie einfangen wollten, setzte die kleine Hexe ihre schrecklichen Kräfte ein.«

»Wie meinst du das? Was für Kräfte hat die Heidin eingesetzt, beim Sonnengott? So sprich, Soldat!« Luzius musste sich zusammenreißen, um sein Erstaunen nicht zu offenbaren. Er wischte seine schwitzigen Hände unauffällig an seiner weißen Kutte ab. Mit tatsächlichen Zauberkräften hatte er wahrhaftig nicht gerechnet.

Huberts Augen klebten nervös am steinernen Boden zu seinen Füßen. »Nun, wir hatten gerade abgesessen und die Armbrüste gespannt, wollten sie festnehmen. Da kam sie als schwarzer Wirbel aus dem Wald geweht. Es war unheimlich. Die Erde bebte und die Bäume schienen etwas zu flüstern. Wind und Nebel kamen gleichzeitig auf. Die Zeit stand für einen Augenblick still. Ein ohrenbetäubender Lärm drang aus dem Unterholz von dort, wo das Hexenweib gerade den Weg gekreuzt hatte. Und dann plötzlich stand er vor uns.«

»Wer?« Luzius zog die linke Augenbraue hoch. In seinem Kopf überschlug er die möglichen Antworten und kam dennoch nicht auf die richtige Lösung.

»Na, ein riesiger Bär mit rotglühenden Augen. So ein Ungeheuer ist mir im Leben noch nicht begegnet. Ich schwöre es auf das Licht der Sonne. Selbst die Bolzen unserer Armbrüste vermochten ihn nicht zu töten. Er zerriss erst Ludger und dann Harald in der Luft. Ich konnte mich gerade noch auf ein Pferd retten und zurückgaloppieren, um dem Baron und Euch vor der Hexe zu warnen.«

»Und ganz nebenbei dein erbärmliches Leben zu retten«, warf der Baron zynisch ein.

»Glaubt mir, Herr, es war Hexerei! Keine zehn Pferde bekommen mich je an diesen verfluchten Ort zurück. Sie ist eine Hexe! Eine abgrundtief böse Hexe!«

Huberts Leib begann zu zittern, während er berichtete. Luzius wusste als zuständiger Priester um die Glaubenstreue des Soldaten. Es gab aus seiner Sicht keinen erkennbaren Grund, an dessen Worten zu zweifeln. Auch wenn der Schütze seinen Bericht gewiss über die Maßen ausschmückte.

»Hast du gesehen, ob der Bär ihr gefolgt ist oder wer sie begleitet?«

»Nein, Priester Luzius. Bei Gott, ich konnte nichts erkennen. Ich schwöre es beim Leben meiner Mutter und dem Herrn der Sonne. Sie ist eine mordsgefährliche Hexe! Wenn wir noch mal versuchen, sie einzufangen, wird sie uns ganz sicher alle umbringen. Vielleicht lässt sie sogar Blitze vom Himmel auf unsere Köpfe herabschnellen.« Hubert hob seine Hände schützend über den Kopf, als wenn er erwartete, dass seine Prophezeiung im gleichen Moment in Erfüllung ginge.

»Ich danke dir für deinen Bericht, treuer Hubert. Mit der Erlaubnis des Barons darfst du dich nun entfernen. Ruh dich aus von den Strapazen und erzähle keinem, was du gesehen hast. Hörst du? Baron Lodewig und ich werden uns der Sache annehmen und uns beraten.«

Luzius sprach in einem gespielt freundlichen Ton. Mehr wie ein gealterter Vater, denn ein junger Priester. Diese Art, auf Menschen einzuwirken, beherrschte er schon Zeit seines Lebens.

Der Baron winkte lediglich ab. Mit einer tiefen Verbeugung verabschiedete sich Hubert und verließ hastig den Saal, bevor es sich einer der hohen Herren noch anders überlegen konnte.

»Wachen, verschließt die Tür zur Halle!«, befahl Lodewig, woraufhin die beiden hölzernen Türflügel sich schlossen. Niemand außer dem Baron und dem Priester befand sich noch im Saal.

Luzius ergriff das Wort. »Herr, Ihr müsst unbedingt etwas unternehmen.«

»Wieso?« Der Baron klang genervt. »Die Türscharniere sind genauso alt und baufällig wie die ganze verdammte Burg. Ein finsteres und feuchtes Gemäuer, welches kurz vor dem Verfall steht, wenn Ihr mich fragt. Mehr eine Ruine als eine standhafte Feste habe ich mir da angelacht. Zuallererst muss die Außenmauer repariert werden, bevor diese Bauerntölpel noch auf die Idee kommen, eine Revolte anzuzetteln. Das wackelige Ding könnte schon beim nächsten Sturm von allein in sich zusammenfallen und bietet keinen Schutz mehr. Der alte Eigentümer dieser sogenannten Burg scheint mir kein kluger Mann gewesen zu sein. Es war ein Leichtes, dem Alten mit seiner Handvoll Soldaten dieses jämmerliche

Gemäuer aus den Händen zu reißen und sie alle zu ihren Göttern zu schicken.«

»Gewiss, Baron, die Mauer. Natürlich. Doch verzeiht, das meinte ich nicht.«

»Glaubt Ihr etwa, was der Hosenscheißer da behauptet? Ich hielt Euch immer für einen klugen Mann, Luzius. Der will doch bloß seine Haut retten, der feige Hund. Auspeitschen lassen sollte ich ihn, weil er vor dem Feind davonrannte.« Der Kopf des Barons verfärbte sich rot.

»Was aber, wenn er die Wahrheit spricht, Herr? Wir beide wissen, dass es sich bei der Hexe von gestern lediglich um ein Kräuterweib handelte. Gotteslästerlich, aber harmlos. Anhand meiner Nachforschungen in den alten Schriften habe ich dennoch Grund zur Annahme, dass das Mädchen tatsächlich Magie wirken kann.« Wieder schwitzten die Hände des Priesters, worüber er sich ärgerte, es aber nicht zeigte. Glücklicherweise verbargen die ausladenden Ärmel seiner Kutte diese Peinlichkeit.

»Das ist doch törichter Aberglaube«, wiegelte Lodewig mit einer Handbewegung ab.

»Wenn es aber doch wahr ist, was dieser Hubert berichtet? Was dann?« Luzius musterte den neuen Herrscher von Burg Schmalwasser. »Dann könnte sie in der Tat zurückkehren und wäre eine ernstzunehmende Gefahr für Euch und Eure neu gewonnenen Ländereien. Ihr wollt doch nicht abermals zu einem landlosen Baron werden, nachdem ich Euch erst kürzlich zu dieser schönen Burg verholfen habe, oder, Baron Lodewig?« Der

Tonfall des Priesters trug einen Hauch von Provokation in sich.

»Was heißt hier verholfen?«, blaffte Lodewig. »Ich habe treu ergeben in König Hennrichs Armee gekämpft und für ihn viele Siege errungen. Dafür hat er mich in seiner Großzügigkeit mit diesem Stückchen Land hier belohnt. Was habt ihr dazu beigetragen, Priester?« Des Barons flache Hand prüfte mit einem kraftvollen Hieb die Widerstandskraft der Sessellehne.

Ungerührt ob der Abfälligkeit der Worte seines Herrn, antwortete Luzius: »Gewiss, Baron, mit dem Schwert gekämpft habe ich fürwahr nicht. Dafür mit nicht minderem Einsatz mit meiner Feder. Wir beide wissen um die Art und Weise, wie Ihr so manchen Sieg errungen habt, und auch um Euren Lebenswandel. Wenn Ihr mich fragt, ist der bei weitem nicht so gottesfürchtig, wie es König Hennrich zu Gefallen gereichte. Doch das wird keiner außer uns beiden je erfahren. Denn Geschichte schreibt der Sieger und in diesem Falle habe ich Eure Geschichte doch deutlich zu Eurem Vorteil aufgeschrieben. Dem Verlierer werden im Buch für die Nachwelt gewöhnlich keine anerkennenden Zeilen gewidmet. Das Wissen über sie wird mit ihnen daselbst von der großen weiten Erde getilgt.«

Luzius strich eine Falte aus seiner Kutte. »Ich gebe also offen zu, Eure Geschichte ein wenig ausgeschmückt und hier und da ergänzt oder ausgebessert zu haben. Als Resultat seid Ihr vom landlosen Baron wieder zu einem Baron mit Land und Burg geworden. Ohne Zweifel muss hier noch einiges verbessert werden, aber es ist doch ein wunderbarer Neubeginn für Euch. Oder meint Ihr etwa nicht?« Luzius setzte ein gespielt entrüstetes Gesicht auf.

Der Baron zog den Rotz in seiner Nase hoch. Eine Unannehmlichkeit, die ihn bis ans Lebensende an seine geschlagenen Schlachten erinnern würde, wie Luzius aus ihrer gemeinsamen Zeit wusste. Ein Schild hatte einst das Nasenbein des Adligen zersplittert. Eine Wunde, die nie wieder richtig verheilen sollte, blieb ihm erhalten. Seitdem sprach der Söldnerfürst etwas nasal.

»Natürlich ist das ein guter Anfang. Sagt, was versprecht Ihr Euch eigentlich davon, Luzius, wenn Ihr einem gealterten Baron zu Land und Macht zu verhelfen gesucht?« Der anfänglich zornige Ton des Barons schlug nun hörbar in Neugier um.

»Nur ein wenig Unterstützung beim Bau eines Gotteshauses und der Bekehrung der Leute hier. Eure harte Hand erscheint mir nahezu perfekt für dieses Vorhaben. Ihr müsst wissen, ich verfolge natürlich auch meine eigenen Aufstiegspläne im Klerus, ähnlich den Euren. Dazu muss ich als junger Priester zunächst ein paar respektable Leistungen vollbringen, um ein gewisses Ansehen zu erlangen und mich als würdig zu erweisen. Nun, dabei sollt Ihr mir helfen. Eine Hand wäscht die andere. In Gottes Namen, versteht sich.« Der Priester vollführte eine abwertende Handbewegung, als sei seine Forderung nur ein kleiner Preis für seine Dienste.

»Also eine Zweckgemeinschaft wollt Ihr?«

Luzius grinste. »Wenn Ihr es so nennen wollt, mein Herr. Dann nennen wir es eine Zweckgemeinschaft.«

Auch Lodewigs Mundwinkel zeigten nach oben.

»Um zu verhindern, dass Euch das bisher Erreichte wieder streitig gemacht wird, muss die Hexe brennen. Und zwar, bevor sie zurückkehren kann, um Euch ihr Können zu demonstrieren.«

»Und wie stellt Ihr Euch das vor, einfältiger Priester? Die ist doch längst über alle Berge.«

Luzius kannte den Baron gut. Er wusste darum, wie unbedeutend dem Adligen die Wünsche und Bedingungen des Primus erschienen. Er empfand diese Angelegenheiten als lästig wie eine immer wiederkehrende Fliege auf seiner Haut. Klein und unbedeutend, aber trotzdem den Nerv raubend, beklagte Lodewig einmal im Suff.

»Ihr müsst sie finden und verbrennen«, drängte Luzius dennoch.

»Wenn es unbedingt sein muss, dann werde ich Arnold, meinen besten Mann, einen Trupp zusammenstellen lassen, um sie einzufangen.« Überzeugt klang der Baron in den Ohren des Priesters nicht.

»Herr, denkt an Eure Reputation! Was könnte ich da für eine Geschichte über Euch schreiben. *Als der Baron die Hexe von Schmalwasser fing* klingt doch nach einer glorreichen Heroensaga. Wenn der König davon erfährt, beliebt es ihm vielleicht sogar, Euch einen höheren Titel zu verleihen. Für Euch ist das doch keine große Sache, ein kleines Mädchen, wie Ihr sie nennt, einzufangen.«

»Wollt Ihr mich unbedingt loswerden, um Eure Pläne für den Bau eines Gotteshauses vorantreiben zu können?«, begehrte Lodewig auf und musterte den Priester eindringlich. Beide kannten sich nur zu gut, wie der Diener des Sonnengottes einmal mehr feststellte.

»Beim Sonnengott, nein! Wo denkt Ihr hin, Baron?« Beschwichtigend erhob er seine Hände. »Ich denke lediglich an die großartige Saga, die unser beider Ruhm um ein Vielfaches steigern dürfte.«

Der Baron sah ihn an. Dem Priester kam sein Blick noch prüfender vor als bisher schon.

»Außerdem könnt Ihr unterwegs diesen Hubert loswerden. Mit seinen Geschichten sät er sonst noch Furcht unter Euren Soldaten. Das, was er sagte, mag stimmen, darf jedoch nicht die Runde machen. Hexerei wird es hier in naher Zukunft nicht mehr geben. Ein guter Anfang wäre es, wenn nicht mehr darüber gesprochen würde. Er könnte doch möglicherweise unterwegs bei einem Unfall zum Schweigen gebracht werden. Sagen wir, er stürzt vom Pferd und bricht sich den Hals. Tragisch, nicht wahr? Was meint Ihr?«

»Nun, das mit dem Hosenscheißer sollte kein großes Problem darstellen. Aber wenn ich selbst nach dem Mädchen suchen muss, dann unter einer Bedingung!«

Der Baron verzog keine Miene, was es Luzius unmöglich machte, zu erraten, worum es ihm ging.

»Welche wäre das?« Seine linke Augenbraue zog sich dabei nach oben und zeugte offenkundig von seiner Ratlosigkeit. Ein Umstand, den er noch nie leiden konnte.

»Wie Ihr sicher wisst, Luzius, lag schon lange kein junges Mädchen mehr bei mir. Freudenhäuser führen unsere barbarischen Freunde auch keine. Mir ist bewusst, Ihr versteht davon nichts, aber Ihr müsst mir ein wenig Zeit mit dem Weib allein vergönnen, bevor sie nach dem Feuer der Leidenschaft ins Feuer der Vernichtung geschickt wird. In Eurer Geschichte werdet Ihr diese Angelegenheit jedoch zu meinen Gunsten auszusparen wissen, mein Guter.« Sein Tonfall veränderte sich, wurde nahezu freundschaftlich.

»Sollte sie wider Erwarten über keine magischen Fähigkeiten verfügen, sollte auch das kein Problem sein, Herr Baron.« Beide grinsten sich versonnen an. Luzius freute sich über die Übereinkunft. Was scherte ihn schon die Gelüste des Barons, wenn es um das Erreichen seiner eigenen Ziele ging?

»Was meint Ihr, wo ich sie finden kann, Luzius? Ich meine, der Hosenscheißerhubert kann mich an den Ort bringen, wo mein Trupp sie verloren hat. Dort wird sie sich aber sicher nicht mehr aufhalten. In Luft wird sie sich nicht aufgelöst haben. Aber wohin könnte sie fliehen wollen?«

»Könnten sie wollen, mein Herr. Könnten«, wagte es der Priester, den Baron zu berichtigen.

»Was meint Ihr?« Lodewig zog die Stirn in Falten.

»Es wurde doch über eine zweite Person berichtet, Baron.«

»Ja und? Was tut das zur Sache?« Lodewigs barsche Stimme hallte durch den Saal.

»Außerdem erwähnte Euer Soldat einen Apfel«, strapazierte Luzius die Geduld seines Gegenübers.

»Jetzt sagt, worauf Ihr hinauswollt, Priester!« Die Faust des Narbengesichtigen presste sich zusammen. Beinahe so, als ob sie die Luft zerquetschen wollte.

Luzius wusste, dass er es nicht mehr allzu weit mit ihm treiben durfte.

»Sagt, wo könnte man im Mai wohl frische Äpfel herbekommen?« Er wartete nur kurz auf eine Antwort. »Hier in Odengard oder sonst irgendwo in der Welt der Menschen wohl kaum. Hier blühen die Apfelbäume und die Früchte aus dem Vorjahr verschimmeln bereits. Alles andere ist widernatürliches Hexenwerk und wird vom Sonnengott nicht geduldet.« Fast lehrmeisterhaft stand er vor dem Baron. Das Kinn gespielt nachdenklich auf Daumen und Zeigefinger gestützt.

Lodewig lief im Gesicht rot an und drohte jeden Moment zu platzen: »Jetzt rückt endlich mit der Sprache heraus!«

»Es liegt doch auf der Hand«, verhöhnte Luzius den Baron, ohne es sich an seinem Tonfall anmerken zu lassen. »Dieser Apfel, wie im Übrigen dann auch der Begleiter der Hexe, stammen aus dem sagenumwobenen Reich Mytlaghyr. Einem Land, wo Magie allerorts zu finden sein soll. Ein Schandfleck auf dieser Erdenscheibe, welcher dem Sonnengott zuwider ist und ausgelöscht gehört. Ich habe nur wenig in den alten Schriften darüber gelesen, aber die Indizien sprechen in diesem Fall unverkennbar dafür. Dort könnte die Hexe

Zuflucht suchen, ihre Kräfte zur vollen Stärke entwickeln und alsbald zurückkehren, um Euch, ja, sogar ganz Südlande, zu vernichten.« Mit dramatischen Handbewegungen untermauerte er seine Worte. »Das müsst Ihr unter allen Umständen zu verhindern wissen. Ihr Begleiter dürfte demnach höchstwahrscheinlich ein Elf sein, der sie hier noch gerade rechtzeitig abholen konnte, bevor sie dem Gottesfeuer zum Opfer fiel.« Luzius schüttelte seinen Kopf, um sein Erstaunen über einen solch perfiden Plan zum Ausdruck zu bringen und den Baron damit anzustecken. »Was für eine Teufelei!«

»Was schlagt Ihr vor? Wie gehen wir es an?« Der Baron wirkte zumindest etwas erstaunt. »Ein Elf«, flüsterte er. Diese Fabelwesen kannte er wahrscheinlich nur aus Ammenmärchen. Womöglich glaubte er bis heute nicht an die Existenz solcher Wesen, mutmaßte der Gottesdiener. Im vereinten Reich König Hennrichs gab es keinen Platz für derartig abscheuliche Gestalten.

Ein weißer Kuttenärmel deutete auf die Karte, welche an einer Wand des großen Saals in einem schmucklosen Rahmen hing. »Schaut hier, Baron.«

Lodewig erhob sich von seinem Sessel, lief ein paar Schritte und stellte sich neben den Priester, um sich eine bessere Sicht auf das vergilbte Pergament zu verschaffen.

Luzius las die Beschriftungen und erläuterte: »Wir befinden uns hier. Auf dieser Straße hier dürfte Hubert der Beschreibung nach zurückgeritten sein. Auf der beginnt also Eure Suche. Solltet Ihr sie nicht finden, müsst Ihr nach Norden reiten.« Sein Finger stach aus der weiten Ärmelöffnung und wanderte die Karte hinauf. Die Augen des Barons folgten ihm.

»Dort im Norden gibt es nur einen Weg nach Mytlaghyr. Er führt über eine Brücke. Dort müsst Ihr angelangen, bevor die Hexe sie überqueren konnte, um sie abzufangen.« Seine Stimme klang ernst.

»Warum reiten wir nicht direkt dorthin?«, warf Lodewig ein.

»Eine durchaus berechtigte Frage, mein Herr. Ich gebe Euch zu bedenken, dass es auch eine Täuschung sein könnte und das Mädchen in Wirklichkeit ein ganz anderes Ziel verfolgen mag. Hexen neigen bekanntlich zu List und Heimtücke, solltet Ihr wissen, Baron. Eine direkte Verfolgung stellt gewiss die bessere Eurer Möglichkeiten dar.«

»Das leuchtet mir ein.« Der Baron rieb sich seinen graumelierten Bart.

»Ihr müsst Euch beeilen, bevor sie außer Reichweite gelangt, Baron«, drängte Luzius.

»Schon gut, ich lasse Arnold einen Trupp zusammenstellen. Ich denke, ich kann zehn Männer und Pferde entbehren und meine Burg dennoch gegen mögliche Aufstände verteidigen. Morgen früh brechen wir auf. Im Dunkeln lassen sich die Spuren ohnehin nicht mehr richtig erkennen. So bleibt noch Zeit, ausreichend Proviant zu verpacken.«

»Ausgezeichnete Idee, mein Herr«, freute sich Luzius und unterdrückte ein breites Grinsen. »Ich werde in der

Zeit stellvertretend die Geschicke der Burg leiten. Selbstredend nur in Eurem Interesse und bis zu Eurer Rückkehr. Diese überaus große Verantwortung möge, so Gott es will, nur wenige Tage auf meinen Schultern lasten. Ich frage mich, wie Ihr diese Bürde so scheinbar mühelos ertragen könnt, Baron Lodewig.«

Der Priester presste seine Lippen zusammen, damit das Jauchzen keinen Weg hinaus fand.

Das kommt unverhofft schnell. Welch eine wunderbare Gelegenheit für mich. Auch der Baron könnte ja einen Unfall haben. Dann stehen knapp neunzig Soldaten unter meinem Befehl und sein Arnold kommt auch nicht als sein Nachfolger in Frage, weil er ihn ja begleitet. Ich könnte alles nach dem Willen des Sonnenherren gestalten. Dieses Lehen wäre einzigartig in seiner Art. Regiert von einem Geistlichen nach dem göttlichen Willen. Ein leuchtendes Beispiel, dem andere gewiss bald folgen werden. Nichts könnte mich näher an meine Ziele bringen als das. Ganz sicher würde mich der Primus schon bald zu sich berufen, um die Idee im gesamten Königreich umzusetzen. Luzius, du bist ein Genie! Ein wahres Genie!

Der Priester straffte sich und seine Brust schwoll an. Kerzengerade stand er vor dem Baron.

»Nichts da, Priester! Ihr begleitet mich selbstverständlich. Arnold wird auf der Burg bleiben und mich vertreten. Er ist mein bester Mann. Er weiß, was hier zu tun sein wird.« Lodewig griente in seinen Bart.

Ob ihm seine Gedanken ins Gesicht geschrieben standen, fragte sich Luzius. Hatte er vielleicht verräterisch gelächelt? »Aber muss er Euch dann nicht gerade deswegen begleiten, mein Herr? Ich muss ehrlich zugeben, Ihr verwirrt mich, Baron Lodewig.« Die Verwunderung stand ihm gewiss ins Antlitz geschrieben. Daran gab es keinen Zweifel. Seine Gesichtszüge drohten ihm zu entgleiten. Etwas, was ihm in der Tat selten passierte.

»Nun, Luzius, Ihr schreibt doch meine Geschichte, wie Ihr sagtet. Wie wollt Ihr diese schreiben, wenn Ihr nicht dabei gewesen und alles mit eigenen Augen gesehen habt? Was wärt Ihr dann für ein Zeuge? Die Geschichte wäre doch am Ende mehr als unglaubwürdig. Meint Ihr nicht auch?«

»Ihr könntet mir doch ausführlich berichten, mein Herr«, schlug er etwas zu hastig vor.

»Außerdem benötige ich hier vor Ort einen fähigen Mann mit Kenntnissen in der Führung einer Armee. Ihr könnt nicht leugnen, dass es Euch daran in der Tat erheblich mangelt. Es ist doch zu erwarten, dass es zu Unruhen im Volk kommt. Insbesondere nach unserem kleinen Feuerchen, welches wir zur Begrüßung entzündet haben. Ein Flächenbrand muss daher vermieden und sofort im Keim erstickt werden, sobald sich etwas regt. Meuternde Untertanen kann ich mir nicht leisten. Auch Eure Pläne zum Bau eines Gotteshauses beschwören ja geradezu eine Rebellion der Bauern herauf. Das werdet Ihr doch gewiss einsehen, geschätzter Luzius, oder etwa nicht?«

»Ich verstehe Eure Gedankengänge. Es erschließt sich mir dennoch nicht, warum ich mich auf ein Pferd setzen und durch das Land jagen muss, mein Herr. Das zählt zweifelsohne genauso wenig zu meinen Stärken, wie Ihr sicherlich wisst. Weshalb lasst Ihr mich denn nicht einfach zurück? Die Verwaltung der Steuern und der Aufbau der Burg erscheinen mir geradezu prädestiniert, von meiner Wenigkeit übernommen zu werden, beim heiligen Licht der Sonne. Außerdem könnte ich zwischenzeitlich ein Freudenhaus für Euch planen und den Bau in Auftrag geben. Noch dazu muss um eine, Eurem Stand angemessene, Braut geworben und anschließend eine Hochzeit organisiert werden, damit Ihr legitime Erben zeugen könnt, Herr! Ich kann sofort damit beginnen, Nachrichten an die umliegenden Adligen zu versenden, wenn Ihr es wünscht«, versuchte er den Baron umzustimmen. Seine Stimme klang schon wieder fester als seine Überzeugung, das Blatt noch wenden zu können. Wenn dieser Dickschädel von einem Baron sich etwas in den Kopf gesetzt hatte, ließ er sich nur äußerst selten umstimmen. Aber selten hieß eben nicht immer, darum galt es für Luzius, nicht aufzugeben und sein Glück zu versuchen. Den Herrn der Sonne wähnte er auf seiner Seite. Immerhin verbreitete er dessen Glauben, dessen Wort auch in diesem wilden Teil der Welt. Ihm musste doch auch an der Idee einer eigenen Armee gelegen sein. Wenn also einer den Baron umstimmen konnte, dann der Sonnengott mit einer göttlichen Eingebung.

»Das mag womöglich so sein, doch das alles muss warten. Ein Freudenhaus traue ich Euch in der Tat beim besten Willen nicht zu.« Lodewig lachte schallend. »Ich

benötige Euch zudem einfach zu dringend für das Hexenweib. Ihr als Priester seid doch, wie sagtet Ihr … prädestiniert dafür, das Aas zu bändigen, wenn sie sich
tatsächlich als Hexe herausstellt. Immerhin scheint Ihr
mir überaus davon überzeugt zu sein, es mit einer leib-
haftigen Hexe zu tun zu haben.«

Luzius öffnete den Mund, um zu einer Erwiderung
anzusetzen.

»Keine Widerrede, Priester Luzius! Meine Entscheidung ist gefallen. Ihr begleitet mich bei der Suche nach
der Hexe. Ich lasse Arnold die notwendigen Vorberei-
tungen treffen. Seid morgen bei Sonnenaufgang zur Ab-
reise bereit und tragt dafür Sorge, eine Abzeichnung der
Karte von Odengard bei Euch zu führen!« Lodewig
nickte in Richtung der Zeichnung an der Wand. »Wir
werden das Weibsstück womöglich ein gutes Stück
durch dieses verfluchte Land jagen müssen. Da wären
wir doch wahrhaftig schlecht beraten, wenn wir uns
nicht mehr orientieren könnten. Da wir nun alles be-
sprochen haben, werde ich mich nun in meine Gemächer zurückziehen. Ihr, mein Freund, habt meine
Erlaubnis hierzubleiben, bis Ihr die Karte abgezeichnet
habt.«

Luzius konnte den Worten des Barons nicht halb so
viel Humor abgewinnen, wie der Adlige selbst.

»Ich rate Euch, frühzeitig zu Bett zu gehen, damit Ihr
morgen nicht müde aus dem Sattel fallt. Das könnte böse
für Euch enden, wie Ihr vorhin mit Blick auf Hubert
selbst festgestellt habt. Und ich möchte ja nicht meinen

guten Geschichtenschreiber verlieren.« Die Miene des Barons verzog sich zu einem gespielten Lächeln, von dem Luzius nicht wusste, wie er es einordnen sollte. Zumindest musste er die Umsetzung seiner Ziele nun etwas hintenanstellen. Doch aufgeschoben bedeutete längst nicht aufgehoben.

Grußlos zog der Burgherr sich in seine privaten Gemächer zurück und ließ den Geistlichen allein im Saal stehen.

Als der alte Dickschädel außer Hörweite gelangte, grummelte Luzius: »Ich sagte bereits, die Geschichte schreibt der Sieger. Wir werden sehen, ob der Herr Baron am Ende zu den Protagonisten meiner Heldensaga zählt. Das hängt einzig und allein davon ab, ob es mir und meinen Zielen zugutekommt, oder eben nicht.«

Sodann nahm er die Karte von der Wand und stapfte mit ihr in Richtung des Tisches, legte sie darauf ab und begann sie abzuzeichnen.

»Für eine gute Kopie muss ich mindestens die halbe Nacht einplanen. Wie soll ich da in aller Frühe schon wieder hellwach sein, oh Herr der Sonne?«

Eiswasser

Lisbee

Lisbee stand ihr eigener Atem als neblige Wolke vor dem Gesicht. Der Wind spielte mit ihrem offenen Haar und wehte ihr einzelne Strähnen ins Antlitz. Sie strich sie sich hinters Ohr.

Diese Frühlingsnacht versprach frostig zu werden. Lisbee rieb sich die Hände. Der klagende Ruf eines Waldkauzes erklang und ließ sie sich nach allen Richtungen umsehen.

»Du hast es wirklich sehr eilig, nicht wahr? Hätten wir die Nacht nicht noch am Feuer verbringen können? Mir ist so kalt. Der Schlaf fehlt mir, auch wenn ich selbst gern so weit wie möglich von diesen Soldaten davonlaufen möchte. Aber warum bei den Göttern muss das mitten in der Nacht vonstattengehen?«

Schweigend trat Ferodil aus dem dornigen Gestrüpp. Lisbee folgte ihm. Sie fand sich am Ufer eines Flusses wieder. Kieselsteine knirschten unter ihren Sohlen. Die Kiesel säumten den Lauf des Stroms und bildeten zugleich sein Flussbett. Das Wasser erschien dem Mädchen auf den ersten Blick nicht sonderlich tief. Sie schätzte, dass es ihr in der Mitte vielleicht bis zur Hüfte reichen mochte. Genau konnte sie es im fahlen Mondlicht nicht erkennen. Ausprobieren wollte sie es bei diesen Temperaturen ganz gewiss schon mal gar nicht.

Vielerorts ragten größere Steine aus dem rauschenden Wasser und trotzten den Fluten. Auf den meisten wucherte Moos. Lisbee tat einen Schritt und hörte, wie sich die kleinen Steinchen unter ihren Fußsohlen aneinander rieben. Sofort blieb sie stehen. Ihr eigener Gang kam ihr erschreckend laut vor. Nervös blickte sie sich um. Die Angst, sich zu verraten, ließ sie verharren. Das Wasser rauschte gluckernd und plätschernd an ihr vorbei.

Ferodil beachtete sie nicht weiter.

Um sich abzulenken, fragte sie ihn: »Meinst du nicht, es hätte auch noch Zeit bis zum Tagesanbruch gehabt, um unsere Trinkschläuche zu füllen? In meinem befindet sich ohnehin noch ausreichend Wasser«, deutete sie auf den halbleeren Lederschlauch, dessen Tragegurt ihr in die Schulter drückte.

Der Elf sah sie fragend an. »Wieso denn Trinkschläuche auffüllen? Nein, hier entkommen wir den Hunden der Südländer. Im Wasser können sie unsere Fährte nicht mehr verfolgen. Im steinigen Flussbett und am Ufer hinterlassen wir zudem keine sichtbaren Fußabdrücke. In diesen Fluss wird kein Soldat freiwillig einen Fuß hineinsetzen. Er führt Schmelzwasser aus den Bergen. Das Schicksal meint es gut mit uns.«

Lisbee glaubte, Miranee leicht nicken zu sehen. Das musste sie sich doch eingebildet haben. Das Mondlicht spielte ihr wohl einen Streich. Und ihr Gehör auch, denn das konnte Ferodil gerade nicht ernsthaft von sich gegeben haben. Sie zog die Stirn kraus und schüttelte den Kopf, dass ihre Locken wackelten.

»Du willst doch nicht ernsthaft in das Wasser steigen. Wir werden uns die Füße abfrieren. So kommen wir am Ende nirgendwo mehr hin.«

»Ich fürchte, es ist der einzige Weg«, antwortete Ferodil so ungerührt, als liefe er jeden Tag durch eisiges Wasser. »Wir können dem Verlauf des Stromes gen Nordwesten folgen. Dann gehen wir zwar nicht direkt in die richtige Richtung, aber erschweren unseren Verfolgern die Suche. Solange das Ufer so steinig bleibt, finden sie keine Fußabdrücke. Außerdem kennen sie unser Ziel nicht. Auf diese Weise schütteln wir sie endgültig ab. Dass wir ihren Hunden den größten Vorteil rauben, erwähnte ich ja bereits. Wenn du mir nicht glaubst, frag Mira. Sie wird es bezeugen können.«

Unwillkürlich blickte Lisbee zur Schattenwölfin. Jetzt bildete sie sich schon wieder ein, Miranee nicken gesehen zu haben. Das konnte doch nicht wahr sein. Bestimmt lag es an der Müdigkeit.

»Wie stellst du dir das vor, Ferodil? Ich trage nicht so schöne Stiefel wie du. Und auch die werden dich nicht lange vor dem Frost schützen. Selbst wenn deine Füße trocken bleiben mögen – die Kälte wird nach kurzer Zeit durch sie hindurchdringen.« Beschämt deutete Lisbee auf ihr Schuhwerk, das lediglich aus mit Schnüren gebundenen Lederlappen bestand. Ein Nichts im Vergleich zu den feinen Elfenstiefeln.

»Zieh deine Schuhe aus!«

Lisbee sah ihn ungläubig an. Nun war er wohl komplett verrückt geworden! »Ich steige doch nicht barfuß in das kalte Wasser.« Ihre Arme verschränkten sich vor ihrer Brust.

»Du wirst einstweilen meine Elfenstiefel tragen. Zumindest solange wir durch das Wasser waten.«

Lisbee sah dabei zu, wie er die Füße aus dem Schuhwerk zog, unfähig, ihm zu widersprechen.

»Deine Schuhe verstaue ich derweil in meinem Rucksack. Dort bleiben sie trocken und du kannst sie später wieder anziehen, um deine Füße zu wärmen. Womöglich solltest du dein Kleid auch ausziehen, damit es sich nicht mit Wasser vollsaugt.«

Meint er das ernst? Der spinnt wohl! Ihr Gesicht errötete. Das spürte sie förmlich. Sie nahm das Schuhwerk und antwortete: »Danke für die Stiefel, aber ich werde mich vor dir bestimmt nicht entblößen. Ich raffe mein Kleid etwas hoch, damit es nicht ins Wasser tunkt. So tief scheint mir der Fluss nicht zu sein.«

Ferodil hob beschwichtigend die Hände. »Wie es dir beliebt, kleines Menschenkind. Es liegt mir fern, dich in Verlegenheit zu bringen. Wenngleich ich schon einige Damen ohne ihre Bekleidung zu sehen bekam. Vermutlich wird an dir auch nichts Besonderes dran sein. Obwohl mir dein Gesicht für ein Menschenfräulein recht ansehnlich erscheint.«

Lisbee spürte, wie ihr immer heißer wurde. In ihr stritten sich mehrere Gefühle um die Vorherrschaft. Da war die Scham, die es ihr verbat, sich zu entblößen. Dann war da die Empörung über die frechen Worte des Elfen, die er wagte, ihr unverblümt ins Gesicht zu sagen. Zu guter Letzt fühlte sie sich auch geschmeichelt, weil er sie auf seine plumpe Weise hübsch nannte. Keines der Gefühle setzte sich durch. *Zum Glück kann er meine Gesichtsfarbe im Dunkeln nicht erkennen.*

»Was für Damen denn?«, versuchte sie abzulenken.

Bei den Göttern, jetzt denkt der auch noch, ich würde mich für seine Weibergeschichten interessieren. Lisbee, du dummes Ding!

Sie schlüpfte in die Stiefel hinein. Das Leder fühlte sich samtig weich auf ihrer Haut an, wenngleich ihre Zehen die vorderen Enden nicht berührten.

»Oh, ich habe schon so einige betrachtet. Elfen wie Menschen, sogar einmal eine Zwergin. Kein schöner Anblick.« Er verzog das Gesicht. »Zumeist geschah es während einer meiner Missionen und ohne das Wissen derer, die es betraf.«

Lisbee meinte, trotz des Mondlichtes, ein freches Grinsen in seinem Gesicht erkennen zu können.

»Doch letztlich reichte keine an die Anmut meiner …« Der Elf stockte und tauschte einen traurigen Blick mit Miranee aus. Zeitgleich senkten beide ihre Köpfe, ohne dass Ferodil seinen Satz beendete. Seine bis eben noch recht ausgelassene Stimmung verflog von einem Herzschlag auf den nächsten, um einem traurigen Gesicht zu weichen.

Ohne nachzudenken, bohrte Lisbee nach: »Wie wer? Und von welchen Missionen sprichst du?«

»Das ist schon sehr lange her.« Die Schwermut in seiner Stimme erschien ihr beinahe greifbar. So emotional erlebte Lisbee den Elfen zum ersten Mal seit Beginn ihrer Flucht. Er wirkte zum ersten Mal verwundbar, fast menschlich. Seine Hände ballten sich zu festen Fäusten, als ob er einen unsichtbaren Gegner darin zerquetschen wollte. Plötzlich sah er auf.

»Genug Zeit vergeudet. Du willst dich doch nur vor dem kalten Wasser drücken, Lisbee. Das wird dir nicht gelingen. Wir steigen nun endlich hinein und folgen der Strömung. Oder willst du warten, bis die Südländer uns eingeholt haben?« Sein Tonfall klang wieder deutlich entschlossener und ließ keine Widerrede zu.

Zuerst ging Miranee ins Wasser. Ferodil folgte der Schattenwölfin auf dem Fuße. Nur Lisbee blieb zurück und traute sich nicht, in das Nass zu steigen.

»Bist du verrückt, Ferodil? Du bist barfuß!«, entfuhr es ihr. Schon beim Gedanken daran bekam sie eine Gänsehaut und ein schlechtes Gewissen noch dazu.

»Nicht jammern. Steig hinein und gib Acht, wohin du deine Füße setzt. Die Strömung mag tückisch sein und die Steine glitschig. Sorge dich nicht um mich, sondern um dich, Mädchen.«

Lisbee tauchte eine Fußspitze ins Wasser und wartete darauf, dass die Kälte ihr direkt vom Zeh bis in den Kopf schoss. Zu ihrer Verwunderung geschah es nicht. Auch nicht als, der zweite Stiefel die Wasseroberfläche durchdrang.

»Deine Stiefel sind erstaunlich warm«, rief sie, um das Rauschen und Plätschern des Wassers zu übertönen. »Warum hast du sie nicht selbst anbehalten?«

»Du benötigst sie dringender als ich. Glaube mir, ich habe schon genug erlebt und ganz andere Dinge ertragen. Ein wenig kaltes Wasser wird mir nichts anhaben. Die Stiefel werden dich auch nicht ewig vor der Kälte schützen. Aber zumindest für eine Weile halten sie dich noch einigermaßen warm.«

Der Reihe nach wateten sie durch das flache Wasser. Kein Tropfen gelangte an Lisbees Haut. Das Leder hielt dicht.

Unverzagt setzte Ferodil einen Fuß vor den anderen. Lisbee konnte ihren Blick nicht vom Elfen abwenden. Schon beim Gedanken daran, an seiner Stelle zu sein, zog sich alles in ihr zusammen. Das schlechte Gewissen plagte sie. Ihre Gedanken schweiften ab.

Kein Junge aus Schmalwasser hätte ihr seine Schuhe geliehen, wenn es darum gegangen wäre, anschließend barfuß in einen eisigen Flusslauf zu steigen. Nicht einmal ohne das Wasser hätte das einer für sie getan. Seufzend zog Lisbee die klare Luft ein. Ihre anfängliche Furcht vor dem Elfen wandelte sich allmählich in aufkeimende Sympathie.

Die Strömung zerrte kraftvoll an ihren Füßen. Dabei reichte ihr das Nass nur bis zur Hälfte der Wade. Ihre Sohlen rutschten über das glitschige Gestein. Das Kleid hochzuhalten, erschwerte es dem Mädchen, das Gleichgewicht zu halten. Lisbee entschloss sich, vorerst nicht zu reden und sich darauf zu konzentrieren, Ferodil und Miranee möglichst unbeschadet zu folgen.

Warum sieht das bei den beiden so kinderleicht aus?

Lisbee stapfte durchs Wasser, bemühte sich, den Anschluss zu halten. Es kam ihr so vor, als verginge die Nacht unendlich langsam. Ihre Bewegungen fühlten sich wie gelähmt an. Der Untergrund ließ nur kleine Schritte zu. In Lisbee keimte das Gefühl auf, die kleine Reisegesellschaft aufzuhalten.

Der Mond veränderte seine Position kaum. Lisbee fand keine Zeit, sich nach der Landschaft umzuschauen, die sie im Laufe der Nacht passierte. Handelte es sich doch ohnehin um ein undurchdringliches Gewirr aus Bäumen und Schatten.

Die Stiefel ließen noch immer keinen Wassertropfen an ihre Füße, aber die Kälte drang inzwischen nach und nach ein. Lisbee zitterte. Sie schlang den Saum ihres Kleides um ihren zierlichen Körper, als trüge sie ein warmes Fell bei sich. Es nutzte nichts. Jedes noch so kleine Härchen stand dem Mädchen zu Berge. Ihre Haut glich farblich der eines gekochten Hühnchens, so sehr fror sie.

»Ist es noch weit? Ich kann meine Beine kaum mehr spüren.« Ob sie jammernd klang oder nicht, scherte sie im Augenblick keinen Deut.

Der Elf reagierte nicht. Kein Wunder, vernahm sie ihr Stammeln ja selbst kaum.

Prüfend sah sie an sich herab und bemerkte zwei deutlich sichtbare Erhebungen auf ihren Brüsten, die sich trotz des dicken Stoffes abzeichneten. *Wie peinlich! Hoffentlich dreht er sich jetzt nicht nach mir um. Sonst sieht er meine Igelsnuten.*

Der Elf machte keine Anstalten, den Weg aus den Augen zu lassen. Stur nach vorne schauend, marschierte er voraus.

Um sich abzulenken und nicht den sicheren Pfad zu verlieren, beobachtete Lisbee den Elfen. Nur wenige Schritte trennten sie von ihm. Das Wasser spülte um seine drahtigen Schenkel. Seine Muskeln spannten sich mit jedem seiner Schritte. Seine braunlederne Hose trug er bis über seine Knie gekrempelt und der grüne Umhang ruhte zum Schutz vor der Nässe zusammengerollt auf seinem Rucksack.

Auch wenn er kein Mensch war, war er ein recht stattlicher Kerl. Groß und schlank und mit einem makellosen Gesicht gesegnet. Jung musste er auch sein. Ihm wuchs zumindest kein Bart. Wenn er doch bloß kein so undurchschaubarer Elf wäre, bei den Göttern. Noch dazu schien es bereits ein Weib an seiner Seite zu geben, wenn Lisbee das vorhin richtig verstanden hatte. Doch irgendetwas konnte mit ihr nicht stimmen, so wie er geguckt hatte. Sie nahm sich vor, mehr darüber herauszufinden.

Das Gefühl in Lisbees Füßen schwand mit jedem Tropfen Wasser, der an ihr vorbeizog. So als schwemmte der Fluss die Wärme aus ihrem Körper. Lisbees Zähne begannen zu klappern.

»Wie alt bist du eigentlich, Ferodil?«

»Was tut das zur Sache?«

Ihr Vordermann drehte sich nicht einmal um.

»Nichts! Ich versuche lediglich mich von der Kälte abzulenken. Außerdem möchte ich gerne wissen, mit wem ich hier quer durch ganz Odengard laufen soll. Willst du mich denn nicht näher kennenlernen?«

Lisbee vernahm ein Räuspern. »Ja, sicher.«

Ohne stehenzubleiben, fuhr Ferodil fort: »Ich wurde vor über eintausendzweihundert Jahren geboren.«

Abrupt blieb Lisbee stehen. »Meinst du das ernst? Du willst mich doch veralbern. Das ist nicht der rechte Moment, um deine lustige Seite herauszukehren?«

Ferodil hielt ebenfalls an. Er kehrte sich um. »Ich scherze keineswegs. Es ist wahr. Wie mir scheint, hattest du es wohl noch nicht mit vielen Elfen zu tun? Für uns verrinnt die Lebenszeit in einem anderen Maß als für euch Menschen. Wir zählen unsere Lebensspanne gewöhnlich in Jahrhunderten. Du kannst deinen Mund übrigens wieder schließen«, neckte er sie. »Wie alt bist du denn nun eigentlich?«

Die Gegenfrage des Elfen klang nach einer höflich gemeinten Floskel, nicht nach ernsthaftem Interesse. Für Lisbee kam sie dennoch überraschend. Die Verblüffung über das hohe Alter ihres Gegenübers hielt das Mädchen fest im Griff.

Etwas verlegen stammelte sie: »Ich habe fünfzehn Winter gesehen.«

»Dann bist du ja noch recht jung für einen Menschen. Wenn du groß bist und deine Kräfte entfaltet hast, wirst du deine Lebensspanne verlängern können. Die meisten von deiner Sorte beherrschen diese Kunst.« Des Elfen Worte klangen verheißungsvoll und doch hinterließen sie offene Fragen im Geist des Mädchens.

»Was heißt hier, wenn ich groß bin?«, echauffierte sie sich. »Ich bin schon fast eine erwachsene Frau!«

Um ihren Worten mehr Nachdruck zu verleihen, stemmte sie ihre Hände in die Hüften, reckte das Kinn in die Höhe, drückte ihre Brust auffällig weit nach vorn. Sie vergaß dabei die Igelsnuten, und, was noch viel schlimmer wog, auch ihr Kleid. Den einzigen Schutz vor der unerbittlichen Kälte, den sie bei sich trug. Ehe sie sich versah, schwamm der untere Teil bis kurz unter ihrem Knie im Wasser und die Strömung zerrte daran.

»Bei den Göttern, so ein verdammter Mist! Sieh, was du angerichtet hast!« Lisbee stemmte die Hände in die Hüften und funkelte Ferodil böse an.

Dieser sah sie ohne erkennbare Regung an. »Warum ich? Ich habe dein Kleid nicht losgelassen. Im Gegenteil, ich bat dir sogar an, es trocken in meiner Tasche zu verstauen und ans Ziel zu tragen. Du selbst hast dich entschieden, dich mit dem Hochhalten zu belasten, Kindlein.«

Jetzt verhöhnte er sie auch noch. Auch wenn sie es nicht zugeben wollte, der Elf sprach die Wahrheit. Ärgerlich winkte Lisbee ab: »Du und dein Geschwätz! Lass uns weitergehen, damit wir endlich aus diesem verdammten Eiswasser steigen können. Wie weit ist es denn noch? Meine Füße fühlen sich schon ganz steif an. Hier findet uns doch kein Mensch mehr wieder! Auch nicht mit einem Hund!«

Lisbee hörte selbst, wie zickig sie klang, doch es interessierte sie in diesem Moment schlicht und ergreifend nicht. Aus irgendeinem unerklärlichen Grund fühlte sie sich von Ferodils Worten zutiefst verletzt.

»In wenigen Schritten kommt eine Stromschnelle. Dort werden wir hindurchwaten. Danach verlassen wir den Fluss und ziehen in Richtung Norden weiter. Sei vorsichtig, bevor du am Ende noch ganz ins Wasser fällst. Für ein Bad ist es ein wenig zu frisch heute.« Der Elf drehte sich um die eigene Achse und marschierte vorneweg.

Schon wieder machte er sich über sie lustig. Er merkte es nicht einmal! Mürrisch stapfte Lisbee hinter ihm her.

Miranee schien das Gespräch nicht weiter zu kümmern. Sie begann bereits mit der Durchquerung der Stromschnelle. Ferodil folgte der Wölfin unbeirrt.

Lisbee kämpfte gegen die Wassermassen an. Die Kälte, der fehlende Schlaf und der lange Marsch forderten ihren Tribut. Mit jedem Schritt fiel es ihr schwerer, sich auf den nächsten zu konzentrieren. Mühsam kämpfte sie sich durch die Strömung. Das Ende lag nur noch wenige Schritte vor ihr. Sie setzte ihren Fuß auf einen Stein. Ohne Vorwarnung rutsche die Stiefelsohle an der glitschigen Oberfläche ab und nahm ihr das Gleichgewicht. Rückwärts platschte sie in die Fluten. Wild mit den Armen rudernd, rief sie: »Hilfe! Ich kann nicht schwimmen!« Ihre Panik steigerte sich. »So hilf mir doch, bei den Göttern!«

Eiskaltes Wasser floss ihr in den Rachen. Lisbee verschluckte sich, hustete. Der Fluss riss das rote Kleid mitsamt seiner Trägerin mit sich, wie einen ins Wasser gefallenen, wild strampelnden Stock. Die Fluten erstickten jeden erneuten Versuch eines Hilfeschreis im Ansatz. Immer mehr Wasser lief über Lisbees Gesicht, drang ihr in Mund und Nase und unterdrückte das befreiende Husten.

Sie trieb an Ferodil vorbei, bevor der Elf zupacken und sie retten konnte.

Wasser füllte ihre Lungen. Sie wollte schreien, doch es drang nichts als ein ersticktes Gluckern aus ihrem Mund. Die Kälte lähmte ihre Glieder. Lisbees Kräfte wichen aus ihren Gliedern und sie ließ geschehen, was die Götter ihr als Ende zugedacht hatten.

Plötzlich spürte sie einen Ruck. Ihr Oberkörper trieb an ihren Füßen vorbei. Stillstand setzte ein. Das Wasser zog unvermindert am roten Stoff. Lisbee riss ihren Kopf hoch, schnappte nach Luft. Sog sie ein. Die Augen weit aufgerissen. Ihre Lungen brannten.

In Miranees Maul steckte der Saum ihres Kleides. Das Tier stemmte sich mit aller Macht gegen die reißende Kraft des Stromes. Ferodil eilte herbei. Sie spürte seine Hände unter ihren Achseln. Er umfasste ihre Brust. Gemeinsam mit der Wölfin schleppte er sie an Land und half ihr auf.

Lisbee verkrampfte und hustete. Sie spuckte Wasser auf die Steine zu ihren Füßen.

»Danke!« Überschwänglich versuchte sie ihren Retter zu umarmen. Nur mit Mühe gelang es dem Elfen, sie davon abzuhalten.

»Du hast mir das Leben gerettet!«, keuchte Lisbee.

»Kein Grund, mich auch noch nass zu machen.«

Sie schaute ihn an und verstand die Welt nicht mehr. Immer wieder reagierte der Kerl anders, als normale Menschen es tun würden.

»Danke außerdem nicht mir. Mira hat dich festgehalten. Ihr gebührt dein Dank! Ich hätte dich nicht mehr rechtzeitig zu greifen bekommen. Der Fluss hätte dich längst außer Reichweite davongetragen. Weiter flussabwärts werden die Steine immer spitzer und scharfkantiger. Mit anderen Worten: Niemand schwimmt dort hindurch und steigt lebendig aus dem Flusslauf.«

»Oh! Na, wenn das so ist!« Ohne zu zögern, umschlang Lisbee den Hals der Wölfin. »Danke, Mira!« Zu Lisbees Freude wich die Wölfin nicht zurück und ließ sie in ihrem Überschwang gewähren.

»Bevor du mir vor lauter Dankbarkeit noch meine Mira erwürgst, sollten wir weiter an Land gehen. Deine Sachen müssen schleunigst getrocknet werden. Sonst holst du dir noch den Tod, Lisbee. Du bist schon ganz blau und ich kann deine Zähne klappern hören. Dennoch müssen wir uns erst noch ein Stück weit vom Ufer entfernen. Ansonsten können wir kein Feuer schüren. Ohne ein Feuer wirst du diesen Sturz nicht überleben.«

Lisbee richtete sich wieder auf. »Warum kannst du hier kein Feuer machen?«

»Wenn wir direkt hier am Wasser ein Feuer entzünden, finden unsere Verfolger die Asche und wissen genau, wo sie weitersuchen müssen. Das wollen wir doch nicht, oder? Dann war alles umsonst.«

Lisbee schüttelte entschieden den Kopf. »Es tut mir leid. Es ist alles meine Schuld, nicht wahr?« Wieder kehrte das Gefühl zurück, der Gruppe nur zur Last zu fallen. Sie schlotterte.

»Dein Schicksal meint es nicht sonderlich gut mit dir. Schon deshalb sollten wir zusehen, unseren Verfolgern nicht noch einmal zu begegnen. Glück ist ein Gut, welches schnell verbraucht sein kann. Nun lass uns endlich losgehen.«

Schon begann der Elf zielstrebig voranzulaufen.

Ein gutes Stück weit wanderten sie noch weiter in Richtung Norden. Lisbees Kleid triefte unentwegt. Sie zitterte wie Espenlaub. Ihr Körper fühlte sich an, als stächen tausende Nadeln auf sie ein. Aber sie ließ sich nichts anmerken.

Endlich hielten sie zwischen dicken Eichen. Lisbee vermochte nicht zu sagen, ob die Sonne ihre wärmenden Strahlen bereits auf die Erdenscheibe sandte. Das Blätterdach ließ keinen Lichtstrahl auf den Boden fallen. Einzelne Büsche und junge Bäume streckten ihre Zweige gen Himmel.

»Hier machen wir Rast und trocknen deine Kleidung«, hörte sie den Elfen sagen und blieb stehen. Ihre Zähne klapperten laut. Mit den Armen umschlang sie ihren Oberkörper. Das Zittern verschlimmerte sich.

In Windeseile spannte Ferodil zwei Seile aus seinem Rucksack zwischen den Stämmen. An einem Strick befestigte er seinen Umhang so, dass das Konstrukt eine Art Dachhälfte ergab, die bis zum Boden reichte. Den

Waldboden bedeckten herabgefallene Blätter vom letzten Herbst. Stocksteif beobachtete Lisbee, wie der Elf die Decke vom Vortag bereitlegte.

»Zieh deine Kleidung aus und hänge sie über die zweite Leine. Ich sammle in der Zwischenzeit trockenes Holz. Dann kannst du dich aufwärmen und deine Sachen trocknen.«

Lisbee wollte etwas erwidern, doch der Elf kam ihr zuvor: »Keine Widerrede, oder willst du dir etwa den Tod holen? Tu, was ich dir sage. Die Decke wird dafür sorgen, dass du nicht nackt vor mir stehen musst.«

Sorge stand ihm ins Gesicht geschrieben. Zumindest sah es für Lisbee zum ersten Mal seit ihrem gemeinsamen Aufbruch so aus. Außer Cynthia hatte sich in ihrem Leben noch nie jemand um sie gesorgt.

»Aber wird sie das Feuer nicht herlocken?«

»Keine Angst. Es hat seit Tagen nicht geregnet. Das Holz ist trocken und wird nicht allzu sehr qualmen. Die Leinen habe ich so gespannt, dass der Feuerschein von deinem Kleid und meinem Umhang verdeckt wird. Nur schwerlich wird man uns aus Richtung des Flusses entdecken. Der dichte Wald wird seinen Teil dazu beitragen, uns verborgen zu halten. Von unserem Vorsprung ganz zu schweigen. Du kannst stolz auf dich sein. Ich hätte nicht erwartet, dass wir in einer Nacht so weit flussabwärts gelangen.« Seine Stimme klang überzeugend, auch wenn er nicht wissen konnte, wo sich der Feind aufhielt oder ob man ihre Verfolgung überhaupt noch fortsetzte.

Ferodil eilte davon. Ein schüchternes »Danke!« folgte ihm und verfing sich im Dickicht.

Lisbee wartete, bis der Elf im Unterholz verschwand. Sie begann die Verschnürung ihres Kleides zu öffnen. Ihre zittrigen Hände erschwerten jede kontrollierte Bewegung. Sie bereiteten ihr Mühe, selbst die einfachsten Handgriffe zu vollführen. Die Schnur löste sich. Das Kleid rutschte an ihrem Körper hinab. Hastig warf sie es über die leere Leine. Ihr kam in den Sinn, was Ferodil über seine Frauenbeobachtungen erzählt hatte. Schüchtern suchte sie die Umgebung nach ihm ab, bedeckte ihre Brüste notdürftig mit einem Arm. Nichts war zu sehen. Das Unterkleid sank zu Boden. Lisbee stieg heraus. Bibbernd versuchte sie das Kleidungsstück aufzuhängen und zeitgleich ihre Scham zu verdecken. Sie fühlte Blicke auf ihrem Körper ruhen. Hastig riss sie die Decke hoch. Entdecken konnte sie nichts außer dem grünen Blattwerk, das sie umgab. Doch so wie Ferodil mit dem Wald zu verschmelzen vermochte, hieß das nichts.

Als sie unter der schützenden Decke saß, fiel ihr auf, dass ihr durchnässtes Kleid zuvor viel zu eng an ihrem Körper geklebt hatte, um noch irgendetwas zu verbergen. Das konnte dem Elfen unmöglich entgangen sein. Wahrscheinlich hatte er schon längst gesehen, was es zu sehen gab.

Lisbee wandte sich in Richtung der Schattenwölfin: »Ich danke dir von ganzem Herzen, Miranee. Es tut mir leid, dass ich dir nicht vertraut habe!« Noch immer schlugen ihre Zähne klappernd aufeinander.

Die Wölfin gab keinen Laut von sich und schaute sie stattdessen freundlich an, als ob sie etwas überlegen würde. Kurz darauf kam sie in das Mantelzelt und schlüpfte unter die Decke. Das warme Fell schmiegte sich an die eiskalten Schenkel.

Lisbee staunte, wie weich und vor allem wie trocken sich der dichte Pelz der Fähe anfühlte. Eine wohlige Wärme ging von dem Tier aus und übertrug sich auf alle ihre blau angelaufenen Gliedmaßen. Ein fürchterliches Kribbeln breitete sich in Lisbees Beinen aus. Es schmerzte und doch hieß sie das Gefühl herzlichst willkommen. Sie spürte ihre Füße endlich wieder. Das Zittern ließ allmählich nach.

»Danke, Mira. Dich haben die Götter geschickt. Dich und Ferodil.«

Gemeinsam warteten sie, bis der Elf zurückkehrte.

Lisbees Augenlider schlossen sich. Einzig das Zittern verhinderte, dass ein tiefer Schlaf von ihr Besitz ergriff.

Nicht zu halten

Lodewig

Baron Lodewig ritt gemeinsam mit Hubert an der Spitze des insgesamt zehn Mann starken Trupps. Die Suche dauerte ihm schon viel zu lange und begann ihn allmählich zu langweilen.

Auch Luzius ritt inmitten der Gruppe, obwohl er am Morgen zu einem erneuten Protest angesetzt hatte. Der Adlige zeigte sich gewohnt unnachgiebig und blieb stur. Das Mädchen kümmerte ihn einen feuchten Kehricht. Sollte sie doch seinetwegen im Wald verrecken. Doch der Priester bestand darauf, sie einzufangen. Manchmal ging er ihm mit seinem fanatischen Glauben gehörig auf den Sack.

Da dieser Luzius schreiben und lesen konnte, erwies er sich für Lodewig dennoch als nützlich beim Ausbau seines Ruhms und seiner Ländereien. Diese Fähigkeit machte den Geistlichen für Lodewig äußerst wertvoll. Schließlich schrieb der Kerl die Berichte für den König. Bisher hatte er sich mehr als geschickt dabei angestellt und ihm tatsächlich wieder zu einer Burg verholfen. Etwas, womit Lodewig im Leben nicht mehr gerechnet hatte, wenn er auf seine Vergangenheit zurückblickte. Es gab noch viel zu tun an der Ruine, um sie wieder zu einem echten Bollwerk zu formen. Doch es war ein guter Anfang. Ein guter Neustart.

Lodewig drehte sich im Sattel um. Wenn der junge Einfaltspinsel schon so beharrlich auf diese unnütze Jagd bestand, dann sollte er gefälligst auch dabei sein. Womöglich fand der Junge alsbald ein Einsehen und sie konnten endlich wieder heimkehren.

Hubert, als einziger Zeuge der vermeintlichen Hexerei, musste die Führung übernehmen und die Gruppe zum Ort des Geschehens leiten. Alles, was sie bei sich führten, hatten sie an ihren Sätteln befestigt. So auch die Eisenschilde, deren Außenseite eine stilisierte Sonne auf blauem Grund zierte. Diese baumelten jeweils an einer Seite des Sattels herunter und schwangen gleichmäßig im Takt der Bewegung der schreitenden Pferde mit. Das zusätzliche Gepäck der gerüsteten Reiter belastete die Tiere erheblich.

Mit einem zusätzlichen Packpferd wären sie sicherlich schneller vorangekommen. Dennoch mochte Lodewig für diese lächerliche Suche nicht mehr als zehn Pferde entbehren. Und das auch nur dank der Überredungskünste des Priesters und, weil die kleine Hexe seine Männer getötet hatte. Es durfte sich nicht herumsprechen, dass er so etwas durchgehen ließ. Der ganze Aufriss für ein kleines Mädchen erschien ihm trotzdem mehr als übertrieben.

Lodewigs Streitkraft auf Burg Schmalwasser, den Ort, den es für ihn zu schützen galt, bestand aus einhundert Mann. Allesamt waren sie Söldner aus König Hennrichs Eroberungsarmee und dienten schon längere Zeit unter dem Befehl Lodewigs. Sie stammten aus allen Ecken des vom König und dessen Vorfahren in vielen Schlachten eroberten Reiches der Sonne. Lodewig schätzte die unerschütterliche Treue seiner Männer, die ihm stets gute Dienste in verschiedentlichen Schlachten geleistet hatten. Er bezahlte sie gut für ihre Dienste und er kannte sie alle beim Namen. Das geboten ihm sein Stolz und seine Ehre als Anführer.

Bis auf Luzius, der seine blütenweiße Kutte mit dem eingestickten Sonnensymbol anbehielt, rüsteten sich alle anderen Reiter in Kettenhemden, Beinschienen aus Stahl, lederne Armschienen sowie Helme mit Nasenschutz. Darüber trug jeder Soldat eine ärmellose blaue Tunika mit dem goldenen, königlichen Sonnensymbol. Eine Einheitsrüstung, die zu Lebzeiten König Hennrichs des Zweiten eingeführt worden war. Lediglich der Baron untermauerte seinen gehobenen Stand mit seinem blauen Umhang und dem auffälligen blauen Federschmuck am Helm. Ein stählerner Harnisch über dem Kettengeflecht schützte seinen Oberkörper.

»Wir ... wir sind gleich da«, stotterte Hubert. »Dort hat die Hexe uns überfallen.« Sein Finger zeigte in Richtung eines umgestürzten Baumes.

Lodewig sah den Mann skeptisch an. Die ganze erbärmliche Gestalt zitterte, doch glaubwürdig sah der Kerl noch immer nicht aus. Das Pferd des Hosenscheißers lief für den Geschmack des Barons entschieden zu langsam. Er stöhnte, verdrehte die Augen und mahnte: »Hör auf zu trödeln, Angsthase! Treib dein Pferd gefälligst an.«

Hubert versuchte, sich aufrecht im Sattel zu halten. Doch den wachsamen Augen des Barons entging nicht, wie sehr die Blicke des Angsthasen die Umgebung absuchten. Nervös rutschte der alte Hosenscheißer im Sattel hin und her. Dennoch versuchte er das Tier zu einem schnelleren Tempo zu bewegen. Der arme Tropf bedauerte sicher, dass er auf der gleichen Stute saß, die er noch tags zuvor fast zu Tode geschunden hatte. Wegen der heillosen Flucht musste sie diesen Ort mindestens genauso fürchten wie ihr Reiter selbst.

Ein Lächeln lag dem Baron auf den Lippen.

»Mit Verlaub, mich dünkt es, dort vorn etwas auf dem Weg liegen zu sehen, Baron Lodewig«, meldete sich Luzius aus der zweiten Reihe.

»Ihr habt Recht, Luzius.« Mit zusammengekniffenen Augen spähte der Adlige in die Umgebung, um den von Hubert erwähnten Bären oder gar das Mädchen auszumachen. Doch da war nichts zu erkennen außer den mutmaßlichen Leichen seiner Männer, die noch an Ort und Stelle lagen. Sich labende Krähen und Raben hüllten die Toten in schwarze Trauerschleier.

Hubert begann zu schwitzen. Sein Hintern schob sich unentwegt im Sattel hin und her. Er rechnete offensichtlich jeden Moment mit einem Knacken im Unterholz und dem Erscheinen der Bestie. Mit jedem Schritt, den die Pferde sich der Biegung näherten, steigerte sich dessen Anspannung. Seine Nervosität übertrug sich auf die Fuchsstute, die immer öfter trippelte und aus der Formation auszubrechen versuchte.

Lodewig warf ihm bitterböse Blicke zu. Zur Beruhigung trugen sie nicht im Geringsten bei. Sie steigerten lediglich Huberts Furcht und die machte das Tier noch nervöser. Lodewig dachte überhaupt nicht daran, sich zu zügeln. Das Schauspiel amüsierte ihn und bot eine willkommene Abwechslung.

Wie aus dem Nichts bäumte sich die Stute auf. Nur mit Mühe hielt sich Hubert im Sattel. Auch das Pferd des Barons drohte auszubrechen. Ein kräftiger Ruck an den Zügeln hielt es zurück. Von einem Pferd ließ er sich nicht übertölpeln. Tiere hatten zu gehorchen, genauso wie seine Soldaten. Das ließ er sie spüren, wann immer es notwendig wurde.

Der Baron brüllte: »Verdammt noch mal, zügele endlich deinen Gaul und reite wie ein Mann!«

Aus den hinteren Reihen ertönte leises Gekicher. Lodewig ließ es zu.

Angestrengt stotterte Hubert: »Ich … ich kann es … nicht halten.«

Das Gekicher im Hintergrund schlug in lautes Gelächter um.

Olegs Stimme höhnte von weit hinten: »Scheißt der etwa wieder ein?«

Das Lachen steigerte sich zu einem lauten Grölen.

»Ruhe!«, brüllte Lodewig.

Das Geschrei brachte das verunsicherte Ross nun endgültig dazu, die Flucht zu ergreifen. Es drehte ab und galoppierte den Weg zurück, von dem sie hergekommen waren. Hubert zerrte an den Zügeln und stemmte sich in die Gegenrichtung, fand aber kein Mittel, um die panische Stute zu beruhigen.

Der Baron verlor die Geduld. »Komm zurück, du feiger Hund!«

Hubert hopste im Sattel hin und her. Das Pferd gehorchte ihm nicht.

»He, ihr zwei dort hinten! Glotzt keine Löcher in die Luft! Bringt mir mein Ross zurück und kümmert euch um den Hosenscheißer! Er ist offensichtlich desertiert. Dafür gibt es nur eine Strafe!«, polterte Lodewig und freute sich bereits auf das, was er in wenigen Augenblicken zu sehen bekommen sollte. Einen Anblick, an dem er sich nie genug laben konnte. Er lehnte sich im Sattel zurück, machte es sich fast bequem.

Augenblicklich wendeten Callum und Germain ihre Pferde und trieben sie zu einem donnernden Galopp an. Es bedurfte einige Zeit, bis sie den Flüchtigen einholten.

Hubert schrie seine Angst in die Welt hinaus. Doch die Bäume ringsherum konnten ihm nicht zu Hilfe eilen. Fest verwurzelt im Erdreich blieben sie stumme Zeugen der Geschehnisse.

Als erster holte Germain die wild gewordene Stute ein und griff dem Kameraden bei vollem Tempo in die Zügel. Mit aller Kraft zog er an der Lenkhilfe seines eigenen Rosses, lehnte sich im Sattel nach hinten und brachte beide Pferde innerhalb eines Augenaufschlags zum Stehen. Beinahe wäre Hubert kopfüber aus dem Sattel gestürzt. Der Baron konnte sich ein Grinsen nicht verkneifen. Gleich wäre es so weit.

Hubert saß kaum wieder aufrecht im Sattel, da traf ihn Callums Schwertklinge mit voller Wucht im Nacken. Das Metall durchschlug sein Genick und drang aus seiner Kehle wieder heraus. Der Kopf verharrte für einen Herzschlag auf dem abgetrennten Hals, bevor er zur Seite kippte und auf den Waldweg fiel. Langsam rutsche der leblose Torso vom Pferd. Aus dem Halsstumpf sprudelte das Blut wie ein Gebirgsbach auf dem Weg hinunter aus den Bergen in Richtung des Meeres, und besudelte die sandige Wagenspur. Die Glieder zuckten unkontrolliert, bis auch sie sich schließlich nicht mehr regten.

Baron Lodewig unterdrückte den Wunsch, Beifall zu klatschen. Dabei amüsierte ihn der kleine Reitunfall des Hosenscheißers vorzüglich. Manche Ideen seines Priesters eigneten sich in der Tat sehr zur Unterhaltung.

Ihm entging dabei auch nicht, wie Germain mitleidvoll auf den einstigen Kameraden starrte. Ein Schwur band jeden Soldaten, auf seine Kameraden zu achten und sie zu schützen, erinnerte sich der Baron.

Ich werde Wulfgar beauftragen, dem Jungen sein Mitgefühl auszutreiben. In einem ernsthaften Kampf darf sich kein Mann Gefühle leisten, wenn er überleben will.

Callum hingegen grinste zufrieden, stieg ab und wischte sein Schwert an Huberts Tunika sauber.

So lobe ich mir das. An ihm sollte sich Germain ein Beispiel nehmen.

Unberührt vom Tod des Mannes schwang der Soldat sich wieder in den Sattel und die beiden ritten zurück zu den anderen. Sie nahmen die Stute mit. Das Blut des Unglückseligen klebte im hellbraunen Fell. Die Augen der Mähre zeugten noch immer von ihrer Angst.

Die restlichen Reiter gelangten zwischenzeitlich bei den Leichen von Ludger und Harald an und saßen von den Pferden ab. Die Rabenvögel flogen krächzend zu den umliegenden Ästen davon und beobachteten die Menschen argwöhnisch, beinahe als ob sie um ihr Festmahl fürchteten. Die Fliegenscharen schwirrten weiter ungestört um die Toten herum als scherten sie sich nicht weiter um die Neuankömmlinge.

Nun, da auch die zwei Nachzügler dort ankamen, drehte sich der Baron zu seinen Soldaten um und blickte jedem von ihnen mit ernster Miene in die Augen, bevor er ohne eine Regung mahnte: »So wie diesem Hosenscheißer wird es jedem Feigling ergehen, der versucht davonzulaufen. Selbst wenn ich jeden von euch persönlich erschlagen muss. Ihr entkommt mir nicht. Ich bezahle euch wahrlich über die Gebühr und dafür gehören eure Leben mir. Haben wir uns verstanden?«

Zu seinem Entzücken wich jeder der Krieger seinem prüfenden Blick aus und starrte betreten zu Boden. Lodewig zog die Nase hoch und rotzte auf den Weg.

»Ganz schön übel zugerichtet wurden die beiden hier«, stellte er trocken fest. Deutlich erkannte er die Abdrücke im Erdreich. Bärentatzen. An Ludger musste das Ungetüm seinen Hunger gestillt haben, so wie der Hundeführer aussah. Die Totenvögel hatten ihr Übriges getan, so dass die zwei Soldaten bereits am Tag nach ihrem

Tod grässlich entstellt aussahen. Vom Hund fehlte indessen jede Spur. Nur ein getrockneter Blutfleck deutete an, wo er verendet sein musste.

Lodewig sah auf zu seinen Begleitern. Luzius trug seinem blassen Gesicht nach beim Anblick der Leichen einen stummen Kampf mit seinem Magen aus. Er kämpfte sichtbar darum, sein Frühstück im Bauch zu behalten. Lodewig lachte. Auf eine Beleidigung verzichtete er. Er erkannte, dass es nicht nur dem Geistlichen so erging. Die meisten seiner Männer wirkten recht blass. Schreckensweite Augenpaare starrten gebannt auf die Reste der ehemaligen Kameraden. Lediglich Oleg und Callum ließen sich nichts anmerken. Sie dienten Lodewig schon lange. Bei beiden handelte es sich um hartgesottene Krieger, die dem Tod, seit er sie kannte, unverzagt in die abscheuliche Fratze sahen.

Der Priester wischte sich indessen die Hände an seiner Kutte ab. Er gab sich Mühe, es unauffällig zu tun. Doch Lodewig entging die unwirsche Handbewegung nicht.

»Schafft die Leichen runter von der Straße und versteckt sie hinter dem umgefallenen Baum dort drüben! Wir nehmen ihre Ausrüstung auf dem Rückweg mit.«

Seine Männer lösten sich aus ihrer Starre und machten sich augenblicklich an die Arbeit.

An Luzius gewandt fuhr Lodewig in leiserem Tonfall fort: »Nun, da habt Ihr Euren Reitunfall, Priester. Der Hosenscheißer wird in den Herzen meiner Männer keine Furcht mehr säen können mit seinen verschissenen Hexenmärchen.«

Der Blick des Sonnenpriesters verharrte auf den Blutflecken zu seinen Füßen. Nach einiger Zeit sah er auf zum Himmel und wirkte auf den Adligen wieder gefasster. Seine Stimme erklang im gleichen Ton wie immer. Kein Zeichen von Angst oder ernsthaftem Bedauern schwang in ihr mit.

»Fürwahr, ein tragischer Unfall, wie der arme Kerl vom durchgegangenen Pferd stürzte und sich das Genick brach. Bei Gott, wie schrecklich und tragisch zugleich! Das wird Teil meines Berichtes werden, genau so, wie es sich unglückseligerweise hier zugetragen hat.« Der Geistliche verzog seine Mundwinkel zu einem verschwörerischen Grinsen. »Herr, wo sind wohl die Rösser der beiden Soldaten? Oder genauer betrachtet sind es ja Eure Pferde.«

»Vielleicht haben die Hexe und der verdammte Elf sie an sich gerissen. Das würde ihre Flucht gehörig erleichtern«, mutmaßte Lodewig.

»Herr Baron«, rief Oleg. »Hier müssen sie die Pferde angebunden haben. Die verdammten Biester scheinen sich vor lauter Furcht vor dem Bären losgerissen zu haben. Hier am Ast hängen noch die verknoteten Reste der Zügel.«

»Ein schnell gelöstes Rätsel. Nicht wahr, Baron Lodewig?«

Der Baron sah sich nachdenklich um und flüsterte: »Wo seid ihr hin? Verflucht noch mal, dass wir keine verdammten Jagdhunde mehr haben. Sie würden uns die Jagd um so vieles erleichtern und verkürzen.«

»Meint Ihr, sie haben die Straße verlassen und sich durch das Dickicht geschlagen?«, warf Luzius ein.

Bevor der Baron den Priester zurechtweisen konnte, weil dieser ihn bei seinen Überlegungen unterbrochen hatte, rief es aus Richtung der Böschung: »Herr Baron! Herr Baron! Hier unten hängt ein roter Stofffetzen an einem Brombeerbusch. Das Gestrüpp und das Gras sehen frisch zertrampelt aus. Sie müssen hier entlang geflohen sein.« Die helle Stimme überschlug sich beinahe vor Aufregung.

»Wir folgen der Spur! Ladet das Gepäck auf Huberts Mähre. Wir haben nun unser dringend benötigtes Packpferd. Es ist an der Zeit, die kleine Hexe und ihren Elfenfreund aufzuspüren und zu stellen. Zu Fuß können sie uns nicht entkommen. Spätestens morgen Abend will ich das Weib gefesselt vor mir im Staub um Gnade winseln sehen.« Lodewig schwang sich in den Sattel seines Rappen. »Doch die werde ich ihr nicht gewähren.«

»Na da bin ich doch gespannt, Herr Baron, ob Ihr Euer Ziel erreicht. Vergesst nicht, Hexen wie auch Elfen gelten als tückisch und trickreich.« Die Stimme des Priesters erscholl gerade so laut, dass der Baron sie vernahm, die Soldaten jedoch den süffisanten Einwurf nicht hören konnten.

Lodewig missfiel die Äußerung zwar, dennoch amüsierte es ihn, wie sehr sich sein Schreiberling bemühte, ihn nicht vor seinen Männern zu brüskieren. Offensichtlich fürchtete der Jüngling seinen aufbrausenden Zorn. In Lodewigs Augen tat er gut daran. Prüfend betrachtete er den jungen Priester in seiner makellosen weißen Kutte, zog seine Augenlieder zu Schlitzen zusammen. »Auf welcher Seite steht Ihr eigentlich, Luzius?«

»Auf der Seite des Siegers natürlich!«, grinste der Priester ihn mit unschuldiger Miene an.

»Dann gebt fein Acht, dass ihr auf meiner Seite bleibt, Priester der Sonne. Sonst könnte es schnell finster um Euch werden«, warnte Lodewig den Geistlichen, der ihn weiterhin ungerührt angrinste. Nicht einmal ein zustimmendes Nicken erübrigte er für den Befehlshaber. Luzius wusste aus der gemeinsamen Vergangenheit bedauerlicherweise nur zu gut, wie sehr dieses Verhalten den Baron zur Weißglut brachte und wie sehr er ihn dennoch brauchte.

Wahrscheinlich dachte er sich im Stillen: »Wenn Euch meine Gesellschaft nicht beliebt, hättet Ihr mich besser auf der Burg gelassen, werter Baron.« Zumindest stand es ihm so ins Gesicht geschrieben.

Erneut zog Lodewig die Nase hoch und spuckte den grünen Auswurf zu Boden. Direkt vor des Priester Füße.

»Aufsitzen!« Sein Ton verbarg nicht, wie sehr die Gelassenheit des Priesters ihn erzürnte.

Lodewig lenkte seinen Hengst die Böschung hinunter. Die Hexe hatte deutlich sichtbare Zeichen in der Landschaft hinterlassen. Man musste kein Fährtenleser sein, um der Spur folgen zu können. Das zertrampelte Gras zeigte ihm den Weg. Er trieb sein Pferd an.

Es behagte Lodewig nicht, doch tiefhängende Äste zwangen die Gruppe alsbald abzusteigen und die

Pferde an den Zügeln zu führen. Das Unterholz verdichtete sich zusehends, fast so, als wollte es dabei helfen, das Weib zu verbergen. Der Waldboden verschluckte die Spuren nach und nach immer mehr. Es gab hier kaum noch Vegetation, die heruntergetreten hätte sein können. Moos bedeckte die Erde wie ein Teppich. Es versteckte nicht nur die Spuren, sondern auch das Wurzelwerk, welches als Stolperfalle aus der Erde ragte. Nur hier und da reckten sich Farne und Gräser den schmalen Lichtfetzen entgegen.

»Baron, seht Euch das an.« Die Stimme gehörte Wulfgar. Er deutete auf eine erkaltete Feuerstelle. Sand bedeckte die Asche. Dennoch stach sie aus der Umgebung heraus wie ein schwarzer Fleck auf grünem Leinen.

»Danken wir dem Herrn, dass er uns den Weg hierher wies. Ein Wunder in der Finsternis dieses Waldes. Der Sonnengott ist unserer gnädig.«

Lodewig beachtete Luzius nicht weiter. Aus Ratlosigkeit angesichts der fehlenden Fußspuren befahl er: »Wir ziehen weiter in Richtung Norden. Womöglich finden sich am Ende des zwielichtigen Forstes neue Lebenszeichen.«

Der Trupp kam nicht sonderlich weit. Unweit der Feuerstelle stießen sie auf einen Fluss, der sich in einem Bett aus Kieselsteinen durch den Wald schlängelte.

»Dämlich scheinen die beiden nicht zu sein«, raunte der Baron anerkennend. »Der Verlauf des Flusses spielt ihnen in die Karten.«

»Wie meint Ihr?« Der Priester klang verwirrt.

»Meint Ihr die Frage ernst, Luzius? Es liegt doch auf der Hand. Selbst einem Schreiberkünstler wie Euch müsste doch die Erleuchtung kommen.« Lodewig schüttelte ungläubig den Kopf. Der Priester musste unbedingt öfter aus seiner Schreibkammer heraus, befand er. »Sie sind dem Verlauf des Flusses gefolgt. So wollten sie sicher weitere Bluthunde abschütteln, nachdem sie den ersten und leider einzigen kennengelernt haben. Zu dumm nur, dass wir nur diesen einen besaßen. Sobald wir wieder zurück sind, ordert Ihr mir weitere Jagdhunde. Habt Ihr das notiert?«

»Sehr wohl, Herr. Dennoch befürchte ich, nicht zu verstehen, wovon Ihr sprecht.«

»Ihr seid ein Narr, Luzius! Der Fluss fließt in nordwestliche Richtung. Sie müssen seinem Verlauf gefolgt sein und dafür einen Umweg in Kauf genommen haben.«

»Ein gebildeter Narr, möchte ich anmerken«, protestierte der Verspottete. »Beherrsche ich doch die Macht der Worte.«

»Das war es dann auch schon. Lebenswichtiges Wissen brachten Euch die Mönche offenbar nicht bei. Wie dem auch sei. Die Sonne wird bald untergehen und wir können im Dunkeln mit den Pferden nicht dem steinigen Flusslauf folgen. Zu groß ist die Gefahr, danach nur noch lahmende Rösser zu besitzen. Zudem bedürfen Pferde und Männer einer Rast. Das Eiswasser wird das Hexenweib gehörig gelähmt haben. Weit kann sie nicht gekommen sein. Wir suchen sie bei Tagesanbruch in

Ufernähe. Wenn wir sie, was ich nicht erwarte, nicht irgendwo in diesem verfluchten Wald finden sollten, reiten wir geradewegs nordwärts. Sofern sie tatsächlich gen Norden zieht, wie Ihr sagtet, werden wir sie überholen.«

»Ich sagte auch, dass sie uns möglicherweise auch zu täuschen versucht, mein Herr. Möglicherweise ist sie dem Fluss auch in die entgegengesetzte Richtung gefolgt und verhöhnt uns, indem sie Eure Burg ohne die Anwesenheit eines Geistlichen, ihrem stärksten Gegner wohlgemerkt, erobert. Womöglich greift sie just in diesem Moment an, mein Herr. Erscheint es Euch nicht ratsam, die Männer aufzuteilen und mich mit einigen von ihnen gen Burg Schmalwasser zurückzuschicken? Was meint Ihr, Baron Lodewig? Ihr wollt doch Eure Burg in sicheren Händen wissen, nicht wahr?«

»Ein netter Versuch, Euch aus der Affäre zu ziehen, Priester.« Lodewig bemühte sich nicht, sein Grinsen zu unterdrücken. »Ich werde meine Männer nicht Euretwegen aufteilen. Ihr wirkt mir recht sicher, was den Elfen als Begleiter betrifft. Es erscheint mir doch sehr wahrscheinlich, dass Ihr mit Eurer Einschätzung bezüglich der Flucht nach Norden richtigliegt. Ihr kommt mit mir und werdet Euch selbst davon überzeugen und mir behilflich sein, die kleine Hexe einzufangen. Ihr habt doch soeben bestätigt, der kleinen Metze Herr werden zu können. Meine Burg weiß ich während meiner Abwesenheit indes in den besten mir verfügbaren Händen, Luzius. Abgesehen von meinen Händen, versteht sich.«

Ein Funkeln des Barons reichte aus, um einen weiteren Disput mit dem Prediger im Keim zu ersticken.

»Männer, versorgt die Pferde und entzündet ein Feuer. Wir übernachten hier. Ich hoffe, der werte Herr Priester erfriert uns nicht. Die Nacht wird sicher kalt. Also heizt ordentlich ein. Vor allem aber macht mir endlich was zu Essen. Einen ganzen Keiler könnte ich allein verschlingen.«

Die Männer lachten auf.

Die Augen des Priesters verengten sich zu dünnen Sehschlitzen. Doch er erwiderte nichts. Er legte lediglich den Kopf in den Nacken, betrachtete die vorüberziehenden Wolken. Dabei sprach er flüsternd zum Sonnengott: »Herr der Sonne, warum schickst du mich auf diese elendige Reise und strafst mich obendrein mit diesem ungehobelten Kerl von Baron? Ist sie in der Tat eine gefährliche Hexe, für die es meine Anwesenheit bedarf, um sie einzufangen? Ist das deine Art, meinen Glauben zu prüfen? Sprich mit mir, Gott! Sende mir ein göttliches Zeichen! Bitte!«

»Was sagtet Ihr da?«, hakte der Baron ein, obwohl er genau verstanden hatte.

»Nichts. Ich bat unseren göttlichen Herrn um Beistand.«

»Ist dem so?« Im Grunde gehörte der Priester für seine Worte gemaßregelt, doch da keiner seiner Soldaten etwas mitbekommen hatte, sah Lodewig von einer Bestrafung ab. Zu müde fühlte er sich, um daran am heutigen Tage noch Genugtuung zu empfinden.

Des Priesters Pferd schnaubte laut aus, was dieser wohl als Zustimmung seines Gottes deutete. »Dann sei es so, wenn es dein Wille ist!«, wie Lodewig ihn flüstern hörte.

Der Priester begann seinen Wallach abzusatteln. Lodewig erkannte den Unmut in dessen Bewegungen. Die Faust des Barons ballte sich. Viel mehr würde er ihm nicht mehr durchgehen lassen.

Waldgeister

Lisbee

»Ist dir inzwischen wärmer?« Ferodil klang ehrlich besorgt.

Lisbee nickte. »Danke für das Feuer. Tut mir leid, dass deine Stiefel noch immer nass sind.«

Ferodil saß ihr barfuß gegenüber. »Mach dir deshalb keine Sorgen. Es gibt Schlimmeres. Trotzdem sollten wir an diesem Ort nur so lange verweilen, bis deine Sachen trocken sind.«

Sie winkte ab. »Ja, ich weiß, wir werden verfolgt.«

»Nicht nur deshalb sollten wir bald weiterziehen.«

Fragend schaute sie den Elfen durch die züngelnden Flammen hindurch an. Schatten tanzten auf Ferodils Gesicht. Sie stutzte, denn da war noch mehr. Irgendetwas schien ihn zu beunruhigen. So aufgewühlt hatte sie ihn bisher noch nicht gesehen.

Lisbee fasste sich ein Herz. »Wonach schaust du dich die ganze Zeit um? Sind dir Südländer begegnet, als du Holz gesammelt hast?«

Der Elf schüttelte unwirsch den Kopf. »Nein. Aber in diesem Wald lebt etwas sehr Mächtiges. Ich spüre es. Es beobachtet uns.«

Miranee hob neugierig den Kopf.

Lisbee zog die Decke enger um sich, machte sich klein. Ängstlich durchforsteten ihre Augen das umliegende

Unterholz. Das Feuer knisterte auf einmal viel lauter und sie zuckte zusammen.

»Wer beobachtet uns, Ferodil?« Ihrem Mund entsprang nur ein Flüstern.

»Ich weiß es nicht sicher. Es ist mehr ein Gefühl. Gesehen habe ich sie bisher nicht, aber das bedeutet nicht, dass sie nicht da wären.«

»Wen denn?«, drängte Lisbee, noch immer im Flüsterton und suchte die Umgebung nach dem ab, was nicht einmal der Elf sehen konnte.

»Waldgeister.« Ferodils Stimme klang bedrohlich.

Lisbee zog die Stirn kraus. »Waldgeister? Davon habe ich noch nie gehört.«

»Man nennt sie auch Dryaden. Vielleicht hast du schon einmal von Baumnymphen gehört«, erklärte Ferodil.

Lisbee verstand seine Worte kaum, so leise bahnten sie sich ihren Weg an den züngelnden Flammen vorbei.

»Sie leben in alten Wäldern in tiefer Verbundenheit mit ihren Bäumen. Und dieser Wald hier ist sehr alt. Das rieche ich. Hast du den Modergeruch nicht bemerkt?«

»Und du meinst, sie beobachten uns? Ich kann nichts erkennen.«

»Ich auch nicht.« Ferodils Kopf drehte sich hektisch von links nach rechts. »Aber ich höre ihre Stimmen. Die Waldgeister sprechen zueinander.«

Lisbee lauschte für eine Weile, hörte aber nichts Ungewöhnliches. War ihm das kalte Wasser vielleicht nicht bekommen?

»Also ich höre nur das Rauschen der Blätter im Wind und ein paar Vögel zwitschern.«

Ferodil schaute ins Blätterdach. »Es ist mehr als das. Ich vernehme ihre Stimmen in meinem Kopf.«

Lisbee staunte nicht schlecht. Sie bemerkte keine Stimmen, nur die üblichen Geräusche des Waldes. »Worüber sprechen sie?«

»Die Wurzeln der Bäume reichen tief. Sie speisen die Dryaden mit den Erinnerungen der Welt, musst du wissen. Sie wissen, wer ich bin. Was ich bin und was ich war.«

»Und was ist daran so schlimm?« Lisbee zuckte mit den Schultern.

»Wir sind hier nicht willkommen, nur geduldet, Lisbee. Wir müssen alsbald weiter.«

»Was ist denn mit dir? Wer oder was bist du denn, wenn die Geister dich nicht mögen?« Lisbee zog die Decke noch enger zusammen, als könne der Stoff sie vor allen Gefahren und der erschütternden Offenbarung schützen, die ihr der Elf nun schuldete.

»Darauf kommt es nicht an. Die Dryaden erzürnt viel mehr, was ich einst war.« Er duckte sich als ob er mit einem herunter stürzenden Ast rechnete, der auf seinen Kopf zielte.

Lisbee hielt die Andeutungen nicht mehr aus. Sie wollte Gewissheit. »Was warst du denn, Ferodil?«

»Das geht dich nichts an.«

Lisbee bemerkte die Trauer in seinem Blick, als er auf Miranee schaute. Ihr aufkommender Trotz wich ihrem

Mitgefühl, obwohl sie nicht zu erklären vermochte, warum es sie so berührte. Stur wie er war, würde sie die Wahrheit heute nicht mehr von ihm erfahren. So gut kannte sie ihren Begleiter inzwischen.

Sie erkundigte sich: »Du siehst aus, als fürchtest du dich vor diesen ... wie hießen sie doch gleich? Vor diesen Waldgeistern. Können sie uns denn gefährlich werden?«

»Oh ja, sie können, wenn sie sich dazu entschließen.«

Lisbees Magen zog sich zusammen. Das war nicht die Antwort, die sie hören wollte und schon gar nicht in dieser überzeugenden Betonung.

»Solange du keinen Baum fällen willst und wir ihr Heiligtum bald verlassen, werden sie uns in Ruhe lassen. So viel haben die Stimmen mir verraten.«

Lisbee starrte auf das Feuer und ihre Augen wurden größer und größer. Eine Frage drängte sich ihr auf wie einst die Stimmen der wandernden Händler auf dem Markt von Schmalwasser. Eine Frage, deren Beantwortung womöglich in gewissem Maße die Missstimmung der Waldgeister erklären mochte.

Miranee legte den Kopf auf ihre Vorderpfoten und schnaufte.

Ferodil beschwichtigte, als ob er ihre Gedanken lesen konnte: »Keine Angst, die Zweige waren längst abgestorben. Ich habe sie vom Boden aufgelesen. Ruh dich noch etwas aus, bevor wir aufbrechen.«

»Und was ist mit dir, Ferodil? Musst du nicht auch ein wenig schlafen?«

»Sorge dich nicht um mich. Leg dich ruhig noch etwas hin.« Er wirkte so ruhelos. »Ich werde hier ohnehin kein Auge zubekommen.«

Vom Wald verschluckt

Luzius

Seit Stunden suchten sie nun schon den Flusslauf nach Lebenszeichen der Flüchtigen ab. Baron Lodewig hatte die Männer auf beiden Uferseiten ausschwärmen lassen. Sie sollten den Wald in Ufernähe durchkämmen.

Er selbst blieb mit Luzius bei der Stromschnelle am Ostufer zurück, nachdem sie bis dahin am Ufer keine Fußabdrücke entdeckt hatten.

»Die Stromschnelle erscheint mir nicht passierbar«, erklärte er dem gelangweilt dreinschauenden Priester. »Die Strömung ist viel zu stark. Sie müssen irgendwo auf dem Weg hierher aus dem Wasser gestiegen sein. Die Männer müssen doch irgendetwas im Wald finden. Gebt mir einstweilen die Karte, Luzius.«

»Wie meint Ihr, Baron?« Der Priester rätselte in Gedanken selbst, wie sie die beiden mitten in dieser Wildnis finden sollten.

»Die Karte aus meinem Saal, die Ihr abzeichnen solltet! Ihr habt sie doch hoffentlich dabei, Priester? Andernfalls gnade Euch Euer Gott.« Baron Lodewigs Tonfall verdeutlichte seine Ungeduld.

»Ach ja, gewiss. Ich habe nicht die halbe Nacht daran gezeichnet, um sie dann in meiner Kammer liegen zu lassen, Herr Baron. Doch sagt, ist er nicht unser aller Gott?«

Der Baron blieb ihm eine Antwort schuldig, doch sein Gesicht sprach dafür Bände. Weiter sollte er im Augenblick nicht mit seinen Spitzfindigkeiten treiben. Der Adlige war nicht in der Stimmung dazu.

Luzius krempelte die Ärmel seiner Kutte hoch, die mit ihrer Länge und ihren breiten Öffnungen bis weit über seine Hände ragten. Ein Umstand, der seine wertvollen Schreibfinger in der letzten Nacht vor der Kälte schützte. Dann ging er hinüber zu den Pferden. In einer Satteltasche seines Schimmelwallachs befand sich der eingerollte Papyrus. Er tätschelte sein Pferd am Hals und zog das Dokument aus der Tasche.

Ein viel zu prächtiges Tier für einen Reiter seiner eigenen Güteklasse, wie er fand. Sofern es Pferde, Jagdhunde oder Waffen betraf, scheute Lodewig keine Kosten und Mühen. Nur das Beste genügte dem Anspruch des Adligen, wie Luzius wusste. Nun, da der Edelmann wieder eine Burg sein Eigen nannte, der König ihn zum Dank mit reichlich Startkapital ausgestattet und er bei so mancher Plünderung während des großen Krieges seinen Anteil erbeutet hatte, mussten zwangsläufig noch weitere edle Rösser folgen, mutmaßte der hagere Sonnenpriester.

Auf dem Rückweg zum Baron suchte er nach einem geeigneten Platz, die Karte auszurollen. Die Kiesel unter seinen Füßen drückten bei jedem seiner Schritte unangenehm in seine Sohlen. Das einfache Schuhwerk eignete sich nicht für Reisen durch die Wildnis. Diente es gewöhnlich doch nur dazu, sich auf befestigten Straßen

und Wegen in Burgen oder in Gotteshäusern fortzube-
wegen.

Ein flacher, fast kreisrunder Stein am Rand des Kies-
bettes erregte seine Aufmerksamkeit. Luzius näherte
sich dem Felsbrocken.

»Wenn es Euch beliebt, bitte ich Euch, an meine Seite
zu treten. Das Gestein wird uns als Kartentisch gute
Dienste leisten, Baron.« Seine flache Hand klopfte auf
die glatte Fläche. Ein besserer Tischersatz ließ sich in
dieser Einöde nicht auftreiben.

Der Baron brummte etwas Unverständliches und
stapfte zu ihm hinüber. Luzius rollte indessen hastig die
Karte aus. Mit kleineren Steinen beschwerte er die
Ecken, damit sie sich nicht wieder von allein zusammen-
rollte.

»Lasst mal sehen.« Der Baron drückte ihn zur Seite.
»Dort liegt Burg Schmalwasser. Wir sind dieser Handelsstraße hier gefolgt, bis ungefähr zu dieser Biegung,
möchte ich meinen. Dann sind wir hier entlang, mitten
hinein in den Dunkelwald.«

»Dunkel ist es hier wahrlich. Der Wald wird seinem
Namen sehr wohl gerecht«, unterbrach ihn der Priester
und nahm einen grimmigen Gesichtsausdruck des Barons wahr, bevor dieser fortfuhr: »Sofern ich nicht irre,
befinden wir uns etwa hier an dieser Stelle. Direkt am
Ufer des Bjergflyde. Ein recht tückischer Fluss, wie wir
nun wissen.« Sein Zeigefinger deutete auf eine Stelle auf
der Karte, die der Baron als ihre momentane Position be-
zeichnete.

Luzius nickte zustimmend, um nicht eingestehen zu müssen, dass er überhaupt keine Ahnung hatte, wo sie sich befanden.

»Wo könnten sie wohl gerade entlang ziehen? Was meint Ihr, Luzius?«

»Nun … ähm, ja … nach Norden, wenn mein geringfügiges Wissen über Elfen aus den alten Schriften der Wahrheit entspricht.«

»Gen Norden! Das sagtet Ihr gestern bereits, Priester«, meckerte der Baron ungehalten. »Doch was ist dort im Norden?«

»Mytlaghyr, das Reich der Elfen und Zwerge.« Des Gelehrten Worte schossen aus dem Mund des jungen Mannes wie aus einer Armbrust.

»Ja ja, aber welche Wege führen dort hinüber? Gibt es nur die eine Brücke oder führen auch Seewege durch die Nebelfurt?«

Luzius kratzte sich nachdenklich am Kopf. Seine Finger strichen über die kreisrund rasierte Glatze auf seinem Schädel, ohne die absichtlich an Schläfen und Hinterkopf stehengelassenen blonden Haare zu berühren. Diese Art der Frisur galt als die neueste Mode unter den Gottesdienern. Nach einigen nachdenklichen Atemzügen antwortete er: »Es gibt nicht viele Schriften über dieses fremde Land.«

»Ihr seid der Gelehrte von uns. Also sprecht endlich aus, was Ihr wisst!«

»Ein Seeweg wird nirgends erwähnt. Die Furt soll übersät sein von scharfkantigen Felsen, die aus dem

Wasser ragen. Zudem wabert dort das ganze Jahr hindurch dichter Nebel über die Wasseroberfläche. Meiner Einschätzung nach können die Hexe und der Elf nur dieser Brücke entgegeneilen.« Er überlegte kurz. »Es sei denn …«

»Es sei denn was?« Der Baron verdrehte die Augen und die Anspannung zeichnete sich immer deutlicher auf seinem Antlitz ab. »Kommt endlich auf den Punkt, Luzius!«

»Es sei denn, die Hexe vermag zu fliegen. Aber das dürfte nur funktionieren, sofern sie ihren Besen mit sich führt. Es entzieht sich meiner Kenntnis, ob sich dieser noch in der Hütte befindet. Ich war bei der Durchsuchung ihrer Behausung leider Gottes nicht anwesend. Die Heiden von Schmalwasser galt es für mich zu bekehren. Eine Aufgabe, die mich fürwahr noch eine Menge Kraft kosten wird. Wer konnte auch ahnen, dass die kleine Hexe nicht anzutreffen sein wird?« Er zuckte ratlos mit den Schultern.

»Wie dem auch sei. Hätte das Biest ihren Besen dabei, wäre sie doch ohnehin längst davongeflogen und nicht quer durch das Land gerannt.« Lodewig legte beide Hände auf den Rücken und ging ein paar Schritte auf und ab. »Mal davon abgesehen glaube ich noch immer nicht an dieses Gerede von Hexerei. Das ist doch nur albernes Geschwätz. Keine der sogenannten Hexen, denen ich bisher gegenüberstand, vermochte auch nur einen einzigen Zauber zu wirken. Alle verbrannten sie qualvoll.«

Die Stimme des Barons wirkte wieder etwas ruhiger auf Luzius. Unauffällig wischte er seine Hände am Inneren seiner Ärmel trocken.

»Was den Besen betrifft, gebe ich Euch Recht, mein Herr.«

»Und wie denkt Ihr über die Hexen, werter Luzius?«, setzte Lodewig neugierig nach.

»Nur der Erleuchtete allein weiß um die Macht dieser Scheusale. Wäre auch nur eines dieser unglückseligen Weiber keine Hexe, so würde er deren Verbrennung verhindern, indem er das Feuer löscht, noch bevor das Weib in Flammen steht. Dergleichen geschah bisher nie. Demnach sind wohl all diese Heidenweiber mit Fug und Recht und dem Segen des Sonnengottes zu Asche verbrannt und ihrer rechten Strafe zugeführt worden. Egal wie harmlos sie sich stellen, der Erleuchtete lässt sich nicht blenden.«

»Pah! Ihr sprecht mit der Überzeugung eines jungen Mannes, dem sein Leben lang nur Gottesanbeter ins Ohr gesäuselt haben.«

»Ihr zweifelt doch nicht etwa an den Urteilen unseres Gottes? Das nennt man Blasphemie, Baron? Ihr wisst, welche Strafe darauf steht?« Luzius fuchtelte lehrmeisterhaft mit der Hand herum.

Ungehalten trat der Baron vor die Füße des Priesters, sah ihm tief in die Augen. Nur wenige Fingerbreit befand sich die Stirn des Herrschers von der des Priesters entfernt. Luzius schluckte, als der Baron ihn anfauchte: »Wollt Ihr mir etwa drohen, Sonnenpriester? Vergesst nicht, wir sind hier mitten im Wald. Ganz allein noch obendrein. Auch Ihr könntet einem tragischen Reitunfall zum Opfer fallen. Ihr habt doch mit eigenen Augen gesehen, wie es dem Hosenscheißer erging. Keine große Sache, wie Ihr sehen konntet.«

Luzius trat ein paar Schritte zurück, um vor dem wütenden Blick des Barons und dessen fauligen Atem zurückzuweichen. Aus einigermaßen sicherem Abstand hob er beschwichtigend die Hände: »Nicht doch! Nicht doch! Was denkt Ihr denn von mir? Wie könnte ich Euch drohen? Ich bin mir meiner Lage sehr wohl bewusst.« Seine Stimme gab keinen Hinweis darauf, was er wirklich dachte. Ihm schwante, in welcher Gefahr er hier inmitten dieser Wildnis schwebte. Es half nichts, er musste sich dringend zügeln. Vorerst zumindest.

In seinen Berichten an den König bot sich für ihn die bessere Gelegenheit, diesen cholerischen, undankbaren Baron zu beseitigen.

»Auf dieser Seite des Flusses ist nichts zu finden, Baron Lodewig.«

Luzius drehte sich erschrocken um. *Beim Sonnengott, die Soldaten hatte ich schon fast vergessen.*

Die Stimme des Rufers gehörte Wulfgar, einem der ältesten Kämpfer aus des Barons kleiner Armee. Er führte die Gruppe auf der Südseite an. Gemeinsam mit seinen Kämpen überquerte er den eiskalten Strom.

Der Baron sah zur Überraschung des Priesters davon ab, den Disput fortzuführen und blickte grimmig hinüber zu seinen Untergebenen.

Wenig später kehrten die drei anderen Soldaten aus dem nördlichen Waldgebiet zurück.

»Habt ihr etwas gefunden, Männer?«, begehrte Lodewig sofort zu wissen.

»Nein, Herr« Einer der jüngeren schüttelte den Kopf.

»Bis auf …«, warf Callum ein.

»Bis auf was?« Mit einer Mischung aus Neugier und Gereiztheit blickte der Baron auf den Rotschopf hinab. Der Mann reichte seinen Kameraden nur bis zum Kinn. Die fehlende Körpergröße glich der bärtige Krieger mit seinen muskelbepackten Armen und seinem unbändigen Willen in jedem Zweikampf aus. Luzius wusste, wie verbissen dieser Kerl kämpfte.

»Ich fand ein paar Wolfsspuren. Am Übergang vom Kieselgrund zum Wald hinterließ er seine Fußabdrücke im feuchten Erdreich. Er muss vor kurzem hier gewesen sein, um aus dem Fluss zu saufen. Vielleicht hat der ja das Mädchen gefressen. Den Spuren nach muss er riesig sein.«

»Mehr habt ihr nicht gefunden? Was soll ich mit einer Wolfsspur anfangen, Callum? Die wird uns beileibe nicht zu dem Mädchen führen, du Narr! Oder spazieren bei dir zu Hause, auf den westlichen Inseln, kleine Mädchen gemeinsam mit Wölfen über die Hochebenen?«

»Nein, Herr«, antwortete der stolze Krieger ohne einen Funken der Unterwürfigkeit in seiner Stimme.

Der Baron rotzte einen grünen Schleimbrocken aus, den er dem Geräusch nach von ganz tief aus seiner Trümmernase gezogen haben musste.

In Luzius' Gedärm grummelte es. Sein Gesicht verzog sich. Zum einen empfand er diese Rotzbrocken als widerlich und störte sich jedes Mal daran. Zum anderen beunruhigte ihn die Nachricht von einem riesigen Wolf, der hier herumstreifen sollte. Unwillkürlich glitten seine Handflächen über seine Kutte.

»Sofern das Weibsstück und ihr Elfenfreund nicht vom Fluss ersäuft oder vom bösen Wolf gefressen wurden, dann werden sie versuchen, sich nach Norden abzusetzen. Nach Myt-la-ghyr!«, betonte Lodewig den Namen des sagenumwobenen Reiches besonders langgezogen. »Priester Luzius und ich besprachen soeben, wo sie wohl versuchen könnten, über die sagenumwobene Nebelfurt zu gelangen. Die Sonne meint es gut mit uns. Es gibt nur einen Weg!«

Lodewig zögerte die Auflösung des Rätsels noch einen Augenblick hinaus. Luzius bemerkte die fragenden Augen, die an den Lippen des Adligen hingen und nach Erkenntnis lechzten.

Einen Soldaten nach dem anderen schaute der Baron an. Er genoss offenkundig das Gefühl der Macht.

Luzius lernte schon früh in seinem Leben, dass Macht nicht nur aus Reichtum und einem Adelstitel bestand. Nein, auch Wissen stellte in seinen Augen Macht dar. So manches Mal konnte Wissen sogar zu mehr Macht verhelfen, wenn man es mit Bedacht einsetzte.

Schließlich löste Baron Lodewig das gespannte Warten auf: »Wir reiten zur Nebelbrücke. Sie ist der einzig sichere Weg über die Furt. Also packt zusammen. Wir setzen unsere kleine Jagd fort. Der Ehrgeiz hat mich gepackt. Wir werden dieses elende Pack aufspüren! Selbst wenn wir ihnen an der Brücke auflauern müssen. Sie werden brennen!«

Die Männer jubelten ihrem Anführer zu.

Alle, bis auf Luzius, dessen Euphorie sich in Grenzen hielt. Sein Gesäß schmerzte schon allein beim Gedanken an den bevorstehenden Ritt.

Regen, nichts als Regen

Lisbee

Tagelang liefen Ferodil, Lisbee und Miranee nun schon quer durch Odengard. Keine Spur fanden sie von ihren Verfolgern. Kein Rauch eines Feuers war in den vergangenen Sonnenumläufen hinter ihnen aufgestiegen. Lisbee überkam allmählich das Gefühl, gar nicht mehr verfolgt zu werden, es tatsächlich geschafft zu haben, die Soldaten abzuschütteln. Ferodil trieb sie dennoch unermüdlich an sich zu eilen, als traute er dieser Ruhe nicht. Dabei fiel es ihr schwer, seinem Marschtempo zu folgen.

Lisbee schätzte sich glücklich, sich bei der Nachtwanderung durch den reißenden Fluss, dessen Namen sie nicht kannte, nicht verletzt oder gar erkältet zu haben. Erst als ihr Körper wieder Wärme verspürte, wurden ihr die möglichen Folgen ihres Ausrutschers bewusst. Sie hatte unbeschreibliches Glück gehabt, wie sie inzwischen wusste. Selbst diese Dryaden hatten sich nicht gezeigt. Die Götter hielten scheinbar ihre schützenden Hände über sie. Lisbee mochte sich nicht ausmalen, was alles hätte passieren können. Bei dem Gedanken daran lief es ihr eiskalt den Rücken herunter. Fast so, als ob ihr jemand einen Schwall des Flusswassers unter ihr Kleid gießen würde. *Ich hoffe, der Rest des Weges wird einfacher. Den Schutz der Götter möchte ich nicht über die Maßen in*

Anspruch nehmen. Wer weiß schon, ob ihre Augen jederzeit über mich wachen.

Die ungleiche Reisegesellschaft ließ den Dunkelwald hinter sich. Die Gegend veränderte sich von dem nahezu flachen Land in eine von Hügeln und Gesteinsbrocken übersäte Landschaft. Die Bäume drängten sich weniger dicht aneinander und boten dennoch Deckung. Blüten-staub hunderter verschiedener Büsche, Gräser, Kräuter und Blumen klebte an Kleid und Haut des Mädchens. Die Natur zeigte sich von ihrer vielfältigen und noch dazu sehr ansehnlichen Seite. Lisbee sog auf dem Weg alle Eindrücke in sich auf. Ein schöner Anblick wech-selte sich mit einem noch schöneren ab. Eine herrliche Idylle, in der sie gern verweilen wollte, um die Heil-pflanzen zu erforschen.

Doch Ferodil ließ die umliegende Schönheit völlig un-gerührt. Mehr als kurze Rasten gestattete er ihnen nicht. Lisbees Füße fühlten sich inzwischen schwerer an als die Steine, die hier überall verteilt lagen, fast taub von den Strapazen des langen Marsches, und waren übersät mit teils aufgeplatzten Blasen. So kam es ihr gerade recht, dass es am Morgen in Strömen zu regnen begonnen hatte. Zum Schutz vor dem Starkregen hatte Ferodil ei-nen Felsvorsprung ausgewählt. Gerade groß genug, um allen dreien Platz und Schutz vor den Wassermassen zu bieten. Der Elf wollte offensichtlich nicht riskieren, dass sie völlig durchnässt weitermarschieren musste, obwohl diese Rast eine Verzögerung darstellte, die ihm gewiss nicht behagte. Das sah sie ihm an. Lisbee gewann fast den Eindruck, er sei sehr besorgt um ihre Gesundheit. Ferodils Verhalten schmeichelte ihr. Sie schmunzelte unwillkürlich, als sie sich dessen bewusst wurde.

Sie betrachtete den Elfen, wie er neben dem Feuerchen kauerte. Das flackernde Licht der Flammen zappelte auf seinem Gesicht und wechselte sich mit Schatten ab. *Wie kann man nur so makellos aussehen? Ich kenne niemanden, der besser aussieht als er. Seine Haut ist so glatt und er riecht so gut, egal wie lange wir marschieren.*

Die Ruhepause unter dem Felsvorsprung gab Lisbee die seltene Gelegenheit, ausgiebig in seine Augen zu schauen. *Zu schade, dass ich immer hinter ihm herlaufen muss, weil ich kaum Schritt halten kann. Wie gern würde ich stattdessen den ganzen Tag einfach nur in seine Augen schauen. Bei den Göttern, so muss ein endlos weites Eismeer ausschauen.*

Lisbee dachte an die vergangenen Tage zurück. Gewöhnlich war Miranee vorneweg getrottet, gefolgt von Ferodil. Sie selbst keuchte, schnaufte und schwitzte der grazilen Rückansicht des Elfen stets nur irgendwie hinterher. Seine Ausdauer übertraf die ihre um Längen. Das Gewicht seiner Ausrüstung schien ihn nicht im Geringsten zu beeinträchtigen. Der grüne Umhang des Elfen verdeckte zumeist Lisbees Sicht. Dennoch zeichnete sich darunter sein schlanker Körper hin und wieder als Schemen ab.

Wieder blickte Lisbee dem Elfen direkt in die Augen und lächelte. *Wie es wohl wäre, in seinem Armen einzuschlafen?* Ihr Gesicht fühlte sich plötzlich so heiß an. Es lag nicht am Feuer. Ferodils Augenmerk glitt über die tanzenden Flammen direkt hinüber zu ihr. Schnell schaute sie woanders hin.

Vergiss es. Er ist viel zu unheimlich, wie er einfach so im Wald verschwindet und mit dem Buschwerk verschmilzt, bis ich ihn nirgends mehr zu sehen vermag. Überhaupt wirkt er immer so kühl und unnahbar. Er ist eben kein Mensch. Außerdem verheimlicht er mir etwas.

Ihre Blicke trafen sich. Ein warmer Schauer durchlief ihren Körper.

Was ist nur mit mir los? So kenne ich mich gar nicht. Warum beschwingt und irritiert mich der Anblick des Elfen zugleich? Ich kenne ihn doch kaum und dennoch erscheint er so vertraut. Er gleicht den jungen Männern aus Schmalwasser in keiner Weise. Ihm würde ich mein Leben anvertrauen, wenn es darauf ankommt.

Ein Lächeln huschte über ihr Gesicht.

Wem auch sonst? Hier gibt es schließlich niemanden außer ihm, der mich beschützen könnte.

Sie bemerkte den irritierten Ausdruck im Antlitz des Elfen. Erneut schwenkten ihre Pupillen zur Seite. Sie lehnte sich zurück. Die Härte des unebenen Steins drückte sich in ihre Rippen, lenkte sie von dem Elfen ab. Der Felsvorsprung glich bei genauerer Betrachtung einer kleinen Höhle. Inmitten dieser Höhle irgendwo im nirgendwo dieser Wildnis versuchte Lisbee, ihre Gedanken zu sortieren. Doch es fiel ihr schwer. Das alles erschien ihr so unbekannt, nicht real, und einfach nicht zu deuten.

Die Marschpause kam ihr auch deshalb gelegen, weil sie Schmerzen im Unterleib verspürte. Ein unangenehmes Ziehen war es, welches sie nun schon seit vier Jahren mit großer Regelmäßigkeit einmal im Mondumlauf heimsuchte.

Lisbee lauschte dem unsteten Knistern des kleinen Feuers und dem Trommeln der Regentropfen, die zu Boden fielen. Der Fels in ihrem Rücken nahm die wohlige Wärme des Feuerscheins in sich auf und übertrug sie angenehm auf ihren Körper. Sie zog ihre Knie noch dichter an ihre Brust heran, um keine Spritzer aus den Pfützen vor der kleinen Behausung abzubekommen. Ferodil saß ihr gegenüber. Alles um sie herum wirkte ruhig und friedlich.

»Hättest du bessere Kleidung an dir, wäre dieser Regen die beste Gelegenheit, einen Vorsprung herauszuholen.« Ferodil schaute sie merkwürdig an. Es kam Lisbee vor wie eine Mischung aus Grimm und Enttäuschung. »Unsere Verfolger werden bei diesem Wetter sicher in irgendeiner Bauernhütte oder dergleichen eingekehrt sein und sich den Wanst am warmen Kamin vollschlagen. Etwas Besseres als das hier kann ich dir nicht bieten.« Er deutete auf das kleine Feuer zu ihren Füßen und die Gesteinswände um sie herum.

Lisbee wischte ihre Gedanken beiseite. Sie mochte den warmen Klang seiner Stimme. Seine Tonlage klang nicht übermäßig tief und trotzdem sehr männlich in ihren Ohren. Seinen leichten Akzent empfand sie als niedlich.

»Nicht schlimm«, antwortete sie knapp.

Fühlt er sich beobachtet? Verdammt! Bei den Göttern.

Sie richtete sich auf, um gerade zu sitzen und drückte dabei ihre Brust nach vorn. Dabei zog es wieder in ihrem Unterleib, weshalb sich ihr Gesicht für einen kurzen Augenblick zu einer schmerzverzerrten Grimasse verzog. Einen bewundernden Blick des Elfen auf ihre Reize vermochte diese kleine Verrenkung nicht zu provozieren.

Ich muss mir wohl mehr einfallen lassen als das. In Schmalwasser hätten die Jungs sich den Hals verdreht, um besser sehen zu können. Aber sie sind eben nur Jungs und Ferodil ein richtiger Mann. Geheimnisvoll und nicht so leicht zu beeindrucken.

»Wenn wir unentdeckt bleiben wollen, dürfen wir uns keinem Menschen zeigen. Das gilt auch für deine Odengarder Landsleute. Die Gefahr, verraten zu werden, erscheint mir zu groß.«

Die Furcht vor den Dryaden sah sie ihm nicht mehr an. Er wirkte wieder wie der Elf, der sie entführt hatte.

»Warum?«

Insgeheim fragte sich das Mädchen, was Ferodil wohl empfand, wenn er sie anschaute. Er zeigte keinerlei Regung. Sie seufzte.

»Die Sonnengottsoldaten werden vor nichts zurückschrecken. Sie werden jeden foltern, von dem sie vermuten, etwas über dich in Erfahrung bringen zu können.«

»Mir ist noch immer nicht klar, warum sie in mir eine Hexe sehen. Ich meine, was kann ich schon?« Ein Schulterzucken unterstrich ihre Ratlosigkeit. »Hexen jedenfalls kann ich nicht.«

Lisbee lächelte den Elfen in der Hoffnung an, ebenfalls ein Lächeln zu bekommen. Ein müdes Gähnen von Miranee blieb die einzige Reaktion auf ihren Annäherungsversuch. *Sonst hätte ich dich auf der Stelle verzaubert.*

»Du irrst dich. Du hast nur noch nicht herausgefunden, wie du es angehen musst. Allerdings würde ich es nicht hexen nennen. Magie zu wirken, trifft es besser«, widersprach der Elf.

»Jetzt fängst du auch schon damit an. Wie kommst du nur darauf? So ein Unsinn!« Lisbee verdrehte genervt die Augen.

»Weil deine Eltern dir diese Fertigkeiten in die Wiege legten. Weißt du das denn nicht?« Der Elf zog die Augenbrauen hoch. Seine Stirn kräuselte sich.

»Woher willst du das wissen?« Sie schaute den Elfen herausfordernd an. »Ich kenne meine Eltern selbst nicht. Und nun willst du mir erzählen, was sie mir in die Wiege gelegt haben, oder was? Nichts haben sie mir in meine Wiege gelegt! Nichts außer Einsamkeit. Sie haben mich einem Kaufmann anvertraut, der mich zu einer Kräuterhexe im Norden bringen sollte, als ich gerade einmal drei Jahre alt war. Ich kann mich an nichts mehr gut erinnern außer an die lange, beschwerliche Reise. Cynthia war vielleicht nicht meine leibliche Mutter, aber im Gegensatz zu meiner richtigen Mutter hat sie sich als einziger Mensch auf der Welt liebevoll um mich gekümmert.«

Die Antwort platzte so impulsiv aus ihr heraus, dass Lisbee vor sich selbst erschrak. Schroffer, als sie es

wollte, erklang ihre Stimme und hallte von der Felswand wider. In ihr kamen die längst vergessenen Gefühle der Wut und Ohnmacht, traurige Erinnerungen an
die Einsamkeit fern von ihren Eltern, wieder hoch und
vermischten sich mit der Trauer um ihre Ziehmutter.
Trotz und Bitterkeit schwangen in ihrer Stimme mit.
Wütend wischte sie sich ein paar Tränen aus den Augen,
bevor sie ihr durch das Gesicht kullern konnten. In diesem Moment interessierte es sie nicht, ob sie in den Augen Ferodils zickig und stur wirkte.

Miranee hob den Kopf und beobachte sie mit einem
seltsamen Glanz in ihren Raubtieraugen.

»Was gaffst du so?«, giftete sie die Schattenwölfin an,
die ihr, ungerührt der harten Worte, standhielt.

Tut mir leid. Du kannst nichts für die Taten meiner Eltern.
Einzig Lisbees Stolz verhinderte, dass sie die Entschuldigung laut aussprach.

»Du tust Miranee Unrecht«, mahnte der Elf mit ruhiger Stimme. »Viel mehr verurteilst du aber deine Eltern
zu Unrecht.«

»Pah! Unrecht! Was weißt du schon davon? Du ent-
führst unschuldige Mädchen!«, fauchte sie, warf trotzig
ihren Kopf zur Seite und verschränkte die Arme vor ihrer Brust. Lieber wollte sie in diesem Moment in den Regen starren, als in seine Kristallaugen sehen zu müssen.
Sie tat auch ihm Unrecht. Das wusste Lisbee. Sie versuchte sich zu beruhigen und doch tippte ihr linker Zeigefinger vor Aufregung unaufhörlich im Takt ihres
Herzschlags auf ihren rechten Oberarm.

Ohne ein hörbares Anzeichen der Rührung fuhr er fort: »Deine Eltern wollten dich sicher nur beschützen. So viel kann ich dir verraten. Ich denke, ich kann sehr wohl nachvollziehen, wie es ihnen damals ergangen sein mag.«

Lisbee schwieg eine Zeit lang. In ihr brodelte es, wie in dem Kessel, indem sie mit Cynthia einst heilende Tränke braute. Sie fuhr herum, ließ dem Brodeln freien Lauf. »Dann sag mir doch, wer sie sind und warum wir nicht zu ihnen gehen, wenn du sie so gut kennst. Warten sie vielleicht in Mytlaghyr auf mich? Dann brauchen wir nicht mehr weiterzugehen. Ich will sie nicht sehen!«

Ferodil legte neue Zweige ins Feuer. »Ich habe sie nie getroffen, aber viel Gutes von ihnen gehört. Du liegst wahrlich falsch mit deiner Einschätzung, auch wenn ich dich verstehen kann.«

»Pah, kannst du nicht!«, unterbrach sie ihn und warf ihren Kopf wieder zur Seite. Ihre Locken flogen ihr um die Ohren.

Jetzt wurde Ferodil lauter: »Sei still und höre mich an. Du solltest gefälligst mehr Respekt vor deinen Eltern haben. Sie verdienen deinen Respekt mehr, als du denkst! Du wirst es verstehen, wenn du so weit bist. Ich darf dir nichts über sie verraten. Mir wurde aufgetragen, dir nichts über sie zu sagen. Du musst mit Hilfe deiner Fähigkeiten herausfinden, wer du bist. Und zwar dann, wenn das Schicksal meint, du wärst dafür bereit.«

Lisbee schluckte und sah ihn an. So zornig hatte sie den Elfen bisher nicht erlebt.

Hast du mich jetzt nicht mehr gern? Die Frage stand ihr auf der Zunge und drängte in die Freiheit, doch ihre zusammengepressten Lippen versperrten den Worten den Weg. Er durfte nicht wissen, wie sie über ihn dachte. Erst recht nicht in diesem Augenblick.

Schon wieder zog es in ihrem Bauch. Sie hasste dieses Gefühl fast genauso sehr wie die unbeantworteten Fragen. Dieses Unwissen nagte an ihr.

Nach einem endlosen Moment des Schweigens und Anstarrens wollte sie wissen: »Wer hat dir aufgetragen, mir nichts zu verraten? Wohin bringst du mich?«

»Das verrate ich dir nicht. Es ist besser, wenn du es nicht genau weißt. Dabei bleibe ich.«

»Jetzt zickt der Elf auch noch rum, als wenn er seine Blutungen hätte«, murmelte sie kaum hörbar.

»Ich zicke nicht und ich habe auch nicht meine Blutungen. Im Gegensatz zu dir.«

Sie erschrak und fühlte förmlich, wie sie errötete. *Wie peinlich! Er weiß es. Wie kann das sein?* Betreten schaute sie auf die eigenen Zehenspitzen. *Bei den Göttern! Ich kann ihm nie mehr in die Augen sehen!* Dabei gab sie sich schon den ganzen Tag die größte Mühe, sich nichts anmerken zu lassen. Hektisch überprüfte sie ihr Kleid. *Nichts zu sehen. Wie konnte er das nur wissen?*

Ungeachtet ihrer Reaktion fuhr Ferodil fort: »Es ist besser für unsere Sicherheit. Der Feind mag viele Spione ausgesandt haben, denen wir in die Hände fallen könnten. Solltest du in Gefangenschaft geraten, kannst du trotz schlimmster Folter keine Auskunft geben. Nur so viel sei dir gesagt: Der Mann, der mich zu dir aussandte, ist ein Seher, ein begnadeter Magier. Zu ihm werde ich dich bringen.«

Es dauerte einige Herzschläge bis Lisbee ihre Sprache wiederfand.

»Das sind ja großartige Aussichten! Was aber, wenn du gefangen genommen wirst? Dann gelange ich nie bei diesem Magier an, oder was?«

»Mach dir um mich keine Sorgen«, beschwichtigte Ferodil.

»Ach ja, ich vergaß. Du bist ja der unfehlbare Elf, der immer weiß, wo es langgeht.« Schon wieder klang sie genervt.

»Das bin ich nicht.« Ferodil klang ehrlich gerührt. Er legte eine Hand auf Miranees Rücken und streichelte sie sanft. Seine Augen wirkten unendlich traurig und glasig. Fast so, als ob beim nächsten Blinzeln Tränen herauskullern wollten. Nach einem kurzen Moment fasste er sich wieder und die Traurigkeit wich einer festen Entschlossenheit.

»Ich bringe dich ans Ziel. Dessen kannst du dir sicher sein. Du bist Miranees und meine große Hoffnung. Du musst unbedingt ans Ziel gelangen. Koste es, was es wolle. Es geht nicht anders. Glaube mir, wenn du mehr über deine Eltern weißt, wirst du anders über sie denken. Vertrau mir für den Moment einfach, auch wenn es dir nicht leichtfallen mag.«

»Wobei soll ich euch denn helfen?« Neugier kam in Lisbee auf und stimmte sie um. Eigentlich wollte sie nicht mehr reden und wieder dem prasselnden Feuer und den Regentropfen lauschen. Einfach für sich allein zu sein, war bis eben noch ihr Wunsch.

»Das wirst du erfahren, wenn es so weit ist. Ich bin müde. Du solltest dich auch ausruhen. Lange Märsche liegen hinter uns und die folgenden werden noch länger. Sobald es aufhört zu regnen, brechen wir auf. Wir müssen an der Brücke sein, bevor die Südländer dort sind. Schlaf gut.«

Noch im Sprechen wandte Ferodil sich ab und legte sich auf die Seite.

»Ich bin kein Kind mehr! Sag mir endlich, was los ist«, begehrte Lisbee auf.

»Du wirst Antworten auf deine Fragen finden, wenn dein Schicksal es so will. Nicht hier und nicht jetzt, aber du wirst sie finden. Ob du es mir nun glaubst oder nicht. Alles geschieht zu seiner Zeit. Vor uns liegt noch ein weiter Weg. Also leg dich hin und nutze die Zeit, die uns zum Ausruhen bleibt. Es erscheint mir besser, wenn wir dir bei Gelegenheit Kleidung besorgen, die auch für dieses Wetter taugt. Dann müssen wir nicht zwangsläufig Unterschlupf suchen, wenn es aus dem Himmel wie aus Eimern gießt, und kommen schneller voran. Denn wenn wir eins nicht haben, dann ist es Zeit!«

Lisbee erwiderte nichts mehr und lehnte sich fest an die Felswand. *Immer bin ich es, die uns aufhält. Warum muss der nur so stur sein und mich wie ein Kind behandeln? Er kann mich ruhig einweihen, wenn es ihm schon um mich geht.*

Die Odengarderin hob den Kopf in Miras Richtung. »Entschuldigung, ich wollte nicht so schroff zu dir sein«, flüsterte sie nach einiger Zeit. Dass auch Ferodil die Entschuldigung für sich gelten lassen konnte, weil er nicht sah, zu wem sie sprach, wurde ihr erst beim Reden bewusst. Trotzig sah sie in Richtung des auf der Seite liegenden Elfen. *Pah! Ich habe mich nur bei Mira entschuldigt. Bilde dir also darauf nichts ein.*

Lisbee zog die Decke höher und genoss die Wärme des Feuers. Die Wolken würden noch eine ganze Weile brauchen, um ihre dunkelblaugraue Farbe wieder in ein strahlendes Weiß zu regnen. Ihre Augenlider schlossen sich. Bei diesem Sauwetter erwartete sie keine ungebetenen Gäste. Außerdem wachte Miranee neben ihrem Herrn.

Von einem Ast aus betrachtet

Lisbee

Lisbee traute ihren Augen nicht. Verwundert rieb sie sich. Das Bild änderte sich nicht. Sie sah sich selbst als kleines Kind, betrachtete sich aus einer erhöhten Perspektive. Als wäre sie ein Vogel auf einem Ast, der neugierig auf sein eigenes Selbst herabsah. Eine äußerst surreale Szenerie. Ihre Höhenangst gab erstaunlicherweise kein Lebenszeichen von sich.

Es war der Tag ihrer Ankunft bei Cynthia, wie sie erkannte. Sie hatte damals erst drei Winter gesehen und war noch tapsig und niedlich, wie es nur Kleinkinder sein können. Trotzdem wirkte sie bereits vom Leben gezeichnet, wie Lisbee beim Anblick ihres Ichs feststellen musste.

Etwas an ihrer Beobachtung empfand sie noch seltsamer als die ungewohnte Perspektive. In ihr kam das Gefühl auf, alles würde rückwärts ablaufen. Sie sah mit an, wie sie zurück in die Hände von Kristan gegeben wurde, dem grauhaarigen Händler, dem sie von ihren Eltern anvertraut worden war. Als sei es gestern gewesen, erinnerte sie sich daran, dass der Kaufmann Lisbees zukünftiger Ziehmutter kein Geld abverlangte. Stattdessen rang er der Kräuterhexe das Versprechen ab, das Mädchen ein behütetes Leben führen zu lassen und sie den Umgang mit Kräutern und Magie zu lehren. Kristan versprach, zu gegebener Zeit zurückzukehren und das Mädchen wieder mitzunehmen. Obwohl Cynthia sich nicht auf Magie verstand, wie sich später herausstellte, willigte sie ein und gab dem fremden Mädchen ein Heim. Eines voller harter Arbeit und mütterlicher Fürsorge.

Vor Lisbees Augen fuhr das kleine Mädchen mit den braunen Kulleraugen mit dem Händler zurück an den Ort, wo sie hergekommen waren. Der Vogel auf dem Ast bewegte sich kein Stückchen vom Fleck. Stattdessen zog die Landschaft klar und deutlich in allen Details an seinen Augen vorbei.

Vorn auf dem Kutschbock saß sie - Lisbee in klein. So wie sie es schon damals tat und starrte abwechselnd auf das gescheckte Hinterteil des stämmigen Zugpferdes oder in die große, weite, ihr unbekannte Welt hinaus. Sie durchquerten Wiesen und Wälder, große und kleine Städte. Schliefen mal im Freien unter Kristans Wagenplane, mal in Wirtshäusern und manchmal sogar innerhalb der Burgmauern verschiedener Herren. Hin und wieder stießen sie auf Gaukler oder andere Reisende, die sie ein Stück des Weges begleiteten. Der Händler gab Lisbee stets als sein eigenes Fleisch und Blut aus. Sie passierten im Verlauf der Reise hohe Berge und endlose Täler. Durch mehrere Königreiche führte sie ihr Weg zurück. Erst aus ihrer heutigen Perspektive schwante ihr, wie weit sie tatsächlich mit Kristan, dem fahrenden Händler, gereist war. Dabei konnte sie sich nie wirklich an die Ereignisse erinnern. Sie war seinerzeit noch zu klein. Doch nun erkannte sie jeden einzelnen Schritt in all seiner Deutlichkeit. Die Zeit raste rückwärts an ihr vorbei.

Der Händler war während der gesamten Reise immer gut zu ihr gewesen und kümmerte sich, so gut er es vermochte, um das noch kleine Kind.

Plötzlich erkannte Lisbee Tränen in ihren eigenen Augen. Sie versuchte ihre Sicht zu verbessern. Das Bild des Kindes kam dichter. Vielleicht schwebte sie auch wie ein Vogel auf einen näher gelegenen Ast. Lisbee vermochte es nicht zu unterscheiden. Es spielte auch keine Rolle. Deutlich konnte sie die feuchten Wangen und die roten Äuglein in ihrem eigenen Antlitz erkennen. Sie mussten nahe ihrer Heimat sein, schlussfolgerte sie.

Wie es schien, lag diese, ihre eigentliche Heimat, weit unten im Süden. Die Menschen, die ihnen hier auf ihrer Reise begegneten, hatten deutlich braunere Haut und oft dunkles Haar, so wie auch sie selbst es trug. Außerdem stiegen die Temperaturen deutlich an. Eine im Vergleich zu Odengard völlig andere Welt. Die Landschaft und ihre Vegetation unterschieden sich deutlich vom entfernten Norden, in dem sie aufgewachsen war. Selbst die Städte und Häuser wiesen keine Ähnlichkeiten auf. Im Süden wirkte alles deutlich farbenfroher. All das war ihr bisher nie bewusst. Sie konnte sich an diese längst vergangene Zeit nicht mehr entsinnen und doch wirkte die Umgebung vertraut auf Lisbee.

Ohne Vorwarnung erschien der Grund für die Traurigkeit ihres Kinder-Ichs in ihrem Blickfeld. Sie waren

offensichtlich am Ausgangspunkt ihrer langen Reise angekommen. Angekommen an dem Ort, von dem sie
einst aufbrachen. In ihr rumorte es. Gleich würde sie die
Gesichter sehen, die es fertigbrachten, sie einfach so in
fremde Hände zu geben; wie einen überschüssigen
Hundewelpen, den man verschenkt, bevor man ihn
durchfüttern muss.

Der Wagen befuhr eine gepflasterte Straße. Lisbee
stutzte, wollte aufschreien, doch ihr Mund entließ keinen Laut. Das Zugpferd lief auf einmal wieder vorwärts.
Die schweren Hufe klapperten mit ihren Eisen auf dem
Gestein. Das stämmige Pferd mühte sich ab, den Wagen
zu bremsen. Das Gewicht des Planwagens und der darauf befindlichen Waren schoben sich ohne Zutun des
Rosses die sanfte Steigung hinab.

Deutlich erkannte Lisbee, wie ihre Kinderaugen weh-
mütig zum Hügel hinaufstarrten. Traurig und ängstlich
stachen sie aus ihrem verheulten Gesicht heraus. Auf
der Hügelkuppe erkannte sie zwei Menschen, die ihr zu-
winkten. Die Silhouetten der beiden Erwachsenen zeichneten sich klar vor der Morgensonne ab. Es handelte sich
um einen Mann und eine Frau, wie Lisbee an der Kleidung und der Körperform ausmachte. Die Frau umklammerte den Mann. Sie sahen aus wie trauernde
Schattenmännchen.

So sehr sich Lisbee auch bemühte, die Gesichter blieben im Verborgenen. Nur verschwommene Schemen
ließen sich erkennen. Sie wollte dichter an die beiden
Menschen heran, versuchte abermals zu fliegen. Sie

fühlte, wie sie wild mit den Armen flatterte. Doch nichts geschah. Diesmal gelang es ihr nicht, sich auf den nächsten Ast zu schwingen oder den Hügel gar dichter an ihre Augen heranzuziehen. Dafür hingegen hörte sie sich laut und deutlich mit ihrer Kinderstimme rufen und schluchzen: »Papa! Mama!« Immer und immer wieder hallte die wehleidige Stimme durch ihre Gehörgänge wie durch einen großen Saal. Es schmerzte in Lisbees Ohren und noch viel mehr in ihrem Herzen.

Der Wagen fuhr unbeirrt weiter. Die Erinnerung an diesen längst vergangenen Tag schoss Lisbee zurück in den Kopf, als säße sie gerade wieder aufs Neue auf dem Gefährt. Immer und immer wieder wiederholte die kleine Lisbee diese zwei Worte. Ihr kam es vor, als riefe sie zusammen mit dem Mädchen. Als ob sie hoffte, ihre Eltern würden sie erhören und zurückholen. Zurück in ihr Heim und sie nicht einfach so in die weite Welt hinausschicken. Lisbee empfand tiefes Mitleid mit sich selbst. So verzweifelt klang ihre eigene Stimme. Vereinzelte Tränen kullerten ihr über die Wangen.

So oft die Kleine auch rief, es half nichts. Unendlich langsam bewegte sich der Wagen vorwärts und doch vermochte sie nicht, von der Ladefläche zu springen und in die Arme ihrer Eltern zu rennen.

Lisbee bemerkte, wie ihr weitere heiße Tränen aus den Augen liefen, ihre Haut benetzten und sich vereinten. Sie rannen in warmen Strömen durch ihr Gesicht. Hilflos musste sie ihr eigenes Leid mitansehen. Nichts vermochte sie dagegen zu unternehmen. Ihr Wehklagen nutzte nichts. Sich zu bewegen, gelang ihr nicht, egal wie sehr sie sich anstrengte. So blieb ihr nichts weiter übrig, als die auf dem Ast sitzende traurige Beobachterin zu bleiben.

Plötzlich drangen Worte zu ihr durch. »Lisbee! Lisbee!«, hallte es in ihren Ohren. Es klang, als riefe sie jemand aus weiter Ferne. Hörte sie vielleicht gerade ihren Vater, fragte sie sich. Sie hoffte schon, er würde ihr folgen, um sie zu retten. Das Rufen wurde lauter und klarer.

Ihr Körper begann sich zu schütteln, als ob sie nun ebenfalls auf dem Wagen saß und dieser einen felsigen Hang hinunter bollern würde.

»Lisbee«, erklang es wieder. Ganz nah erschien ihr die Stimme. Mit einem Mal kam sie ihr so bekannt vor.

Ihre Augen öffneten sich schlagartig. Alles, was sie bis eben noch so real vor sich gesehen hatte, verschwand augenblicklich. Anstelle dessen erblickte sie Ferodils eisblaue Augen. Seine Hand rüttelte noch immer an ihrer Schulter.

»Was ist passiert?«, erkundigte sich Lisbee entgeistert. Ihre Kleidung fühlte sich völlig verschwitzt an, klebte an ihrem Körper und ihr Atem ging stoßweise. Nur widerwillig fand sie sich damit ab, dass sie sich noch immer unter dem Felsvorsprung befand, wo sie gemeinsam mit dem Elfen und Miranee den Regen abwarten wollte. Das Feuer brannte noch, wirkte aber kleiner als zuvor. Der Mond strahlte sein fahlkaltes Licht vom Himmel und tauchte, gemeinsam mit dem Feuerschein, alles in ein

Zwielicht voller Schatten. Die züngelnden Flammen ließen die schemenhaften Abbilder miteinander tanzen
wie balzende Vögelchen.

»Du hast schlecht geträumt«, hörte Lisbee den Elfen
sagen. Wieder klang die Stimme weit entfernt. Ihre
Sinne gehorchten ihr noch nicht wieder wie gewohnt.

Ferodil lehnte sich etwas zurück. »Du hast dich wild
umhergewälzt und im Schlaf gesprochen. Davon bin ich
erwacht und konnte dich gerade noch rechtzeitig davon
abhalten, ins Feuer zu rollen.«

»Danke«, entgegnete Lisbee knapp. Sie versuchte noch
immer ihre Gedanken zu sortieren, begriff aber allmählich, dass der Elf sie schon wieder vor einem Unheil bewahrt hatte. Es war ihr peinlich, nachdem sie mit ihm so
unfein umgesprungen war. Sie verspürte ihm gegenüber eine tiefe Dankbarkeit. Ihr Geist fühlte sich allmählich wacher an.

»Was ist in deinen Träumen geschehen?«

»Ich weiß es nicht«, stammelte Lisbee. Trotzdem versuchte sie das Gesehene, so gut sie konnte, wiederzugeben.

Ferodil lauschte aufmerksam. Selbst Miranee folgte ihren Ausführungen gebannt, wie Lisbee zu erkennen
glaubte. Sie empfand es als ungewöhnlich und redete
sich ein, sich das nur einzubilden, obwohl es kein Zufall
mehr sein konnte. Zu oft schon hatte sie dieses Verhalten
beobachtet.

Nach einiger Zeit der Stille war es Ferodil, der das
Wort ergriff: »Das war kein normaler Traum!«

Nachdenklich sah Lisbee ihn an und kniff die Augen dabei ein wenig zusammen. »In der Tat nicht«, stöhnte sie. »So intensiv habe ich noch nie geträumt.«

»Deine Fähigkeiten scheinen langsam zu erwachen.«.

Diese Aussage führte nur dazu, dass sie die Augenbraue hob. Schließlich fragte sie: »Was denn für Fähigkeiten, bei den Göttern? Wovon sprichst du überhaupt, Ferodil? Ich habe es schon hundert Mal gesagt, ich bin keine Hexe.«

»Du scheinst seherisch begabt zu sein. Ein Erbe deiner Eltern, Lisbee. Eine große Gabe. Du solltest dich glücklich schätzen.« Er sagte es so, als erklärten diese Worte alles.

»Was bedeutet das? Ich bin doch kein Seher!« Lisbee verstand nichts von dem, was er da von sich gab. Schlaftrunken weilten ihre Gedanken noch immer mehr im Traum als in der Realität. Ihre Worte kamen vor lauter Irritation nur zögerlich aus ihrem Mund.

Der Elf setzte sich wieder an seinen Platz auf der anderen Seite des Feuers. Lisbees Blick haftete an ihm, wie Harz an Händen zu kleben pflegte. Die Flammen spiegelten sich in seinen Augen und bildeten einen starken Kontrast, der Lisbee auf seine eigene Art faszinierte.

Ferodil setzte zu einer Erklärung an: »Du siehst Dinge, die waren, Dinge, die sind, oder Dinge, die noch sein werden. Das alles nimmst nur du wahr. Sie ziehen an deinem inneren Auge vorbei. Heute Nacht dürftest du etwas aus deiner eigenen Vergangenheit gesehen haben. Womöglich auch, weil wir von deinen Eltern sprachen.«

»Wenn du es sagst.« Lisbee hörte ihre Zweifel selbst in ihrer Stimme widerhallen. »Was bedeutet das, was ich gesehen habe? Kannst du mir das vielleicht sagen, wenn du mir sonst schon so wenig behilflich bist?« Trotz schwang in ihren Worten mit.

Ferodil zuckte mit den Schultern. »Das kann ich dir nicht sagen. So leid es mir tut. Die Bilder zu deuten, fällt selbst den mächtigsten Magiern nicht leicht. Womöglich liegt es in der Tat daran, dass wir von deinen Eltern sprachen und dir das Gesehene deine Vergangenheit näherbringen sollte. Wer weiß das schon?«

»Ja, wer weiß das schon?«, murmelte Lisbee und verdrehte die Augen. »Die Götter vielleicht. Aber die verraten es mir auch nicht«, legte sie schnippisch nach.

Im Schein des Feuers lehnte sie an der Wand, die Knie angezogen und ihre Arme darum geschlungen. Ihr Kinn ruhte zwischen ihren Kniescheiben, in ihrem Inneren fühlte sie sich leer und allein. Die Augen des Mädchens verloren sich zwischen den tänzelnden Flammen. Ihre Gedanken richteten sich voll und ganz darauf, den Sinn des Traumes zu erkennen.

»Wir brechen bald auf. Der Regen lässt nach und unser Weg ist noch weit.«

Sie hörte Ferodils Worte, reagierte aber nicht weiter als mit einem einfachen Nicken. Der Elf ließ sie gewähren und begann zu packen.

»Vielleicht bedeutet der Traum auch, dass ich nach meinen Eltern suchen soll«, platzte es aus Lisbee heraus. »Ich meine, warum sonst habe ich den Ort so genau vor mir gesehen? Sie müssen irgendwo im Süden leben. Vielleicht ist es der Wille der Götter, dass ich sie suchen soll.«

Ferodil erstickte ihre aufkeimende Euphorie mit einem Satz. »Er wird es wissen!«

Sie schaute zu ihm auf. »Dieser Seher? Ja, genau. Vielleicht sagt er es mir ja.«

Ferodil zeigte keine Reaktion auf ihre kleine Provokation. »Wir werden unseren Weg wie geplant fortsetzen. Du kannst deine Eltern suchen, wenn du deine Aufgabe erledigt hast.«

Schweigsame Bauerstochter

Lodewig

Baron Lodewig hockte auf einem Schemel, den man ihm nach ihrer Ankunft eiligst zur Verfügung gestellt hatte. Er blickte sich um. Rings um ihn herum befanden sich Stroh, Heu und allerlei anderes Tierfutter, und dann noch diese allgegenwärtigen, stinkenden Exkremente. Die Hühner und Ziegen, zu denen der Mist gehörte, protestierten lauthals vor der Tür. Draußen goss es wie aus Eimern. Der Platz unter dem schützenden Dach reichte nicht mehr für die eigentlichen Bewohner der Stallung. So wie der Baron und seine Männer eben nicht in das erbärmliche Bauernhäuschen nebenan passten. Der Stall wirkte im Vergleich zu der Hütte regelrecht geräumig. Die Außenwände der Tierbehausung, die gleichzeitig als Lagerscheune diente, bestanden aus morschen Brettern, durch deren Zwischenräume der Wind pfiff wie durch die Zahnlücke der Bäuerin, die Lodewig und seine Gefolgsleute mit finsterer Miene aber stillem Protest in Empfang genommen hatte. Was hatte sie ihnen auch entgegenzusetzen? Einen Bauern schien es hier nicht zu geben. Zumindest zeigte sich bisher keiner.

Lodewig blickte nach oben. Das Wasser tropfte nur so durch die Ritzen und Spalten im Dach. Er rutschte mit seinem Schemel ein wenig nach hinten, um nicht weiter vollgetropft zu werden.

»Was für eine Schande. Diese Unterkunft ist meiner nicht würdig. Dennoch erscheint es mir hier drinnen angenehmer als in dem Wasserfall da draußen. Das müsst selbst Ihr einsehen.«

Luzius nickte, obwohl der Baron ihm ansah, dass es ihm genauso wenig behagte, unter diesem Dach zu verweilen.

Der Adlige rümpfte die Nase, zog hoch und rotzte auf den sandigen Stallboden. »Was für eine verflucht beschissene Idee von diesem Priester, diesem Weib hinterherzujagen«, murmelte er.

Die Blicke des Barons und des nur halb so alten Priesters trafen sich erneut. Lodewig kam es so vor, als wüsste der Bursche genau, was in ihm vorging und wie sehr es in ihm brodelte. Es brodelte, weil er sein Versprechen, dieses kleine Miststück spätestens am Tag nach der Suche am Schmalwasser eingefangen zu haben, nicht mehr einhalten konnte. Lodewig schenkte dem Mann nur ein müdes Lächeln. Luzius erwiderte es, ohne ein verräterisches Zeichen bezüglich seiner eigenen Gedanken durch seine Mimik preiszugeben.

Sie befanden sich auf dem Weg zur Nebelbrücke, die den einzig bekannten Übergang nach Mytlaghyr darstellte. Dieses Sauwetter zwang sie, einen Unterschlupf zu suchen.

Lodewigs Blick schweifte über seine Männer. Treue Seelen, solange man sie gut bezahlte, was er freilich tat. Ein Silbertaler je Mann und Monat stellte in der Tat eine stolze Summe dar.

Den Mannen schienen der Regen und die auf unbestimmte Zeit nicht weiter fortzusetzende Jagd kein Kopfzerbrechen zu bereiten.

Callum, sein bester Krieger, und der großmäulige Oleg fanden im Stroh sogar noch ausreichend Platz, um sich die Zeit mit einer Fechtübung zu vertreiben.

»Was ist los mit dir, Donnerfaust? Ist dir der rote Kampfzwerg zu wendig? Streng dich gefälligst mehr an!« Die Stimme gehörte zu Wulfgar.

Olegs Schwert hackte auf den Rotschopf ein. Obwohl er ihn um einen Kopf überragte, gelang es ihm nicht, den rotbärtigen Krieger von den westlichen Inseln ernsthaft in Bedrängnis zu bringen. Mühelos parierte Callum die Hiebe oder wich ihnen mit einer Leichtigkeit aus, die seinen Kupferbart flattern ließ.

Der Hüne stand dem Kleinen in Sachen Kraft nicht nach. Doch fehlte es ihm an dessen Abgebrühtheit. Nur allzu leicht ließ er sich provozieren. Wulfgar, der das Treiben beaufsichtigte, rügte ihn: »Oleg, bleib verdammt noch mal ruhig. Wenn du deinen Jähzorn nicht bezwingen kannst, wird er dich eines Tages bezwingen.«

Lodewig mochte seinen pockenvernarbten Hauptmann, soweit ein Baron seinen Untertanen eben mögen konnte. Der Grauhaarige stand schon seit Jahren in seinem Dienst. Als treuer Begleiter und gewiefter Ratgeber in allen militärischen Angelegenheiten. So manche Schlacht hatten sie bereits gemeinsam gefochten. Der Mann stellte das Bindeglied zwischen dem Baron und seinen Soldaten dar. So sah sich Lodewig nicht gezwungen, sich herabzulassen, um sich um die einfachen Belange seiner Untergebenen zu kümmern. Zufällig stammte Wulfgar aus dem Norden und kannte die Eigenheiten dieser rauen Gegend von ihnen allen am besten. Die Männer, selbst Callum und Oleg, respektierten den erfahrenen Nordmann. Aus diesem Grund hatte Lodewig ihn für diese kleine Jagd auserwählt. Ohne Rüstung stand er am Rande des beengten Übungsplatzes und stützte sich auf sein Schwert.

Weiter hinten im Raum saßen drei weitere Männer um ein Fass herum. Es diente ihnen als Tisch, auf dem sie ihr merkwürdiges Kartenspiel spielten, von dem der Baron nichts verstand. Regelmäßig verspielten die drei ihren Sold gegeneinander, nur um ihn mit etwas Glück am nächsten Tag wieder zurückzugewinnen. Dabei tranken sie gewöhnlich gern Wein in Unmengen, bis sie sich lallend in die Haare bekamen, weil angeblich einer von ihnen betrogen hätte. Das Pack schlug und vertrug sich regelmäßig. Das wusste jeder. Keiner, der die drei kannte, spielte mehr mit ihnen. Doch heute mussten sie nüchtern spielen.

In Lodewigs Kehle kratzte es. Ein guter Wein käme ihm jetzt wie gerufen. Nicht der billige Fusel, mit dem die drei ihren Verstand so gern benebelten.

Ein Jüngling riss die Aufmerksamkeit des Barons an sich. Lautstark prahlte er mit seinen Weibergeschichten.

Ein anderer prustete: »Mit deiner hohen Stimme halten die Weiber dich doch für eine der ihren.«

Die Hand des Dritten ließ das Fass erbeben, als sie vor Lachen auf das Holz eindrosch.

»Der Stimme nach bist du überhaupt nicht männlich genug bestückt, als dass auch nur eine Frau freiwillig mit dir das Lager teilen mag, mein Freund. Es sei denn, es handelt sich um eine teuer erkaufte Dirne.« Erneut erscholl Gelächter. Selbst der Verspottete lachte mit.

Lodewig wandte seinen Blick ab. Er zeigte, schon wegen seines höheren Standes, kein offenes Interesse am täglichen Leben seiner Männer. Dennoch kannte er sie alle mehr oder weniger gut, so wie es sich in seinen Augen für einen anständigen Anführer gehörte.

So wunderte es ihn auch nicht, dass Germain, der gerade triefend zur Tür hineintrat, sich trotz des Mistwetters nach draußen gewagt und nach den Pferden, dem Heiligtum und größten Stolz des Barons, gesehen hatte. Zu Lodewigs Bedauern passten seine teuren Rösser ebenso wenig wie die Tiere des Gehöfts noch in den Stall hinein.

Dieser schmalschulterige Kerl mochte ihm womöglich noch Probleme bereiten, befürchtete Lodewig, als er ihn musterte. Er wirkte nicht hart genug für einen Krieger. Zudem dachte der Kerl für seinen Geschmack zu viel nach. Der Junge lief Gefahr, mit seinen Äußerungen die anderen Männer aufzuwiegeln.

»Hey, Germain, du tropfst ja alles voll. Nimm dein Schwert und übe ein wenig an der Seite von Oleg. Callum kann sicher noch einen halben Gegner verkraften«, befahl Lodewig.

Ein vielkehliges Lachen erfüllte den Raum, noch bevor der arme Tropf antworten konnte.

»Wulfgar, mach endlich einen ganzen Krieger aus dem Jungen. Was sollen denn die Leute von mir sagen, wenn er eines Tages als Bürschchen in seine Heimat zurückkehrt? Meine Armee ist bekannt dafür, aus kleinen Spitzbuben echte Männer zu formen und keine Weicheier.«

»Zu Befehl, Herr Baron. Ich bemühe mich, so gut ich kann. Aber ich kann Euch nicht versprechen, ob ich aus Stroh tatsächlich Stahl erschaffen kann.«

Erneut lachten alle. Alle bis auf einen, dem Jüngsten in der Runde, noch keine zwanzig Sommer alt. Der, dessen schulterlanges Haar tatsächlich aussah, als sei es wahrhaftig aus goldig gelbem Stroh.

Der Junge nahm sein Schwert auf, um den Befehl seines Barons auszuführen.

Luzius trat neben Lodewig. In der Hand hielt er die Odengarder Karte.

»Baron Lodewig, ich fürchte, ich muss Euch vom Anblick des bevorstehenden Spektakels ablenken. Es drängt mich, mit Euch die weitere Vorgehensweise zu besprechen.«

»Luzius, Ihr habt ein ausgesprochenes Talent dafür, mich im ungünstigsten Moment mit irgendwelchen Pflichten zu belästigen.«

Im Hintergrund trafen Klingen aufeinander.

»Verzeiht, mein Herr, doch es erscheint mir außerordentlich dringlich. Wenngleich sich der Sonnengott eine

Pause gönnt, bedeutet das nicht, dass wir die von ihm gegebene Zeit verschwenden dürfen.« Ein entschuldigendes Lächeln begleitete die Worte des Kuttenträgers.

»Ihr und Euer Sonnengott«, verdrehte Lodewig die Augen. »Habt ihr nichts anderes im Sinn, Priester?«

»Oh, Baron! Er ist keineswegs nur mein Gott! Er ist unser aller Gott! Sein göttliches Licht strahlt auf uns alle herab, erwärmt unsere Herzen, lässt alles um uns herum wachsen und spendet Leben, Baron Lodewig. Dem wollt Ihr doch nicht widersprechen, oder?«

»Wenn Ihr nur halb so gut Karten zeichnen könntet, wie Ihr Reden zu Ehren Eures Gottes zu schwingen beherrscht, dann wäre es uns ein Leichtes, zur Nebelbrücke zu gelangen. Auf Eurer Karte scheint mir kaum etwas die rechte Relation aufzuweisen. Wie soll man denn damit einschätzen, wie viele Tage der Ritt in Anspruch nehmen wird, werter Priester Luzius?« Der Tonfall des Barons ließ keine Zweifel daran, wie sehr ihn der Priester mit seinem unerschütterlichen Glauben an den Sonnengott nervte.

»Verzeiht, werter Herr Baron! Fürwahr, Karten zu zeichnen gehört nicht zu meinen größten Stärken. Genauso wenig wie ich es vermag, von diesem Ort aus allein nach Schmalwasser zurückzukehren. All das zählte nicht zu den Lehren des Klosters, in dem ich aufwuchs. Ihr möget mir meine Fehler verzeihen, Baron.« Luzius verneigte sich ehrerbietig. »So wie auch unser Herr des Lichts allen Gläubigen ihre Fehler vergibt. Egal, um welch schändlichen Frevel es sich handelt, unser aller

Licht der Sonne quillt über vor Güte und Gnade, wenn der Sünder nur voller Reue ist.«

Lodewig bemerkte die versteckte Botschaft in den Worten des Priesters sehr wohl, beschloss aber, ihm nicht den Gefallen zu tun vor den Männern einen Disput zu beginnen. Vergessen würde er diese Spitze jedoch auch nicht. Er streckte den Rücken durch. »Ihr werdet vorerst auch nicht nach Schmalwasser zurückkehren. Weder allein noch mit einem meiner Männer. Ihr werdet mich begleiten, Luzius.« Wenn der Priester auf Gnade hoffte, dann kannte er ihn schlecht.

Der Mann Gottes zog die Stirn kraus. »Nun … nein. Es lag auch nicht in meiner Absicht, Euch inmitten dieser Wildnis den Rücken zu kehren. Wie kommt ihr nur darauf? Ich wollte lediglich mit Euch besprechen, auf welchem Wege Ihr gedenkt, gen Nebelbrücke zu gelangen. Nicht jeder Adelige, dessen Weg wir womöglich kreuzen, wird Euch wohlgesonnen sein. So steht es zumindest zu befürchten, Baron Lodewig.«

»Da mögt Ihr ausnahmsweise einmal recht haben.« Der Baron lachte beiläufig. »Ganz gewiss nicht viele dieser selbstsüchtigen Halunken werden das sein. Macht ist von größerem Wert als alte Freundschaften, von denen ich, wie Ihr sicher wisst, noch nie viele ernsthaft zu unterhalten pflegte.«

Das Knarren der sich öffnenden Stalltür lenkte die Aufmerksamkeit aller Anwesenden auf die hereintretende Bäuerin. Ihre Haare und ihr Kleid trieften. Begleitet wurde sie vom Geruch nach frisch zubereitetem

Hühnchen und einem jungen, blonden Mädchen, die einen schweren Kessel schleppte. Lodewig konnte die Suppe schon förmlich auf seinem Gaumen entlangrinnen spüren, als er sie roch.

»Endlich was zu beißen«, grölte Oleg und warf sein Schwert achtlos zur Seite. Auch die drei Kartenspieler stellten ihre Prahlereien ein und legten die Karten nieder.

»Es war eine gute Idee von Euch, mein Herr, drei Hühnchen schlachten und von der Bäuerin zubereiten zu lassen. Die Männer sind Euch dankbar, auch wenn das Weib sich zierte wegen des für sie herben Verlustes.« Wulfgar verbeugte sich vor dem Baron.

»Ob sie sich ziert, ist mir einerlei, Wulfgar. In dieser Gegend bin ich ohnehin nicht berechtigt, Steuern einzutreiben. Was kümmert mich da ihr Verlust?« Lodewig griente.

»Stellt das Essen dort ab!«

Ohne ein Wort und mit gesenktem Kopf kam die Bauersfrau der Anweisung nach. Der Baron bemerkte, wie Luzius ihr nachsah. Dessen Augen klebten förmlich an ihrem Hinterteil, als sie sich bückte, um das Tablett mit den Hühnern abzustellen. Trotz des kurzen Weges zwischen Haus und Stall hatte der Regen ihr Kleid bereits vollständig durchdrungen. Die Konturen ihres Körpers zeichneten sich darunter deutlich ab. Als sie sich wieder umdrehte, beobachtete Lodewig genau, wie der Priester sich betreten abwendete. Des Geistlichen Gesicht zierte in diesem Moment mehr Farbe als gewöhnlich.

»Mein lieber Luzius. Äußerst interessant. Ich wusste bisher gar nicht, wie verdorben Ihr in Gedanken seid. Womöglich könnt Ihr mit dieser neu entdeckten Lüsternheit noch zu meiner Erheiterung beitragen.«

Die Männer schauten den Priester an. Keiner schien etwas bemerkt zu haben. Zumindest runzelten alle die Stirn. Der Priester hingegen versteckte seine Hände in den Ärmeln seiner Kutte und starrte betreten auf seine Füße.

Flugs stellte das Mädchen den dampfenden Kessel neben die Braten und verkroch sich, ohne auch nur einmal aufzusehen, wieder hinter ihrer Mutter. Die Bäuerin wies sie an: »Geh wieder ins Haus und trockne dich ab. Du holst dir sonst noch den Tod.«

»Halt! Nicht so schnell«, griff Lodewig ein. »Du hast mir deine liebreizende Tochter noch gar nicht vorgestellt, Weib.« Er grinste das Kind an, musterte Mutter und Tochter von oben bis unten. Die Bäuerin wich einen Schritt zurück und drängte sich schützend zwischen ihr Kind und den Edelmann.

»Wie heißt du denn, schönes Kindlein?«, richtete er sich nun an das Mädchen. Schüchtern hob sie den Kopf. Aus weit geöffneten Augen sah sie ihn an. Hektisch wechselte ihr Blick zwischen ihrer Mutter und ihm hin und her.

»Antworte dem Baron gefälligst«, herrschte Oleg das Mädchen an. Er schickte sich bereits an, sie zu ergreifen und gewaltsam zum Reden zu bringen.

»Sie kann nicht sprechen«, sprang die Bäuerin ein.

Lodewig gab ein Zeichen und Oleg hielt inne.

»Warum nicht?«, mischte sich nun Luzius in die Unterredung ein. »Ist sie etwa krank?«, erkundigte er sich und zog eine angewiderte Grimasse, als ob er fürchtete, sich beim Essen anzustecken. Zweifellos hatte sie bei der Zubereitung geholfen.

Wieder ergriff die Bäuerin das Wort: »Sie ist nicht krank. Mein Kind ist kerngesund. Sie spricht nicht mehr, seitdem sich ihr kleiner Bruder beim Toben mit ihr das Genick brach.« Ihr Gesichtsausdruck verfinsterte sich. »Er fiel vom Kirschbaum vor dem Haus.«

Das Mädchen zuckte zusammen, starrte zu Boden und ließ die Schultern hängen, als ob sie sich am liebsten in einem Erdloch verkriechen wollte.

»Traurig, fürwahr«, pflichtete ihr der Priester bei. »Sagt, wo ist euer Gemahl?«

»Er zog in den Krieg und kehrte seither nicht zurück. Da Ihr stattdessen hier seid, denke ich, dass es dabei wohl bleiben wird.« Ihre Kehle verengte sich bei diesen Worten hörbar. Für Lodewig klang es, als ringe sie eine tiefe Trauer nieder, bevor sie ihr aus den Augen treten und sich in ihrem wettergegerbten Gesicht für alle Welt zeigen konnte.

»Tod und Krieg gehören unzertrennlich zusammen wie Reichtum und Macht. Es wird wohl in der Tat beim Verlust deines Gatten bleiben. Kein Odengarder entkam uns«, stimmte Lodewig beiläufig zu. Das Kind ließ er nicht aus den Augen. »Es drängt mich, meine Frage endlich beantwortet zu bekommen. Meine Geduld ist ein kostbares Gut. Zu kostbar, um sie an zwei Mägde zu vergeuden. Also, wie lautet ihr Name?«

»Ihr Name lautet Svenja, mein Herr, und ich heiße Isolda«, beeilte sich die Bäuerin zu antworten.

»Svenja«, wiederholte er flüsternd. »Wie du heißt, Alte, wollte ich nicht wissen«, blaffte Lodewig sie an. In Gedanken fügte er hinzu: *Dein Herr bin ich auch nicht. Noch nicht jedenfalls.*

»Gewiss, Herr.«

Lodewig weidete sich für einen Moment an ihrer unterwürfigen Haltung. »Tut mir den Gefallen und leistet uns Gesellschaft. Speist mit uns!«

Isoldas Gesicht erbleichte.

Selbst in den Augen des Priesters erkannte Lodewig ein gewisses Erstaunen.

»Habt ihr nicht gehört? Esst mit uns«, wiederholte der Baron ungeduldig.

»Gewiss, Herr. Es ist nur so«, stammelte die Bäuerin, »wir sind es nicht gewohnt, mit hohen Herren wie Euch zu speisen.«

Lodewig sah ihr an, dass sie nicht die ganze Wahrheit aussprach. Denn er wusste sehr genau, wovor sie sich viel mehr fürchtete. Immerhin befanden sich in ihrem Stall neun fremde Männer, von denen sie nicht wissen konnte, wann sie zuletzt bei einem Weib gelegen hatten. Sie und ihre Tochter kämen da natürlich gerade zur rechten Zeit. Der Baron ergötzte sich an dem Gedanken, was die Männer wohl mit der Bauersfrau anstellen würden. Seine Fantasie kannte diesbezüglich keine Grenzen.

In ruhigem Tonfall und mit einem gespielt freundlichen Lächeln auf seinen Lippen entgegnete er: »Wir sitzen hier in einem Stall und nicht an einer fürstlichen Tafel. Ich denke, ihr zwei dürftet euch hier ganz wohl fühlen. Es ist doch euer Zuhause, wenn ich mich recht entsinne. Also setzt euch schon. Eine Einladung wie diese werdet ihr wohl zeitlebens nicht mehr erhalten. Ihr zwei wollt sie doch nicht etwa ausschlagen? Damit würdet ihr mich beleidigen.«

In den Gesichtern einiger seiner Männer breitete sich ein gemeines Grinsen aus. Dennoch schien der Verstand nicht bei allen seiner Begleiter ausgeprägt genug, um diesen versteckten Spott zu begreifen. Manche verzogen jedenfalls keine Miene. Dem Jüngling nahm der Baron jedoch nicht ab, dass er den verächtlichen Spott nicht verstand. Vielmehr glaubte er in seiner Teilnahmslosigkeit die ablehnende Haltung des Jungen zu erkennen.

Den beiden Frauen blieb keine andere Wahl. Sie setzten sich zu den Soldaten und speisten mit ihnen.

Kaum war die Mahlzeit verzehrt, erhoben sich Isolda und ihre Tochter, um das Geschirr ins Haus zu schaffen.

Lodewigs Hand hielt die Bäuerin zurück. »Nicht so schnell. Du wirst meinem Priester ein wenig über die Gegend hier erzählen. Das Geschirr kann warten. Ich geleite deine Tochter derweilen sicher ins Haus.«

Lodewig genoss die ängstlichen Blicke, die Mutter und Tochter austauschten. Das tiefe Schlucken der Mutter, die wohl genau wusste, was er vorhatte. Sie rang sichtbar mit sich, ihm zu widersprechen. Ihr Unbehagen stand ihr offen ins Gesicht geschrieben. Ihre Augen suchten beim Priester nach Beistand. Bevor sie etwas erwidern konnte, wandte sich Lodewig an seinen Hauptmann: »Wulfgar!«

»Ja, Herr Baron!«

»Du bist dafür verantwortlich, dass das Weib ihre Sache gut macht und Luzius bereitwillig Auskunft erteilt über alles, was uns in dieser Gegend so erwarten kann. Tut sie es nicht, weißt du, was zu tun ist. Verstanden?«

»Verstanden, Herr Baron.«

Lodewigs Befehlston wechselte ansatzlos über in die lieblichste Tonlage, die er über die Lippen zu bringen vermochte, als er das Mädchen ansprach: »Und nun werde ich dich ins Haus geleiten, kleine Svenja. Du vermagst deiner Mutter hier ohnehin nicht zu helfen, mein Täubchen.«

Ihre Augäpfel fielen ihr fast aus dem Gesicht. Wortlos flehte sie die Mutter an, etwas zu unternehmen. Die Angst des Mädchens vermochte auch Lodewigs aufgesetztes Lächeln nicht wegzuzaubern.

Sie erzeugte ein Kribbeln in seinem Körper. Behaglich und warm, trotz der feuchtkalten Regenluft, die durch die Ritzen in den Wänden drang. Er griff nach ihrem Arm und schob sie zum Ausgang. Die Kleine beugte sich seinem Willen, öffnete die knarrende Tür und trat hinaus ins Freie. In Windeseile huschte sie durch den strömenden Regen ins Haus. Der Baron eilte ihr nach und erreichte den Eingang, bevor sie auch nur einen Gedanken daran verschwenden konnte, den Riegel der Tür umzulegen. Als sei es sein Haus, trat er ein. Das Innere der Behausung wirkte beinahe karger eingerichtet als das Stallgebäude.

»Ein Dieb hätte hier keine Freude, mein Kind. Er würde wahrscheinlich ohne Beute abziehen, um zu einem späteren Zeitpunkt zurückzukehren und etwas dazuzustellen.« Der Gedanke amüsierte den Baron. »Doch bin ich nicht daran interessiert, etwas zu stehlen. Zumindest nichts in diesem Haus, was man in den Händen zu halten vermag.«

Er sah sich um.

»Zeig mir dein Zimmer!«

Widerstrebend trat die Kleine an eine Nische in der Wand, die ihr offenbar als Schlafplatz diente. Erst jetzt bemerkte der Baron, dass das Häuschen im Grunde nur aus dem einem Zimmer bestand, in dem er bereits stand und den Boden volltropfte. Alles, was man zum Leben brauchte, fand sich in diesem Raum wieder.

»Wie alt bist du, Svenja?« Lodewig zog den Namen des Mädchens besonders lang.

Mit den Fingern zeigte sie ihm fünfzehn Jahre an.

Lodewig zog ein Silberstück aus seiner Geldkatze und warf es dem Mädchen zu. Nur mit Mühe fing sie es auf.

»Du und deine Mutter, ihr habt es euch verdient.«

Das Mädchen betrachtete ihn skeptisch. Verriet, wie sehr sie mit sich haderte, ob sie sich wirklich freuen durfte.

»Ihr gebt uns Unterkunft und Essen.« Während er sprach, erhob er beschwichtigend die Hände.

Noch immer schaute sie drein, als wäre das alles nur ein Traum. Die Freude setzte sich allmählich durch. Ihre Augen begannen zu leuchten.

Lodewig grinste.

Nach kurzem Zaudern steckte sie die Münze in eine kleine Tasche ihres Kleides und lächelte erfreut.

»Willst du dir noch eine Münze verdienen?«

Sie überlegte, bis sie schließlich zögernd nickte.

»Leg zuerst die nasse Kleidung ab. Deine Mutter hatte Recht, als sie meinte, du würdest dir sonst noch den Tod holen. Das wollen wir doch nicht riskieren, oder?«

Das Mädchen verkrampfte. Ängstlich sah sie sich nach einem Fluchtweg um. Es schien fast, als wollten ihre Lippen etwas erwidern, doch es drang kein Ton aus ihnen heraus. So blieb ihr nur, entschieden den Kopf zu schütteln.

Der Baron trat an sie heran und drängte sie: »Zieh deine Kleidung aus, oder soll ich dir dabei behilflich sein? Du willst doch sicher nicht auch noch dafür die Verantwortung tragen müssen, dass deiner Mutter dort draußen etwas widerfährt. Vor allem nach der Geschichte mit deinem Bruder. Wie hieß er doch gleich?«

Svenjas Augen glänzten glasig. Ihr Gesicht verlor seine Farbe. Sie wich zurück. Der Baron setzte ihr nach, bis sie mit dem Rücken an die Bretterwand des Hauses stieß.

»Nun bleibt dir kein Ausweg mehr, Täubchen.« Lodewig grinste triumphierend und griff nach der Brustverschnürung des blassblauen Kleides.

Er erntete eine schallende Ohrfeige, die ihn einen Schritt zurückweichen ließ.

Ein Schwall Rotz landete vor den Füßen des Mädchens. »Das wirst du noch bitter bereuen. Dafür wirst du bezahlen!«

Bevor sie noch irgendetwas unternehmen konnte, pfefferte er ihr ebenfalls eine. Ihr Kopf schlug gegen die Wand. Sie fiel zu Boden wie ein nasser Sack. Blut rann aus ihrer Nase.

Zufrieden beugte sich Lodewig über sie und stellte fest, dass sie noch atmete.

»Auf ein totes Bauernmädchen mehr oder weniger kommt es im Grunde nicht an. Im Moment verfolge ich allerdings ein anderes Vorhaben. Also stirb mir jetzt bloß nicht, Täubchen.« Mit ungeduldig zitternden Fingern drehte er sie auf den Rücken und begann, die Verschnürung des Kleides zu lösen. Einen Augenblick betrachtete er die junge Odengarderin.

»So müssen die Sonnenstrahlengel aussehen, von denen Luzius ständig predigt.«

Sichtkontakt

Lisbee

Lisbee achtete nicht auf ihre Schritte. Die Landschaft zog unbeachtet an dem Mädchen vorbei. Sie bemerkte nicht einmal, wie sie an Ferodil und Miranee vorbeimarschierte. Der aufgeweichte Boden schmatzte unter ihren Füßen. Sie nahm das Geräusch nicht wahr.

Ihr verwirrender Traum machte ihr noch immer schwer zu schaffen. Sie zermarterte sich den Kopf, was die Rückwärtsreise zu ihren Eltern wohl bedeuten mochte. Warum sie nicht bis zu ihnen gelangte.

Was es mit ihren Fähigkeiten auf sich haben sollte, beschäftigte Lisbee weniger. Sie glaubte nicht an magische Kräfte. Etwas Derartiges gab es nicht und erst recht schlummerte keine solche Macht in ihr. Daran gab es keinen Zweifel. Unabhängig davon, was auch immer dieser Ferodil behauptete.

»Schon so lange habe ich nicht mehr an sie gedacht. Ich wollte nicht an sie denken. Sie haben mich fortgegeben. Das konnte ich ihnen nie wirklich verzeihen, auch wenn mein Zorn im Laufe der Jahre verflog. Nun tauchen sie in meinen Träumen auf und ich kann mich nicht mehr erinnern. Ich dumme Kuh. Nur deshalb konnte ich die Gesichter meiner Mutter und meines Vaters nicht sehen.« Sie sprach zu sich selbst, bemerkte nicht, was um sie herum geschah.

Eine Hand legte sich schwer auf Lisbees Schulter, ließ sie zusammenschrecken. Deren kräftiger Griff hielt sie zurück. Schlagartig hielt das Mädchen in ihrer Bewegung inne. Mit sanftem Druck zwang die Hand sie in die Hocke. Ein Blick über ihre Schulter ließ sie Ferodil erkennen, dessen Zeigefinger der anderen Hand auf seinem Mund ruhte.

Der Elf zog sie in geduckter Haltung in Richtung einiger kleiner Büsche. Miranee wartete dort bereits auf die beiden. Alle drei versteckten sich, so gut es ging, hinter den saftig grünen Blättern. Die Luft roch herrlich frisch nach dem kürzlich abgeklungenen Regen.

Lisbee schaute verwirrt drein, veranlasste den Elfen, mit der Hand auf die freie Fläche vor ihnen zu deuten. Erst jetzt bemerkte sie die von Feldern umgebene Hütte. Lisbee betrachtete ein einfaches Bauerngehöft, bestehend aus einem kleinen Haus und einer Scheune. Rauch stieg kerzengerade aus dem Schornstein empor. Eine kleine Schar Hühner suchte scharrend nach Futter. Der Hahn krähte. Zwei Ziegen konnte Lisbee auch entdecken. Die Geißen hatte man neben dem Häuschen angepflockt. Sie grasten friedfertig. Alles an diesem Gehöft wirkte friedlich und ruhig.

Lisbees Blick schweifte weiter. Sie hielt sich eine Hand vor den offenen Mund, um einen entsetzten Schrei zu unterdrücken. Vor dem Haus standen Pferde. Auf den ersten Blick zählte sie zehn Rösser. Dazwischen bewegten sich blau gewandete Soldaten. Die Männer schienen damit beschäftigt, sie zu satteln. Trotz der Entfernung erkannte sie zwei von ihnen wieder. In der Mitte stand ein Mann mit weißer Kutte und aus dem Haus marschierte ein Kerl mit einem blauen Umhang in Richtung eines pechschwarzen Rosses. Nur eines konnte sie nicht entdecken, was sie sehr verwunderte. Sie vermisste einen Bauern oder eine Bäuerin in dieser Szenerie. *Was sie wohl mit ihnen angestellt haben,* überlegte sie, ohne die Antwort wirklich erfahren zu wollen. Sie hegte einen traurigen Verdacht, den sie nicht bestätigt wissen wollte.

Ferodil flüsterte: »Sie sind uns dichter auf den Versen, als du angenommen hast, nicht wahr?«

Lisbee nickte zaghaft. »Was machen wir denn jetzt? Ich dachte, wir werden überhaupt nicht mehr verfolgt!«

»Umkehren«, antwortete Ferodil so knapp, als sei damit alles geklärt.

Leise protestierte sie: »Wir sind so weit gekommen und nun willst du einfach umkehren? Ich dachte, du bringst mich in Sicherheit.«

Lisbee ließ die Soldaten nicht aus den Augen. Ihr ganzer Leib zitterte.

»Aufgeben ist nicht das, woran ich denke«, antwortete Ferodil.

»Was machen wir dann? Willst du mitten in ihre Versammlung hineinstürmen und sie alle mit deinem Schwert niederstrecken?«

»Es tut mir leid. Ich bin kein Krieger. Das wäre viel zu riskant. Ich sagte doch: Wir kehren um.« Zu Lisbees Erstaunen wirkte der Elf verunsichert.

»Was ist mit dir, Ferodil?«

»Nichts weiter. Nur Erinnerungen an ein Schlachtfeld längst vergangener Tage. Seit diesem schicksalhaften Tag suchen sie mich heim, wenn eine Schlacht bevorsteht.«

»Was für Erinnerungen?«

Der Elf wirkte fahrig. »Ich höre in diesem Augenblick wieder die unzähligen Schreie der qualvoll Sterbenden. Den ohrenbetäubenden Lärm von Stahl, der unerbittlich auf Stahl, Fleisch und Knochen einschlägt. Auch den Geruch des massenhaften Sterbens rieche ich. Blut fließt in Strömen vor meinen Augen. Blut von Elfen und Orks. Eine Schlacht, von der man auch noch in tausend Jahren voller Ehrfurcht sprechen wird. Ich führte seinerzeit einen kleinen Trupp an, der …«

Wie angewurzelt kauerte er im hohen Gras.

»Der was?«

»Die Mission behagte mir nicht, beinhaltete sie doch Hochverrat. Nur blieb mir keine andere Wahl. Noch heute sehe ich die Gesichter meiner fünf Getreuen vor mir. Eines von ihnen verfolgt mich bis in meine Träume. Die schwere Axt … ihr Kopf … sie fiel als erste.« Der Elf wirkte abwesend, fing sich dann wieder. »Ach, vergiss es! In den Wirren der Schlacht verlief vieles nicht nach Plan.« Er schluckte sichtbar. »Ich überlebte als einziger meines Trupps und wünsche mir bis heute, dass es nicht so wäre. Wünsche mir, dass jemand anderes überlebt hätte. Doch mein Schicksal entschied sich gegen meinen Wunsch.«

Lisbee hörte seine Traurigkeit. Mit der Linken streichelte er Miranees Kopf. Es sah beinahe entschuldigend aus. »Die Strafe für mein Versagen traf Miranee noch härter als mich.«

»Inwiefern?«

Der Elf ging nicht weiter darauf ein. Er flüsterte: »Wir ziehen uns zurück und umgehen die Hütte in einem großen Bogen. Ich nehme an, sie werden nach Norden weiterziehen. Also müssen wir die große Handelsstraße südlich der Hütte passieren, damit sie unsere Spuren nicht finden. Feuer werden wir vorerst auch keine mehr entzünden. Sie würden unseren Standort allzu leicht verraten.«

»Wie kommst du darauf?«, hakte sie nach. Es fröstelte sie beim Gedanken an die kommende Nacht ohne ein wärmendes Feuer.

»Ganz einfach. Sie haben uns überholt. Das bedeutet, sie versuchen, uns den Weg abzuschneiden. Da wir nordwärts ziehen, tun sie das ebenfalls.«

»Meinst du, sie wissen, wohin wir wollen?« Lisbees Stimme zitterte.

»Das weiß ich nicht, aber es liegt nahe.« Nach einer kurzen Pause fuhr er fort: »Finden wir es heraus!«

Lisbee legte die Stirn in Falten.

»Sollte ich mich irren, finden sie unsere Fußabdrücke im matschigen Boden. Dann wird es eng für uns. Oder hast du vielleicht einen besseren Plan?«

Sie schüttelte den Kopf. »Wenn wir doch bloß Pferde hätten«, seufzte sie resignierend.

»Das wäre in der Tat von Nutzen«, stellte Ferodil trocken fest. »Mit Blick auf die weniger dicht bewaldete Vegetation, die wir weiter im Norden durchqueren müssen, wäre es sicherlich äußerst hilfreich, mit gleicher Geschwindigkeit voranzukommen wie unsere Verfolger.«

»Sie werden uns ihre wahrscheinlich nicht freiwillig überlassen.«

»Davon kannst du ausgehen, Lisbee. Außerdem dürfen sie nicht wissen, wie nahe sie uns in Wirklichkeit sind. Sie wirken auf mich jedenfalls nicht so, als ob sie eine Ahnung davon hätten.«

Lisbee starrte Löcher in die Luft, ohne sich auf etwas Bestimmtes zu fixieren. Ferodil legte ihr eine Hand auf die Schulter. Beiläufig hörte Lisbee ihn erläutern, dass die Südländer teilweise bereits mit dem Satteln der Tiere fertig waren und vermutlich bald losreiten würden.

Sie schaute ihn an. Er lächelte. »Du könntest natürlich auch deine Kräfte ausprobieren, wenn du dich traust.«

Sie riss ihren Blick von den blauen Soldaten und starrte ihn mit offenem Mund an. Nach zwei Herzschlägen fing sie sich. Ihre eigene Stimme kam ihr laut hallend vor, als sie ihm trotzig antwortete: »Jetzt hör doch endlich mal auf damit! Was für Kräfte denn? Ständig sprichst du davon. Soll ich sie vielleicht in Stein verwandeln, oder was?« Sie verdrehte die Augen.

»Das wäre ein Anfang.« Er griente sie an.

»Bist du verrückt? Das kann ich nicht. Ich bin nur ein einfaches Mädchen«, protestierte sie energisch und spähte sofort wieder durch die Blätter, weil ihr auch diese Worte deutlich lauter über die Lippen kamen als beabsichtigt.

»Schon gut«, beruhigte er sie. »Das war nur ein Scherz. Ich bin ja nicht lebensmüde. Du hast deine Kräfte noch längst nicht unter Kontrolle. Im Gegenteil, du spürst sie noch nicht einmal, hast sie noch nie ausprobiert. Sich hier und jetzt auf deine Fähigkeiten zu verlassen, hieße, uns in den Tod zu stürzen. Ernsthaft, stattdessen könnten wir uns auch gleich aufrichten, die Waffen hier liegen lassen und uns ergeben. Das Ergebnis bliebe am Ende das gleiche.«

»Haha«, imitierte sie gereizt ein Lachen. »Nach Scherzen ist mir nicht zumute. Hast du noch mehr dieser Vorschläge?«

»Lass uns aufbrechen.«

Behutsam zog er sich zurück, ohne den Feind aus den Augen zu lassen.

Lisbee tat es ihm gleich und ging ebenfalls in geduckter Haltung rückwärts. Auch Miranee schlich sich aus der Sichtweite der Soldaten. Alle drei nutzten die vorhandene Deckung, die lediglich aus Buschwerk und kleinen Bäumen bestand, so gut es ging, aus. Lisbee folgte Ferodils Anweisungen. Immerhin besaß er im Schleichen deutlich mehr Erfahrung als sie selbst, obwohl sie sich in den vergangenen Tagen schon einiges von ihm abschauen konnte. Doch so meisterhaft verstecken wie der Elf, das überstieg ihre Fähigkeiten natürlich noch immer bei weitem. Fast beneidete sie ihn um seine Geschicklichkeit, die sie nie im Leben erreichen würde. Dafür konnte eine menschliche Lebensspanne nie und nimmer ausreichen.

Sie erreichten ein üppiges Dickicht. Es verbarg ihre Körper vollends vor den Augen der Südländer. Lisbee richtete sich auf. Noch bevor sie sich auf den Weg machen konnten, fragte sie: »Und du bist ganz sicher, dass die nach Norden reiten?«

»Ja«, antwortete er. »Wenn es dir wichtig ist, schleiche ich mich noch mal zurück und schaue, ob ich in Erfahrung bringen kann, wohin sie reiten. Sie wirkten, als wenn sie bald aufbrechen wollen.«

Lisbee zögerte. Nachdenklich strich sie sich durchs Haar und nickte dann knapp. »Es würde mich beruhigen, wenn ich ganz sicher wüsste, wohin sie ziehen. Aber ich möchte dich nicht in Gefahr bringen. Du bist mir …« Sie biss sich auf die Zunge. »Du bist mein einziger Schutz in dieser Wildnis.«

Ferodil schaute Lisbee tief in die Augen. Sie wich seinem Blick aus, konzentrierte sich auf seine Stiefel.

Selbst ein Blinder würde mir gerade ansehen, was ich wirklich sagen wollte.

»Ihr bleibt hier. Mira, pass mir gut auf die Kleine auf. Ich bin so schnell es geht wieder zurück. Dann wissen wir, welchen Weg wir wählen werden. Den Hof umgehen wir auf jeden Fall.«

Mira fiepte fast flehend. Beinahe so, als wollte sie ihn von seinem Plan abhalten.

»Pass gut auf sie auf. Ich kehre bald zurück.«

Lisbee spürte eine kalte Nase an ihrer Handfläche. Sie zuckte zusammen. Die Berührung kam zu unerwartet. Lisbees Aufmerksamkeit galt Ferodil und der Gefahr hinter ihm.

Der Elf setzte sich in Bewegung.

»Ferodil!«

Er drehte sich um, sah sie mit seinen Eisaugen an. »Ja, was ist?«

»Pass bitte auf dich auf!«

»Hab keine Angst, ich bin bald zurück.« In geduckter Haltung huschte er von Deckung zu Deckung.

Lisbee ließ sich im Schutz einiger kleiner, rot blühender Sträucher nieder. »Autsch!« Der Schmerz lenkte ihre Aufmerksamkeit auf ihre Linke. Spitze Dornen ragten aus ihrer Haut. Eilig zog sie die Stacheln heraus. Sie hinterließen keine sichtbaren Spuren.

Miranee legte sich neben sie. Nachdenklich schaute Lisbee das kräftige Tier an.

»Ich könnte schwören, du suchst meine Nähe ganz bewusst. Möchtest du mich beruhigen, oder dich selbst?«

Die Hand, in der soeben noch die Dornen gesteckt hatten, wanderte zu Miranees Kopf. Lisbee begann die Wölfin hinter den Ohren zu kraulen. »Danke, dass du da bist!«

Nehmt mich!

Luzius

»Herr der Sonne, warum schickst du diesen Hahn schon vor deiner Zeit zu mir? Dieser Stall ist eine Zumutung. Ich habe kaum ein Auge zu bekommen.«

Unwirsch streifte der Geistliche das Stroh von seiner Haut. Es kitzelte ihn unter der Nase. Sein Rücken knackte bedrohlich wie berstendes Holz, als er sich vom kalten Boden erhob, um seine steifen Glieder zu strecken. Er fühlte sich wie gerädert.

»Selbst die harten Betten im Kloster von Priesan erscheinen mir dagegen wie das Bett eines Königs. Das will schon etwas heißen, habe ich doch dort meine Jugend verbracht, Herr. Das war wahrlich kein Zuckerschlecken. Ach, was rede ich? Du weißt das doch alles. Ich bin eben nicht für derartige Reisen geschaffen.«

Der Priester blickte sich um. Ein unausgesprochener Fluch lag auf seinen Lippen. Er galt dem Baron, der ihn auf diese Mission mitschleifte. Beabsichtigte Luzius doch ursprünglich, in Schmalwasser seine eigenen Pläne zur Missionierung ungestört voranzutreiben.

Laut zu fluchen, wagte er nicht. Der Sonnengott sah solch ungebührliches Verhalten nicht gern und der Baron würde es ihm ebenfalls übelnehmen. Das durfte Luzius nicht riskieren. Also biss er sich stattdessen auf die Lippen.

Er bemerkte die offene Stalltür. »Oh Herr, musstest du das Gehöft in ein Schlammbad verwandeln? Du weißt doch, ich hasse es, meine Kleidung zu beschmutzen. Noch ein Grund zum Fluchen. Warum kann ich nicht einfach in meiner kargen Kammer sein, umgeben von meinen geliebten Büchern und Schriften?« Luzius seufzte.

Seinen Geist mit dem unendlichen Wissen der Schriften zu vereinen. Darin lag seine Bestimmung. Wissen verlieh seinem Träger ungeheure Macht. Das wusste er nur zu genau. Gewiss nicht die Art Macht eines Königs, die ihr Inhaber in Form von Reichtümern und Todesurteilen, ohne auch nur mit der Wimper zu zucken, offen zur Schau stellen konnte. Nein, es handelte sich um eine andere Art von Macht, die in seinen Augen dennoch einen weitaus höheren Stellenwert besaß. Doch der Sonnengott plante bedauerlicherweise für den Moment anders mit ihm.

Luzius strebte schon seit Kindertagen danach, Primus zu werden. Das Oberhaupt all derer, die den Sonnengott anbeteten. Der einzige Mann, der selbst mit dem König auf einer Ebene, vielleicht sogar noch eine Stufe über diesem stand. Der Weg dorthin erwies sich als steinig und verlangte ihm etliche Opfer und eben den Aufbau von Wissen ab. Das hatte er schon früh im Leben gelernt. Sein geschundener Rücken zählte leider auch zu den zu erbringenden Opfern.

Immerhin konnte die Jagdgesellschaft bei diesen Wetterverhältnissen schnellstmöglich aufbrechen und das

Mädchen fangen. Sie zurück nach Schmalwasser schleifen und wegen Hexerei auf dem Scheiterhaufen verbrennen. Der Gedanke an die baldige Rückkehr munterte den Priester zumindest etwas auf, zog ihm die Mundwinkel ein wenig nach oben.

Luzius wusste, dass die Kleine keine echte Hexe sein konnte. Es waren immer nur einfache Weiber, die der Hexerei mit Hilfe von fadenscheinigen Beweisen bezichtigt wurden. Keine von ihnen hatte es jemals vollbracht, sich mit Hexerei zur Wehr zu setzen, oder gar dem Feuertod zu entkommen. Sie alle waren qualvoll verbrannt. Doch das einfache Volk ließ sich nur allzu leicht von dieser Art der Bestrafung beeindrucken und mühelos zum rechten Glauben bekehren. So hatte Luzius es in den geheimen Schriften gelesen, die gewöhnlich nur ausgewählten Priestern, den Sekundaren und dem Primus selbst zur Verfügung standen. Eine Abschrift schlummerte nahezu unbehelligt in seinem Heimatkloster. Er hatte sie damals in der Bibliothek gefunden. Gut versteckt in einem geheimen Fach. Eigentlich durfte diese Schrift sich überhaupt nicht dort befinden. Aber sie fiel ihm in die Hände und verhalf ihm zu dem Wissen, welches ihm womöglich einmal von Nutzen sein mochte.

Seine Rechte ballte sich siegessicher zur Faust. Dieses Gör musste so bald wie möglich als Exempel auf den Scheiterhaufen. Koste es, was es wolle. Denn die Angst vor Bestrafung und Folter war seit jeher einer der wichtigsten Verbündeten im Kampf gegen die alten Götter in den neu eroberten Provinzen.

Die alten Götter, an deren wahrhaftige Existenz Luzius beim besten Willen nicht glaubte. Es gab diese Gottheiten einfach nicht! Ihre vielfältigen Namen merkte er sich nicht. Im Gegensatz zum einzig wahren Gott, dem Sonnengott, verblassten sie zu einem kindlichen Aberglauben.

Sobald sich die ersten Menschen im eroberten Odengard vom alten Glauben abkehren würden und stattdessen den Sonnengott anbeteten und als einzig wahren Gott annahmen, lag sein Ziel zum Greifen nah. Sein Zwischenziel wohlgemerkt.

Luzius musste es nur gelingen, genügend Zwietracht im Volk zu säen. Ein Leichtes für ihn. Das würde er geregelt bekommen. Begannen die ersten Früchte seiner Arbeit erstmal zu reifen, würde Verrat unter den Menschen den Rest für ihn erledigen. Schlussendlich mussten dann nach und nach alle Bewohner Schmalwassers im Laufe der Zeit zu Anhängern des Sonnengottes konvertieren. Wer es nicht tat, den würden dessen Freunde schon noch verraten, um sich selbst der Strafe des Sonnenherrn zu entziehen. Dieser Umstand ermöglichte es, gezielt zu selektieren, wer dem rechten Weg noch nicht folgte. Diese hoffnungslos verirrten Schafe überließe er dem Schlachter, bis die Herde, seine kleine Herde, rein vom Einfluss falscher Gottheiten sein würde, sinnierte er. Der Baron spielte dabei nichts weiter als die Rolle eines Hütehundes.

Sobald dies Werk vollbracht war, würde sein Weg ihn nach Süden in die heiligen Hallen des Primus führen.

Doch zunächst benötigte er eben den Nachweis entsprechender gottestreuer Taten, um sich für das höchste aller Ämter empfehlen zu können.

Die Zukunftsgedanken des Priesters unterbrach die raue Stimme Wulfgars. Der Kerl gab dem Baron zu verstehen, dass die Pferde für den Aufbruch bereitstünden. Bei genauerer Betrachtung fiel Luzius auf, dass sich Germain und Arn nicht im Stallgebäude befanden. Sie mussten also die Pferde gesattelt haben, mutmaßte er. Der junge Priester beobachtete die beiden Soldaten und den Hauptmann häufig dabei, wie sie sich von der restlichen Gruppe absonderten. Ob sie wohl etwas im Schilde führten? Egal, die Zeit drängte.

Der Baron gähnte laut. Seine von roten Äderchen durchzogenen Augen umrandeten tieffurchige Ringe. Gestern Abend hatte der Mond bereits hoch am Himmel gestanden, als der Adlige den Weg zurück in den Stall fand. Bis dahin sah sich Luzius gezwungen, die Bäuerin mit einem Gespräch vom Aufbruch ins Haus abzuhalten. Sie schien recht nett zu sein und weniger ungebildet, als er sich die Heiden immer vorgestellt hatte. Seine Lehrmeister beschrieben sie immer als schwache, simple Gemüter. Das Alter der Frau schätzte er auf um die vierzig Lenze. Stellte man sie sich frisch gewaschen und mit weniger vom Wetter gegerbter Haut vor, mochte sie ganz ansehnlich aussehen, befand er. Ihre Augen trugen etwas Seltsames in sich. Im Kerzenschein des gestrigen Abends hatte er das Gefühl, direkt in den sonnigen Himmel hinaufzuschauen.

Doch das konnte, nein, das musste ihm egal sein. Denn Frauen interessierten ihn auf seinem Weg des Glaubens nicht. Sie durften ihn nicht interessieren, wenn er es einmal zu etwas bringen wollte. So gebot es der Herr der Sonne. Aus gutem Grund, wie er wusste. Den Glauben so manch eines gottestreuen Priesters hatte dieses verräterische Geschlecht schon auf die Probe gestellt und ihn letztlich zu Fall gebracht. Ihm, Luzius, würde das nicht passieren! Die Sonne würde auf ihn scheinen, seinen Weg erhellen und ihn vor Unheil bewahren. Daran hegte er keinen Zweifel.

Was Lodewig betraf, so wusste Luzius sehr genau, wie treu, oder eben nicht, der Adelige in diesem Punkt dem Sonnengott ergeben war. Zu lange schon waren sie aufgrund der gegenseitigen Abhängigkeit beim Erreichen ihrer Ziele gemeinsam unterwegs. Luzius kannte die Gelüste des Barons zur Genüge und vertuschte sie in seinen Berichten, so gut er es vermochte.

»Holt mir diese Weibsbilder!«, hörte Luzius die befehlsgewohnte Stimme des Barons wütend dröhnen. Der Adlige wirkte zwar inzwischen einigermaßen wach, aber Luzius sah ihm den fehlenden Schlaf dennoch an. »Sie haben mich bestohlen! Dieses schäbige Bauerngesindel! Schafft sie endlich her!«

Seine Vasallen eilten ins Haus. Dem Adeligen in dieser Stimmung zu widersprechen, das würde nicht einmal Wulfgar gut bekommen.

Der Priester rollte mit den Augen. Der schnelle Aufbruch rückte in weite Ferne. Seine Enttäuschung über diese Entwicklung galt es jedoch zu verbergen. Das käme einem Widerspruch gleich und Luzius verspürte nicht den Hauch von Lust, sich selbst zur Zielscheibe des Zorns des Barons zu machen. Dennoch musste zumindest eine Spitze gegen den Anführer sein. Er durfte es eben nur nicht übertreiben.

Gespielt neugierig erkundigte der Priester sich: »Baron Lodewig, was ist geschehen? Hat Euch das Mädchen gestern Nacht der Manneskraft beraubt?«

»Hütet Eure Zunge, Luzius, sonst ist es um Eure Manneskraft geschehen! Falls Ihr überhaupt welche besitzt.«

Irgendetwas an dem Mann kam Luzius seltsam vor. Er wirkte nicht so zornig, wie der Priester es von ihm gewohnt war. Stattdessen schien es fast so, als würde er sich auf irgendetwas freuen. Etwas Schelmisches funkelte in seinen Augen. Luzius vermochte nicht zu erahnen, welchen Plan der Adelige wohl ausgeheckt hatte. Nur eines las er ganz deutlich aus dessen Gesicht ab. Es würde ein äußerst perfider Plan sein, wie ihn nur Lodewig zu schmieden vermochte. Luzius gab sich keine Mühe zu erraten, was geschehen würde. Er sah keine Aussicht auf Erfolg. So krank wie der Baron konnte er nicht denken.

Die Soldaten zerrten unterdessen die beiden Frauen in den Stall. Das Mädchen wirkte auf Luzius so zerbrechlich wie die bunten Gläser der prachtvollen Gotteshäuser, die er in seinem Leben schon hatte besuchen dürfen und die so schwer zu beschaffen waren. Beinahe apathisch, wollte er meinen. Getrocknetes Blut bildete eine

Kruste um eine Platzwunde an ihrem Kopf, die gestern Abend noch nicht da gewesen war. Die Mutter hingegen bäumte sich gegen die festen Griffe auf, fluchte und schrie in einem fort. Luzius brauchte nicht lange zu überlegen, warum sie so keifte. Plötzlich ergab vieles Sinn. Es ging um ihre Tochter, um den Baron und das, was er ihr in der letzten Nacht wohl angetan hatte. Nichts davon würde Lodewig als Wahrheit gelten lassen und von seinen Männern würde ihm niemand widersprechen. Aber was hatte er nun mit den beiden vor?

»Durchsucht sie!«, blaffte Lodewig.

Seine Soldaten packten hart zu, was nur zu noch mehr lautstarkem Gekeife der Frau führte. Zwei Soldaten mühten sich damit ab, sie festzuhalten, so sehr strampelte sie. Arn hielt das Mädchen, dessen Arme er hinter ihrem Rücken zusammenpresste. Oleg und Callum tasteten die Körper der Frauen mit ihren groben Händen ab. Unterstellte er Böses, so konnte Luzius auch meinen, sie begrapschten sie schamlos. Wulfgar beaufsichtigte das Treiben.

Wo steckt wohl Germain? Wahrscheinlich bei den Pferden. Wo auch sonst? Der Jüngling scheint die Gesellschaft der Gäule mehr zu schätzen als die seiner Kameraden. Dabei verhalten sich diese doch im Grunde hin und wieder nicht anders als Tiere.

»Eines dieser diebischen Weiber hat mir in der Nacht einen Silbertaler gestohlen. Ich will ihn zurück.«

Das Bauernweib begehrte auf: »Du Schwein hast meine Tochter …«

Weiter kam sie nicht. Da verpasste ihr Oleg bereits eine schallende Ohrfeige, die ihr die Tränen in die Augen trieb und einen roten Abdruck auf ihrer Wange hinterließ. Fast so, als hätte sich glühendes Eisen in Form einer Hand in ihre Haut gebrannt.

»Schweig, Weib! Sonst setzt es noch so eine! So redest du nicht mit dem Baron«, fuhr Donnerfaust sie an. Sie schwieg, doch ihre Augen belegten alle Anwesenden mit dunklen Flüchen. Intuitiv trat Luzius einen Schritt zurück.

Callum hielt etwas in die Höhe, lenkte Luzius' Aufmerksamkeit auf sich. »Baron Lodewig, ich habe die Münze gefunden. Das Mädchen hielt sie in einer ihrer Taschen versteckt.« Er gab seinem Herrn die Münze zurück. Lodewig steckte das Silberstück sogleich in den kleinen Lederbeutel, der an seinem Gürtel baumelte.

»Dann ist sie also die Diebin«, zischte der Baron. »Hast du irgendwas zu deiner Verteidigung zu sagen?«

Lodewig machte eine Pause und sah ihren Worten neugierig entgegen, von denen jeder im Raum wusste, dass sie dem Mädchen nicht über die Lippen kommen würden. Sie sah nicht einmal auf, sondern beäugte nur unbeteiligt den Boden. Luzius sah aus dem Augenwinkel, wie die Mutter ihre Lippen öffnete und zu einer Erwiderung ansetzen wollte. Olegs drohende Hand hielt sie davon ab, auch nur einen Laut in die trügerische Stille zu entlassen.

Der Baron zog hoch und spuckte verächtlich aus. »Dachte ich es mir doch! Diebisches Bauernpack! Du hättest dich glücklich schätzen sollen, solch hochwohl-geborenen Besuch wie mich empfangen und beherbergen zu dürfen.« Er schüttelte verständnislos den Kopf. »Doch stattdessen bestiehlst du mich.«

Er starrte das Mädchen an. Dann drehte Lodewig sich zu Wulfgar um und fragte: »Hauptmann Wulfgar, wie lautet die Strafe für Diebstahl dieser Schwere gemäß den Gesetzen des Königs?«

Gepresst brachte der Hauptmann hervor: »Aufknüpfen.«

»Ihr habt es gehört. Fesselt sie und hängt sie dort an dem Balken auf.«

Nun schien es Luzius, als käme wieder Leben in das Mädchen. Sie wehrte sich gegen das Anlegen der Fesseln, und auch dagegen, dass sie auf den Schemel gestellt wurde, auf dem am gestrigen Abend noch ihr heutiger Richter gesessen und mit ihr gemeinsam gegessen hatte. Erst als die Schlinge um ihren Hals lag, stand sie wieder still. Vermutlich um nicht durch eine falsche Bewegung in den Tod zu stürzen. Nur ihr Zittern vermochte sie nicht im Zaum zu halten.

Die Mutter schrie ungeachtet der dafür drohenden Prügel: »Das dürft ihr nicht machen! Sie hat nichts Unrechtes getan. Verschont sie. Bitte, Herr Baron! Bitte! Sie ist alles, was ich noch habe. Ich flehe Euch an! Bitte!« Ihre Stimme glich einem Spiegel ihrer Verzweiflung. Sie stemmte sich gegen die Kraft der sie haltenden Arme, strampelte, wehrte sich. Nur mit Mühe verhinderten die beiden Soldaten, dass sie sich losriss.

Kühl antwortete Lodewig: »Du hast es gehört, Weib. Wer derartig Wertvolles stiehlt, der muss sterben. Das Gesetz ist eindeutig und jedem im Land bekannt. Wer bin ich, mich nicht daran halten zu wollen? Sei froh, dass ich so gnädig bin, ihr einen so schnellen Tod zu gewähren.«

»Das sind nicht unsere Gesetze!«, hielt die Frau mit bebender Stimme dagegen. Verzweifelt versuchte sie noch immer, sich den Armen der beiden Männer zu entwinden. Vergeblich! Zu fest umklammerten deren unnachgiebigen Hände ihre Glieder.

»Seit geraumer Zeit sind sie es schon! Odengard hat einen neuen König. Hast du das etwa schon vergessen, Bauernweib? Ich dachte, Luzius hat dir diesen Umstand gestern Abend hinreichend erläutert.«

Der Priester sah den Baron den Arm heben. Der Wink sollte Callum zu verstehen geben, den Schemel zur Seite zu treten.

Luzius vernahm die von Tränen erstickte Stimme der Mutter: »Bitte verschont meine Svenja! Ich bitte Euch! Bei den Göttern! Habt Gnade! Sie hat doch nichts Unrechtes getan. Sie hat noch nie gestohlen! Bitte! Verschont sie doch! Nehmt mich!« Ihre Stimme krächzte immer weinerlicher. Vollends erfüllt von Verzweiflung klang sie. Luzius sah sie an. Ließen die Bewacher sie los, sie hätte auf Knien vor dem Baron um Gnade gebettelt.

Der Baron hielt inne und drehte sich wieder zu ihr. »Ich nehme dich beim Wort, Weib«, versprach er ihr in einem Tonfall, den auch Luzius nicht zu deuten wusste.

Die Augen der Bäuerin weiteten sich, suchten Unterstützung bei den Umstehenden. Sie begriff anscheinend nicht, was sie soeben erreicht hatte. Sie schien zu überlegen, ob sie erleichtert sein durfte, oder sich gar freuen konnte.

Luzius hingegen überkam ein abscheulicher Gedanke. Eine vage Vorstellung von dem, was nun folgen sollte.

Der Baron positionierte sich breitbeinig vor der Bäuerin, zog seinen Dolch, drückte ihn gegen die Kehle der Frau.

Ihre angstgeweiteten Augen fixierten ihn. Sie verhielt sich still.

Ganz langsam ließ Lodewig die Spitze seiner Waffe auf Isoldas Körper kratzend in Richtung ihres Brustkorbs hinabgleiten. Ein roter Striemen zeichnete sich deutlich auf ihrer Haut ab. Mit geweiteten Augen verfolgte die reglose Frau die Hand, die das glänzende Metall führte. Unfähig, auch nur ein Körperteil außer ihren Augen zu bewegen.

Kaum am Dekolletee angekommen, ritzte der Stahl schon den Stoff auf. Isolda drückte ihren Rücken nach hinten. Vermutlich um der Schmach der Entblößung zu entgehen. Doch es nützte nichts. Der Baron fasste mit beiden Händen zu. Es folgte eine ruckartige Bewegung. Dieser winzige Ritz in ihrem lumpigen Kleid reichte dem Mann, um den verschlissenen Stoff zu zerreißen. Die maroden Fasern zerrissen fast lautlos.

Luzius Augen quollen ihm fast aus dem Kopf. Eiligst versteckte er seine Hände in den weiten Ärmeln seiner

Kutte. Vergeblich versuchte er die Handflächen an den Innenseiten des kratzigen Stoffes zu trocknen.

Er fand keinen Weg, sich von den nackten Brüsten abzuwenden. Nichts in diesem Stall erregte seine Aufmerksamkeit mehr als diese zarte Haut. Ein solcher Anblick bot sich ihm zum ersten Mal in seinem Leben. Luzius genoss ihn, fast so, als kostete er von einer verbotenen Frucht. Er spürte die Hitze in seinem Kopf aufsteigen. Nicht nur dort stieg Hitze auf. Ein bisher unbekanntes Gefühl breitete sich unter seinem Bauch aus. Es verwirrte ihn und schürte dennoch seine Neugier. Wenn doch nur die anderen Männer nicht da wären. Seine Hände drängten darauf, der Versuchung nachzugeben. Isoldas Brüste schwangen im Takt ihrer schnellen Atmung mit. Des Priesters Hände verlangten danach, sie zu ertasten und zu liebkosen. Ihre Wärme zu spüren.

»So muss sich also die Fleischeslust anfühlen«, raunte er kaum hörbar. Eine Erfahrung, die es nach den Lehren der Klosterbrüder unbedingt zu vermeiden galt. Zu große Gefahr wohnte der Wollust inne, ihr auf ewig zu verfallen. Wieder lag ein unausgesprochener Fluch auf den Lippen des Priesters und wieder galt er dem Baron. Schweiß tropfte aus den Ärmeln seiner Kutte.

Das Weib spuckte dem Baron vor die Füße. Mehr Gegenwehr erlaubte ihre missliche Lage ihr nicht. Isolda erntete für diese Tat, neben Olegs klatschender Hand in ihrem Gesicht, einen amüsierten Blick des Barons. Blut tropfte aus ihrer Nase, als einer der Männer ihr den Kopf an den Haaren bis tief in den Nacken zog. Als Rinnsal rann das Rot von ihrem Brustbein abwärts.

Eine innere Stimme drängte Luzius dazu, einzugreifen und Isolda zu helfen. Aber was konnte er schon tun?

»Ich sorge immer gut für meine Männer, nicht wahr?«, richtete sich Lodewig an seine Soldaten. Vielstimmige Zustimmung ertönte.

»Schafft mir diese Bauernmetze aus den Augen und nehmt sie euch, so oft ihr wollt, Männer! Sie gehört euch!«

Die Stimme des Barons zerriss Luzius' Wunschträume in der Luft, so wie es Lodewigs Hände eben noch mit Isoldas Kleid getan hatten. Es gab keinen Weg, ihr zu helfen, irgendetwas für sie zu tun. Dem sündhaften Trieb der Soldaten vermochte der Priester nichts entgegenzusetzen. Ihm fielen keine schlauen Worte ein, die sie noch zu zügeln versprachen. All die vielen Schriften, die er in seinem Leben in sich aufgesogen hatte, sein unschätzbar kostbares und Wissen, nutzten ihm nichts. Er besaß hier keine Macht.

Das Mädchen auf dem Schemel begehrte stumm auf.

Der Priester fühlte sich außer Stande, es ihr gleich zu tun. Obwohl er mehr und mehr geahnt hatte, was der Baron vorhatte, überraschte ihn die plötzliche Umsetzung der abscheulichen Pläne des Adligen zutiefst. Wortlos blieb Luzius an seinem Platz stehen. So reglos wie dereinst die Bronzestatue des Sonnengottes im Kloster von Priesan. Die Hände in seinen Ärmeln zu knallharten Fäusten geballt. Sein Mund öffnete sich, fand aber noch immer kein angemessenes Wort. Als sei er ein aus dem Quell des Wissens geangelter Fisch.

Die Soldaten zerrten die um Hilfe schreiende Frau in eine finstere, mit Stroh bedeckte Ecke. Wie gierige Wölfe über ein Lamm fielen sie über die entblößte Isolda her.

Das war zu viel für den Priester. Angewidert riss er den Kopf zur Seite. Dieser Baron kannte einfach keine Grenzen und ließ seiner erst kürzlich wiedererlangten Macht freie Hand, sich auszutoben. Er schien aus seinen Fehlern nichts gelernt zu haben. Luzius wusste, dass Lodewig eben wegen seiner offensichtlichen Willkür bereits einmal beim König in Ungnade gefallen war. Auch wenn dies noch zu Zeiten Hennrichs des Zweiten geschah.

Auf den Lippen des Priesters lag erneut ein unausgesprochener Fluch. Dieses Mal galt er ihm selbst. Dafür, dass er diesem Scheusal zur Macht verholfen hatte. Zornesfalten bildeten sich auf seiner Stirn. Luzius fixierte den Baron.

Neben dem Kerl standen noch immer zwei Männer. Arn und Wulfgar beteiligten sich nicht an der Schandtat. Stattdessen hielten sie sich im Hintergrund. Erstaunen löste diese Erkenntnis dennoch nicht in ihm aus. Zu sehr beschäftigte ihn das skrupellose Vorgehen des Barons gegen dieses harmlose Weib.

Die beiden Soldaten bewegten sich in Richtung der Tür. Lodewig rief ihnen hinterher: »Durchsucht das Haus nach Vorräten und verladet sie auf das Packpferd. Die Alte braucht kein Essen mehr.«

»Sehr wohl, Herr Baron«, antwortete der Hauptmann knapp. Die beiden Soldaten eilten dem Ausgang entgegen, bevor des Barons folgende Worte sie ein letztes Mal innehalten ließen.

»Wulfgar ...«

Der Krieger drehte sich um. »Ja, Herr Baron?«

»Schickt Germain herein. Er soll eine zweite Schlinge an den Balken hängen. Ich vermute, die sich sorgende Mutter möchte ihrem Kind womöglich bald Gesellschaft leisten.«

»Wie ihr befehlt, Baron Lodewig«, knurrte Wulfgar und verließ mit gesenktem Haupt gemeinsam mit seinen Kumpanen das marode Gebäude.

Luzius sah dem Baron nach, der sich vor das vor Angst und hilflose Wut weinende Mädchen stellte und dabei breit lächelte. So sehr ein Lächeln auch eine freundliche Geste darstellte, so sehr widersprach dieses Lächeln den Regeln der Mimik.

Ein dicker Kloß verengte des Priesters Hals und raubte ihm beinahe die Luft zum Atmen.

Das Mädchen weinte bitterlich. Ganz langsam, kaum sichtbar, schüttelte sie ihren Kopf von links nach rechts und zurück. Ein letztes hilfloses Flehen um Gnade erkannte Luzius in dieser lautlosen Geste. Ohne Vorwarnung trat der Baron den Schemel beiseite und die kleine, zierliche Svenja baumelte mit zuckenden Gliedern am Strick hin und her. Luzius erschrak, obwohl er es kommen gesehen hatte. Beinahe hätte ihn ein Laut des Erschreckens verraten.

Freilich, auch er selbst war stets dazu bereit, Menschenleben zu opfern, um seine eigene Machtposition auszubauen. Allerdings tat er es nur dann, wenn es wirklich etwas einbrachte. Der Baron hingegen tat es aus purer Mordlust und weil er schlicht und einfach die Macht dazu besaß. Es ekelte Luzius an, wie dieser Lodewig sich am Leid anderer ergötzte. Vor die Stiefel spucken wollte er diesem Arschloch. Nein, besser noch er wünschte diesem Dreckskerl einen Reitunfall.

Aus der Ecke im Stroh drangen noch immer die unterdrückten Hilferufe der Bäuerin. Sie glichen einem erstickten Wimmern.

Luzius hielt es nicht mehr aus. »Ich muss an die frische Luft. So schnell wie möglich.«

Gefährliche Irrwege

Lisbee

Lisbee stand ratlos in einem Waldstück und überlegte, wohin sie wohl gehen musste. Ringsherum reckten Bäume ihre Zweige und Blätter empor. Einer glich dem anderen. Im Vergleich zum Dunkelwald wirkte diese Baumansammlung recht klein und dennoch groß genug für sie, um sich darin ganz ohne die Hilfe von Irrlichtern zu verirren. Die Mehrzahl der Bäume ragte kaum über Lisbees Haupt. Nur wenige Baumkronen thronten hoch über dem Blätterdach. Die wenigen Baumriesen wuchsen willkürlich verstreut inmitten ihrer kleineren Nachkommen. Dazwischen wucherten überall Farne. Lisbee sah nichts weiter als Blätter und endloses Grün ringsherum. Wohin sie sich auch wendete. Sie fand sich nicht zurecht. Ihr Blick durchdrang das Dickicht kaum weiter als drei Schritte. Sie seufzte. »Wie komme ich bloß aus diesem Labyrinth heraus? Es gibt nicht einmal Wege, für die ich mich entscheiden könnte.«

Lisbee verfügte über keinen ausgeprägten Orientierungssinn. Wie sollte dieser auch gut entwickelt sein? Sie hatte Schmalwasser bis zum Beginn ihrer unerwarteten Reise nicht oft verlassen. Meistens waren es nur die wenigen Schritte, um Wasser aus dem Bach zu holen, oder manchmal, wenn sie mit Cynthia den Markt im Inneren der Burg besucht hatte.

Ein dürrer Zweig streifte ihren Arm und schlug schwingend zurück, als sie weiterlief.

»Ich wünschte, Ferodil würde hinter einem der knorrigen, dicken Stämme hervorspringen und mich zum Lager zurückführen. Selbst wenn er über mich spottet, mich als kleines, hilfloses Mädchen bezeichnet. Es wäre mir egal. Hauptsache, ich komme hier wieder heraus«, jammerte sie.

»Vorhin freute ich mich noch, ihn mit viel Mühe davon überzeugt zu haben, überhaupt allein in den Wald gehen zu dürfen. Hätte ich doch wenigstens Miranee mitgenommen, wie er es wollte. Ich dumme Pute.«

Lisbee hatte vorgegeben, sich ungestört im Buschwerk erleichtern zu wollen. Sie hatte vorgebracht, dass sie seit ein paar Tagen nichts mehr von den Soldaten bemerkt hatten und diese wahrscheinlich, dank ihrer Pferde, schon einen deutlichen Vorsprung haben mussten. Schließlich überzeugte sie den Elfen, ihrer Bitte, wenn auch nur widerwillig, nachzugeben.

Tatsächlich beabsichtigte sie, sich nicht nur zu erleichtern. Viel mehr lag ihr daran, Zeit für sich allein zu haben. Die junge Odengarderin drängte es, ihre wirren Gedanken zu sortieren. In ihrem Kopf drehte sich alles darum, was es mit diesem seltsamen Traum auf sich hatte. Regelmäßig suchte er sie heim, wenn sie und Ferodil ihr Lager aufschlugen und etwas Ruhe fanden.

Außerdem machte sie sich Gedanken darüber, was sie von Ferodil halten sollte. Sie wurde aus ihm nicht schlau. Irgendetwas, ihr bislang völlig Unbekanntes, empfand sie für ihn. Sie konnte nicht bestimmen, was es war, doch es fühlte sich wunderschön und zugleich seltsam fremd an. Ob es womöglich so etwas wie Liebe oder am Ende doch nur eine Schwärmerei war, versuchte sie für sich einzuordnen. Immer dann, wenn sich ihre Blicke mit dem eisigen Blau seiner Pupillen trafen, spürte sie es besonders stark. Ein wohlig warmer Schauer durchzog dann ihren schlanken Körper vom Scheitel bis zu den Zehen.

Der sture Kerl ließ sich nicht anmerken, ob es ihm ähnlich erging. Wahrscheinlich spürte er gar nichts.

Was er mir wohl verschweigt? Als wir auf die Soldaten trafen und er von seiner Vergangenheit sprach, hat er mir nicht die ganze Wahrheit gesagt. Er wirkt so kühl, so fokussiert. Doch in dem Moment wirkte er so zerbrechlich.

Lisbee schmunzelte beim Gedanken an das ebenmäßige Antlitz des Elfen.

Ihr Gesicht verlor jäh seinen glückseligen Ausdruck und wechselte in alarmierte Obacht. Im Unterholz raschelte es auf einmal anders als zuvor. *Die Soldaten!*

Sie sah sich um, lauschte in das vom Wind wogende Grün hinein und fand keinen Auslöser. Das Rascheln hörte sie auch nicht mehr und ihr Körper entspannte sich wieder. Vielleicht hatte sie sich das Geräusch auch nur eingebildet, weil sie auf Ferodils Ankunft hoffte.

»Warum behandelt er mich nur immer wie ein kleines Kind? Nicht für einen Moment lässt er mich allein. Als ob ich einen Aufpasser bräuchte. Hier mitten im Nirgendwo und noch dazu am helllichten Tag.«

Sie beschloss leise zu sprechen, um eine Stimme zu hören und sich weniger allein zu fühlen. Es half. Die Angst, von den Verfolgern entdeckt zu werden, ließ nach. Vorsichtig setzte sie einen Fuß vor den anderen.

Das Lächeln kehrte zurück. »Irgendwie liegt er damit sogar richtig.« Lisbees Blick driftete durchs endlose Grün. Mit der Hand bog sie ein paar Zweige zur Seite, um sich besser zwischen den schmalen Bäumen hindurchschlängeln zu können.

»Bei meinem Glück wartet da, wo er herkommt, ein wunderschönes Elfenweib voller Sehnsucht auf ihn.«

Die junge Odengarderin wischte sich mit der Hand den Schweiß von der Stirn und seufzte: »Was soll er schon mit einem einfachen Menschenmädchen wie mir anfangen?« Eine Frage, die sich tief, fast schmerzvoll in ihre Gedanken einbrannte.

Lisbee nahm sich vor, ihn sich aus dem Kopf zu schlagen. Sie wusste, dass es so besser sein würde. Schon während sie den Gedanken fasste, bemerkte sie, wie schwer ihr dieses Unterfangen fallen würde. Sofort sah sie seine Augen aus Eis vor sich. Spielend leicht schoben sie alle anderen Gedanken beiseite, als seien sie nur Wolken im Wind. Ihre Mundwinkel verzogen sich zu einem breiten Grinsen.

Dennoch machten sich auch Zweifel in ihr breit. »Warum hat er nur mich allein gerettet? Alle anderen hat er einfach so ihrem Schicksal und diesen abscheulichen Soldaten überlassen? Er hätte sie wenigstens warnen können.«

Sein Handeln erklärte Lisbee sich damit, dass er allein gegen diese Armee nichts hätte ausrichten können. So wie er behauptete, verbarg sich in ihm kein großer Krieger, der es mit einer Übermacht von Soldaten aufzunehmen vermochte. Nicht so wie in den alten Märchen von heldenhaften Prinzen, an die Lisbee schon lange nicht mehr glaubte.

Zudem sprach Ferodil immer wieder über diese besonderen Fähigkeiten, die in ihr schlummern sollten, von denen sie nicht den geringsten Hauch spürte. Sie sollte ihm bei irgendetwas behilflich sein, wobei er nicht verriet, worum es sich handelte. Aber wobei, das gab er nicht preis. So wie er sich bei fast allem, was seine und Lisbees Vergangenheit oder Zukunft betraf, in Schweigen und Rätsel hüllte. »Was ist, wenn ich die Falsche bin und ihm nicht helfen kann? Er muss sich geirrt haben. Ich kann nicht zaubern.«

Ihre Augenlider verschlossen sich für einen Moment. Wieder leuchteten da diese wundervollen Augen. Ein wohlig warmes Gefühl breitete sich in ihrem Körper aus.

»Versuche, dich auf den Weg zu konzentrieren«, wies sie sich selbst streng an, um sich von ihren Duseleien abzulenken. Nach dem Weg suchend, drehte sie sich einmal um die eigene Achse. Ratlos zuckte sie mit ihren Schultern. Tatsächlich konnte sie nicht mal mehr sagen, aus welcher Richtung sie zu diesem Punkt gelangt war. Selbst der Stand der Sonne half ihr nicht, sich zu orientieren. Ihre Schultern verließ allmählich der Mut. Schlaff hingen sie herunter.

Erneut durchforsteten Lisbees Augen das Grün nach einer Spur ihres Begleiters.

»Wo steckt mein Retter nur, wenn ich ihn dringend brauche?« Ein Schmunzeln lag auf ihren Lippen, dem Ernst ihrer Lage zum Trotz. »Bloß nicht den Mut verlieren!«

Ein lautes Knacken im Unterholz ließ sie herumfahren. Irgendetwas bewegte sich in eiligem Tempo auf sie zu. Die Geräusche brechender Zweige fanden kein Ende. Drängten mit Macht auf sie ein. Ihr Herz begann zu pochen, als wolle es sich aus ihrer Brust befreien. Den Gedanken, dass es Ferodil oder Miranee sein könnten, verwarf Lisbee sofort wieder. Keiner von beiden würde derartigen Lärm veranstalten. Das wusste sie nur zu gut. Ihre beiden Begleiter bewegten sich üblicherweise wie auf Samtpfoten.

Überhaupt hatte sie schon seit einiger Zeit keinen Vogel mehr singen hören, fiel ihr schlagartig auf. Kein gutes Zeichen. Das hatte sie von Ferodil bereits gelernt. Ihr Gesicht verformte sich zu einer ängstlichen Grimasse. Sie suchte nach einem Ausweg. Warum war sie nur so unachtsam gewesen? Der Lärm steigerte sich. Näherte sich unaufhaltsam.

Geistesgegenwärtig versteckte sie sich hinter einem dicken Stamm, der sich nur wenige Schritte links von ihr befand.

Das Donnern von Hufen drang an ihr Ohr. Begleitet vom unsteten Klang zersplitternden Holzes. Ihr kam es vor, als würde der Boden beben.

Wie konnten sie mich hier bloß finden? Man sieht die eigene Hand vor Augen kaum. Aus ihrem Mund versuchte ein Schrei nach Hilfe zu entweichen. Nur mit Mühe hielt Lisbee ihn zurück. *Reiß dich zusammen!*

Fest schmiegte sich Lisbees Rücken an die kühle Rinde. Die alte Buche versprach ausreichend Deckung. Das Augenpaar des Mädchens wanderte nach unten. Sie erschrak. Ihr rotes Kleid! Es wollte einfach nicht ins saftige Grün hineinpassen. Der verwaschene Stoff stach viel zu sehr heraus. Obwohl das Kleid vor Dreck starrte, kam sie sich vor wie eine weit leuchtende Fackel. Gut sichtbar für jeden, der sich näherte.

Die Hufschläge kamen immer näher. Es dröhnte in ihren Ohren. Das Zittern des Bodens steigerte sich.

Lisbee hielt die Luft an. Sie presste ihre Schultern noch fester an den schützenden Baumstamm. Darauf bedacht, sich möglichst flach zu machen. Auch nur einmal um den Stamm herum zu schauen, wagte sie nicht. Sie wollte der Wahrheit nicht ins Auge blicken, nicht erkennen, wer ihr entgegen galoppierte. Konnte es dafür doch nur eine Erklärung geben.

Lisbees Augen schlossen sich. Ihr Herz pochte mit den Hufen um die Wette. Sie hoffte, im Schatten des Baumes, im Zwielicht des Blätterdachs, nicht entdeckt zu werden. Die Sonne strahlte gleißend hell durch die Zwischenräume. Fast so, als wollte der fremde Gott seinen Dienern bei der Suche behilflich sein.

Die donnernden Hufe würden jeden Moment den Stamm passieren.

Lisbees Atem stockte, als ob ihr Körper jegliches Geräusch zu vermeiden versuchte. Ungläubig schaute sie auf, als die Galoppade ungebremst an ihr vorüberzog. Die angehaltene Luft strömte in einem Schwall der Erleichterung aus ihrer Lunge. Ein dicker Stein fiel ihr vom Herzen, das ihr bis eben noch bis an den Hals geschlagen hatte.

Puh, nur eine Hirschkuh und ihr Kalb. Ihr Götter, müsst ihr mich so erschrecken? Ich habe mir fast auf die eigenen Füße gemacht. Sie lachte betreten über sich selbst und folgte dem Wild einige Schritte durch die hinterlassene Schneise im Unterholz. Zumindest gab es jetzt einen Pfad, dem sie folgen konnte.

Was die Hirsche dazu bewegt haben mochte, derartig schnell durch den Wald zu flüchten, fragte sie sich nicht. Die Faszination über die Kraft und Größe dieser Tiere hielt das Mädchen fest im Griff. Sie bewegten sich mit solch einer eleganten Leichtigkeit.

Lisbee sah diese imposanten Tiere zum ersten Mal in freier Wildbahn und nicht an einem Spieß über dem Feuer hängend. Ein Lächeln huschte über ihre Lippen. Ferodil hätte der Anblick sicher auch Freude bereitet. Bei dem Gedanken an ihren eigentümlichen Begleiter entspannten sich ihre Gesichtszüge. Das fröhliche Gesicht kehrte zurück.

»Ferodil!«, erinnerte sie sich. »Bei den Göttern! Ich muss unbedingt wieder zurückfinden. Wahrscheinlich wird er mir gehörig die Ohren langziehen, wenn ich wieder zurück bin. Egal. Einen solchen Schrecken möchte ich nicht noch mal eingejagt bekommen. Wenn ich doch bloß zurückfinden könnte.«

Eilig stapfte sie los, obwohl sie keine Ahnung hatte, wohin sie gehen musste. Noch immer sang kein Vogel um sie herum. Sie folgte einfach ihrer Nase und diese zeigte in Richtung der frisch entstandenen Schneise im Unterholz.

Sie kam nicht weit, da hörte sie eine unbekannte Stimme hinter sich: »Wohin des Weges, schönes Kind?«

Lisbee fuhr herum und stand einem dicklichen Kerl gegenüber. Sein abstoßender Körpergeruch kroch ihr in die sich rümpfende Nase. Bevor sie antworten konnte, drang erneut aus ihrem Rücken eine zweite Stimme an ihr Ohr: »Und noch dazu ganz allein!«

Ihr Körper drehte sich wie von selbst wieder um die eigene Achse. Nun starrte sie in das pickelübersäte Gesicht eines Burschen, den sie nicht viel älter als sich selbst einschätzte.

»Wo … wo kommt ihr denn her?«, stotterte sie. »Ich habe euch überhaupt nicht bemerkt.«

»Wir haben zuerst gefragt«, grinste der Jüngling. Der Dickliche trat noch näher an sie heran. Lisbee spürte schon fast seinen Atem in ihrem Nacken. Sein fauliger Mundgeruch reichte bis an ihre Nase. Ein Anflug von Übelkeit überkam sie.

»Mein Gefährte und sein …«, sie stockte, bevor sie weitersprach. »… sein Hund lagern nicht weit von hier. Ich war nur austreten und bin auf dem Weg zurück zu ihnen«, log sie die beiden Fremden an. Ihr wurde vor

Furcht gleichzeitig heiß und kalt, da ihr kleiner Täuschungsversuch allzu leicht von den Fremden durchschaut werden konnte. Dank Cynthias Erziehung beherrschte Lisbee es nicht sonderlich gut, die Wahrheit zu vertuschen.

»Sie lügt ja, ohne rot zu werden«, drang es von hinten an ihr Ohr und Lisbee zuckte ertappt zusammen. »Hier in der Nähe lagert niemand. Du hast dich doch bestimmt verlaufen, kleines Mädchen«, lachte er gehässig und sein schmächtiger Kumpan tat es ihm gleich.

Zögerlich drehte sich Lisbee um, weil sie das Gesicht des Redners besser erkennen wollte. Er schien, seinem Auftreten nach, der Anführer der beiden zu sein.

Der Mann musterte sie von oben bis unten. Der Ausdruck in seinem Gesicht ängstigte Lisbee. In seiner Hand hielt er einen langen Bogen und trug einen Köcher auf dem Rücken. Erst jetzt, als Lisbee ihn so richtig von Angesicht zu Angesicht betrachtete, bemerkte sie die Klappe vor seinem rechten Auge. So etwas bedeutete selten etwas Gutes. Sie schluckte den Schreck herunter. Sein abschätzendes Mustern trug etwas unangenehm Unanständiges in sich.

»Du hast unseren Hirsch verjagt, du dumme Gans. Wie willst du das wieder gut machen?«, fragte er mit Hohn in seiner Stimme. Er klang so, als wüsste er bereits eine Lösung.

»Ich habe was? Und was soll ich wiedergutmachen? Ich verstehe nicht, was du meinst.« Unauffällig tastete Lisbees rechte Hand nach dem Dolch an ihrer Hüfte

»Arnulf wollte sagen, dass wir die Hirschkuh gejagt haben und dass du sie verschreckt hast. Nun bekommt unsere Bande heute kein Abendessen. Du bist daran schuld!«, kam es aus dem Mund von Pickelgesicht. Im Gegensatz zu dem Dicken klang er regelrecht freundlich.

Lisbees Unbehagen vermochte er dennoch nicht zu zerstreuen. Angestrengt zerbrach sie sich den Kopf darüber, wie sie aus dieser Lage wieder herauskommen konnte. So gut es ging hielt sie nach einer Lösung Ausschau. Ferodil sprang nicht als Retter in der Not aus einem der Büsche. Mit jedem verstreichenden Moment erschien es Lisbee unwahrscheinlicher, dass er überhaupt da wäre.

»Olf hat Recht. Du trägst daran die Schuld!« Der wulstige Finger des Dicken zeigte auf sie und berührte fast ihre Brust. Der Mund des Mannes offenbarte schwarz verfärbte Zähne. Ein Schwall fauligen Odems ergoss sich in ihre Nase. »Das wird dem Hauptmann ganz sicher nicht gefallen.«

»Welchem Hauptmann?«, erkundigte sie sich unsicher, darum bemüht, sich ihren Ekel nicht anmerken zu lassen. Waren etwa noch mehr von denen in der Nähe?

»Na unserem Hauptmann! Kennst du etwa Eirik nicht, du einfältige Pute?« Der Mann bemühte sich nicht, sein abfälliges Lachen zurückzuhalten. Nach wenigen Augenblicken verstummte es abrupt wieder und sein verbliebenes Auge starrte sie an. Finster, bedrohlich und unheilverkündend.

»Aber ich habe doch nichts getan«, protestierte sie.

»Olf und ich sehen das anders. Stimmt doch?«, fragte er an ihr vorbei. Lisbee vernahm nur ein kratziges: »Stimmt!« Es kam von dem Jungen hinter ihr.

»Der Hauptmann würde dich bestimmt gern kennenlernen«, gab der Feiste fast im Plauderton von sich.

»Mich? Warum? Ich bin doch nur ein einfaches Mädchen. Was sollte der ...« Lisbee fuchtelte wirr mit den Armen.

»Schweig!«, fuhr der Räuber sie an. »Wir nehmen dich mit. Eirik wird sicher seine Freude an dir haben.« Das gehässige Grinsen im Gesicht des Dicken ekelte Lisbee an. Ihre Miene verzog sich nun doch zu einer angewiderten Fratze.

»Doch vorher werden wir drei Hübschen hier unsere Freude haben.«

Lisbee beobachtete, wie sich dieser Arnulf lustvoll über die Lippen leckte und sie erneut eindringlich mit seinem gesunden Auge musterte. Fast schon fühlte sie sich vollkommen nackt, so wie er dreinschaute. Sie schluckte. Angestrengt suchte Lisbees rastloser Blick nach Fluchtwegen, konnte aber keinen finden. Sie saß in der Falle. Eingeklemmt zwischen zwei Banditen in einem Meer aus Blättern und Zweigen.

»Ein wenig mager bist du für meinen Geschmack, aber hier im Wald darf man eben nicht wählerisch sein«, hörte sie den Einäugigen als nächstes sagen.

Er sprach wieder an ihr vorbei: »Olf! Ich zuerst, wie abgemacht. Los, halte sie fest!«

Bevor irgendwer sie anfassen konnte, zog Lisbee ihren Dolch. Die Spitze deutete in Richtung Arnulfs Speckbauch. Mit fester Stimme warf sie ihm entgegen: »Lasst mich in Frieden oder ich schlitze dich auf.«

Ihre Worte schienen zu wirken. Sie spürte keine Hände, die sie von hinten ergriffen. Ihr Herz pochte dennoch so laut, dass sie meinte, es wild in ihrem Kopf schlagen hören zu können.

Der Dicke rührte sich nicht. Stand nur breitbeinig vor ihr und betrachtete sie. Seine Arme verschränkten sich in einer langsamen Bewegung vor seiner Brust. Es wirkte fast, als lägen sie auf seinem rundlichen Bauch. Den Bogen hatte er längst zu Boden fallen lassen. Lisbee war klar, dass der Mann ihr körperlich weit überlegen war. Doch sie sah keinen anderen Ausweg.

»Versuch es doch, Kindchen. Dir fehlt sowieso der Mumm dazu.« Wieder entblößten seine Lippen die fauligen Zähne.

Betont selbstsicher hielt sie ihm entgegen: »Und ob! Ich habe mit dem Dolch schon so manches Schwein erstochen! Auf eines oder zwei mehr kommt es da auch nicht mehr an.«

Sie fluchte in Gedanken, weil ihre Hand zu zittern begann und sich Einauge nicht einmal ansatzweise beindruckt zeigte.

»Du hast vielleicht schon so manches Schwein angelogen, aber nie im Leben auch nur eines abgestochen. Selbst im Lügen bist du beschissen. Hoffen wir, dass du besser darin bist, uns Freude zu bereiten.«

Völlig unerwartet griff er nach ihrem Handgelenk und drehte ihr mit einer gekonnten Bewegung die Waffe aus der Hand. Sein Griff bereite Lisbee Schmerzen, die sich blitzartig von ihrem Handgelenk bis zur Schulter ausbreiteten. Sie stöhnte auf. Halb vor Überraschung, halb vor Schmerz. Noch aus der gleichen Drehbewegung heraus warf er sie zu Boden. »Halt ihre verdammten Hände fest!«, blaffte er den Jüngling an, der dem Befehl, ohne zu zögern, nachkam.

In Olfs Händen steckte mehr Kraft, als seine schmale Statur es erahnen ließ. Lisbee wehrte sich nach Leibeskräften, doch das Gewicht des Jungen drückte ihre Arme unerbittlich nach unten. Jede noch so kleine Bewegung schmerzte. Ihre Versuche, nach dem Dicken zu treten, blockte der Einäugige gekonnt ab. Nach kurzer Zeit befand er sich schon über ihr und begann unsanft damit, ihr das Kleid hochzuschieben.

»Hilfe!«, schrie sie voller Panik und zappelte wild in der Hoffnung, sich aus dem Griff befreien zu können. Die schmerzenden Handgelenke ignorierte sie.

»Ferodil! Miranee!«, kreischte sie hysterisch. Tränen standen ihr in den Augen und begannen ihr übers Gesicht zu kullern, um sich im nächsten Moment voll Scham im Waldboden zu verkriechen. Je mehr sie zappelte, desto fester hielten die Jungenhände sie zurück.

»Halt dein Maul und lieg endlich still!«, herrschte der Kerl über ihr sie an. Lisbee spürte kaltes Metall an ihrer Gurgel. Eine scharfe Klinge drückte sich dagegen. Dazu bereit, sich in ihre zarte Haut zu schneiden. Wie sie aus dem Augenwinkel erkennen konnte, hielt der Kerl ihr sein Jagdmesser an den Hals.

»Sonst schlitze ich dich auf!«

Schlagartig stellte Lisbee ihre Gegenwehr ein. Reglos verharrte sie und starrte auf die schwarzen Zähne, die das gehässige Grinsen nun wieder ans Tageslicht brachte.

In Lisbee stieg vor lauter Panik Hitze auf. Sie fürchtete, dass sie das, was auch immer nun geschehen sollte, einfach über sich ergehen lassen musste, oder ihr Leben verlor. Sie wagte es nicht mehr, sich zu rühren. Und doch verspürte sie weiterhin diesen unbändigen Drang, sich zur Wehr zu setzen. Ihr fiel nur kein Weg ein, ohne dabei durch die Klinge aufgeschlitzt zu werden und hier mitten in der Wildnis jämmerlich zu verbluten. Sie fühlte sich so hilflos, schwach und machtlos. So ausgeliefert.

Der Dicke strahlte zufrieden. »Na bitte, es geht doch, Kleines. Ich wusste doch, wir können uns schon irgendwie einig werden.«

Weitere Hitzeschübe durchfuhren Lisbees Körper, der wie erstarrt auf der kalten Erde ausharrte. Sie schloss die Augen.

Ihr Götter, lasst die Hitze in mir ein Feuer sein und die beiden einfach verbrennen.

Kaum zu Ende gedacht, bemerkte sie, wie das Heiß pulsierend aus der Mitte ihres Körpers in Richtung ihrer Hände wanderte. Ihre Finger umklammerten instinktiv die Handgelenke des jungen Mannes, der sie festhielt.

Lisbee spürte plötzlich ein starkes Kribbeln in ihren Handflächen, ähnlich dem, welches sie von eingeschlafenen Armen kannte, wenn das Blut endlich wieder durch die Adern schoss. Und tatsächlich schoss ihr die Hitze über die Arme bis in die Fingerkuppen.

Der Junge heulte laut auf vor Schmerzen und versuchte sich nun seinerseits loszureißen. Doch Lisbees Finger krallten sich fest, ließen ihn nicht entkommen. Es begann nach verbranntem Fleisch zu stinken und sie ließ ihn los. Olf wich zurück und stolperte rückwärts gegen einen Baumstamm. Ihm stand die nackte Angst ins Gesicht geschrieben. Sein Mund stand offen und schrie noch immer, während seine Augen sich nicht vom grausigen Anblick seiner Unterarme zu lösen vermochten. Auch Lisbee starrte die tief eingebrannten Handabrücke an. Jeden einzelnen ihrer Finger konnte sie ausmachen. Sie alle hatten sich durch die Haut gefressen und tiefe Furchen hinterlassen. Ungläubig staunte sie über ihr Werk. Sie konnte es selbst nicht glauben. Die Götter mussten ihr geholfen haben.

Arnulfs Auge weitete sich. Ungläubig stammelte er: »Das ist doch nicht möglich.« Sicher bereute er inzwischen, sein Messer zuvor siegessicher beiseitegelegt zu haben, um mit beiden Händen zupacken zu können.

Noch bevor er sich bewegen und nach dem Messer fassen konnte, packten Lisbees Hände sein Gesicht. Zischend brannten sich ihre Handflächen tief in seine fettige Schwarte ein. Haare, Haut, Fleisch; nichts konnte der Gluthitze widerstehen. Ein bestialischer Gestank drang Lisbee in die Nase. Trotzdem roch es besser als der faulige Atem von Einauge. Es roch nach Rettung und Freiheit. Arnulfs schmerzverzerrtes Gebrüll ertönte in ihren Ohren. Doch Lisbees Griff lockerte sich nicht. Er verstärkte sich, je verkrampfter der Kerl sich ihr zu entziehen versuchte.

Zu ihrem eigenen Erstaunen erlitt Lisbee selbst keine Verbrennungen, sondern spürte lediglich ein immer weiter anschwellendes Kribbeln in ihren Handflächen, welches sich bis zu den Fingerspitzen ausbreitete und entlud. Es kam Lisbee vor, als fokussierte sich all ihre Körperwärme auf ihr Opfer. Als gefröre ihr eigenes Blut zu Eis.

In seiner Verzweiflung tastete Arnulf hektisch nach seinem Messer, fand es schließlich und versuchte auf Lisbee einzustechen. Lisbees Griff lockerte sich, entließ das geschwärzte Antlitz jedoch nicht vollends. Ihr Oberkörper drehte sich so gut es ging aus der Stoßrichtung. Die Klinge schnitt sich in ihren linken Oberarm. Aus Furcht vor weiteren Stichen ließ sie von ihrem Opfer ab, wand sich unter Arnulfs Schoß hervor und versetzte ihm einen Tritt, der ihn zurückstraucheln ließ. Der Verbrannte sprang auf und stürmte, ohne an seinen Kameraden oder seinen Bogen zu denken, vor Schmerzen brüllend in den Wald. Er blickte nicht einmal mehr über die Schulter zurück.

Lisbee schaute sich angespannt um und suchte die Umgebung ab. Ihre Sicht drang nicht weit durch das Laub. Auch vom Pickelgesicht fehlte jede Spur.

Keuchend sank sie in sich zusammen und starrte fassungslos auf ihre Handflächen. Nicht einmal eine kleine Brandblase konnte sie entdecken. Ihre Haut sah völlig unversehrt aus. Nichts als die bekannten Schwielen von der harten Arbeit fanden sich.

Die Hitzewallungen ließen nach und das Kribbeln endete fast schneller, als es gekommen war. Nur ihr Puls fand nicht zur Ruhe.

»Bei den Göttern! Was … was war das?«

Ein stechender Schmerz machte sich in ihrem linken Arm breit. Erst jetzt fiel ihr die blutende Wunde wieder ein. Sie presste reflexartig ihre rechte Hand darauf. Ein pulsierender Schmerz folgte als Gegenreaktion und ließ sie zusammenzucken. Lisbee ließ los, sah genauer hin. Erleichtert stellte sie fest, dass der Schnitt nicht tief ins Fleisch reichte. Ein einfacher Verband würde genügen, wusste sie aus ihrer Zeit bei Cynthia.

»Ihr Götter, warum musste das alles nur so kommen? Warum kann ich nicht einfach wie an jedem Tag bei Cynthia sein und mit ihr gemeinsam den Menschen aus dem Dorf helfen?«

Plötzlich wurde ihr übel und leicht schwarz vor Augen. »Oh nein, bitte nicht jetzt …«

»Lisbee!«, erklang eine vertraute Stimme hinter ihr und hauchte ihr neue Kraft ein. Ihr Kopf wirbelte in die Richtung des Rufers. Ihr Bewusstsein erstarkte vor Freude.

»Ferodil! Mira! Wo wart ihr denn? Ich habe überall nach euch gesucht.«

Freudentränen ergossen sich auf Lisbees Gesicht, als sie ihre Gefährten durch die Hirschkuhschneise auf sich zueilen sah. Miranee erreichte das Mädchen zuerst und stupste sie tröstend mit der Nase an.

Für den Hauch eines Herzschlags sah Lisbee das Gesicht einer jungen Frau vor sich. Ein Antlitz, so unbeschreiblich schön und ihr doch gänzlich unbekannt, umrahmt von schwarzem, lockigem Haar. Spitze Elfenohren lugten aus den Locken heraus. Bernsteinfarbige Augen schauten sie betroffen an. So fremd das Gesicht Lisbee auch erschien, so überkam sie doch das Gefühl, es wäre ihr in irgendeiner Form zutiefst vertraut. Bevor sie es sich noch genauer anschauen konnte, verschwand es zu ihrem Bedauern schon wieder und Mira hechelte ihr ins Angesicht. Lisbee tat das Gesehene als Einbildung ab, schob es auf ihre Verwirrung angesichts der Geschehnisse. In Anbetracht der furchtbaren Ereignisse, die sich gerade zugetragen hatten, erschien ihr das als die beste Erklärung für dieses Trugbild.

Ferodil gelangte an ihre Seite und kniete neben ihr nieder. »Du bist verletzt!«, erschrak er, und Lisbee meinte, ernsthafte Sorge in seinem Gesicht zu erkennen. Sie fühlte sich geschmeichelt.

»Ich wurde …«

»Wir haben dich schon vermisst, kurz nachdem du in den Wald gegangen warst. Dein Erleichtern hat ungewöhnlich lange gedauert«, wurde sie von dem Elfen unterbrochen. Überraschenderweise hörte sie keine Schelte aus seinen Worten heraus. Seine Augen suchten sie nach weiteren Verletzungen ab. Erleichtert atmete er aus, als er keine finden konnte.

»Wo warst du? Was ist passiert? Wir haben nach dir gesucht und hörten einen Heidenlärm. Nun sitzt du hier mit einer blutenden Wunde am Arm.«

»Zwei Räuber … ich habe sie … na ja … ich habe sie angebrannt«, fasste Lisbee stockend zusammen.

»Räuber? Wir müssen sie finden und … ähm … zum Schweigen bringen. Sie dürfen uns nicht verraten.«

Ferodil wollte gerade aufspringen und die Verfolgung aufnehmen. Lisbee hielt ihn am Arm zurück. »Bitte bleib bei mir.« Flehend schaute sie in seine Eisaugen, so wie es nur Hunde bei ihrem Herrchen vermögen.

Schließlich gab er nach und seine Muskeln entspannten sich: »Lass mich deine Wunde versorgen.«

Ohne ein Wort der Warnung trennte der Elf mit seinem Messer etwas Stoff aus Lisbees Kleidersaum heraus und machte sich daran, den Fetzen um ihren Arm zu binden.

»So doch nicht!«, empörte sich Lisbee. »Der Stoff ist viel zu schmutzig und meine Wunde wird sich ganz sicher entzünden, wenn du das Ding darauflegst. Dann kannst du sie auch gleich so offen bluten lassen, wie sie ist.«

Fragend blickte er ihr ins Gesicht: »Was schlägst du dann vor?«

»Du musst etwas von dem Moos da unter den Verband legen. Das unterstützt die Heilung. Das habe ich von Cynthia gelernt.«

Der Elf nickte knapp und huschte zu der moosigen Stelle, um etwas von dem Gewächs aus dem Erdreich zu lösen. Lisbee sah ihm nach. Zum ersten Mal fühlte sie sich nicht als unnützer Ballast in ihrer kleinen Gruppe. Sie wusste, wie man heilen konnte und ihre Fähigkeit kam zum Einsatz.

Ihr Herz schlug wild vor Freude über die offenkundige Besorgtheit des Elfen. Vielleicht lag es auch am gerade Erlebten. Sie wusste es nicht genau. Es spielte für den Augenblick auch keine Rolle.

In Windeseile kehrte Ferodil zurück und legte das feuchte Grün auf. Lisbee verzog das Gesicht, während der Schmerz sich wieder stärker in ihrem Arm ausbreitete. Doch sie gab keinen Laut von sich. Auch nicht, als Ferodil das herausgetrennte Stoffstück wie einen Verband darum wickelte und fest verknotete.

Miranee, die in der Zwischenzeit mit der Nase am Boden um beide herumgetrottet war, kam zu Lisbee und legte ihr den verlorenen Dolch in den Schoß. Vorsichtig ließ sie die Waffe aus ihrem Maul gleiten.

»Danke«, murmelte Lisbee in Richtung der Fähe und strich ihr mit der rechten Hand über den Kopf. Dieses Mal erschien ihr kein Gesicht vor Augen. Ihre Meinung, sie hätte sich vorhin alles nur eingebildet, verfestigte sich.

Ferodil reichte ihr die Hand und half ihr auf die Beine. »Wenn du bereit bist, brechen wir sofort auf. Sollten diese Männer weitere Kumpane haben, werden sie vielleicht schneller zurückkehren, als es uns lieb ist. Geht es dir ansonsten gut?«, erkundigte er sich mit fester Stimme. Seine Pupillen durchbohrten sie fast.

Lisbee antwortete fast schüchtern: »Ja, mir geht es gut.«

»Du wirst nie wieder allein in den Wald gehen, Kind. Haben wir uns verstanden? Du hättest sterben können! Wenn ich das gewollt hätte, hätte ich dich in Schmalwasser lassen können!« Der Elf schimpfte also doch noch. Seine Stimme klang erbost und besorgt zugleich.

Lisbee nickte nur und traute sich nicht, ihren Kopf zu heben, denn sie wusste selbst am besten, was alles hätte passieren können. Stattdessen starrte sie wie ein kleines Mädchen auf den Waldboden zu ihren Füßen.

»Unterwegs erklärst du mir bitte ausführlich, was du vorhin mit verbrannt meintest«, fügte Ferodil schon etwas versöhnlicher an und sah sie nun eher neugierig denn verärgert an, wenn Lisbee seine Mimik richtig deutete.

»Aber nun lass uns aufbrechen. Wir können nicht noch mehr Unannehmlichkeiten auf unserem Weg gebrauchen. Vergiss nicht: Wir wollen doch keine Aufmerksamkeit erwecken! Sonst findet man uns schneller als eine dreifarbige Katze in einem eurer kleinen Menschendörfer.«

Seine Worte trafen Lisbee unerwartet hart. Der Stolz darüber, sich in dieser brenzligen Lage selbst geholfen zu haben, wenngleich sie nicht wusste, wie sie es fertiggebracht hatte, zerfiel wie ein Haufen Stroh im Herbstwind, als Ferodil ihr die möglichen Folgen ihrer Tat so deutlich vor Augen führte. Ein Mädchen, das mit bloßen Händen Haut zu verbrennen vermochte. Eine solch unglaubliche Geschichte musste sich zwangsläufig herumsprechen wie ein Lauffeuer. Und das im wahrsten Sinne des Wortes.

Güldwurz

Ferodil

»Bei den Göttern, mein Arm brennt wie Feuer, Vater. Ich fühle mich so müde. Können wir nicht hier irgendwo unser Nachtlager aufschlagen? Ich kann nicht mehr weitergehen.«

Der Elf drehte sich um, schaute Lisbee ins Gesicht. Sie klang, wie sie aussah: völlig abwesend.

»Wie hast du mich gerade genannt?« Er runzelte die Stirn. Das klang nicht gut, überhaupt nicht gut. Das Kind brauchte dringend Hilfe.

Die Sonne stand im Zenit am Himmel. Schweiß stand dem Mädchen auf der Stirn. Blass und schwach sah sie aus. Glasige Augen flehten ihn an, eine Pause einzulegen, dabei waren sie noch nicht weit gekommen. Er hatte befürchtet, dass genau das passieren würde. Schon am Morgen hatte sie ausgesehen wie der wandelnde Tod.

»Du hast Fieber, Lisbee. Setz dich hin. Ich will mir deine Wunde ansehen.« Für einen normalen Wundbrand verschlechterte sich der Zustand des Mädchens viel zu schnell. Der Kratzer war gerade einmal zwei Tage alt und die junge Odengarderin drohte bereits, daran zu verrecken. Er wusste sich keinen Rat.

Die Verwundete sackte im knöchelhohen Gras zusammen. Sie atmete schwer.

Ferodil eilte an ihre Seite, kniete sich neben sie und entfernte den mit Blut und Eiter durchtränkten Verband. Angewidert rümpfte der Elf die Nase. Es stank entsetzlich nach Verwesung.

»Die Entzündung verschlimmert sich von Stunde zu Stunde. Du brauchst dringend einen Heiler.« Er bemühte sich, ruhig und gelassen zu klingen, um keine Panik zu verbreiten. Dennoch fiel es ihm schwer, den grässlichen Anblick nicht in seinen Worten mitschwingen zu lassen.

»Ich bin eine angesehene Heilerin«, protestierte sie mit kraftloser Stimme. »Du musst mir noch etwas von dem Güldwurz geben. Ich wusste doch gleich, dass wir die Blüten mitnehmen sollten. Hast du noch welche?«

Ferodil stockte. Er verstand ihr leises Gefasel kaum. »Ich hätte dir überhaupt nichts davon geben dürfen. Du fantasierst schon.«

»Die Pflanzen, die wir auf der Straße nahe Schmalwasser gefunden haben.« Lisbees Stimme klang trocken und heiser.

»Hörst du mir überhaupt zu, Kind?« Ferodil nahm seinen Trinkschlauch und öffnete ihn. »Hier, trink etwas. Du fieberst. Du musst viel trinken.«

Der Elf half ihr, sich aufzurichten, hielt ihr den geöffneten Lederbeutel an den Mund. Gierig ließ sie das Wasser in ihren Rachen laufen. Sie verschluckte sich und hustete. Er klopfte ihr auf den Rücken.

»Danke, mein Retter«, schnappte sie nach Luft. »Hast du die Blüten noch, Vater?«

Skepsis breitete sich in ihm aus wie eine Blutvergiftung. Sie sah nicht aus, als weilte ihr Geist im Hier und Jetzt. Beklommen griff er in die Tasche seines Rucksacks. »Ich habe noch etwas von dem vertrockneten Kraut. Aber ich bin mir nicht sicher, ob ich dir mehr davon geben sollte.« Ein schwerer Geruch ging von den knittrigen Blüten aus, benebelte ihm die Sinne, ohne dass er sie sich näher unter die Nase halten musste.

Lisbee griff nach einer, bevor er seine offene Hand wegziehen konnte. Sie steckte die Blüte blitzschnell in den Mund, kaute darauf herum und verzog angewidert das Gesicht.

Stöhnend forderte sie: »Du musst damit einen Sud aufkochen und den Verband darin tränken.«

Miranee fiepte. Sie klang ängstlich. Aus ihrem Gesicht las Ferodil die gleiche Sorge, die auch er selbst verspürte. Es war offensichtlich, dass die Heilkunst des Mädchens nicht ausreichen würde, sie noch lange am Leben zu erhalten. In ihrem Geisteszustand erst recht nicht. Von seinen eigenen begrenzten Fähigkeiten ganz zu schweigen.

Lisbees Augen rollten zurück, bis das Braun ihrer Pupillen verschwand und nur doch das Weiß aus den Höhlen leuchtete. Sie verlor das Bewusstsein.

Ferodil packte sie an den Schultern und schüttelte sie. »Bleib wach, Lisbee. Du darfst jetzt nicht einschlafen. Hörst du? Wach auf!«

Selbst Miranee stupste ihr mit der Schnauze ins Gesicht.

Sein Schütteln steigerte sich mit jedem Herzschlag. Plötzlich riss sie die Augen auf und schaute ihn verwundert an. »Wo bin ich hier, Vater? Ich habe dich so vermisst in all den Jahren. Warum haben du und Mutter mich fortgeschickt?«

»Dem Schicksal sei Dank«, entfuhr es Ferodil. »Versprich mir, dass du dagegen ankämpfst. Hörst du? Du darfst nicht einschlafen.«

»Ja, Vater, ich verspreche es.« Lisbees Stimme klang nur noch wie ein zerbrechlicher Hauch ihrer selbst.

Viel Zeit blieb ihm nicht mehr. Das hätte selbst ein blinder Ork erkannt. Hastig schwang er sich den Rucksack auf den Rücken und griff nach Lisbees gesundem Arm. In einer fließenden Bewegung zog er sie zu sich herauf und umklammerte ihre Beine mit dem anderen Arm.

»Was tust du da? Lass mich wieder herunter. Ich kann laufen. Meine Beine sind nur etwas schwer. Es geht bestimmt gleich wieder.«

»Ich trage dich. So kommen wir schneller voran.«

»Wohin bringst du mich, Vater?«

»Zu jemandem, der dir helfen kann. Ich hoffe nur, es ist noch nicht zu spät. Und nenn mich nicht Vater.«

Ferodil marschierte los. Miranee eilte voraus.

»Ja, Vater.«

Arnulfs Rache

Lisbee

»Es steht nicht gut um das Menschenkind. Ihre Stirn glüht regelrecht. Ihr Arm ist stark entzündet. Der Tod streckt bereits seine kalten Finger nach ihr aus. Es erscheint mir fast unmöglich, sie zu retten, wenn du mich fragst, Ferodil.« Der Fremde fasste seinen Befund schonungslos zusammen. Er verstand sein Handwerk. Denn genau so, wie er es beschrieb, so fühlte sich Lisbee auch. Wie in Trance lag sie im Bett des Fremden und lauschte abwesend den Worten des Alten mit dem langen, weißen Haar. Dabei bekam sie mehr mit als noch vom Marsch hierher, an den sie sich kaum erinnern konnte. Zumindest erkannte sie wieder, dass es nicht ihr Vater war, der ihr geholfen hatte. Die Wirkung des Güldwurz musste wohl verflogen sein.

Ferodil hatte sie zu ihm gebracht. Er hatte sie getragen, ständig angetrieben von Miras aufgeregtem Fiepen. Immer wieder hatte Lisbee auf dem Weg hierher das Bewusstsein verloren. Die Wölfin schien das registriert zu haben, wirkte jedes Mal besorgt, wenn Lisbee die Augen wieder öffnete. Oder lag es am Fieber und sie bildete sich das alles nur ein? Sie vermochte es nicht zu unterscheiden.

Als sie an dem Riesenbaum angekommen waren, wusste Lisbee erst nicht, was sie hier wollten und wer sie hier mitten in der Einöde wohl heilen könnte. Auch wenn sie, trotz ihrer glasigen Augen, den riesigen Oake, einen äußerst seltenen Baum der Götter, schon aus weiter Ferne erkannt hatte. Dessen Blätterdach ragte, inmitten eines Meeres aus Blumen, fast bis in den Himmel. So vermochte sie sich beim besten Willen nicht vorzustellen, warum ausgerechnet ein Elf hier nach Hilfe suchen sollte. Elfen glaubten für gewöhnlich nicht an Götter und Ferodil mit Sicherheit nicht, so wie sie ihn einschätzte. Und dennoch brachte er sie an diesen hochheiligen Ort, in dessen Mitte der Riesenbaum, der einer Eiche ähnelte, majestätisch seine Äste ausstreckte. Kein anderer Baum oder Busch wuchs in einem Abstand von weniger als mindestens zweihundert Schritten um ihn herum. Fast so, als würden die hölzernen Pflanzen ehrfürchtig einen großen Kreis um ihn herum bilden. Doch Lisbee fühlte sich schon auf dem Weg hierher zu schwach, um das prachtvolle Werk der Natur im Detail zu bewundern. Wie ein nasser Sack hing ihr schlaffer Körper in den Armen Ferodils. Sie interessierte sich nicht mehr dafür. Sie hörte die Götter nach ihr rufen. An diesem Platz kam es ihr lauter vor als an irgendeinem anderen Ort, den sie kannte. Sie fühlte sich bereit, dem Ruf zu folgen.

Bis genau zu diesem Baumstamm, so dick, dass es dutzende Männer und Frauen gebraucht hätte, um ihn zu umarmen, hatte Ferodil sie getragen. Lisbee hatte vor Erschöpfung kaum noch mitbekommen, wie sich in der knorrigen Rinde wie von Geisterhand ein Spalt auftat.

Sie registrierte nur beiläufig, wie Ferodil mit ihr im Arm hinein ins Dunkel trat und es plötzlich unter ihnen zu rütteln begann. Es fühlte sich an, als träumte sie das alles nur. Schließlich waren ihr die Augen vor Entkräftung zugefallen.

Als Lisbee erwachte, fand sie sich in diesem Bett mit der Strohmatratze wieder und lauschte der Unterhaltung zwischen dem Fremden und Ferodil, der für seine Verhältnisse äußerst besorgt klang, und sah sich dennoch nicht im Stande, dem Sinn der Worte zu folgen. Alles hörte sich so unendlich weit weg an. Sie spürte nicht einmal Miranees warmes Fell, die sich am Fußende des Bettes niedergelassen hatte und die sie nicht aus den Augen ließ.

Lisbee war alles um sich herum egal. Ihre Glieder fühlten sich schlaff an, als wäre durch den Schnitt in ihrem Arm alle Kraft aus ihren Gliedmaßen entwichen. Ein wohliges Gefühl verhieß ihr, dass sie Cynthia bald wiedersehen würde. Im Himmel bei den Göttern wartete sie sicher schon sehnsüchtig auf ihre Ziehtochter und Schülerin, die die Zeichen des nicht einsetzenden Heilungsverlaufes trotz ihres Fieberwahns richtig zu deuten wusste und ihren eigenen Tod schon vor zwei Tagen kommen sah. Verschwommen erfasste sie die Silhouette ihrer Lehrmeisterin, die ihr zuzuwinken schien. Sie gab dem Verlangen nach und schloss sanft ihre Augenlider. Nur die Stimmen der beiden Elfen und der stechende Schmerz in ihrem Oberarm hielten sie davon ab, der winkenden Gestalt zu folgen.

Die Worte drangen laut in Lisbees Kopf ein, hielten sie zurück im Hier und Jetzt.

»Du sagtest, sie wurde im Kampf mit Banditen verletzt?«

»Ja, warum? Du wirst sie doch wieder hinbekommen, oder, Rohlaan?«, fragte Ferodil. Lisbee nahm die hörbare Sorge in dessen Stimme wahr. Sie öffnete die Augen. Für ein Lächeln fehlte ihr die Kraft.

»Dann ist es nicht verwunderlich, dass ihre Behandlung mit dem Moos und dem Güldwurz nicht angeschlagen hat.« Die Stimme gehörte diesem Rohlaan.

»Was meinst du?«, drängte Ferodil zu erfahren, während der andere Elf bereits eilig verschiedene Tinkturen aus einem seiner vielen Regale heraussuchte.

Er rührte geschwind einen Saft an, stützte Lisbees Kopf etwas nach oben, wies sie ruhig, aber bestimmt an: »Trink das. Es lässt dich schlafen und lindert die Schmerzen in deinem Arm. Ich werde mich um deine Wunde kümmern, so gut ich es vermag. Doch versprechen kann ich dir zu meinem Bedauern nichts, mein Kind.« Seine Hand strich ihr sanft durch das verklebte Haar. Er roch nach allerlei Kräutern. Auch aus der Nähe wirkte er alt. Viel älter als fünfzig Menschenjahre und dennoch nicht gebrechlich.

Lisbees Lippen formten ein müdes Lächeln. Der Inhalt des Bechers rann ihr in den Rachen. Das Getränk schmeckte leicht süßlich. Seine Worte klangen jedoch bitter in ihren Ohren, bestätigten sie doch genau das, was sie ohnehin wusste. Es dauerte nicht lange und ihre

Augen fielen erneut zu. Sie fühlte sich zu schwach, um die Lider offenzuhalten. Ihr blieb nichts Anderes übrig, als zu lauschen und hin und wieder zu blinzeln.

Ferodil erkundigte sich: »Warum kannst du nichts versprechen, alter Freund? Du hast doch schon so manchen Wundbrand geheilt.« Er klang mehr als besorgt.

Dann verließen Lisbee die Kräfte, ihre Augenlider klappten zu und sie verlor ihr Bewusstsein.

Ein Funkeln in den Augen

Ferodil

»Dies ist keine gewöhnliche Verwundung, Ferodil.«

Lisbees Begleiter ahnte es und doch wollte er es nicht glauben. Dabei vernahm er es aus dem Munde des besten Heilers, den er je getroffen hatte. »Warum nicht? Was ist mit ihr?«

»Du magst das Land kennen, Ferodil, aber nicht die Leute, die darin leben, wie mir scheint«, resümierte Rohlaan und zog ein Gesicht als ob eine Dürre bevorstand, die die Ernte des ganzen Landes bedrohte. »Die Räuber in dieser Gegend beträufeln ihre Klingen gern mit der Stillen Rache, wie sie es nennen.«

»Womit?« Ferodil runzelte die Stirn.

»Es handelt sich dabei um das Gift der Perlmuttviper, die man hier in Odengard recht häufig vorfindet. Wenn man die Wunde nicht frühzeitig und vor allem mit dem richtigen Gegengift versorgt, endet das für den Betroffenen zumeist mit einem langsamen und schmerzhaften Tod. Auf diese Weise versuchen die hiesigen Räuber nur allzu gern, ihren Nachteil in der Bewaffnung gegenüber den Schergen des Königs auszugleichen.«

»Das klingt nicht ehrenhaft«, ereiferte sich Ferodil.

»Handelten Banditen jemals mit ehrenhaften Absichten? Ich dachte, du wüsstest nur zu gut, wie ein Bandit zu denken, alter Freund.«

»Du hast recht« Ferodil räusperte sich und wich dem Augenkontakt mit dem Alten aus wie ein Kind, das auf frischer Tat beim Marmeladenaschen, erwischt wurde.

Der Heiler beließ es dabei und deutete mit einem Nicken in Richtung des Bettes. »Wie heißt das arme Kind eigentlich?«

»Lisbee. Bitte, Rohlaan, du musst ihr Leben retten. Koste es, was es wolle. Sie ist vielleicht die letzte Hoffnung, die Mira und mir noch bleibt.«

Dem in strahlendes Weiß Gewandeten schwangen die Bitterkeit und das Flehen in Ferodils Stimme entgegen. Es war nicht zu überhören. Der Heiler starrte ihn an. »Ist sie etwa …?«

Ferodil unterbrach ihn, bevor er seinen Satz zu Ende führen konnte: »Ja, sie ist magisch hochbegabt. So sehr wie schon seit Ewigkeiten kein Menschenkind mehr, nur weiß sie ihre Kräfte noch längst nicht einzusetzen. Im Kampf gegen die beiden Banditen hat sie wohl eher zufällig einen Feuerzauber eingesetzt. Wahrscheinlich hat ihr Körper aus Angst diese Fähigkeit entdeckt.«

Der alte Elf hörte auf, Salbe auf Lisbees Wunde zu reiben. Mit ernster Miene blickte er zu Ferodil auf. »Dann sind wir alle in Gefahr!«

»Was meinst du damit? Wir sind hier bei dir in Gefahr? Das kann nicht sein. Unsere Verfolger müssten sich schon längst viel weiter nördlich befinden. Immerhin besitzen sie Pferde. Ich weiß noch nicht, wie es uns gelingen soll, die Nebelbrücke zu überqueren, wenn wir dort jemals lebendig ankommen sollten. Denn ich habe sie in der Nähe eines Bauerngehöfts belauscht. Sie beabsichtigen, uns am einzigen Übergang nach Mytlaghyr aufzulauern. An der Nebelfurt.«

»Wer verfolgt euch?«, erkundigte sich Rohlaan mit gerunzelter Stirn. Dabei wirkte er auf Ferodil keineswegs unwissend.

»Neun Reiter der Eindringlinge aus dem Süden. Einer von ihnen ist ein Priester. Sie faselten etwas von einer Hexe, die sie brennen sehen wollten.« Ferodils Hand deutete auf die Odengarderin. »Damit meinten sie Lisbee.«

Rohlaan schüttelte den Kopf. »Diese Reiter sind nicht hoch oben im Norden, fürchte ich.« Der Alte sah Ferodil eindringlich an.

»Wie kommst du darauf, alter Freund?« Ferodil zog eine Augenbraue hoch.

»Der kleine Feuerzauber, von dem du mir berichtet hast, hat ein Lauffeuer verursacht. Die Nachricht von der roten Hexe aus dem Wald verbreitet sich wie ein Flächenbrand in der umliegenden Region. Wahrscheinlich haben auch eure Verfolger davon Wind bekommen. Jedenfalls sind sie hier in der Nähe gesichtet worden. Erst vorgestern hat mir ein Bauer aus meiner Nachbarschaft berichtet, wie acht blaue und ein weißer Reiter hier keinen Stein auf dem anderen ließen, während sie nach dem Kind und einem Elfen suchten. Es heißt, sie hätten einen Fährtenleser gedungen, ihnen bei der Suche zu helfen. Wer weiß schon, was sie ihm angedroht haben, falls er ihnen nicht ergeben dienen würde. So denn die

Gerüchte stimmen, mag ich ihnen nicht im Dunkeln begegnen. Eroberer eben.« Rohlaan zuckte mit den Schultern.

»Wurde auch von einem Mann mit blauem Umhang auf einem schwarzen Hengst berichtet?« Ferodil versuchte Gewissheit zu erlangen, obwohl diese im Grunde bereits unausweichlich auf der Hand lag.

»Ja, in der Tat! Er soll der Anführer der Bande sein«, bestätigte Rohlaan. »Ihr seid hier nicht sicher, Ferodil. Über kurz oder lang werden sie eure Spuren finden. Das weißt du sicher noch viel besser als ich.« Der Alte sah dem jüngeren Elfen auffordernd ins Gesicht. Die Falten auf seiner Stirn entstammten in diesem Moment gewiss nicht seiner unermesslichen Lebensspanne, sondern seiner Sorge um die Sicherheit aller Anwesenden und natürlich auch seiner Behausung.

»Du sorgst dich um deinen Baum. Für die Südländer gilt er als heidnisch. Schon allein deshalb, weil die Odengarder ihn als Verbindung zu ihren Göttern betrachten. Nicht wahr?«

Rohlaan nickte. »Du weißt, wie viel mir dieser Ort bedeutet. Um eure Sicherheit sorge ich mich ebenfalls.«

»Ich versichere dir, ich wusste nicht, dass sie uns so dicht auf den Fersen sind. Schon wieder komme ich unter schlechten Vorzeichen zu dir.« Betreten senkte Ferodil den Blick zu Boden.

»Bist du jemals unter guten Zeichen zu mir eingekehrt, mein alter Freund?« Der Alte lächelte gutmütig und legte eine Hand auf Ferodils Schulter.

»Verzeih mir, Rohlaan, ich wollte den Tod nicht vor deine Haustür führen. Wie viel Zeit benötigst du, um Lisbee wieder auf die Beine zu bekommen?«

»Etwa eine Woche, besser zwei, um sie halbwegs reisetauglich zu bekommen. Um vollends zu genesen, benötigt die Kleine mehr Zeit. Vorausgesetzt natürlich, sie übersteht die nächste Nacht. Nur leider wird sie diese Zeit nicht bekommen. Jeden Moment könnten uns die Südländer aufspüren. Dann waren all deine und auch meine Bemühungen vergeblich.«

Ferodil stellte seinen Rucksack ab, den er noch immer auf dem Rücken geschnallt trug. »Versorge das Mädchen so gut es dir möglich ist. Ich wüsste keine geschickteren Hände, denen ich sie anvertrauen könnte.«

»Was hast du vor, alter Freund? Ich sehe ein Funkeln in deinen Augen. Das verheißt nichts Gutes.« Der Greis ahnte es sicher bereits, so wie er dreinschaute.

Mit einer Stimme, die keine Widerrede duldete, antwortete Ferodil: »Ich bin überzeugt, wenn ich mich den Südländern persönlich vorstelle, wird dir das ein wenig mehr Zeit verschaffen, Lisbees Wunden zu heilen.«

Zügig ging der aufbruchbereite Elf zum Bett, in dem das schlafende Mädchen lag, und beäugte sie voller Sorge. Dann beugte er sich zu Miranee, die aufgeregt zu winseln begann: »Pass gut auf sie auf. Rohlaan wird ihr helfen, also lass ihn gewähren. Beschütze auch ihn. Hast du mich verstanden?«

Die Fähe erwiderte seinen entschlossenen Blick. Ferodil konnte sich nicht genau erinnern, wann er das letzte Mal bei Rohlaan Zuflucht gesucht hatte. Der Alte kannte die Wölfin jedenfalls noch nicht persönlich.

Er trat an den Heiler heran. »Kannst du mir auf einer deiner Karten zeigen, wo die Reiter zuletzt gesichtet wurden?«

Der Alte löste sich aus seiner offenkundigen Bewunderung für die anmutige Wölfin und räusperte sich. »Ähm … ja, natürlich.« Er bewegte sich zu einer kleinen Karte an der Wand, in der auch die Öffnung seines Aufzuges klaffte. Der Schacht zog sich mitten durch den schier endlosen und doch kerzengeraden Stamm des uralten Baumes. Nach einem kurzen Augenblick legte er den Zeigefinger auf das Pergament: »Hier wurden sie wohl zuletzt gesehen, soweit ich gehört habe.«

Ferodil betrachte einige Augenblicke lang stumm die Karte und prägte sich die markantesten Punkte ein. Anschließend legte er dem alten Bekannten seine Hand auf die Schulter. »Sorge dich nicht um mich. Wir sehen uns schon bald wieder. Ich bitte dich nur, dein Bestes und nicht weniger als das zu geben, um Lisbee zu retten. Zum Ausgleich verspreche ich, mein Bestes und nicht weniger zu geben, um die Gefahr von deinem Haus hinfort zu führen.«

Bevor der Alte antworten konnte, huschte Ferodil schon in den Aufzug und betätigte den Hebel, der das Gefährt in Gang setzte. Er trug lediglich seinen Umhang, sein Kurzschwert, den Trinkschlauch sowie Pfeil und Boden bei sich. Ein klares Zeichen dafür, dass er vorhatte, in eiligem Tempo zu reisen.

Miranee heulte leise auf, während sich das Konstrukt in Bewegung setzte.

»Dann mache ich mich nun mal daran, dich durch die nächste Nacht zu bringen«, hörte Ferodil den Alten murmeln.

Schon viel zu nah

Ferodil

Ferodil kauerte nun schon seit mindestens zwei Stunden in der Dunkelheit und behielt das lodernde Lagerfeuer im Auge. In der Finsternis der Nacht hielt er sich hinter einer Böschung verborgen. Das dichte Blattwerk von Haselnusssträuchern bot ihm zusätzliche Deckung. Der Wind trug den Geruch von knusprigem Fasanenbraten in seine Nase. Das Aroma des brutzelnden Fleisches erinnerte seinen darbenden Magen daran, wie lange er nun schon nicht mehr ordentlich gegessen hatte. Knurrend begehrte das Organ in seinem Bauch auf und verlangte danach, zumindest eine der Keulen zu stehlen. Es stellte sich nur die Frage, wie er es angehen sollte. Die einzige Antwort, die sein leerer Bauch bekam, blieb das Krächzen eines einsamen Käuzchens. Selbst ihm, dem Meisterspion, fiel keine Möglichkeit ein, ungesehen zum Spieß zu schleichen, der über dem Feuer hing. Doch deshalb kauerte er auch nicht hier.

Um das Feuer herum saßen zehn Menschen. Geselligkeit strömte von ihnen aus. Sie spielten Karten, unterhielten sich so laut, dass es Ferodil nicht schwerfiel, sie zu belauschen und sie aßen gemeinsam. Drei von ihnen fielen seinen Elfenaugen besonders auf.

Der Erste, ein in Weiß gekleideter Jüngling mit einer rundgeschorenen Glatze. Der Zweite, ein Kerl mit blauem Umhang, den alle nur Baron nannten. Es bestand kein Zweifel: Vor seinen Augen speisten die gesuchten Soldaten.

Der Dritte hingegen, ein Mann mittleren Alters, fiel ihm deshalb auf, weil er nicht recht in das Gesamtbild dieser Reiterschar passte. Weder trug er eine Rüstung oder besaß eine Waffe, noch kleidete er sich in das Blau der anderen. Stattdessen wirkte er eher wie ein zerlumpter Fremdkörper unter den südländischen Invasoren. Er trug abgewetzte Lederkleidung. Insgesamt sah er mitgenommen und ungepflegt aus.

Bei seiner letzten Begegnung mit ihren Verfolgern zählte dieser Mann noch nicht zu dem kleinen Trupp.

Was trieb ihn wohl an, sich auf deren Seite zu stellen? So wie er sich hängen ließ, saß er nicht aus freien Stücken inmitten der Runde.

Aus den Gesprächen, die er seit seiner Ankunft belauschen konnte, hörte Ferodil zumindest heraus, weswegen sie den Fremden mitschleiften. Sie nannten ihn Fährtenleser, so wie er es auch selbst vermutete. Ansonsten erzählten die Soldaten belangloses Zeug über Wein und Weiber. Unverhohlen prahlten sie mit Dingen, die sie wohl einer gewissen Isolda angetan hatten. Diesen Namen vernahm der Elf klar und deutlich. Ohne sie zu kennen, erahnte er anhand der Prahlereien, wo sie einst gewohnt haben musste. Noch weitere Namen und Perversitäten drangen an Ferodils Ohren, doch konnte er die betroffenen Personen keinen ihm bekannten Orten zuordnen.

Ein blonder Jüngling, den sie Germain nannten, berichtete mit stolzer Stimme von seinem Mädchen in der Heimat, wofür er Spott und Hohn über sich ergehen lassen musste. Dem Jungen wurde äußerst anschaulich erklärt, wie die Holde es wohl mit der Treue halten würde, nun da er schon ein Jahr bei den Söldnern weilte.

Ferodil kam nicht umhin, dem Mann Respekt zu zollen für seine ehrenhafte Einstellung über die Treue zu seiner Liebsten. Der junge Mann wies fest entschlossen alle höhnenden Kommentare von sich und seiner Angebeteten, um sich fortan aus den Gesprächen zurückzuziehen.

Was auch immer man dem Fährtenleser angedroht hatte, es verfehlte seine Wirkung offensichtlich nicht. Der Kerl führte seinen Auftrag hervorragend aus. Für Ferodils Geschmack war diese Meute von Mördern und Vergewaltigern Lisbee, Miranee und ihm selbst schon viel zu dicht auf den Fersen. Sie kamen ihnen bereits gefährlich nahe! Es war nur eine Frage sehr kurzer Zeit, vielleicht eines Tagesritts, bis sie zu Rohlaans mächtigen Oakenbaum gelangen würden, wenn er diesen angeheuerten Fährtenleser nicht beseitigte. Nur wie? Ein offener Angriff stellte keine ernstzunehmende Option dar. Ein einzelner Elf, bewaffnet mit Pfeil und Bogen, einem Kurzschwert und einem Messer gegen acht kampferprobte, gut bewaffnete und gerüstete Soldaten, einen Priester sowie einen Einheimischen, von dem er keine Hilfe erwarten konnte. Da könnte er sich auch gleich in sein eigenes Schwert stürzen. Die Aussichten auf Erfolg erschienen ihm nicht wesentlich besser als vor kurzem am Schmalwasser.

Für einen Augenblick tauchten wieder die Bilder einer längst vergangenen Schlacht alter Tage vor seinem inneren Auge auf. Erinnerungen, die er nicht sehen wollte, die ihn aber immer wieder heimsuchten. Er drängte sie zur Seite und konzentrierte sich auf das Hier und Jetzt. Ein guter Plan musste her, wenn er Erfolg haben wollte. Sein Blick schweifte umher, suchte nach einem Ansatz, einer Schwachstelle, die er zu seinen Gunsten ausnutzen konnte.

Etwas weiter rechts befanden sich die Pferde. Sie standen in einer Reihe an einem Seil festgebunden. Das Tau spannte sich zwischen zwei Bäumen. Aufgefädelt wie Perlen auf einer Kette, erholten sich die Rösser von den Strapazen des Tagesrittes. Friedlich fraßen sie die zurechtgelegten Grashaufen.

Die Pferde waren der Schlüssel, um sie aufzuhalten. Vielleicht konnte er etwas Chaos verursachen. Am besten raubte er ihnen bei der Gelegenheit auch noch ihre gefährlichste Waffe. Den Fährtenleser. Ohne dessen Hilfe dürften sie der Spur kaum noch folgen können. Warum sollten sie sonst einen fremden Mann anheuern?

Während Ferodil sein Ablenkungsmanöver plante, beobachtete er den blonden Jungen, der sich von seinem Platz erhob und sich zu den Reittieren begab. Der Jüngling schien nur eben nach dem Rechten zu sehen, denn er kehrte alsbald an seinen Platz zurück und setze sich wortlos ans prasselnde Feuer.

Ferodil schlich sich lautlos etwas dichter an die Rösser heran. Bei jedem Schnauben der Tiere hielt er inne. Die Soldaten ließ er dabei nicht aus den Augen. Sie durften ihn auf keinen Fall entdecken.

Er musste Zeit gewinnen. Für Lisbee. Er hoffe nur, Rohlaans Können genügte, um sie zu retten. Der Heiler musste es einfach schaffen. Für Miranee! Eine Möglichkeit wie diese würde sich wohl nicht mehr bieten. Ob die Menschentochter nun daran glauben wollte, oder nicht. Warum hatte er sich nur von ihr überreden lassen, sie allein in den Wald gehen zu lassen? Er hätte sich nicht bezirzen lassen dürfen. Wenn sie ihn doch bloß nicht so sehr an Mira erinnern würde.

Schon beim Blick in Miranees Bernsteinaugen fiel es Ferodil auf unerklärliche Weise schwer, hart zu bleiben und ihr nicht nachzugeben. Wie auch immer es das Menschenmädchen angestellt hatte, sie hatte in diesem einen Moment die gleiche unheimliche Macht über seinen Willen besessen. Allein durch ihre Rehaugen. Noch einmal durfte es ihm nicht so ergehen, wenn es überhaupt noch ein weiteres Mal geben würde.

»Wo willst du hin?«, ertönte eine Stimme. Instinktiv duckte sich Ferodil tiefer ins Dunkel hinter der kleinen Böschung, spähte angespannt zu den Fremden hinüber. Für einen Augenblick hielt er die Luft an.

»Ich muss pissen. Ich laufe euch schon nicht davon.«

Ferodils Muskeln entspannten sich wieder.

»Ich gehe mit«, blaffte ein anderer.

»Nicht nötig. Ich kann meinen Schwanz allein halten.«

Der dunkelhaarige Sprecher erhob sich. Trotz der Entfernung erkannte Ferodil die angespannte Haltung des Muskelberges. Der Feuerschein verlieh ihm ein noch bedrohlicheres Erscheinungsbild. Drohend erhob der Soldat seine rechte Faust. Eilig zog der Fährtenleser seinen Kopf ein.

»Lass es gut sein, Oleg«, mischte sich nun ein grauhaariger Kerl ein.

Die Faust entspannte sich. Die Stimme des Hünen klang weniger zornig. »Ich will ja nur nicht, dass das Arschloch flieht.«

»Er wird nicht fliehen. Er weiß genau, was dann geschieht. Seine Frau und seine Kinder sitzen im Kerker von Faren. Flieht er, wird der Herzog von Faren eine Nachricht von Priester Luzius erhalten. Auch dort muss noch die ein oder andere Hexe verbrannt werden, um den Glauben an den Sonnengott zu verbreiten. Ist es nicht so, Priester Luzius?«

»So ist es, Herr Baron. Welch ein trefflicher Zufall, dass uns der Herzog auf unserem Weg begegnete und sich auf unseren kleinen Handel einließ.«

Der Baron fixierte den Erpressten. »Also merk dir das, du kleiner Mistkerl! Geh pissen und dann setz dich wieder ans Feuer, wenn du deine Familie lebend wiedersehen willst. Sobald du uns an unser Ziel geführt hast, darfst du zu ihnen. Und du Oleg, setz dich endlich wieder hin. Du machst mich ganz nervös.«

»Jawohl, Herr Baron«, brummte der Krieger und setzte sich wieder.

Im Schein des flackernden Feuers muteten die Gesichter des Barons und des Priesters wie verräterische Fratzen an.

Mit hängenden Schultern entfernte sich der Fährtenleser in Richtung der angebundenen Pferde. Etwa mittig zwischen den Tieren und Ferodils Standort kam er mit dem Rücken zum Elfen zum Stehen.

Das war die Gelegenheit! Eine bessere Möglichkeit würde sich Ferodil nicht bieten! Bedauerlicherweise trug er sein grünes Fläschchen nicht bei sich. So blieb ihm nur, den Mann auf andere Weise auszuschalten. Idealerweise durfte der Fährtenleser hinterher nicht mehr in der Lage sein, auch nur irgendjemanden den Weg zu weisen.

Ferodil fasste einen Entschluss. Er schlich lautlos, aber zügig weiter. Vor ihm plätscherte es. Kurz bevor Ferodil den Odengarder erreichte, zog er sein Messer. Ein letzter Blick zum Feuer. Keiner schaute herüber. Geschmeidig wie eine Katze griff Ferodil an. Seine Linke drückte dem Fährtenleser den Mund zu. Die Klinge in der Rechten schnitt sich tief in die Kehle des Fährtenlesers. Ferodil hörte das Blut aus dem Körper sprudeln. Ruhig atmend lauschte er dem leisen Glucksen, hielt sein zappelndes Opfer fest.

»Es tut mir leid für dich, doch jeder Krieg fordert nunmal seine Opfer«, raunte er.

Die Hände des Mannes pressten sich auf die Wunde, als ob eine vage Hoffnung bestünde, die Blutung dadurch zu stoppen. Ferodil umklammerte den Mann.

Die Kraft wich zusammen mit dem Blut aus dem Körper des Fährtenlesers. Ferodil legte den schlaffen Leichnam lautlos ins Gras.

Die Zeit drängte. Immerhin wollte der Kerl nur eben seine Blase entleeren. Schon bald würden die Soldaten Verdacht schöpfen, wenn der Mann nicht zurückkehrte.

So lautlos wie möglich hastete Ferodil weiter zu den Pferden. Seine Klinge zerschnitt das gespannte Seil. Noch in der gleichen Bewegung steckte das Messer wieder in der Scheide am Gürtel. Ferodil eilte hinüber zur anderen Seite. Mit hastigen Zügen zog er den Strick aus den Schlaufen der Zügel. Die Pferde schnaubten und trampelten ängstlich.

»Was ist da los?«, ertönte eine Stimme am Lagerplatz.

Eine Antwort blieb er dem Fragenden schuldig. Stattdessen warf Ferodil dem braunen Wallach, der ihm am nächsten stand, die Zügel über dem Kopf. Hastig schwang sich der Elf auf den Pferderücken. Kaum saß er oben, zog er seinen Bogen und einen Pfeil aus dem Köcher. Seine Hacken traten dem Ross in die Flanken. Es protestierte mit einem Wiehern. Aber Ferodil setzte sich durch. Das Tier sprang vorwärts, begann zu laufen. Laut schreiend trieb Ferodil die umstehenden Pferde auseinander. In alle Himmelsrichtungen stoben sie davon.

»Meine Pferde!«, brüllte der Baron. »Zu den Waffen! Bringt mir diesen Mistkerl. Ich will seinen Kopf! Und fangt die verdammten Pferde ein!«

Am Lagerfeuer brach ein Tumult aus. Ferodils Plan trug erste Früchte.

Mit dem Druck seiner Schenkel steuerte Ferodil sein Ross. Jemand riss an den Zügeln. Das Reittier hielt abrupt. Der Elf geriet aus dem Gleichgewicht. Beinahe stürzte er ab.

»Es ist das Spitzohr!«, rief der Hüne. Mit beiden Händen riss er an den Zügeln, stemmte sich gegen die Kraft des Wallachs.

Ferodil trat dem Tier in die Flanken. Schnaubend drängte der Braune vorwärts, kam dabei kaum voran. Der Krieger stemmte sich entgegen der Bewegung.

So hatte der Elf sich das nicht vorgestellt. Sein Pfeil lag noch nicht einmal auf der Sehne seines Bogens und dieser Mensch erstickte seinen Überraschungsangriff im Keim.

Mit aller Kraft trat Ferodil dem Grobian gegen den Schädel. »Lass endlich los!«

Doch der Kerl blieb standhaft, als verspürte er keinen Schmerz. Der Zorn stand ihm ins Gesicht geschrieben. Mit jedem Tritt flammte nur noch mehr Besessenheit im irren Blick des Soldaten auf. Die Wut verlieh ihm nur noch immer mehr Kraft. Seine Augen funkelten Ferodil an wie die eines Raubtiers, dem man nachts eine Fackel direkt vor die Nase hielt. So ähnlich wie ein wildes Tier fletschte auch der Südländer seine Zähne.

Ein weiterer Tritt folgte und Ferodil spürte die Nase des Angreifers unter seinem Stiefel brechen. Es knackte deutlich vernehmbar. Ferodil atmete tief durch. Endlich erschlafften die Arme des Hünen. Die Zügel entglitten seinen Händen. Ferodil trieb den Braunen an. Der

Wallach preschte los, als sei ein Rudel Wölfe hinter ihm her. Die Hufe donnerten über den Grund.

Die anderen Soldaten formierten sich bereits. Der Baron brüllte Befehle. Das Ross gewann weiter an Geschwindigkeit. Die Kämpfer am Feuer zogen klirrend ihre Schwerter. In weitem Bogen lenkte Ferodil sein Pferd um die Männer herum und legte an. Die Galoppade erschwerte das Zielen. Der erste Pfeil sauste los, verfehlte sein Ziel. Flugs legte der Reiter einen weiteren Pfeil auf die Sehne, visierte einen Gegner an und feuerte ihn ab. Auch dieser verfehlte den auserkorenen Südländer.

Der Rothaarige brach aus der Formation aus, stürmte mit erhobenem Schwert auf Ferodil los. Sein schweres Kettenhemd rasselte.

Die Sehne des Bogens schnellte vor, schleuderte ein drittes Geschoss auf den Feind. Krachend versenkte sich die Pfeilspitze im erhobenen Schild des Heranstürmenden, bremste dessen Lauf nicht einmal ab. Mit den raumgreifenden Galoppsprüngen vermochte der Angreifer trotzdem nicht mitzuhalten. Wütendes Gebrüll ertönte im Rücken des Elfen.

Ferodil achtete nicht auf den Mann. Er wandte sich wieder den Soldaten am Lagerfeuer zu. Ein grauhaariger Kerl gab Anweisungen an die anderen Männer. Er koordinierte ihr Vorgehen.

Metallisches Klacken ertönte. Armbrüste!

Das Narbengesicht trug keinen Schild, der ihn vor Pfeilen schützen konnte.

Ferodil legte an und konzentrierte sich auf die wellenartige Bewegung des Pferderückens. Ruhig atmend versuchte er eins zu werden mit dem rhythmischen Auf und Ab. Er hielt den Atem an, zögerte, bis er den richtigen Moment fühlte und entließ die Sehne aus seinen Fingern. Der Pfeil sauste seinem Ziel entgegen und Ferodil schaute ihm nach. Volltreffer! Die Wucht des Geschosses durchdrang das Kettenhemd, riss den Südländer rückwärts von den Beinen.

Ferodil sah seine Ansichten in Bezug auf Zwergenstahl bestätigt. Die wenigsten Elfen gaben vor lauter Hochmut etwas auf dieses Material und benutzten stattdessen lieber elfischen Stahl. Doch er, Ferodil, pflegte nur Pfeilspitzen aus Zwergenstahl zu verwenden. Wie sich herausstellte, durchschlug er auch Rüstungen der Menschen.

Des Elfen Freude währte jedoch nur kurz. Die Schützen legten auf ihn an und er spornte sein Pferd energisch an, noch schneller zu laufen. Dabei beugte er sich tief über den Hals des Tieres, um den tödlichen Geschossen ein möglichst kleines Ziel zu bieten. Die Bolzen jagten zischend an ihm vorbei.

Ferodil wollte sein Schicksal nicht über die Gebühr herausfordern. Obwohl er weder den Umhangträger noch den weiß gekleideten Burschen erwischt hatte, lenkte er sein Ross aus dem Schussfeld der Schützen. Das Tier hetzte schnaufend in die Dunkelheit davon. Eine erneute Salve Armbrustbolzen jagte dem Gespann hinterher.

Der Umriss eines Rosses zeichnete sich im fahlen Mondlicht zwischen einzelnen Bäumen ab. Im Vorbeireiten beugte sich Ferodil seitlich vom Pferd und ergriff die Zügel. Das zweite Tier setzte sich in Bewegung und nahm das Tempo auf.

Ferodil trieb die beiden Rösser in östliche Richtung. Seine Hacken geboten dem kräftigen Wallach, Eile walten zu lassen. Er gönnte ihm keine Pause. In der Ferne erhoben sich die Ausläufer von Bergen. Wenn sein Plan funktionierte, dann würden die Südländer ihm blindlings folgen, sobald sie ihre versprengten Rösser wieder beisammen hatten. Mussten sie doch Lisbee in dieser Richtung versteckt wähnen. Aus diesem Grund bedurfte es des zweiten Pferdes. Sie sollten annehmen, es wäre für das Mädchen bestimmt.

Ganz darauf bedacht, auch für Blinde leicht erkennbare Spuren zu legen, ließ er die Pferde abseits der ausgetretenen Wege laufen. Dort wo sich die Hufen tief in den weichen Boden graben konnten und einen Pfad der Verwüstung hinterließen.

Die Sonne ging auf. Aber Ferodil ritt und ritt immer weiter, bis das warme Himmelslicht abermals tief im Westen stand. Die Tiere schwitzten und keuchten erbärmlich.

Zu Ferodils Linken rasselte es. Beide Pferde bäumten sich zeitgleich auf. Nur mit Mühe hielt er sich auf dem sattellosen Rücken seines klatschnassen Wallachs.

»Ho! Ho! Beruhigt euch«, versuchte er die Kontrolle über die verängstigten Rösser zurückzuerlangen. Erst

nach viel gutem Zureden und einigen herrischen Zügel-
zügen beruhigten sich die Tiere so weit, dass er nicht
mehr Gefahr lief, abgeworfen zu werden. Sanft tätschelte der Spion den Hals seines Rosses.

Das drohende Rasseln steigerte sich und die Pferde
tänzelten auf der Stelle.

»Ruhig! Ho! Ho!«

Ferodil wandte seinen Blick zu einem Steinhaufen und
entdeckte, wer sich bei seinem Sonnenbad gestört fühlte.
Das Rasseln erscholl als ein drohender Protest, eine un-
überhörbare Warnung, sich nicht weiter zu nähern.

Einen Moment hielt der Elf inne, blickte sich suchend
nach hinten um. Noch konnte er am Horizont keine Verfolger ausmachen. Nicht einmal eine Staubwolke stieg
gen Himmel auf. Ging sein Plan womöglich nicht auf?

Elegant glitt er vom Pferderücken und band beide
Tiere an einen Baum. Dabei achtete er darauf, dass er die
Zügel des einen Tieres fest mit dem des anderen verkno-
tete. Dieser Knoten durfte sich nicht mehr lösen lassen.
Unter keinen Umständen.

Die Pferde schnaubten und wieherten ängstlich. Das
Rasseln der Schwanzspitze steigerte sich mit jedem Moment ausbleibender Wirkung bedrohlich.

»Ruhig! Das Schicksal meint es gut mit mir.« Ein er-
schöpftes Lächeln lag auf seinen Lippen. »Es sendet mir
einen Gehilfen. Einen sehr nützlichen sogar. Tut mir
leid, mein kleiner Freund. Ich darf dich nicht entwischen
lassen. Zu viel hängt vom Erfolg meiner Mission ab.«

Primus und König

Hennrich

Zweifelnd stand er auf dem Podest und überlegte, was ihn wohl erwartete, wenn er die Tür gleich öffnen lassen würde. Sein Atem ging flach und schnell. Er konnte seinen eigenen Schweiß riechen. Dieser Umstand erbaute ihn nicht sonderlich. Selbst das Rosenwasser auf seiner Haut vermochte den unangenehmen Geruch bedauerlicherweise nicht zu übertünchen. Die Treppe hinter seinem Rücken hatte ihm wieder einmal gehörig zugesetzt. Er fragte sich, ob ihr Erbauer sie nur dafür geschaffen hatte, jeden Besucher aufs Höchste zu beeindrucken oder auch dafür, dem Besucher vor dem Eintreten den Atem zu rauben. Die Antwort darauf würde er nie erfahren. Der Erbauer war längst tot. Es spielte im Grunde auch keine Rolle. Ihm stahlen diese verflixten dreihundertdreiunddreißig Stufen mit ihren ungleichmäßigen Trittflächen und dem ungewöhnlich steilen Anstieg jedes Mal die Luft aus den Lungen und brachten ihn zum Schnaufen. Immer wenn er oben anlangte, fühlte er sich hundselendig, als sei er kurz zuvor fünf Runden um den königlichen Palast gerannt. Dabei stand er doch Mitten in der Blüte seines Lebens, gestählt von täglichen Schwertkampfübungen. Es musste eindeutig an der Bauweise der Stufen liegen. Die heiße Sonne machte es nicht leichter für ihn.

Zögernd stand er vor dem Eingang zum allerhöchsten Turm Vattikars, dem Zentrum der Hauptstadt. Von dessen Spitze aus musste man die ganze Stadt und noch viel mehr erblicken können, spekulierte er, obgleich ihm dieser Ausblick bisher immer verwehrt geblieben war. Er blickte nach oben. Von hier unten sah es so aus, als stach die Turmspitze, gleich einem versteinerten Speer, direkt in den Himmel, um arglos vorbeiziehende Wolken im Flug zu zerteilen. Das Firmament strahlte in hellem Blau auf ihn hernieder.

Schon lange vor seiner Geburt ward dieser kegelförmige Turm auf einem riesigen, quadratischen Podest erbaut worden. Wer an das Tor gelangen wollte, musste sich keuchend die Stufen hinaufquälen und sich beim Blick nach oben klein wie eine Ameise fühlen. Ganz gleich welche innere oder äußere Größe derjenige besaß.

Wie in der letzten Zeit so oft, hatte man ihn zum Turm gerufen. Dieses Mal nahm er sich fest vor, seine eigenen Interessen durchzusetzen. Seinen Teil der Abmachung sah er als erfüllt an. Daran gab es keinen Zweifel. Nun war der Alte an der Reihe, den seinigen zu erfüllen.

Ein letztes Straffen seines blauen Gewandes aus feinster Seide. Keine Falte durchbrach die golden schimmernde, stilisierte Sonne, die auf seiner Brust prangte. Mit einem feinen Tuch wischte er sich den Schweiß von der Stirn und verbarg es anschließend wieder hinter seiner goldenen Bauchbinde. Die Krone saß fest auf seinem dunkelbraunen Haar. Ein tiefes Durchatmen. »Öffnet das Tor!«

Die beiden, in weißen Kutten gekleideten Wächter taten, wie ihnen geheißen.

Die imposanten Torflügel sprangen auf. Trotz ihres immensen Gewichtes vernahm er kein Ächzen der Scharniere, nicht einmal ein leises Quietschen. Still wie die Wolken glitten die mächtigen Holztore dahin.

Hennrich drückte den Rücken durch und trat in den großen Saal. Genauso leise wie sie sich eben noch geöffnet hatten, schlossen sich die Torflügel hinter ihm wieder. So groß dieser Saal auch erscheinen mochte, er verriet nichts über den immensen Reichtum seines Bewohners. Keine goldenen Verzierungen, keine kunstvollen Bilder oder Teppiche zierten die Wände. Einzig die Marmorquader, die als Mauern dienten, ließen den unermesslichen Reichtum des Primus erahnen. Selbst dessen Stuhl bestand aus diesem elendig kalten Gestein. Die einzige Sitzgelegenheit des Saales stand am Ende des karg eingerichteten Raumes. Wusste man es nicht besser, man hätte diesen Stuhl für einen Thron halten können. Der Bereich dahinter blieb durch eine Mauer vor neugierigen Blicken geschützt. Wahrscheinlich befanden sich dort die privaten Gemächer des Primus. Noch einer dieser Orte, die König Hennrich wohl niemals zu Gesicht bekommen würde. Unzählige kleine Feuer beleuchteten die fensterlose Halle. In Reih und Glied verteilt, brannten sie in Messingschalen. Es roch nach Weihrauch und altem Mann. Beide Aromen überstrahlten sowohl das süßliche Rosenwasser als auch Hennrichs eigenen Schweißgeruch.

Nahe einer dieser Schalen stand er, der Alte. Das Gesicht dem thronähnlichen Stuhl zugewandt, hielt er ein kleines Stück Papier in den flackernden Lichtschein.

Hennrich beobachtete den hageren Alten, dessen Haar nur noch aus einem grauweißen Kranz bestand, dabei, wie er den Zettel las.

So gebrechlich dieser Kerl auch wirkte, so viel Gefahr ging von ihm aus. Nicht umsonst trug er die rote Kutte. Das Rot erinnerte König Hennrich an frisches Blut. Blut, das im Namen des Primus schon seit Generationen in reißenden, nicht enden wollenden Strömen vergossen wurde.

Hennrich räusperte sich, um den betagten Mann nicht versehentlich zu Tode zu erschrecken. Auch wenn genau das dem König eine Freude gewesen wäre. Doch die Zeit, den Alten in die Sonne, dessen größtem Heiligtum, zu schicken, war noch nicht reif. Außerdem wäre ihm irgendein anderer Primus gefolgt. Es hätte also keinen Nutzen für Hennrich gehabt. Diesen hier kannte er immerhin und wusste um dessen Absichten.

Hennrich stand in gebührendem Abstand hinter ihm. »Ihr habt mich rufen lassen, Primus Ignazio.«

Das Klerusoberhaupt ließ in aller Ruhe den Zettel ins Feuer fallen und in den Flammen vergehen. Erst danach wandte er sich zu ihm um und schien keineswegs überrascht, obwohl der König so still und heimlich durch das Haupttor eingetreten war. Hennrich hätte schwören können, das alte Schlitzohr hatte ihn genau dort erwartet. Dabei erschien es ihm unmöglich. So gute Ohren konnte der alte Ignazio nie im Leben sein Eigen nennen. Nicht in diesem hohen Alter.

»Gewiss, ich habe Euch rufen lassen, König Hennrich. Wie ich erfahren habe, seid Ihr seit gestern zurück im Schloss. Ich wollte mir von Euch höchstpersönlich berichten lassen, wie es um Odengard steht. Meine kleinen Vögelchen haben mir bereits von unserem glorreichen Sieg berichtet.« Der Primus lächelte, doch strahlte diese Geste keine Milde oder gar Wärme aus. »Dennoch bin ich davon ausgegangen, dass Ihr mir selbst die Kunde überbringen wolltet. Was hat Euch abgehalten, verehrter König?«

Jedem laut ausgesprochenen Wort folgte ein Widerhall von den Wänden. Eine Folge der kargen Einrichtung und der hallenartigen Bauweise, die sich fast dröhnend in die Gehörgänge des Königs zwängte.

Hennrich ging ein paar Schritte, bis er dem Alten direkt gegenüberstand und ihm in die grauen Augen schauen konnte. Noch im Gehen antwortete er: »Wie ich sehe, seid Ihr auch ohne mich bestens informiert, Primus. Ich zog es vor, zuerst nach meiner Familie zu sehen. Meine Frau und Königin musste wegen des Feldzuges schon viel zu lange auf meine Anwesenheit verzichten, wenn Ihr versteht, was ich meine.« Hennrich hegte keinen Zweifel daran, dass der Alte die wahre Bedeutung seiner Worte nicht ermessen konnte. Wer in Abstinenz zu leben pflegte, der konnte seinen sehnlichsten Wunsch nach der Rückkehr aus dem Norden einfach nicht nachvollziehen.

»Ich verstehe. Nicht umsonst nennt man Euch Hennrich den Eroberer oder Hennrich den Tapferen.«

Das hämische Grinsen in Ignazios Gesicht entging Hennrich nicht. Es missfiel ihm, wenn er ehrlich war.

Was bildete sich dieser halbtote Tattergreis eigentlich ein? Ließ er nur nach ihm rufen, um ihn und sein Weib zu beleidigen, indem er ihn tapfer nannte, sobald es um das Wiedersehen mit seinem Eheweib ging? Was für ein Possenspiel trieb der Primus mit ihm?

Dem Geistlichen schien die Pause zu lange zu dauern. »Majestät, Ihr wolltet von Eurem glorreichen Sieg im Norden berichten«, erinnerte er ihn und deutete mit einer Geste an, doch endlich fortzufahren.

»Nun denn, wenn Ihr es glorreich nennen wollt. Vielleicht haben Euch Eure Vögelchen das so gezwitschert. Ich nenne es ein Gemetzel. Alles lief genauso ab, wie ich es vorhersagte. Die Odengarder scharrten sich allesamt um ihren König Adolar. Dennoch waren sie meiner Streitmacht zahlenmäßig mindestens eins zu zwanzig unterlegen. Es war ein Leichtes, sie einzukreisen und den König und seine treuen Krieger zu erschlagen. Niemand konnte entkommen. Wer sich ergab, wurde gefangen genommen und verschleppt. Sie werden den Südlanden als Arbeiter und einige vielleicht auch als Söldner gute Dienste leisten.«

Ignazio lauschte und setzte ein erfreutes Lächeln auf. »Fahrt fort, Majestät. Fahrt doch bitte fort.«

»Die Ländereien habe ich, Eurem Rat entsprechend, an verschiedene Adelige verteilt, die sich in der Schlacht als äußerst treu und zugleich brutal erwiesen haben. Die ausgewählten Priester begleiten sie und werden in Eurem Auftrag Gotteshäuser bauen.«

»In meinem Auftrag? Nicht auch in Eurem, Majestät?« Hennrich versuchte seine Überraschung über diese Spitzfindigkeit zu überspielen. »Im Auftrag des Herrn der Sonne sollte ich korrekterweise sagen. Verzeiht meine Ausdrucksweise, Primus. Wir sind doch alle Kinder der Sonne.«

Die spröden Lippen im faltigen Gesicht lächelten weiter. Dennoch veränderte sich der Gesichtsausdruck zu einer undeutbaren Maske. »Recht so, Majestät. Für einen Moment dünkte es mich, Ihr würdet nicht mehr an den Willen unser aller Gottes glauben. Dem einzig wahren Gott. Dabei heißt es gemeinhin, Euer Glaube sei stärker als der Eures Vaters und Vorvaters zusammen. Habt Ihr Euren Glauben in der Schlacht etwa verloren, Majestät?«

Der König fühlte sich vom prüfenden Augenpaar des Primus nahezu durchbohrt.

»Wie könnte ich, verehrter Primus?« Hennrich spielte dem Alten ein verschwörerisches Lächeln vor. Manchmal wusste er nicht, ob es in Wahrheit nur um den Willen des Primus oder dem Streben nach Macht ging. Auch wenn es dem Ausbau seiner eigenen Machtposition ebenso zupasse kam.

»Dann kann ich also davon ausgehen, dass der Glaube an den Herrn der Sonne auch auf diesem Fleckchen Erde verbreitet wird und die armen Heiden nun endlich von der Sonne erleuchtet werden?«

»Gewiss, Primus, das könnt Ihr. So sicher wie Euch die goldenen Sonnenstrahlsteuern der neugewonnenen Gläubigen zufließen werden.«

»Majestät, höre ich da etwa Ironie in Eurer Stimme? Ich möchte Euch daran erinnern, dass auch Eure Schatzkammern zukünftig durch die Odengarder Bürger gefüllt werden. Zudem hat es die Gottessteuer Eurem Geschlecht doch erst ermöglicht, Eure Armeen aufzustellen. Sie so hervorragend auszurüsten. Sie dauerhaft zu unterhalten und den gesamten Kontinent in einer so kurzen Zeitspanne zu erobern. Etwas mehr Dankbarkeit stünde Euch gut zu Gesicht, Majestät.«

»Meine Dankbarkeit sei dem Sonnengott mehr als gewiss. Dessen seid Euch versichert, Primus«, erwiderte König Hennrich, für dessen Geschmack das Gespräch in die völlige falsche Richtung verlief.

»Das hoffe ich für Euch, mein König. Ketzerei ist ein übles Verbrechen. Niemand, wirklich niemand, ist vor einer Bestrafung sicher. Ihr kennt die Strafe doch sehr wohl, oder, mein König?«

Hennrich schluckte tief, während der Primus ihn erneut in Augenschein nahm und musterte. Ein knappes, bejahendes Nicken gebot der Prüfung Einhalt. Die offene Drohung zeigte ihm, dass der Alte zu allem bereit war, wenn es um den Glauben ging oder vielleicht auch um die Erreichung seiner eigenen Ziele. Die Zeit drängte, sich endlich von den Marionettenfäden zu befreien, die seinem Geschlecht einst vom ersten Primus angelegt worden waren.

»Gab es irgendwelche besonderen Vorkommnisse während der Schlacht? Irgendwelche Magier oder Hexen vielleicht, die sich Euch in den Weg stellten, oder die im späteren Verlauf durch Eure Lehensdiener verhaftet wurden? Irgendwelche versprengten Elfen gar, Zwerge oder anderes Gezücht?«

»Nein, Primus. Mir kam nichts dergleichen unter. Lediglich die üblichen Hexen, die sich als Heilkundige ausgeben, werden ins göttliche Feuer gestellt. Als Mahnung an die anderen Heiden, sich nicht über den Willen unseres Sonnengottes zu stellen.«

»Das freut mich zu hören.«

Hennrich empfand die Art, wie das Oberhaupt der Gläubigen sich ausdrückte und scheinbar zufrieden griente, als nicht glaubwürdig. Darum hakte er nach: »Oder haben Euch Eure Vögelchen etwas Anderes berichtet? Was stand in der Nachricht, die Ihr bei meiner Ankunft ins Feuer geworfen habt?«

»Nichts von Belang, mein junger König. Es war es nicht Wert, aufbewahrt zu werden. Deshalb habe ich diesen Fetzen Papier verbrannt«, winkte Ignazio beiläufig ab.

Die Antwort des Alten klang im Tonfall nicht weniger falsch, doch sie ließ Hennrich keine andere Möglichkeit, als die Angelegenheit zunächst auf sich beruhen zu lassen. Wie so oft lächelte der Priester. Er lächelte mit dem Mund, nicht jedoch mit seinen Augen. Dieses Verhalten empfand Hennrich schon länger als unheimlich und ließ ihn den gebrechlichen Mann mit wachsender Skepsis betrachten. All sein Wissen, all seine Pläne, die er schmiedete, würde der Kerl ihm mit Sicherheit nie offenbaren.

»Wie geht es denn Prinz Hennrich dem Vierten? Soweit mir zugetragen wurde, beginnt er wohl inzwischen zu laufen. Wie macht er sich?«, wechselte der Primus das Thema ganz unvermittelt, aber geradewegs in die Richtung, die dem Herrscher gelegen kam. Auch wenn da wieder diese gespielte Freundlichkeit in den Zügen des Alten zum Vorschein kam.

Voller Stolz berichtete er: »Dem ist tatsächlich so, Primus Ignazio. Der Sonnengott hat ihn in meiner Abwesenheit reichlich wachsen lassen. Welch Glück, dass ich nun nicht mehr fortmuss, nun da ganz Eropos erobert und durch die siegreichen Südlande vereinigt wurde. Die Sonne sei dafür gepriesen.«

»Die Sonne sei gepriesen«, wiederholte der Primus und nickte voller Bewunderung. »Einen ganzen Kontinent habt Ihr erobert. Was Eure Vorfahren einst begannen, habt Ihr bravourös vollendet. Ihr seid ein wahrer Eroberer, König Hennrich. Eure Verdienste um die Verbreitung des einzig wahren Glaubens sind unermesslich. Sicher wird man Euch nach Eurem Tod heiligsprechen.« Ignazio hielt inne. »Doch Eure Mission ist noch nicht am Ende angelangt!«

»Habt Dank für Eure anerkennenden Worte, Ignazio. Ich selbst habe noch viel vor. Es ist an der Zeit, diese Dinge anzugehen.«

»Hört, hört, mein König.«

»Zunächst werde ich die Zeit mit meinem Weib genießen. Zu wenige Stunden sind uns in den letzten Monaten vergönnt gewesen. Immerhin ist es meine Pflicht, mein Geschlecht, die Dynastie der Hennrichs, aufrechtzuerhalten. Dazu gehört es auch, weitere Thronfolger zu zeugen. Ihr kennt die Geschichte meines Hauses besser als ich und wisst ganz gewiss um die mysteriösen Unfälle, die bereits seit den Tagen meines Großvaters immer wieder geschahen und möglichen Erben das Leben kosteten.« Unverhohlen blickte Hennrich dem Primus in die altersschwachen Augen. Er beabsichtigte, ihn bewusst auf die Probe zu stellen, um seine Vermutung zu untermauern. Aber er erkannte nichts. Keine einzige Regung, nicht einmal ein Blinzeln konnte er ausmachen. Dabei vermutete er schon lange, dass die Unfälle nicht einfach so geschahen, weil es dem Herrn der Sonne beliebte. Auch dem Primus lag am Verschwinden der Erben, selbst wenn er es nicht offen zugab. Der Tag erschien dem Herrscher nun endlich gekommen, an dem dies ein Ende haben sollte. Bevor König Hennrich seine Forderung aussprechen konnte, durchkreuzte der Alte aber schon wieder seine Pläne.

»Ihr tut recht daran, wenn Ihr weitere Erben zeugt. Beim hellen Schein der Sonne, so soll es geschehen. Euer Geschlecht muss erhalten bleiben, König Hennrich. Ohne Zweifel! Der Sonnengott hat noch vieles mit Euch vor. Ihr werdet nicht weniger vollbringen, als die Welt in ihren Grundfesten zu verändern. Ihr werdet all ihre Bewohner zum rechten Glauben bekehren.«

Wovon redete der Alte da? Hatte er den Verstand verloren? Es gab einst eine Abmachung. Diese sah Hennrich als erfüllt an. Er schuldete dem Primus keine neuen Gläubigen mehr.

»Aber bevor wir über Pläne für die Zukunft sprechen, lasst mich berichten, was der Sonnengott mir auftrug, als er mir des Nachts im Traum erschien.« Die Stimme des Primus klang fast versöhnlich.

In Hennrichs Körper spannte sich jeder Muskel. Was erwartete der Kerl nun schon wieder von ihm? Es gab auf Eropos nichts mehr zu erobern. Nicht einmal mehr ein Rattenloch. Jedes noch so kleine oder große Land hatten er und seine Vorväter in der Zwischenzeit unterworfen und den Südlanden einverleibt. Den Kontinent Eropos konnte man nun quasi auch als Südland benennen und würde das gleiche Territorium damit meinen. Er lauschte der kratzigen Stimme des Alten, als dieser fortfuhr.

»Im Traum erschien mir der Herr der Sonne und trug mir auf, das Land umzubenennen. Eropos ist nun vereint. Die Südlande erstrecken sich nicht mehr nur über den Süden. Nein, sie herrschen nunmehr über den Westen, den Osten, das Zentrum und, dank Euch, nun auch noch vollends über den Norden. Der Name erscheint unserem Gott nicht mehr passend. Vielmehr sollen Kontinent und Land im Sinne des Sonnengottes fortan einen Namen tragen und davon zeugen, welch große Einigkeit hier herrscht. Der Name soll ein altsüdländisches Wort aus längst vergangener Zeit sein. Aus der Zeit weit vor

Euren Urvätern, als die Südlande noch ein kleines unbedeutendes Fleckchen Erde darstellten. Der Name dieses Landes und dieses Kontinents soll fortan Notreum lauten.«

Hennrich spürte den eindringlichen Blick, der auf ihm lastete.

»Ich sehe Euren fragenden Gesichtsausdruck, mein König. Die Bedeutung des Wortes kann man am besten mit Vereinigung zu etwas Höherem in unsere heutige Sprache übersetzen, falls es das sein sollte, was Ihr zu wissen begehrt. Dies ist der Wille Gottes!«

Hennrich registrierte die erwartungsfrohe Miene des Oberhauptes der Geistlichen.

»Ich denke, Primus Ignazio, unser aller Gott hat viele Dinge in dieser Welt zu regeln. Erfolgreiche Ernten, die alle Mäuler seiner ihm Ergebenen stopfen und sie reichlich ernähren mögen. Das Schlachtenglück auf die Seite seiner Anhänger zu ziehen. All das sind Aufgaben, um die er sich kümmern muss und um die er sich in der Vergangenheit ausgezeichnet kümmerte. Doch Namen für Ländereien festzulegen, zähle ich nicht zu seinen Aufgaben. Ich bin der König, und ich sage, es bleibt beim bisherigen Namen. Als Südlande haben wir den Kontinent Eropos erobert und als Südlande werden wir über Eropos herrschen, so lange, bis unsere Sonne eines fernen Tages möglicherweise untergehen mag.«

»Verärgert den Herrn der Sonne und Euer Sonnenuntergang mag näher sein, als Ihr es Euch vorzustellen vermögt. Die Änderung des Namens ist ein geringer Preis für den unermesslichen Beistand, der Euch und Eurem Geschlecht, ja, dem ganzen Land, zuteilwurde.«

»Ich denke, unser aller Gott wird darüber hinwegsehen können. Wo wir gerade über meine Erben sprachen. Ich bin auch hier, um mit Euch über den Pakt zwischen dem ersten Primus und meinem Vorvater zu sprechen.«

»Was ist damit?« Der Alte nahm auf seinem Marmorsessel Platz. Sein Kinn zitterte. Dennoch thronte er erhaben auf dem erhöhten Sitz, von dem aus er gewöhnlich seine Audienzen abhielt.

Hennrich verspürte innere Freude und Zufriedenheit. Der Primus wirkte zum ersten Mal seit Übernahme seiner eigenen Königsregentschaft gereizt und er, Hennrich, hatte zum ersten Mal einer Aufforderung widerstanden. Die Aufforderung mochte unbedeutend erscheinen, aber darauf kam es nicht an. Seinen Vater, den vorherigen König, übertrumpfte er schon allein durch diese Tat und nicht nur durch die Eroberung des restlichen Kontinents. Hennrich hatte sich endlich gegen die allzeit fordernde Gottesstimme durchgesetzt und so sollte es nun weitergehen. Es lag nun an ihm, Forderungen zu stellen. Die Zeit seiner uneingeschränkten Herrschaft begann! Das spürte er.

»Ich sehe ihn als erfüllt an.« All seine Unterwürfigkeit in Bezug auf die vermeintlichen Wünsche seines Gottes schien in diesem Augenblick wie weggeblasen.

»Worauf wollt Ihr hinaus, König?«

»Ihr wisst es ganz genau, Primus. Aber ich kann gerne präziser werden. Damit wir uns am Ende auch richtig verstehen. Zu wichtig ist mir dieses Thema, um womöglich einem Missverständnis aufzusitzen. Seit dem Bündnis zwischen dem ersten Primus und meinem Großvater gab es diese besondere Regelung, dass bis zum Erstrahlen des Sonnengottes über aller Herren Länder die Krone an den Primus fällt, sofern es beim Ableben des Herrschers keine männlichen Hennrichs geben sollte. Nun, ganz Eropos ist erobert. Sämtliche Menschen im Lande werden zu frommen Sonnenanbetern geformt. Verbliebene Elfen, Zwerge, Magier oder sonst wie geartete Ausgeburten des Heidentums gibt es in unserem Land nicht mehr. Zugegeben, für Odengard kann ich es vielleicht heute noch nicht garantieren, aber das ist nur noch eine Frage der Zeit. Ihr seht, der Pakt ist erfüllt. Ich fordere Euch auf, das Ende dieser Regelung öffentlich zu proklamieren, geschätzter Primus Ignazio!« Hennrich ließ seiner Freude über seinen Triumph freien Lauf. Mit einem breiten Grinsen und strahlenden Augen sprach er zum Oberhaupt der Geistlichen. Die erdrückende Last fiel von seinen Schultern. Er fühlte sich größer als noch vor wenigen Minuten. Endlich schlug die Stunde, in der dieser Pakt ein Ende fand. Endlich kam der Tag, an dem er nicht mehr um Attentate auf seine Kinder fürchten musste. Denn die Unfälle aus früheren Tagen waren ganz bestimmt alles, nur eben keine tragischen Unglücke. Auch sein jüngerer Bruder würde nach Hennrichs unumstößlicher Überzeugung ohne diesen Pakt heute noch am Leben sein. Stattdessen stürzte der arme Topf angeblich beim Balancieren auf den Zinnen der Stadtmauer ab. So zumindest erklärte man es sich. Zum Zeitpunkt des Sturzes weilte angeblich niemand in seiner Nähe, der es hätte bezeugen können. Welch ein seltsamer Zufall.

Hennrich entging nicht, dass der Primus kaum eine weitere Regung zeigte. Sogar das Zittern um sein Kinn ebbte ab. Dafür kehrte das Grienen langsam in das Gesicht des Alten zurück. Der Mund des Geistlichen offenbarte wieder die gelbschwarz verfärbten Zähne und das Teilgebiss aus Holz. Der Kopf des Gottessprechers begann sich sachte hin und her zu neigen, bevor seine Worte Hennrichs Triumph unter dem fauligen Gestank seines Atems ersterben ließen. Ganz ruhig und gelassen widersprach der alte Mann: »Ich fürchte, ich kann Euren Wunsch nicht erfüllen!«

Das reichte schon aus. Hennrich spürte den Zorn in seine Hände fahren. Sie wollten nach dem Hals des Geistlichen fassen, ihn umklammern und erwürgen, sein Genick brechen, oder seine Gurgel herausreißen. Wie konnte er sich erdreisten, den Pakt nicht zu erfüllen? Nach all den Jahren der Kämpfe und der Unsicherheit über den Fortbestand seiner Linie. Der Primus schuldete es ihm.

Nur mit Mühe hielt sich der Herrscher zurück. Eine Stimme in ihm machte ihm klar, was geschehen würde, wenn er den sturen alten Esel aus dem jämmerlichen Rest des Lebens riss, den dieser noch besaß. Ein neuer Primus würde kommen, die gleichen Ziele verfolgen und ihn selbst würde man für diesen Mord zum Tode verurteilen. Womöglich seine Familie gleich mit, damit sich niemand mehr rächen könnte. Allesamt wären sie als Ketzer hingestellt worden.

Rasch besann er sich und verschränkte die zu Fäusten geballten Hände hinter seinem Rücken.

»Ich verstehe nicht«, presste Hennrich, so beherrscht er nur konnte, hervor. »Ganz Eropos liegt dem Herrn der Sonne zu Füßen.«

»Und doch sind es nicht aller Herren Länder!«, fügte Ignazio an.

Eine tiefe Furche grub sich in die Stirn des Herrschers. Ihm fehlten schlicht die Worte.

Unbeirrt fuhr Primus Ignazio fort: »Nehmen wir zum Beispiel den Südosten. Segelt man über das Meer, findet man Banner mit dem Sichelmond. Was meint Ihr wohl, wen diese Menschen dort verehren?« Eine Antwort des Königs wartete er gar nicht erst ab. »Bleiben wir vielleicht etwas näher an der Heimat. Oben im Norden gibt es weitere Ländereien. Dort nennt man das Land im Übrigen, so wie auch den Kontinent, nämlich Mytlaghyr. Ein Land voller heidnischer Wesen, die es im Namen der Sonne auszurotten gilt. Dort, mein König, solltet Ihr Euren Weg fortsetzen, um die Sonne zu ehren. Merzt das ganze dreckige Pack aus. Dort lebt niemand, der sich zum wahren Glauben bekehren ließe. Sie sollen alle im Feuer der Erkenntnis brennen! Ich rate Euch, baut eine große, wehrhafte Feste am Fuße der Nebelbrücke, wie es sie Land auf, Land ab noch in keinem Zeitalter gab. Was den Übergang über die Nebelbrücke betrifft, so wird uns der Herr des Lichtes eine Erleuchtung schicken, sobald es an der Zeit ist. Ich bete bereits jeden Tag zu ihm, auf das er uns einen Weg aufzeigen möge, seine Glaubensdiener wohlbehalten über die Brücke zu geleiten. Die Eroberung wird allerdings Euch obliegen. Ihr, mein König, seid doch der unbezwingbare Eroberer, nicht wahr? Am besten, Ihr stellt sogleich ein Heer auf. Rekrutiert jeden kampffähigen Mann. Wir werden jeden benötigen, um zu siegen. Den Norden bevölkern nur Wilde. Sie verstehen sich bestens auf den Kampf, so wie es sich für Wilde gehört. Ich habe es im Traum gesehen.«

Hennrich wähnte, in den gewöhnlich sonst beinahe anteilnahmslosen Augen des Primus ein Flackern und Leuchten zu erkennen.

»Das werde ich nicht, Primus. Das ist doch Wahnsinn. Warum sollte ich so viele Männer opfern? Woher kommt Euer Hass auf die Elfen und Zwerge? Auf die Magier?«

Bevor er antwortete, straffte sich der oberste Geistliche, schaute prüfend auf den König herab und entgegnete, ohne den aufkeimenden Funken zu ersticken: »Kein Hass, mein König. Das ist Gottes Wille. Unser aller Gottes Wille! Ihr solltet gleich morgen meiner Andacht beiwohnen, jetzt wo Ihr zurück in Vattikar seid. Der barbarische Norden scheint Euch nicht bekommen zu sein! Habt Ihr etwa Mitleid mit diesen Heiden?«

Hennrich empfand die Aufforderung als versteckte Drohung, auf die er nichts erwidern wollte. Aber die Frage durfte er nicht unbeantwortet stehen lassen. »Ich habe kein Mitleid mit den Heiden. Gewiss nicht. Die Sonne sei mein Zeuge. Es ist vielmehr das Wohlergehen meines Volkes und der Zusammenhalt des noch immer recht frisch verwachsenen Landes, um den ich mich sorge. Gott mag es so wollen. Aber auch ein Gott muss dafür ein gewisses Maß an Geduld aufwenden. Falls dem nicht so ist, droht sein neu geschaffenes Reich zu zerfallen, bevor es in voller Blüte steht. Und Zeit dürfte für ihn nicht von Bedeutung sein. Im Gegensatz zu uns ist er unsterblich.«

»Wollt Ihr den Willen Gottes in Frage stellen? Denkt noch einmal über unser Gespräch nach, König Hennrich. Bedenkt auch den Ruhm, der Euch zuteilwerden würde, wenn Ihr es vermögt, Mytlaghyr zu erobern. Ich verstehe, dass Ihr des Kampfes müde und überdrüssig seid. Daher entlasse ich Euch für heute in die Arme Eurer Familie. Gewiss habt Ihr sie sehr vermisst und redet schon deshalb gegen den Willen des Sonnengottes. Aber bedenkt, die Strahlen unserer Sonne werden irgendwann die ganze Welt erleuchten. Wollt Ihr dann nicht derjenige sein, der ihnen die Wolken nahm, um den Weg freizugeben? Notreum darf sich jetzt nicht zur Ruhe setzen. Stillstand ist Rückschritt, mein König.«

»Ihr braucht mich nicht zu entlassen, Primus! Immerhin bin ich König. Vergesst das nicht! König der Südlande und König von ganz Eropos. Ich entscheide selbst, wann und wohin ich gehen möchte!« Mit zu Schlitzen zugekniffenen Augen hielt der Herrscher dem starren Blick des Alten stand.

»Gewiss, Hennrich, Ihr seid der König. Ihr entscheidet. Doch sich über die Weisheit des Sonnengottes zu stellen, bedeutet, sich in den Schatten zu stellen. Ihr gehört ins Licht, mein König! Ich bitte Euch inständig, dies zu berücksichtigen. Bis dahin, gehabt Euch wohl. Ich werde mich mit Eurer Erlaubnis für heute zurückziehen. Das Alter fordert eben seinen Tribut.«

»Gehabt Euch wohl, Primus! Ich habe entschieden, in meinen Palast zurückzukehren. Ihr dürft Euch entfernen.«

Ohne dem Alten beim Abgang zuzusehen, drehte sich Hennrich auf dem Absatz gen Ausgangstor und schritt diesem entgegen. Das Gespräch beschäftigte ihn doch mehr, als er dem Geistlichen gegenüber zugeben durfte.

Warum klang die Stimme des Alten schon wieder so heuchlerisch? Das mit dem Schatten war doch schon wieder eine verkappte Drohung.

Hennrich nahm sich vor, nicht klein beizugeben. Im Sinne des Landesfriedens musste erst einmal Ruhe einkehren. Erst wenn seine Macht in den neuen Ländereien ausreichend gefestigt wäre, durfte er über weitere Feldzüge nachdenken. Und schon weil der sture Esel den alten Pakt nicht als erfüllt betrachten wollte, verbat es sich von selbst, für ihn in den Krieg zu ziehen. Der Kerl war alt. Wie viele Winter hatte er noch vor sich? Ein neuer Primus stellte auch eine neue Gelegenheit zur Beendigung des alten Paktes dar. Er musste die Sache nur lange genug aussitzen, beschloss er.

Ein Schwert an der Wand

Lisbee

»Es scheint dir besser zu gehen, mein Kind. Das freut mich wirklich.« Der Alte lächelte sie zufrieden an. Er reichte ihr einen Becher von dem bitteren Trank, den er ihr schon seit dem Tag ihrer Ankunft täglich dreimal verabreichte.

Lisbee verzog angeekelt das Gesicht, wusste aber, dass er ihr die Medizin notfalls einflößen würde, wenn sie sich weigerte, freiwillig davon zu trinken. Widerwillig griff sie nach dem Gefäß und führte es langsam an ihren Mund. Dabei hielt sie sich die Nase zu, denn es roch noch schlimmer, als es schmeckte. Mit einem einzigen, schnellen Zug leerte sie den Becher. Angewidert schüttelte sie sich.

So wie er da vor ihr stand, in seiner blütenreinen Robe, deren Stoff bis zum Boden reichte, und dem wallenden grauen Haar, genauso hatte sich Lisbee früher als Kind immer die Zauberer oder die Magier vorgestellt, wenn Cynthia ihr an langen Winterabenden Märchen über sie erzählte. Einzig die spitzen Ohren und der fehlende Rauschebart wichen von der verträumten Darstellung in ihrer Fantasie ab. So erhaben wie dieser Elf mussten die wahren Magier aussehen und nicht so jämmerlich wie sie. Sie fühlte sich im Vergleich zu ihm wie ein ahnungsloses Kind.

Rohlaan griff derweil nach ihrem Arm und begutachtete die noch immer nicht verheilte Wunde. »Nur diese Narbe wird dich Zeit deines Lebens an diese Banditen erinnern. Sie wird dir immer vergegenwärtigen, wie stark du bist. Immerhin hast du dich selbst aus einer schier ausweglosen Situation befreit.«

Lisbee saß aufrecht im Bett. Zum ersten Mal seit zwei Tagen fand sie die Kraft, die Augen für längere Zeit offen zu halten, sich sogar selbstständig aufzurichten und ein wenig mit dem alten Elfen zu unterhalten. Sie tastete zaghaft nach der Stelle an ihrem Arm. Als ihre Finger über die Verkrustung strichen, verzog sie das Gesicht. »Autsch! Es brennt noch immer.«

»Das wird sich bald geben. Hab etwas Geduld, mein Kind. Du musst dich aber unbedingt weiterhin ausruhen und noch ein oder zwei Tage deine Medizin nehmen«, erinnerte er sie an das schreckliche Gebräu.

»Du hast mein Leben gerettet! Ich danke dir aus tiefstem Herzen!« Sie gab dem Drang nach, den Elfen, der inzwischen vor ihr auf der Bettkante Platz genommen hatte, zu umarmen. Obwohl sie wusste, wie wenig sich Elfen daraus machten. Sie lehnte sich so gut es ging zu ihm vor und umschloss ihn mit ihren dünnen Armen. Das höllische Brennen im linken Oberarm ignorierte sie, biss tapfer die Zähne zusammen. Ihre Dankbarkeit überstrahlte den sengenden Schmerz. Zumindest für diesen einen kurzen Augenblick riss sie sich zusammen. Das war sie dem Alten einfach schuldig. Danach konnte sie sich schließlich noch genug schonen.

Der Alte erwiderte die Umarmung, obwohl er ein Elf war, was Lisbee zwar erstaunte, sie aber nicht zurückhielt. Er roch nach allerlei Arzneien, die sie nicht zu bestimmen vermochte.

Sanft löste er sich nach einer Weile aus der Umklammerung. »Wie gesagt, du musst dich ausruhen. Du bist auf dem Weg der Besserung, aber du darfst dich nicht überanstrengen.«

»Ich bin übrigens Lisbee«, stellte sie sich lächelnd vor.

»Das weiß ich, mein Kind. Ferodil hat es mir erzählt.«

»Und wie heißt du, wenn ich fragen darf?«

»Oh Verzeihung, ich vergaß, mich vorzustellen. Wie ungehobelt von mir. Hier in der Gegend kennt mich jeder«, lachte er verlegen. »Ich bin Rohlaan.«

Eine feuchte Zunge kitzelte Lisbees rechte Hand.

»Mira, wie schön, dich zu sehen«, strahlte sie über das ganze Gesicht. Die Fähe erwiderte ihre Freude überschwänglich winselnd und sprang zu ihr ins Bett. Ungestüm leckte die Wolfszunge ihr das Gesicht ab. Lisbee griff mit dem gesunden Arm nach der Schattenwölfin und versuchte sie zurückzuschieben. Kichernd rief sie: »Mira, ich freue mich ja auch, aber du musst mich doch nicht gleich mit Haut und Haaren verschlingen.«

»Hast du nicht gehört, was ich soeben sagte, Miranee?«, griff der alte Elf ein.

Die Wölfin sah scheinbar schuldbewusst zu ihm auf, fiepte, beruhigte sich allmählich und setzte sich artig ans Fußende des hölzernen Bettes. Ihr Augenpaar schaute den Alten von unten an.

»Sie ist nicht von deiner Seite gewichen. Ein treues Tier hast du da.« Nun klang er wieder freundlich, wie zuvor.

Lisbee warf Miranee ein dankendes Nicken zu, bevor sie sich wieder an Rohlaan wandte: »Oh, sie gehört nicht mir. Weißt du, ich glaube manchmal, sie ist nicht mal ein Tier.«

Lisbee erstaunte es nicht, dass Mira ihren Kopf neugierig neigte. Sie hegte schon lange den Verdacht, dass die Wölfin den Sinn jedes einzelnen Wortes genau verstand.

Rohlaans Antwort darauf fiel wenig überrascht aus: »Ich weiß, mein Kind. Ich weiß sehr genau, was du meinst.«

»Sie gehört zu …«

Lisbee sah sich suchend in dem riesigen Zimmer um. Sie befand sich in einem sechseckigen Raum, um den mächtigen Stamm der Oake herumgebaut. Überall standen Regale voller Bücher, Kräuter und allerlei Tinkturen, gelagert in unzähligen verschiedenartigen Phiolen und Gefäßen. Alles hier schien geordnet zu sein und einem festen Platz zugehörig.

Neben dem Ausgang hing eine Karte. Kerzenhalter verzierten die Wände der Wohnung. Etwas weiter in Richtung der Mitte des Raumes standen ein Tisch und vier Stühle. Unweit davon befand sich eine hölzerne Truhe mit reichlichen Verzierungen. Schlicht und doch irgendwie edel wirkten alle Möbelstücke auf Lisbee. Sogar einen kleinen Teppich machte sie unter dem Tisch aus. Nichts in diesem Haus erinnerte sie an die Einrichtung einer menschlichen Behausung und doch verströmte diese elfische Wohnung etwas Behagliches. An der gegenüberliegenden Seite prangte ein Schwert waagerecht an der Wand. Es zierte diese ungemein, doch passte in ihren Augen nicht recht zur restlichen Einrichtung. Ihr Blick schweifte weiter, hinaus aus den Fenstern. Nur das strahlende Blau des Himmels und das saftig grüne Blätterdach des Oakenbaumes vermochte sie zu erkennen. In gerader Linie ragten keine weiteren Baumkronen in ihr beschränktes Sichtfeld. Ihr wurde schwummerig. Sie malte sich aus, wie hoch über dem Erdboden sie sich wohl gerade befinden musste. Plötzlich überkam sie das Gefühl, dass das Zimmer mit dem Wind wanken würde.

Die ganze Behausung hatte sie nun schon abgesucht, doch etwas Wesentliches konnte sie beim besten Willen nicht entdecken und hoffte, der Elf käme jeden Moment hinter dem Baumstamm hervor, der sich mitten durch Rohlaans Haus zog.

»Wo ist Ferodil? Besorgt er uns etwas zu essen?«

»Ferodil ist unterwegs. Er wollte etwas Dringendes erledigen. Darum brach er noch am Tag eurer Ankunft auf«, erwiderte der Alte.

Die Augen Lisbees weiteten sich. »Was gab es denn so Dringendes zu erledigen? Er wird doch hoffentlich nichts Gefährliches vorhaben?«

»Sei unbesorgt, mein Kind. Ferodil weiß, was er tut. Ich kenne ihn schon lange genug, um zu wissen, dass er sehr wohl auf sich aufpassen kann.« Die Stimme des Elfen klang in Lisbees Ohren enorm beruhigend. Er strahlte auf sie die alles beschwichtigende Ruhe eines weisen Großvaters aus. Eines Großvaters, den sie nie hatte. Der Klang seiner Stimme zerstreute ihre Zweifel und wischte ihre Ahnungen von gefährlichen Unternehmungen ihres elfischen Retters beiseite.

Wissbegierig begann Lisbee zu fragen: »Rohlaan, an deinen Ohren erkenne ich, dass du ein Elf bist. Aber du bist so ganz anders als Ferodil. Wie kommt das?«

Erstaunen stand dem Elfen ins Gesicht geschrieben. »Wie meinst du das, Kindchen?«

»Na ja, du bist so ... wie soll ich sagen?« Sie suchte nach den passenden Worten. »Du bist so offen. Du verbirgst deine Gefühle nicht. Ich dachte, alle Elfen wären in dieser Beziehung wie Ferodil. Vielleicht liegt es auch daran, dass ich sonst keinen von eurem Volk kenne.«

Der Elf lachte. »Ja, wir Elfen sind im Grunde für die Menschen nicht leicht zu durchschauen.«

»Aber warum bist du so anders? Du strahlst menschliche Wärme aus und dennoch bist du ein Elf.«

Seine Mundwinkel zuckten. »Das liegt wohl daran, dass ich schon so lange unter euch Menschen lebe, meine Liebe. Ich wohne inzwischen so viele Jahrhunderte in Odengard und lebe seither hier in meinem Baumhaus. Die Zeit unter euresgleichen hat mich wohl ein wenig vermenschlichen lassen.«

Lisbees Neugier erwachte nun endgültig und sie wollte noch mehr über ihren freundlichen Gastgeber herausfinden. »Warum bei den Göttern lebst du denn hier mitten in Odengard?«

»Oh, das ist eine lange Geschichte«, antwortete er und hob fast entschuldigend die Arme.

»Es sieht so aus, als hätten wir ausreichend Zeit. Ich bin ja wohl noch eine Weile ans Bett gefesselt. Das hast du eben selbst gesagt. Bitte erzähle sie mir, Rohlaan«, drängte sie ihn mit einem Zwinkern.

Er zwinkerte zurück. »Da hast du wohl recht. Nun gut, ich will es dir erzählen. Siehst du das Schwert dort an der Wand?«

Lisbee nickte. Bei genauerer Betrachtung erkannte sie sogar den kleinen Rubin am Knauf, der in einer Fassung saß, die zwei sich umarmende Körper darstellte. Die Klinge zierte eine Inschrift. Silbern glänzte sie im Sonnenschein. Aber Lisbee vermochte sie nicht zu entschlüsseln. Nicht nur wegen der Entfernung. Schriften zu entziffern, zählte nicht zu ihren Fähigkeiten. Es gab in Schmalwasser niemanden, der ihr das Lesen beigebracht hatte. Erst recht nicht das Deuten geschwungener Elfenschriften.

Rohlaans Blick klebte derweil an der Waffe fest, als sei er bis zum Kinn in Erinnerungen, wie in einem trüben Sumpf, versunken.

»Ich war einst ein Krieger der Elfenstreitmacht. Dieses Schwert blieb mir aus jener Zeit.« Er sprach voller Ehrfurcht. »Ich war wirklich gut im Umgang damit. Meine liebe Frau, Jaelariel, war ebenfalls Teil dieser Armee. Sie beherrschte den Bogen wie kaum jemand anderes. Und sie besaß eine unvergleichliche Anmut und Schönheit.« Seine Mundwinkel zogen sich deutlich sichtbar nach oben, während er von Jaelariel erzählte. Doch Fältchen zeichneten sich nicht in seinen Zügen ab. »Wir kämpften in jenem Zeitalter Seite an Seite mit den Menschen. Die Narkæsch beanspruchten einst dieses wunderschöne Fleckchen Erde für sich, musst du wissen. Sie versuchten einst, ganz Eropos zu erobern. Mit vereinten Kräften konnten unsere Allianz aus Elfen, Zwergen, Magiern und Menschen sie seinerzeit besiegen und aus dem Land vertreiben. Du wirst es vielleicht nicht glauben, aber ich habe an der Seite von König Rasgar und seinen besten Kriegern, Siegjard, Horward und Tegor, gefochten, über die man noch heute Lieder singt.«

»Das ist nicht möglich! Bei den Göttern!«, unterbrach Lisbee die Schilderungen. Ihre Augen quollen fast über und ihr Mund stand so weit offen, dass der Heiler mühelos ihre Mandeln hätte begutachten können. Sie wusste, dass diese Schlacht über tausend Jahre her sein musste. Bis zum heutigen Tag hielt sie die Geschichte über jene Schlacht der Götter nur für eine alte Legende, erfunden von den Geschichtenerzählern und reichlich ausgeschmückt über die Jahrhunderte.

»Nur, weil ihr sie heute eure Götter nennt, heißt das nicht, dass das nicht möglich sein kann«, fuhr er ungerührt fort.

»Aber dann bist du ja schon …«

»Verdammt alt, wolltest du bestimmt sagen«, prustete er, und sie stimmte allmählich in sein Gelächter mit ein.

»Kannst du mir bitte mehr über die Narkæsch erzählen? Waren sie wirklich so schrecklich, wie man es sich heute erzählt?«

»Gewiss kann ich das. Nun, jede Geschichte trägt ein Stück Wahrheit in sich. Die Narkæsch waren tatsächlich ein sehr grausames Volk. Vielleicht sind sie es noch heute. Wer weiß das schon? Sie kämpften erbittert. Wahrscheinlich suchten sie eine neue Heimat. Das weiß niemand so genau. Denn keiner verstand ihre Sprache. Jedenfalls stiegen sie eines Tages in Scharen aus dem Meer. Im Grunde kann man sie am besten beschreiben, wenn man behauptet, sie seien aufrecht gehende Haie gewesen. Diesen Tieren sahen sie zumindest recht ähnlich, bis auf die Beine und Arme eben, die sie zusätzlich zu ihren Flossen am Körper trugen. Sie vermochten an Land genauso gut zu atmen wie unter Wasser, weshalb sie uns immer wieder ausweichen und an anderer Stelle einen erneuten Angriff starten konnten. Nicht allein ihre Harpunen brachten unserer Allianz erhebliche Verluste bei. Auch ihre schrecklichen Zähne, so scharf und spitz wie winzige Dolche, kosteten so manchen tapferen Krieger das Leben. Lange sah es danach aus, dass das heutige Odengard und alle Küsten des gesamten Kontinents nicht mehr zu halten seien und diese kriegerischen Fremden sich weiter ins Landesinnere ausbreiten würden. Bis zu jenem Tag, an dem König Rasgar einen Bund mit den Nachbarn aus Mytlaghyr einging. Gemeinsam gelang es uns, die Narkæsch ins Meer zurückzutreiben. Danach wurden sie hier nicht mehr gesichtet. Seit jener

Epoche lebten Menschen mit Magiern, Zwergen, Elfen und anderen Geschöpfen Mytlaghyrs in friedlichem Einklang. So verlangte es das Bündnis und es brach ein langanhaltendes friedliches Zeitalter an. Aber, liebe Lisbee, das alte Bündnis scheint bei euch kurzlebigen Menschen im Laufe der Jahrhunderte in Vergessenheit geraten zu sein. Zumindest bei jenen Menschen, die aus dem Süden kamen und sich anschickten, ganz Eropos zu erobern. Die Zeit der Magie neigt sich dem Ende. Ein neues Zeitalter steht schon längst vor der Tür. Es spielt keine Rolle, ob wir es wollen oder nicht. Auch in Odengard wird es Einzug halten.« Rohlaan lächelte freundlich, doch die Geste wollte nicht recht zum Gesagten passen. »Ich schweife ab, mein Kind. Es tut mir leid. Erst rate ich dir zu ruhen und dann erzähle ich den ganzen Tag von Kriegern längst vergangener Tage und von Dingen, die wir beide nicht mehr rückgängig zu machen vermögen. Ich alter Narr.«

Lisbee versuchte sich die fremden Wesen vorzustellen. Wie sie sich wohl an Land fortbewegten, mit Flossen und Füßen gleichzeitig. Nach kurzer Zeit besann sie sich wieder. »Sag, Rohlaan, was ist mit Jaelariel geschehen? Warum ist sie nicht hier?«

Sein Lachen verstummte. Seine fröhliche Miene verfinsterte sich augenblicklich.

Zaghaft setzte Lisbee nach: »Ist sie etwa in der Schlacht gegen die Narkæsch gefallen? Das tut mir sehr leid. Ehrlich!« Lisbee schaute bedröppelt drein. Sie fürchtete, den Elfen verletzt zu haben, weil ihm Tränen in den Augen standen. Er wischte sie mit dem Ärmel weg, bevor sie über seine Wangen rinnen konnten.

Der Heiler wandte sein Gesicht in Lisbees Richtung und berichtigte ihre Vermutung mit zittriger Stimme: »Sie ist nicht gefallen. Eine seltsame Krankheit hat sie viel zu früh dahingerafft. Ich konnte ihr nicht helfen! Das Schicksal zwang mich, ihr beim Sterben hilflos zuzuschauen. Niemand vermochte ihr zu helfen!«

»Das tut mir leid!« Lisbees Mund trocknete förmlich aus. Ein dicker Kloß stecke in ihrem Hals und erschwerte ihr das Reden.

Etwas gefasster fuhr Rohlaan fort: »Ich ließ die Zeit als Schwertmeister hinter mir und widmete mich dem Wissen um die Heilkunst. Wenn ich meiner geliebten Frau schon nicht helfen konnte, so habe ich es mir dennoch zur Aufgabe gemacht, so viele Lebewesen zu heilen, wie ich es nur irgend vermag. Denn das ist meine wahre Bestimmung, Lisbee. Die Leute hier in der Gegend suchen mich in dringenden Notfällen auf. Oft begebe ich mich auf Wanderschaft in die umliegenden Orte und biete den Menschen meine Künste an. Ich verlange nichts dafür, dennoch geben sie mir Essen, Kleidung oder was sie eben geradeso entbehren können. Ihr Menschen könnt sehr dankbar sein, wenn ihr in Not seid. Dankbarkeit ist eine Tugend, mein Kind. Vergiss das nicht und sei dein ganzes Leben immer wieder dankbar. Dann wird man dich als gute Seele in Erinnerung behalten.«

»Mir ist allerdings nicht klar, warum du in Odengard geblieben bist, Rohlaan. Warum heilst du nicht die Elfen in Mytlaghyr? Sie sind doch dein Volk. Müsstest du dann nicht eher ihnen helfen?«

Der Elf schaute nun schon wieder fröhlicher drein.

»Ach Kindchen, du scheinst nicht viel über Elfen zu wissen. Mein Volk erkrankt nur selten. Im Gegensatz zu euch Menschen übrigens. Ich hätte mein Können dort nur wesentlich langsamer verbessern und noch dazu nur wenigen helfen können. Außerdem mag ich die Eigenwilligkeit eures Volkes.« Endlich fand die Frohnatur den Weg in sein Antlitz zurück.

»Du hast recht«, gab Lisbee zu. »Ich weiß tatsächlich nicht viel über euch Elfen. Du musst mir unbedingt mehr erzählen. Wie hast du dieses Haus erschaffen? Hast du es einfach in den Baum gezaubert?«

Der alte Elf hob die Hände und antwortete belustigt: »Nein, nein, mein Kind. Wo denkst du hin? Ich bin kein Magier.«

»Aber wie hast du dann dieses Haus hier erschaffen?«, hakte sie nach. »Das kann man doch unmöglich bauen.«

»Das war nicht ich.«

»Aber wer dann? Dein Heim wirkt auf mich nicht so, als wäre es von Menschenhand erschaffen.«

»Es waren Zwerge.«

»Zwerge?«, wiederholte Lisbee ungläubig.

»Ja, sie sind die begabtesten Baumeister, die du auf der ganzen Welt finden wirst. Insbesondere diese fünf, die all das hier erschaffen haben. Sie waren gute Freunde von mir. Dieses Haus passten sie bis zur Vollendung an den immer noch weiterwachsenden Stamm dieser Oake an. Sie bauten mir sogar einen Aufzug ein, ohne dem Baum das Leben zu nehmen. Kaum zu glauben, oder? Darin bist du am Tag eurer Ankunft hier heraufgefahren, falls du dich daran erinnern kannst. Sogar einen tiefen Brunnen haben sie ins Erdreich gebohrt. Die Rohrleitung, die hinunterführt, sorgt hier oben für frisches Wasser. Du musst nur den Hahn an der Wand dort drüben aufdrehen und es kommt herausgesprudelt. Erstaunlich, was diese Zwerge zu erschaffen vermögen, nicht wahr?«

Lisbee kam aus dem Staunen nicht mehr heraus. Ihre Augenlider und ihre Lippen trugen einen Wettkampf aus, wer wohl weiter und länger offenstehen konnte. Als sie all diese Informationen zu verarbeiten begann, drängte sich ihr eine Frage auf, die augenblicklich aus ihr heraussprudelte: »Was ist aus deinen Freunden geworden?«

»Du musst wissen, mein Kind, die Lebensspanne von Zwergen währt längst nicht so lange wie die eines Elfen.«

Lisbee nickte. Bevor die Stimmung wieder beklemmend werden konnte, beschloss sie unauffällig vom Thema abzulenken und fragte den Heiler: »Was weißt du über Magie?«

Rohlaan hielt inne und überlegte kurz, bevor er antwortete: »Im Grunde nicht viel, zumal ich selbst nicht über magische Fähigkeiten verfüge.«

»Aber das, was du weißt, kannst du mir doch bestimmt erzählen.« Sie klimperte mit ihren Wimpern.

»Das kann ich wohl. Wie gesagt, es ist nicht sonderlich viel. Ich weiß, dass man die Veranlagung dafür in sich tragen muss und erst lernen muss, die Magie in sich zu beherrschen. Das bedarf für gewöhnlich sehr viel Zeit und noch mehr Übung. Am besten wäre es wohl, wenn man einen Lehrmeister an seiner Seite hat. Im Grunde kann wohl jeder Magier jede Form von Magie erlernen, wenn er sich entsprechend bemüht. Sofern es stimmt, was mir berichtet wurde. Doch manche Formen, wie beispielsweise Feuermagie, die du ja schon selbst gewirkt hast, sind in der Regel besonders ausgeprägt und fallen dem Magier, der sie in sich trägt, leichter als andere.«

»Aber ich habe die Magie vorher nie in mir gespürt und ich wüsste sie auch jetzt in diesem Augenblick nicht zu entfachen«, warf Lisbee ein.

»Das ist gut möglich. Es soll manchmal so sein, dass es erst ein einschneidendes Erlebnis braucht, um die Magie zum Erwachen zu bringen. Besonders dann, wenn derjenige nicht weiß, was für Fähigkeiten er in sich trägt.«

»Ein einschneidendes Erlebnis hatte ich tatsächlich.« Lisbee berührte ihre Narbe und ein verschmitztes Grinsen huschte über ihr Gesicht.

Der Elf nickte und seine Mundwinkel hoben sich ebenfalls, als er den Wortwitz verstand. Dann fuhr Rohlaan mit seinen Ausführungen fort: »Was das Beherrschen der Kräfte betrifft, muss ich mich leider wiederholen. Da hilft nur tägliche Übung. Nur so erreicht man Perfektion. Aber das weißt du sicherlich auch von anderen Handwerken. Ich bitte dich jedoch inständig, nicht hier in meinem Haus zu üben.« Der Heiler schaute sie ernst an. Seine Miene entspannte sich erst, als sie bestätigend nickte.

»Was hat es mit diesen ausgeprägten Magieformen auf sich?«

»Soweit ich weiß, besitzt jeder Magier mindestens eine bestimmte Art von Können, die er so gut beherrscht wie sonst keine andere. Also zum Beispiel Luftmagie. Bei dir würde ich auf die Feuermagie setzen, wenn ich eine Wette abschließen müsste«, sah er sie schmunzelnd an. »In jedem Fall wird vermutet, dass die angeborenen Fähigkeiten eines Magiers an seine Nachfahren weitervererbt werden.«

»Das würde bedeuten … « Die Erkenntnis traf Lisbee wie ein Schlag.

»Richtig, dass deine Eltern zumindest magisch begabt sein müssen. Kannst du mir etwas über sie erzählen?«

»Leider nein. Ich kann mich nicht an meine wahren Eltern erinnern. Sie schickten mich fort, als ich noch klein war. Ich weiß nur, dass ich viel weiter im Süden geboren bin. Eine alte Frau namens Cynthia nahm mich auf und zog mich groß.«

Ein Anflug von Enttäuschung stand dem Elfen ins Gesicht geschrieben. »Schade, ich hatte gehofft, du könntest mir mehr erzählen als die verwirrenden Worte, die du in deinen Fieberträumen lauthals von dir gegeben hast.«

Erschrocken blickte Lisbee zunächst dem Alten ins Gesicht und wich schließlich seinem bohrenden Blick aus, indem sie den Boden anstarrte. Nach einigen Herzschlägen der Stille brach es aus ihr heraus: »Es gab Zeiten, da habe ich meine Eltern gehasst und nun wünsche ich mir nichts sehnlicher, als sie zu finden, um zu erfahren, wer ich bin und was sie mir wohl in die Wiege gelegt haben mögen.«

Rohlaan verfiel wieder in seinen großväterlichen Ton. »Ich verstehe, warum du sie finden möchtest. Doch warum hast du sie gehasst, mein Kind?«

Lisbees Stimme wurde rauer. Tränen standen in ihren Augen, dazu bereit, herauszuströmen. »Ich weiß nicht, ob du mich verstehen kannst. Du lebst freiwillig in einer fernen Gegend, fernab von deiner Heimat. Für mich gab es diese Wahl nicht. Verstehst du?« Lisbee redete sich allmählich in Rage. »Weißt du …? Weißt du, wie es ist, dich immer fremd in deiner Heimat zu fühlen? Als Kind wurde ich gehänselt, weil meine Haut nicht so hell war wie die der anderen Kinder. Doch noch viel schlimmer wog, dass ich keinen Nachnamen trage. Denn ich kenne den Namen meines Vaters nicht. Jeder bei uns in Schmalwasser war die Tochter oder der Sohn von irgendjemanden. Nur ich nicht. Verstehst du? Ich bin Lisbee Werweißdasschondottyr. Hast du eine Ahnung, wie grausam Kinder sein können?« Sie schluchzte. »Nicht einmal einen Anhänger oder irgendein anderes Erinnerungsstück gaben meine Eltern mir mit. Ich bekam nichts weiter mit auf den Weg als die Kleidung, die ich trug. So lange schon hasse ich sie für all das. Und jetzt verfolgen mich jede Nacht diese verdammten Träume und ich will sie trotz ihrer Schuld, die sie auf sich geladen haben, wiederfinden.« Bei diesen Worten vermochte Lisbee den Strom, der aus ihren Augen herausquellen wollte, nicht mehr zurückzuhalten. Sie ließ ihrer verzweifelten Trauer freien Lauf. Ihr Gesicht verbarg sie zwischen ihren Händen.

Rohlaan lauschte ihr die ganze Zeit aufmerksam. Zum Trost legte er eine Hand auf ihre Schulter, ließ die Finger langsam über ihre Haut kreisen und schwieg dabei. Erst nach einiger Zeit offenbarte er seine Gedanken. »Ist dir je in den Sinn gekommen, dass deine Eltern dich womöglich zu beschützen versuchten?«

Es dauerte, bis Rohlaans Worte Lisbees Verstand erreichten. Sie wischte sich die Tränen und den Rotz mit ihrem Ärmel ab, hob den Kopf und sah den Elfen aus roten Augen an. »Nein! Was meinst du? Wovor denn beschützen?«

Stirnrunzelnd hielt er ihrem Blick stand. »Nun ja, du weißt ja inzwischen, wie die Südländer mit vermeintlichen Hexen und allem, was sie nicht verstehen, umgehen.«

»Verbrennen!«, giftete Lisbee. Ihre Muskeln spannten sich an. In den Fingern kribbelte es wohlig warm. Beinahe so wie es im Wald gekribbelt hatte.

»Richtig. Soweit ich weiß, waren die Südlande einst ein kleines Land. Durch stetige Eroberungen vergrößerten sie ihren Einflussbereich immer weiter. Inzwischen verleiben sie sich bekanntlich auch Odengard ein.« Rohlaan fasste all das mit stoischer Ruhe zusammen.

In Lisbee hingegen brodelte es bei dem Gedanken an die blauen Soldaten aus dem Süden und an das, was sie mit Cynthia angestellt hatten. Das Kribbeln in den Fingern verstärkte sich. Sie verspürte den Wunsch nach feuriger Rache.

»Es scheint mir doch sehr wahrscheinlich, dass deine Eltern irgendwo weiter im Süden leben. Vielleicht versuchten sie sogar, sich gegen die Eindringlinge zu wehren. Ein kleines Kind wäre dabei in unermesslicher Gefahr gewesen. Meinst du nicht? Was wäre, wenn sie dich zu deinem eigenen Schutz so weit wie möglich aus dem Gefahrenbereich herausgebracht hätten? Die fehlenden Erinnerungsstücke deuten darauf hin, dass sie nicht wollten, dass jemand deine magische Abstammung erkennt, falls sie den Vormarsch der Südländer nicht verhindern können. Dann wären Amulette oder Ähnliches nur verräterische Andenken. Verstehst du?«

»Bei den Göttern! So habe ich es noch nie betrachtet. Dann muss ich sie erst recht finden.« Mit einem Mal schlug Lisbees Ärger über ihre Eltern in den wachsenden Wunsch um, sie selbst zu ihren Beweggründen zu befragen. Denn was der alte Elf da sagte, ergab so viel Sinn. Sie hätte sich ohrfeigen können, es noch nie selbst so betrachtet zu haben.

»Wenn das Schicksal es so will, wirst du sie wiedersehen.«

Lisbee rollte mit den Augen und seufzte: »Jetzt fängst du auch noch mit diesem Schicksal an. Genauso wie Ferodil es immer tut. Bei den Göttern.«

»Und ihr Menschen schiebt alles auf die Götter. Das ist doch fast das Gleiche«, zeigte sich der Elf gespielt eingeschnappt.

Lisbee schmunzelte und der Heiler tat es ihr gleich.

»Ich mag dich«, quoll es aus ihrem Mund.

»Ich dich auch, Kind.« Beide lächelten sich an.

»Wo wir gerade von Ferodil sprachen … was kannst du mir über ihn erzählen?«

Lisbee bemerkte, wie Miranee die Ohren spitzte. Die Wölfin schien auf einmal wieder voll und ganz dem Gespräch zu lauschen.

»Du magst ihn sehr, nicht wahr?«

Lisbee lief ein Schauer über den Rücken. Die Gegenfrage traf sie völlig unvorbereitet. Ihrem Gefühl nach musste ihr Gesicht schon weinrot angelaufen sein. Sie straffte sich.

»Ich weiß nicht, wovon du sprichst. Ich will nur wissen, mit wem ich durch ganz Odengard reise. Ferodil selbst gibt ja nicht sonderlich viel von sich preis.«

»Glaube mir, Kindchen, ich bin lange genug unter Menschen, um dir an der Nasenspitze anzusehen, was du über Ferodil wissen möchtest. Aber ich kann dir nicht sagen, ob daheim ein Weib auf ihn wartet.«

Lisbee wusste nicht, ob sie sich mehr über Rohlaans forsche Art oder ihre scheinbar offensichtlich zur Schau gestellten Gefühle ärgerte. Sie setzte zum Protest an: »Das wollte ich doch überhaupt nicht fragen!« Beim Sprechen bemerkte sie selbst, dass sie zu lange gezögert hatte, um glaubwürdig zu klingen.

Rohlaan ging nicht weiter darauf ein. Er grinste nur verschwörerisch. »Wie du meinst, mein Kind. Was möchtest du denn dann wissen?«

Miranee zog die Lefzen hoch. Auf Lisbee wirkte es, als versuchte die Wölfin sich an einem Lächeln. Rohlaans herausposaunte Erkenntnis ließ Lisbees Wangen erröten. Dabei dürfte Mira von alledem doch nichts verstehen. Zumindest redete Lisbee sich das ein.

Krampfhaft überlegte sie, wie sie möglichst elegant aus dieser Misere herauskommen konnte. Erst nach einer gefühlten Ewigkeit überkam sie ein Geistesblitz.

»Rohlaan, was bedeutet der rote Drache auf Ferodils linker Hand?«

Miranee hob den Kopf und spitzte die Ohren.

»Du meinst die Tätowierung?«

Lisbee nickte. »Ja genau. Er trennt sich ja im Grunde nie von seinen Handschuhen, aber als er meine Wunde verband, hat er seine Hände entblößt. Da fiel mir dieser Drache auf seinem linken Handrücken auf.«

Rohlaans fröhlicher Gesichtsausdruck wechselte plötzlich in eine tiefe Ernsthaftigkeit. Das Lächeln verschwand nicht nur von seinen Lippen, sondern auch aus seinen Augen. »Das, mein liebes Kind, ist das Erkennungszeichen der geheimen Garde des Muerton.«

»Was bedeutet das?«, begehrte Lisbee zu wissen, obwohl sie leise Zweifel hegte, die Geschichte wirklich erfahren zu wollen.

Mira fletschte ihre Zähne bei der Erwähnung des Namens und gab knurrende Laute von sich. Ihr Nackenfell stand bedrohlich aufgerichtet von ihrem kraftvollen Körper ab. Jeder Muskel in ihr wirkte angespannt, bereit zum Sprung auf den Träger des Namens Muerton. Es wirkte nicht so, als ob die Fähe mehr über diesen Mann hören wollte.

»Womöglich solltest du Ferodil lieber selbst dazu befragen.« Der Alte versuchte mit einer Handbewegung das Thema beiseite zu schieben.

Lisbee las das Unbehagen an seiner angespannten Körperhaltung und seinen ausweichenden Augen ab. Doch das stachelte ihre Neugier nur noch mehr an, anstatt sie von weiteren Nachfragen abzuhalten. Sie fragte sich, was Miranee zu ihrer aggressiven Reaktion bewegte. Sie schaute mehrfach zwischen Rohlaan und der Wölfin hin und her, bevor sie den Elfen beschwichtigte: »Miranee wird dir nichts tun. Ferodil hat ihr selbst gesagt, dass sie auch auf dich achtgeben soll. Stimmt doch, oder? Daran wird sie sich halten. Dessen bin ich mir sicher.«

Lisbee sah Miranee ernst an. Die Wölfin hörte widerwillig auf zu drohen.

Erneut schaute das Mädchen den Elfen auffordernd an und deutete ihm mit einem Augenaufschlag, ihre Neugier nun endlich zu stillen.

Rohlaan räusperte sich. Prüfend beäugte er Miranee. »Ich muss dich warnen, mein liebes Kind. Die Wahrheit wird dir sicher nicht gefallen.«

»Ich will sie trotzdem hören«, erwiderte Lisbee schulterzuckend. Um ihren Worten Nachdruck zu verleihen, setzte sie sich noch aufrechter hin. Dabei rief sich ihr linker Arm schmerzhaft in Erinnerung. Sie zuckte unbewusst zusammen, als sie den Schmerz spürte. Zum Glück ließ das Stechen bald wieder nach.

Rohlaan atmete noch einmal sichtbar tief ein. »Nun gut, Lisbee. Du hast es so gewollt. Irgendwann musst du die Wahrheit ohnehin erfahren.« Er seufzte.

»Muerton ist ein hochbegabter Magier, ein Seher und ein Gestaltenwandler. Das Zeichen auf Ferodils Hand trägt jeder, der im Dienste Muertons steht. Der Magier war einmal ein angesehenes Mitglied im Rat der Zwölf. Also jenem Rat, der über die Geschicke Mytlaghyrs wacht und entscheidet. Doch er wollte die Macht irgendwann nicht mehr teilen und beschloss, seine Untergebenen grausame Aufträge ausführen zu lassen. Spionage und Diebstahl galt dabei noch als das geringste Übel. Auch heimtückische Morde soll er beauftragt haben.«

Lisbee spürte die Farbe förmlich aus ihrem Gesicht weichen. Die Vorstellung, auch Ferodil könnte im Auftrag des Magiers gemordet haben, versetzte ihr einen Stich, ließ sein Ansehen bei ihr ins Bodenlose stürzen. Eine Erkenntnis traf sie wie ein Blitzschlag. Zögerlich erhob sie ihre Stimme.

»Du sagtest, dieser Muerton sei ein Seher?«

»Ja. Ein meisterhafter Seher. Du wirst nur schwerlich einen besseren finden.«

Lisbee beschlich eine dunkle Vorahnung. Ferodil sprach die ganze Zeit davon, sie zu einem Seher bringen zu wollen, dessen Namen er nie erwähnte. Vermutlich, wie sich nun herausstellte, weil es sich um ein blutrünstiges, machthungriges Monster handelte. Ein Monster, dessen bedrohlicher Schatten sich in Lisbees Gedankenwelt auch auf Ferodil, seinen Lakaien, legte. Ihr kam ums Verrecken nicht in den Sinn, was dieser Magier wohl von ihr wollen könnte.

Bei den Göttern und bei Cynthia, auf keinen Fall werde ich zu diesem Muerton gehen. Das kann sich Ferodil aus dem Kopf schlagen. Eher verbrenne ich ihn, als dass ich mich von ihm dorthin schleifen lasse!

Im gleichen Moment kribbelten ihre Finger so stark wie vor ein paar Tagen im Wald. Sie erschrak. Sie lief Gefahr, Rohlaans Wohnung in Brand zu stecken, wenn sie sich nicht beruhigte.

In Richtung des Alten log sie aus der Not heraus: »Ich bin müde. Ich sollte mich ein wenig hinlegen und schlafen.« Falls beide unter einer Decke steckten, musste der Elf nicht wissen, wie es in ihr aussah.

Der Alte nickte nur. Seine Stirn lag in Falten.

Lisbee legte sich zurück auf das Federkissen, rollte sich zur Seite und kehrte dem Heiler ihren Rücken zu.

Auf diese Weise hoffte sie, ihre tiefe Enttäuschung vor dem weißhaarigen Elfen verbergen zu können. Die erneut anschwellenden Tränen unterdrückte sie, bis sie sich weggedreht hatte. In ihr zersplitterte ihr wundervolles Bild von ihrem elfischen Retter, den sie trotz seiner unnahbaren Art bis zum heutigen Tage mehr als nur mochte, in tausend kleine Bruchstücke.

Rohlaan saß noch immer auf der Bettkante und legte ihr erneut seine Hand auf die Schulter.

»Lass dir von einem, der schon eine halbe Ewigkeit auf dieser Erde weilt, eine Weisheit mit auf den Weg geben, mein Kind. Nicht in allen Wesen auf dieser Welt mag Magie verborgen sein. Doch in jedem Wesen dieser Welt stecken das Gute und das Böse. Jeder trägt für sich selbst die Verantwortung, welcher dieser beiden Teile die Oberhand gewinnt. Gänzlich verdrängen lässt sich am Ende weder das Gute noch das Böse. Und nur weil eine Seite auffälliger erscheint, bedeutet dies nicht, dass sie die stärkere ist. Urteile nicht zu voreilig über Ferodil. Das wird ihm nicht gerecht.«

Der alte Heiler streichelte ihr noch einmal sanft über den Rücken und entfernte sich ohne ein weiteres Wort. Sie hörte, wie er sich an seinem Regal mit den Zutaten zu schaffen zu machte.

Lisbee blieb mit ihren Gedanken und den Tränen im Bett zurück. Miranee sprang hinein, rollte sich am Fußende zusammen und wärmte ihr die Füße.

Wer aufbricht und wer bleibt

Lisbee

Lisbee drehte sich weg vom Fenster. Der alte Heiler hatte Recht behalten. Nach zwei weiteren Tagen, an denen sie die grässliche Medizin hatte schlucken müssen, ging es ihr nun deutlich besser. Nur gegen das Schwindelgefühl, das sie bei jedem Blick aus dem Fenster heimsuchte, half das Mittel nicht einmal ansatzweise. Sie wagte es nicht, sich auch nur eine Handbreit herauszulehnen und in die Tiefe zu schauen.

Miranee wirkte schon seit Stunden wie ausgewechselt. Aufgeregt scharwenzelte sie bereits den ganzen Vormittag durch das Haus. Ihre Nervosität war beinahe ansteckend. Selbst Rohlaan schien die ihm eigene Ruhe nach und nach zu verlieren und blickte in unregelmäßigen Abständen aus einem der Lichteinlässe. Als sei er von der Wölfin angesteckt worden. Auch Lisbee drängte eine innere Stimme, es ihm gleichzutun. Doch sie scheiterte kläglich bei jedwedem Versuch, ihren Blick nach unten zu zwingen. Jedes Mal zitterte ihr gesamter Leib, und die Beine drohten, ihr den Dienst zu versagen.

Obwohl sie hoffte, Ferodil würde nicht so bald erscheinen, um seine Reise gemeinsam mit ihr fortzusetzen, wollte sie tief im Inneren dennoch nicht, dass ihm etwas zustieß. Egal was er war, ob gut oder böse, sie stand tief in seiner Schuld, weil er ihr in Schmalwasser das Leben gerettet hatte. Ohne ihn wäre sie wohl längst nur noch kalte Asche, malte sie sich aus und ein Schauer lief ihren Rücken entlang. Die Nervosität der anderen beiden drängte ihr unweigerlich das beklemmende Gefühl auf, dass ihm etwas zugestoßen sein könnte. Schließlich wusste sie nicht, was genau er vorhatte und wie viele Tage seine Unternehmung wohl in Anspruch nehmen würde.

Fest stand nur, dass zwischen Ferodil und Miranee ein unsichtbares Band bestand. Ihre Vermutung verstärkte sich. Mira begann plötzlich leise zu winseln. Wahrscheinlich um ihrer Aufregung einen Weg aus ihrem Inneren zu bahnen.

Bei den Göttern, ich hoffe, er kehrt unversehrt zurück, selbst wenn er ein gemeiner Meuchler ist.

Ob sie weiter mit ihm ziehen und ihm vertrauen würde, das stand auf einem anderen Blatt. Nervös stapfte sie durch Rohlaans Behausung.

Ferodil nicht mehr zu folgen, kristallisierte sich als einfachster Weg heraus, ihrem Schicksal zu entkommen und nicht zu diesem abscheulichen Muerton gebracht zu werden.

Jetzt fange ich auch schon mit diesem Schicksal an, bei den Göttern, fluchte sie in sich hinein. Lisbee schwankte mehr denn je mit ihrem Urteil darüber, was sie von Ferodil halten sollte. Die Aussagen Rohlaans ließen ihren eigenwilligen Lebensretter und das ausgegebene Reiseziel in einem ganz anderen, bedeutend fragwürdigeren Licht erscheinen.

Noch viel schlimmer wog für sie dabei, dass sie keine Vorstellung davon besaß, wie sie sich ihm widersetzen sollte, wenn er sie weiter nach Mytlaghyr schleifen wollte. Auf der Hand lag nur, dass er sie nicht freiwillig zurücklassen würde.

Erneut beobachtete sie Rohlaan dabei, wie er aus dem Fenster schaute. Freudig jauchzte er: »Dort hinten kommt jemand. Ich muss mich schon sehr täuschen, wenn das nicht unser guter Freund Ferodil ist.«

Lisbees dunkle Vorahnungen zerschlugen sich augenblicklich und doch fühlte sie sich steif und leer. Wie konnte sie dem Elfen nur klarmachen, dass sie ihn nicht weiter begleiten wollte?

Rohlaan bewegte sich in Richtung des Aufzuges. Kaum angekommen, betätigte er einen unscheinbaren Hebel. Leise surrend, wie ein Pfeil, der durch die Luft sauste, begann das Gefährt sich langsam in die Tiefe zu bewegen. Es dauerte einige Zeit, bis die Gondel auf dem Boden aufsetzte. Am Grund des Schachtes harrte sie für unendlich viele Herzschläge aus. Mit einem Ruckeln begann das Gefährt seine Fahrt in die entgegengesetzte Richtung.

Lisbee schluckte schwer. Ihr Hals fühlte sich an, als versuchte sie eine Kröte in einem Stück zu verschlucken, deren Ausmaße ihren Rachen um das Doppelte übertrafen. Die Zeit schien still zu stehen. Einzig der Aufzug bewegte sich unentwegt fort. Die Fahrt kam ihr so unendlich langsam vor. Viel langsamer noch als auf dem Weg hinab. Erwartete sie doch das Unausweichliche.

Schon bald würde Ferodil wieder vor ihr stehen und es gab nicht einen Funken in ihr, dem die baldige Weiterreise behagte.

Sie spürte es genau. Hätte sie Rohlaan nicht nach ihrem Retter ausgefragt, liefe es jetzt ganz sicher anders. Sie würde aufgeregt am Ausgang des Gefährts warten und dem Elfen um den Hals fallen wollen, weil er ihr wahrscheinlich ein zweites Mal das Leben gerettet hatte. Was immer er dafür auch getan haben mochte. Und weil sie seine Eisaugen so gern wiedersehen wollte, die sie alles um sich herum vergessen ließen.

Lisbee wünschte, sie könnte sich noch immer unbefangen darin verlieren. Doch stattdessen verzog sie sich in die hinterste Ecke des Raumes. Das Eis in seinen Augen bekam für Lisbee eine völlig neue Bedeutung. Es zeugte von einer Kälte in seinem Herzen, die ihn Morde begehen ließ. Heimtückische Morde im schlimmsten Fall.

Die Tür des Aufzugs knarrte nicht einmal, als sie sich öffnete. Miranee begrüßte ihren Herrn als Erste. Auf die Hinterläufe gestellt, legte sie ihre Vorderpfoten auf Ferodils Schultern, riss ihn beinah von den Beinen. Aufgeregt leckte sie ihm durchs Gesicht.

Von Lisbees Position aus mutete es fast so an, als würde die mächtige Wölfin ihn überschwänglich umarmen und küssen.

Lisbee wandte den Blick ab. Sie wähnte das Feuer in ihrer Brust, das sie vor Tagen noch verspürte, wenn sie den Elfen ansah, als heruntergebrannt. Dennoch versetzte ihr der Anblick der beiden einen Stich. Schlimmer noch als der Schmerz in ihrer Wunde. Eine längst erahnte Befürchtung bewahrheitete sich offenkundig.

»Gut siehst du aus, alter Freund«, hörte Lisbee den Alten in seinem stets frohen Tonfall sagen.

Lisbees Augenpaar wandte sich wieder dem Geschehen zu.

Ferodil bemühte sich, die überglückliche Wölfin zu beruhigen. Lachend begrüßte er sie: »Schon gut, Mira. Ich bin unverletzt. Mir geht es gut. Du musst mich nicht auffressen.«

Als sie von ihm abließ, verschwand auch die Fröhlichkeit des Elfen aus seinen Zügen. In seiner gewohnten Ernsthaftigkeit wandte er sich an Rohlaan: »Wie geht es Lisbee? Ist sie gesund und bereit, weiterzureisen, mein alter Freund?«

Der Alte zog eine Braue nach oben: »Gesünder als zuletzt ist sie sehr wohl. Ob sie sich bereit fühlt, zu reisen?« Er machte eine Pause und schaute grüblerisch drein. »Nun, da bin ich mir nicht so sicher. Sie war sehr schweigsam und zurückgezogen in letzter Zeit. Aber frage sie besser selbst. Dort drüben steht sie.«

Ferodil folgte dem Blick des Heilers. Nun gab es keinen Ausweg mehr. Sie musste sich dem stellen, was immer da auch kommen mochte.

»Ich wusste doch, Rohlaan würde dich wieder hinbekommen. Wenn nicht er, dann hätte das niemand zustande gebracht.« Die Freude klang echt und nicht gespielt. Noch während er sprach, klopfte er dem Alten dankend auf die Schulter. Ein breites Grinsen zog sich quer durch Ferodils Gesicht. »Nun, da du gesund bist, brechen wir nach dem Mittagessen auf«, bestimmte er. »Ich konnte die fremden Soldaten in die Irre führen.«

Ein Funken Hoffnung keimte in Lisbee auf. Das klang nicht nach Mord.

»Es gelang mir, die Anzahl unserer Verfolger zu verringern. Man könnte behaupten, ich hätte Cynthia gewissermaßen gerächt, auch wenn ich den Befehlshaber leider nicht erwischt habe.« Für seine Verhältnisse kam ihr der Elf fast überschwänglich vor. Er wirkte geradezu stolz auf seine Taten. Seine Worte brannten sich tief in Lisbees Herz. Ihr Entschluss verfestigte sich.

Sie straffte sich, sog die Luft scharf ein und nahm all ihren Mut zusammen. »Ich werde nicht mitkommen!«

Ferodil sah sie an. Sie meinte, das Erstaunen, gar Verwirrung, in seinem Gesicht lesen zu können. »Was heißt das? Du musst mitkommen, sonst war all das umsonst!«

Mit krächzender Stimme entgegnete sie: »Ich weiß inzwischen, wer du bist und wohin du mich bringen willst. Ich kann dich unmöglich begleiten.«

Unweigerlich wanderte ihr Blick auf seine linke Hand. Wie immer verbarg Ferodil sie unter dem Leder seines Handschuhs.

Die beiden Elfen schauten sich abschätzend an, bevor Ferodil sich mit ruhigem Tonfall erkundigte: »Was hat dir Rohlaan über mich erzählt?«

Lisbee zuckte mit den Schultern. Ihre Stimme zitterte. »Na alles, was ich wissen muss, um zu entscheiden, dass ich lieber hierbleiben will. Ich weiß, was der rote Drache auf deiner Hand bedeutet und was für abscheuliche Taten du auf dem Gewissen hast. Ich bleibe bei Rohlaan und werde Heilerin. Das ist meine Bestimmung. Meine Eltern wollten es so, sonst hätten sie mich wohl kaum zu einem Kräuterweib geschickt.«

»Du wirst was?« Rohlaan stand die Überrumpelung ins Gesicht geschrieben.

Weder Lisbee noch Ferodil reagierten darauf. Stattdessen starrten sie sich gegenseitig an. Hocherhobenen Hauptes standen sie sich gegenüber. Abschätzend. Lauernd. Wie Katzen, die sich an der Reviergrenze begegneten. Darauf bedacht, keine Schwäche zu zeigen. Ihre Augen studierten einander. Lisbee spürte das Auf und Ab ihres Brustkorbes zunehmen. Die Anspannung in ihr stieg ins Unermessliche.

Warum sagt er nichts und starrt mich nur an? Bin ich ihm auf einmal doch unwichtig?

Es fühlte sich an, als ertappte sie sich selbst dabei, noch immer Gefühle für ihn zu haben.

Miranee durchbrach die eisigkalte Stille. Geschmeidig löste sie sich von Ferodils Seite, kam zu ihr herüber. Sanft packten die Wolfszähne Lisbees Hand. Vorsichtig zogen sie daran in Richtung des Elfenspions.

»Lass das, Miranee«, erboste sich Lisbee und stemmte sich dagegen. So sehr sie die majestätische Wölfin auch mochte, so wenig beabsichtigte sie, sich von ihr weichkochen zu lassen. Nicht in diesem entscheidenden Augenblick. Nein, auch nicht, wenn sich ihrer beider Wege heute trennen würden. Sie musste stark bleiben und sich durchsetzen. »Bei den Göttern! Ich werde nicht die Dienerin eines Magiers, der über Leichen geht«, protestierte sie energisch.

»Dass ausgerechnet du mir in den Rücken fällst, Rohlaan, hätte ich nicht gedacht. Du hast ihr von Muerton erzählt.« Er warf seinem Freund einen bösen Blick zu.

Bevor der alte Heiler etwas erwidern konnte, antworte Lisbee mit vorwurfsvoller Geste: »Ja genau! Das hat er. Es war richtig so! Auch davon, dass du ein Mörder bist, hat er mir berichtet. Egal ob du mich nun gerettet hast, oder nicht. Ich kann dich nicht mehr begleiten.« Entschlossen verschränkte sie die Arme vor der Brust.

Völlig unerwartet überkam Ferodil eine Emotionalität, die Lisbee weder von ihm noch von einem gewöhnlichen Menschen kannte. Mit zittriger und doch lauter Stimme entluden sich seine Gefühle. »Was hättest du getan, wenn deine geliebte Cynthia die Geisel eines wahnsinnigen Magiers geworden wäre? Hättest du dann nicht alles getan, um sie am Leben zu erhalten? Hättest du nicht auch jeden Auftrag ausgeführt? Ganz egal wie er gelautet hätte? Los sag es mir! Wie hättest du dich verhalten? Hättest du vielleicht vor irgendetwas zurückgeschreckt?«

Er wartete Lisbees Antwort nicht ab. Sie spürte ihre Gesichtsfarbe verblassen.

»Ich tat alles, was Muerton von mir verlangte. Es ist wahr! Und das alles aus einem einzigen Grund! Bei all seinen Aufträgen sah ich Miranee vor Augen. Wenn du jemanden wirklich liebst, tust du alles Mögliche, um dessen Leben zu retten. Ich für meinen Teil habe sehr schnell gelernt, zu töten. Um zu überleben und das Leben meiner Mira zu schützen. Weil ich mich als äußerst geschickt darin erwies, wurde ich rasch der Anführer seiner geheimen Garde. Bis zu jenem Tag, an dem ich scheiterte und mich weigerte, seinen Befehl zu Ende zu bringen.«

Ferodil stockte. Leere Augen starrten ins Nichts, als ob er alte Bilder vor sich sah. Bilder, die er irgendwo in seinem Herzen begraben hatte, und die nun leichenblass wieder aus ihrem Grab krochen, um ihn erneut zu peinigen.

Stockend erhob sich seine Stimme: »Ich führte an jenem Tag einen kleinen Trupp an. Es herrschte Krieg mit den Orks. Wir erhielten den Befehl, uns ins Kampfgetümmel zu stürzen und den elfischen General zu töten. Den mörderischen Orkhorden sollten wir mit dieser Tat den Weg zum Sieg ebnen. Nur Muerton selbst weiß, welcher Pakt mit diesen Halsaufschlitzern ihn antrieb. Bis auf mich fielen bei dieser Mission all unsere Leute, die mich begleiteten.«

Lisbee lauschte. Sie stand längst nicht mehr so selbstsicher vor ihm, wie sie es beabsichtigte. Ihr Körper fühlte sich zerbrechlich an, wie ein Strohhalm. Mit ihrer rechten Hand verdeckte sie ihren offenstehenden Mund.

»Ich konnte diesen Auftrag nicht ausführen. Das hätte das Ende von Mytlaghyr bedeutet. Diese Schuld wollte ich nicht auf mich laden. Obwohl ich um den Preis meines Handelns wusste.«

Der sonst so stolze Elf sackte in sich zusammen. Kraftlos ließ er sich auf einem Stuhl nieder. Sichtbar rang der Elf um seine Fassung. Die Wölfin legte ihren Kopf auf seinen Schoß und fiepte aufmunternd.

Zögerlich fragte Lisbee: »Warum ist Miranee noch am Leben?«

»Als ich zurückkehrte, um vom Scheitern meiner Mission zu berichten, wütete dieser Wahnsinnige furchtbar. Er sann nach einer angemessenen Bestrafung. Am Ende entschied er sich dazu, meine geliebte Miranee in einen Schattenwolf zu verwandeln und uns beide zur Jagd freizugeben. Nur mit Mühe und Not entkamen wir aus seinem Palast. Von da an flohen wir lange Zeit vor seinen Jägern. Muerton erklärte uns zu Aussätzigen. Zu Vogelfreien. Bis zu dem Tag, als der Größenwahnsinnige selbst zur Rechenschaft gezogen werden sollte, mussten wir uns verstecken.«

Lisbees Blick wanderte hinüber zur Schattenwölfin oder was auch immer in dem schwarzen Fell steckte. Dank der Erklärungen Ferodils erschienen ihr das seltsame Verhalten des Tieres und das gesehene Gesicht in einem ganz neuen Licht. Sie fühlte Mitleid mit Miranee, die ein bösartiger Zauber in diesem Körper gefangen hielt. Wenn es einen Weg gab, sie zu befreien, wollte sie dabei helfen. Nur wie? Das konnte im Grunde nur derjenige Wissen, der sie einst in dieses Wesen verwandelt hatte.

»Was ist aus Muerton geworden?« Die Frage tat nach all dem Gehörten fast weh beim Sprechen.

Ferodil zuckte nur mit den Schultern. Ein Seufzer drang aus seinem Mund. »Bevor der Rat ihn zur Rechenschaft für seinen Verrat ziehen konnte, war er bereits aus Mytlaghyr verschwunden und wurde seitdem nicht mehr gesehen. Womöglich kam er bei den Orks unter, mit denen er paktierte.«

Lisbee begann es zu dämmern. »Wenn Muerton nicht der Seher ist, zu dem du mich bringen wolltest. Zu wem bringst du mich dann?«

Von hinten flüsterte Rohlaan: »Du solltest es ihr sagen, alter Freund. Ich kenne die Menschen besser als du. Wenn sie dir folgen und dir vertrauen soll, musst du ihr verraten, wer dir deinen Auftrag gab.«

Ferodil nickte abwägend. Er zögerte, er grübelte, wie viel er preisgeben konnte. Das sah sie ihm an.

»Ich bringe dich zu Deadaed, einem großen Magier Mytlaghyrs. Ein ehrenwertes Mitglied des Rates der Zwölf. Er ist ein Seher und hat dich in einer seiner Visionen erkannt. Du, Lisbee, sollst seine Schülerin werden. Wenn deine Zeit gekommen ist und du deine ganze Stärke entwickelt hast, wirst du in der Lage sein, meine Miranee wieder in die Elfin zurückzuverwandeln, die sie einmal war.«

Lisbee blieb die Luft weg. »Ich soll sie … ähm zurückverwandeln? Warum macht das nicht dieser …?«

»Deadaed«, half ihr Ferodil aus. »Das vermag er nicht. Im Gegensatz zu Muerton beherrscht er keine Gestaltenwandlungszauber und kann deshalb den Bann, der auf Mira liegt, nicht zurücknehmen.«

»Und ich soll das bewerkstelligen, oder was? Ich bin doch nur ein einfaches Mädchen!« Ihre Hände stemmten sich in ihre Hüften. Aus weit aufgerissenen Augen glotzte sie den Elfen an. Das konnte er doch unmöglich ernst meinen.

Ferodil verzog keine Miene. »Wir beide wissen, dass du mehr bist als ein einfaches Mädchen.«

Auch wenn sie es nicht offen zugeben wollte, spürte sie doch, dass er recht haben mochte. Ihr Leben hatte sich in so kurzer Zeit so radikal verändert. Es fiel ihr noch immer schwer, alle Geschehnisse zu glauben. Die Veränderung fand zuletzt in dem Feuer, welches aus ihren bloßen Händen strömen konnte und zwei hartgesottenen Kerlen das Fürchten lehrte, ihren Höhepunkt.

Eine Erkenntnis schoss ihr wie ein Blitz in den Kopf.

Die hübsche Elfin, die mir nach dem Angriff vor Augen erschien. Das war Miranee! Immerhin hat sie mich genau in diesem Moment berührt.

So ganz wollte Lisbee dem Elfen dennoch nicht trauen und suchte nach Rohlaans Bestätigung. »Stimmt es, dass dieser Deadaed ein angesehenes Mitglied des Rates ist? Was auch immer sich hinter diesem Rat verbirgt.«

Der Alte strahlte seine übliche Ruhe aus. Er antwortete freundlich, aber bestimmt: »Es ist wahr, was Ferodil sagt. Deadaed ist ein ehrenwerter Magier. Als Lehrer soll er recht streng sein, aber ansonsten habe ich nie etwas Nachteiliges über ihn gehört.«

Lisbee gab sich noch nicht geschlagen. »Wenn er ein Seher ist, was hat er dir über meine Eltern verraten?

Wenn ich meine Träume richtig verstehe, soll ich sie suchen. Du hast einmal erwähnt, du wüsstest mehr, doch dürftest es mir nicht verraten.«

Ferodil nickte.

»Höchste Zeit für dich, die Wahrheit zu sagen. Wenn ich dich begleiten soll, dann musst du mir auf der Stelle verraten, wer sie sind.«

Ferodils Augen weiteten sich. Er schien mit sich selbst zu ringen, ob er ihrer Forderung nachgeben sollte. Sein Zögern ließ Lisbee vor Spannung fast zerbersten.

Schließlich rang er sich zu einer Antwort durch. »Das darf ich nicht, so sehr ich es auch möchte. Das ist die Wahrheit. Auch wenn du es bestimmt nicht wahrhaben möchtest. Deadaed hat es mir untersagt. Seiner Vision nach musst du es allein mit Hilfe deiner Fähigkeiten herausfinden. Sollte ich es dir verraten, würde er dich nicht als Schülerin aufnehmen, hat er gedroht. Das würde es ungleich schwerer machen, deine Fähigkeiten ausreichend zu entwickeln, um Miranees wahre Gestalt zurückzuholen. Wenn du mehr über deine Eltern wissen möchtest, dann führt kein Weg an Deadaed vorbei. Du musst dich seinem Willen, seinen Visionen beugen.«

Die Zeit flog an ihr vorüber, während Lisbee den Elfen musternd betrachtete. Gab es ein Anzeichen der Lüge? Verschwieg er ihr etwas? Sie überlegte, was sie tun sollte. Immerhin erfüllte er ihre Bedingung nicht. Dabei verlangte es sie so dringend, mehr zu erfahren. Wie sollte sie sich bloß entscheiden? Es galt, ihr Gesicht zu wahren.

Ferodil musterte sie ebenfalls, als suchte er eine Antwort in ihrer Körperhaltung. Sein strenger Blick bedrängte sie. Sie schluckte. Noch etliche quälende Augenblicke verstrichen.

»Nun gut, ich werde dich begleiten.«

Sichtlich erleichtert atmete Ferodil tief aus.

Dann wandte er sich an Rohlaan: »Was ist mit dir, mein treuer Freund? Ich habe die Südländer auf einen falschen Pfad gelockt. Dennoch ist es sehr wahrscheinlich, dass sie sehr bald ihren Weg hierher finden werden. Sie werden nicht zimperlich mit dir umgehen. Dein Wohnbaum fällt selbst einem Blinden ins Auge, so groß wie er ist.«

Der Heiler hob die Hände und lächelte milde. »Ich lebe schon so lange hier in Odengard, überlebte schon viele Herrscher. Also werde ich auch diese Herrschaft überdauern, sei sie auch noch so schrecklich. Sorge dich nicht um mich, alter Freund.«

Ferodil verschärfte seinen Ton. »Mein Freund, du schwebst in ernsthafter Gefahr.«

Auch Lisbee wollte zu einer überzeugenden Rede ansetzen.

»Mein Entschluss steht fest! Ich bleibe in meiner Heimat. Möge da kommen, was wolle.« Rohlaans Tonfall signalisierte, dass er keine Widerrede zulassen würde.

Er lief hinüber zu seiner alten Truhe und kramte darin. Als sein Oberkörper wieder aus der Öffnung auftauchte, drückte er Lisbee Kleidung in die Hand. »Hier, mein Kind. Als Erinnerung an deine Zeit bei mir. Du warst mir ein lieber Gast. Die Sachen dürften dir passen, meine ich. Mit deinem zerlumpten Kleid kannst du doch unmöglich nach Mytlaghyr reisen. Was soll denn Deadaed von dir halten? Ganz nebenbei wirst du damit weniger auffallen als mit deinem roten Kleid.« Ein seltsamer Glanz lag in seinem Gesicht.

Lisbee strich über das knielange grüne Kleid. Entfaltete die braunen Strumpfhosen und den bodenlangen, dunkelgrünen Umhang mit der ausladenden Kapuze. Alles fühlte sich weich an und roch ganz frisch, als ob es gestern erst gereinigt und zurück in die Truhe gelegt worden wäre. Währenddessen stellte ihr der Alte noch Stiefel aus Wildleder vor die Füße.

»Woher hast du diese Sachen? Sie sind wundervoll.«

Sichtlich gerührt antwortete er: »Sie gehörten einst meiner Jaelariel. Von nun an sollen sie dir gute Dienste leisten.«

Lisbee reichte ihm die Kleidung sofort zurück. Das war zu viel des Guten. Diesen unermesslich wertvollen Schatz musste sie ihm lassen. Seine schönsten Erinnerungen hingen gewiss daran.

Er hob eine Augenbraue und machte keine Anstalten zuzugreifen.

»Ich kann sie nicht annehmen«, stammelte sie.

»Du wirst! Keine Widerrede!« Der Alte drückte ihre Hand sanft zurück. »Sie würde wollen, dass du sie bekommst. Mögen sie dir Glück bringen, Lisbee.«

»Aber ich kann dir nichts dafür zurückgeben«, versuchte sie einen letzten, schwachen Protest.

Rohlaan lächelte sie an. »Hilf meinem Freund dabei, Miranee zu helfen, dann soll es vergolten sein.«

Lisbee zerriss es fast das Herz vor Dankbarkeit und Ehrfurcht. Schließlich nickte sie. Eine einzelne Träne kullerte über ihre Wange.

»Gut so. Zieh dich um, damit ihr nach dem Essen aufbrechen könnt. Ihr dürft keine Zeit verlieren!«

Lisbee räusperte sich und spürte, wie ihr Gesicht rot anlief.

Ferodil sah sie fragend an.

Rohlaan schien zu begreifen. »Ferodil, du kannst in der Zwischenzeit deine Tasche mit meinen Vorräten auffüllen. Ich werde indessen den Tisch decken. Dann kann das arme Kind sich in Ruhe umziehen.« Der Alte zwinkerte verschwörerisch. Offenbar kannte der Alte die Menschen in der Tat recht gut.

Ferodil wandte sich seinem Rucksack zu.

Lisbees Lippen formten ein lautloses: »Danke«, in Rohlaans Richtung, bevor auch der Heiler sich abwandte.

Verendetes Heiligtum

Lodewig

Lodewig ließ die Männer mit einer Handbewegung halten. Er hielt es nicht für notwendig, abzusteigen. Stattdessen umrundete er auf seinem schweißnassen Rappen die zwei verendeten Pferde, die vor ihm auf dem Boden lagen. Die ersten Aasfresser mussten schon da gewesen sein. Schaum stand vor ihren Mäulern und Fliegen umkreisten die Kadaver. Es handelte sich eindeutig um seine Tiere. Das erkannte er am Brandzeichen. Tiefe Spuren hatten die Tiere auf ihrer Flucht im Gelände hinterlassen. Selbst der Priester hätte sie aufspüren können.

Auch aus seinem Sattel heraus konnte er erkennen, dass die Zügel zusammengebunden waren. Einem der Rösser hatte der verdammte Elf mit einem abgeschnittenen Zügel eine Klappernatter an den Schweif gebunden. Er erkannte die Schlangenart an der Rassel am Schwanz. Eine ungiftige Art, wie er wusste, die sich allein auf das drohende Rasseln ihrer Schwanzspitze als Abschreckung verließ. Man konnte sie leicht mit einer äußerst giftigen anderen Schlangenart verwechseln, deren Lebensraum sich allerdings nicht so weit bis in den Norden erstreckte. Ein Umstand, von dem die Rösser nicht wissen konnten. In Todesangst mussten sie den ganzen Weg hier herauf galoppiert sein, bevor sie vor Erschöpfung zusammenbrachen und qualvoll verendeten.

»Nichts weiter als ein gewieftes Ablenkungsmanöver dieses verdammten Elfen.« Lodewig ballte vor Zorn die Faust.

Luzius schloss zu ihm auf. »Mir scheint, als hätte dieser vermaledeite Elf uns getäuscht, Baron.«

Lodewig antwortete nichts. Stattdessen ließ er seinen Blick über die umliegenden Hügel streifen. Wohlwissend, den Mörder seiner wertvollsten Besitztümer hier in der Gegend nicht vorzufinden.

Sein Blut kochte vor Wut. Fünf Silbertaler hatte ihn jeweils eines dieser edelsten aller Rösser, die man im gesamten Königreich der Südlande erstehen konnte, einst gekostet. Dieser Pferdehändler, der sie ihm verkauft hatte, war gewiss ein Halsabschneider. Dennoch hielt der Baron es für einen durchaus angebrachten Preis für diese rassigen Tiere. Lodewigs einziger Trost bestand darin, dass es seinen schwarzen Hengst, für den er dem Händler sogar sieben Silbermünzen auf den Tisch legen musste, nicht erwischt hatte. Immerhin beabsichtigte er, seinen Tengo zum Stammvater seiner eigenen Zucht zu machen. Sobald er seine Burg instandgesetzt hätte, plante Lodewig, geeignete Ställe für diesen Zweck errichten zu lassen. Er versprach sich aus dem Verkauf von Pferden eine prall gefüllte Schatzkammer.

»Der Sonnengott hat sie zu sich gerufen, Baron Lodewig. Der Elf hat uns übel getäuscht. Nur der Herr des Lichts weiß, wie viele Tage wir umsonst geritten sind, oder wo dieser Lump sich mit der Hexe versteckt hält.« Luzius flüsterte fast. Wahrscheinlich um zu vermeiden, dass die Soldaten im Hintergrund das Zwiegespräch mit anhören konnten.

»Ich scheiße auf Euren Sonnengott! Er schuldet mir zehn Silbermünzen!«, donnerte Lodewig los.

»Seid vorsichtig mit Euren Beleidigungen, Baron. Der Herr der Sonne hört alles mit an und es wird ihn nicht erfreuen, wie es Euch über ihn zu reden beliebt. Die Silbermünzen schuldet Euch doch am Ende eher dieser Elf, Herr, wenn ich mich nicht täusche. Er hat Eure Pferde doch zu Tode geschunden.«

»Es ist mir gleich, was Euer Gott von meinen Worten hält, und es ist mir gleich, wer mir die Silbermünzen schuldet. Dieser Elf soll mir dafür büßen. Besser heute als morgen.«

»Baron, haltet Euch mit Voraussagen besser zurück, wann Ihr den Elf zu fangen gedenkt. Soweit ich mich erinnern kann, lagt Ihr auf dieser Reise bereits einmal falsch mit Eurer Vorhersage.«

Lodewigs Augen fixierten den aufmüpfigen Priester. Seinem Eindruck nach konnte der Jüngling es noch immer nicht verknusen, ihn auf dieser unsäglichen Jagd begleiten zu müssen. Offensichtlich stand die Jagd unter keiner guten Sonne. Womöglich trug der Priester mit seinen morgendlichen Gebeten die Schuld daran. Immerhin brachte ein grimmiger Blick die Weißkutte zum Schweigen und es bedurfte keines Reitunfalls, um ihm das Maul zu stopfen.

Dieser Elf brachte es doch tatsächlich fertig, ihn derart plump zu täuschen und aufs Kreuz zu legen. Beinahe so, als sei er noch ein junger Grünschnabel ohne jegliche Erfahrung. Das allein erzürnte den Baron fasst noch mehr als der Verlust seiner wertvollen Reittiere. Denn es lag nun auf der Hand, warum er zwei Rösser mit sich nahm. Nicht damit sie ihm und dem Hexenweib zur Flucht verhelfen sollten, sondern um die Verfolger auf eine falsche Fährte zu locken. Viel zu offensichtlich wurde die Spur gelegt. Er, Lodewig, hatte sich blenden lassen in der Annahme, die Gejagten in Kürze stellen zu können und alsbald auf seine Burg zurückzukehren. Stattdessen hatte Lodewig den Flüchtigen nur weitere Zeit verschafft, indem er immer tiefer in diese bergige Gegend hineinritt. Ohne zu beachten, dass dies nicht der Weg zur Nebelbrücke sein konnte. In ihm brodelte es. Er wusste nicht wohin mit seiner Wut.

Die nadelstichartigen Worte des Priesters gingen Lodewig gewaltig auf die Nerven. Es kostete ihn eine gehörige Portion Kraft, nicht endgültig die Beherrschung zu verlieren und seinem sonst so nützlichen Berichteschreiber an Ort und Stelle ein Schwert in die Brust zu treiben. Ohne diesen aufstrebenden Besserwisser wäre er niemals aufgebrochen und hätte sich um die Instandsetzung seiner Burg und den Ausbau seiner Macht kümmern können. Der Priester sollte sich allein damit glücklich schätzen, dass der Baron seine Burg dessen Schreibkünsten zu verdanken hatte und er sich damit rühmen konnte. Darum erntete der Geistliche lediglich einen funkelnden Blick, der ihn erblassen ließ, anstatt eine funkelnde Klinge.

Zornig wendete Lodewig sein Pferd in Richtung seiner wartenden Soldaten. »Sie sind zu Fuß. Weit können sie nicht gekommen sein. Die Hexe will ich lebend. An dem Elfen könnt ihr den Tod eures Hauptmanns und Olegs gebrochene Nase rächen, wie es euch beliebt. Er gehört euch. Findet ihn! Lasst ihn leiden! Tötet ihn!«

Ohne auf seine Männer zu warten, trieb er sein Pferd aus dem Stand zum Galopp. Es galt, die verlorene Zeit aufzuholen.

»Wir reiten zurück zum Lagerplatz. Dort werden wir sicher Spuren finden, die uns zum Versteck der Hexe führen. Der Sonne können wir später danken, dass der Elf uns den Fährtenleser abgestochen hat.«

Abschied nehmen

Lisbee

Im Schatten des mächtigen Stammes standen sie sich gegenüber. Ferodil, Miranee und Lisbee auf der einen, Rohlaan vor seinem mächtigen Oakenbaum auf der anderen Seite.

Der Alte durchbrach das bleierne Schweigen, das um sie herum waberte wie der Nebel an der Brücke nach Mytlaghyr. Er beugte sich hinunter zu Miranee, strich ihr durchs Fell. »Möge Lisbee den Zauber schnell erlernen, um dich zu befreien. Pass mir gut auf das Mädchen auf.«

Lisbee hätte schon wieder schwören können, die Wölfin nicken zu sehen. Es wunderte sie inzwischen nicht mehr, nach alledem, was sie inzwischen über das vermeintliche Raubtier herausgefunden hatte.

Als nächstes trat Ferodil seinem langjährigen Freund gegenüber. Lange Zeit schauten sie sich einfach nur an. Wortlos musterten sie sich, ohne eine für Lisbee erkennbare Regung zu zeigen.

»Sorge dich nicht um mich, Ferodil. Dieses Haus wurde von Zwergen erbaut. Es hält einige Überraschungen bereit«, ergriff erneut zuerst Rohlaan das Wort.

Verschwörerisch blickten die beiden Elfen sich ein letztes Mal in die Augen, legten sich gegenseitig die linke Hand auf die Schulter und sprachen zeitgleich wie aus einem Mund: »Möge das Schicksal es gut mit dir meinen.«

Lisbee schluckte, weil sie wusste, dass es nun an ihr war, Abschied zu nehmen. Nervös trat sie von einem Bein aufs andere und wieder zurück. Doch alles Zaudern nutzte nichts. Rohlaan wandte sich an sie: »Du bist nicht mehr das unscheinbare Mädchen, das aus Schmalwasser aufbrach, um den Umgang mit Magie zu erlernen.«

»Ich bin nicht aufgebrochen«, fiel sie ihm gespielt protestierend ins Wort. Beiden zog es die Mundwinkel nach oben. Mit einer kleinen Diskussion ließ sich der Moment des Abschieds noch um einige Augenblicke hinauszögern, hoffte sie.

»Wie dem auch sei«, fuhr der Grauhaarige unbeirrt fort, »du bist an deinen Taten gewachsen und du wirst noch weiter über dich hinauswachsen. Vergiss das niemals, mein Kind. Deine Narbe wird dich immer daran erinnern, dass du verwundbar, gar sterblich bist, egal wie viel Macht dir deine Magie und dein Schicksal zu Teil werden lassen. Deadaed mag streng sein, aber er wird die Magie in dir ganz sicher zu erwecken wissen und dir zu voller Stärke verhelfen. Es wird kein Zuckerschlecken, aber lerne so viel du kannst von ihm. Zu guter Letzt noch ein nett gemeinter Rat: Nimm dich vor Aquila in Acht.«

»Wer ist denn Aquila?« Lisbee verstand kein Wort.

»Sein neugieriger Hausdrache. Sie hat ihre Nase überall«, schmunzelte Rohlaan.

Lisbees Augen weiteten sich. »Was ist ein Hausdrache? Meinst du etwa seine Frau?«

Prustend antwortete der Heiler: »Nein! Nein! Gewiss nicht. Das würde ich niemals wagen zu behaupten. Bei den Göttern, wie ihr Menschen so gern sagt!« Er grinste verschwörerisch. »Ein Hausdrache ist eine Echse in der Form eines Drachen, nur eben ungefähr in der Größe eines Hundes. Feuer zu speien vermögen diese kleinen Biester allerdings wie die Großen. Nur der gleißende Strahl ist kleiner als bei den wilden großen Exemplaren.«

Lisbee hatte noch immer keine Ahnung, wie sie sich ein solches Tier vorstellen musste. Schließlich war ihr noch nie ein Drache über den Weg gelaufen. Den Sagen nach sollte sie wohl auch froh darüber sein. Die alten Geschichten hinterließen einen mehr als angsteinflößenden Eindruck von diesen Bestien.

»Ich weiß nicht, ob das nun besser ist als eine Furie von einem Weib«, bemerkte sie und grinste zurück.

Rohlaan ergänzte seine Drachenerklärung: »Ich hörte, der Magier und sein Haustier seien unzertrennlich. Angeblich hat sie ein Gespür für ungehorsame Schülerinnen.«

Ferodil nickte nur zustimmend.

Lisbee seufzte. »Gibt es wirklich keinen Weg, dich zu überzeugen, uns zu begleiten, Rohlaan?« Ihre Stimme klang fast ein wenig verzweifelt.

Mit umso festerer Stimme erwiderte der Alte: »Nein, mein Kind! Ich bleibe dabei. Mein Entschluss steht fest.

In Zeiten wie diesen werden meine Fertigkeiten hier in Odengard mehr denn je benötigt. Und nun geht, bevor die Südländer kommen. Das Schicksal wartet nicht gern. Du hast einen wichtigen Auftrag zu erfüllen, Lisbee. Also sieh zu, dass du schnellstmöglich zu Deadaed gelangst. Wenn das Schicksal es so will, so wirst du Miranee schon bald in ihre Elfengestalt zurückverwandeln. Und so das Schicksal mir gnädig ist, werden die südländischen Soldaten mein Baumhaus nicht finden. Immerhin dürfte es inmitten des Laubes nicht leicht zu entdecken sein. Das kannst du nicht abstreiten.« Mit einem Blick nach oben verlieh er seinen Worten Nachdruck.

Lisbee schluckte die Tränen herunter, kämpfte damit, sie nicht einfach in Strömen fließen zu lassen. Als sie Schmalwasser verließ, wünschte sie sich sehnlichst, sie hätte sich angemessen von Cynthia verabschieden können. Nun schenkten ihr die Götter bei Rohlaan die Gelegenheit dazu und sie spürte schmerzlich, wie schwer ihr Abschiede fielen. In den wenigen Tagen, die sie mit ihm verbrachte, hatte er mit seiner unnachahmlich menschlichen Art bereits seinen Weg in ihr Herz gefunden.

Ein dicker Kloß in Lisbees Hals versperrte allen Worten den Weg aus ihrem Leib heraus. »Bei den Göttern«, stammelte sie und kämpfte noch immer mit der Flut, die sich unerbittlich in ihren Augen sammelte. Lediglich ein »Danke für alles!« brachte sie noch heraus. Weitere Worte des Abschieds ließ der Brocken in ihrem Schlund nicht zu.

Gefasst und aufrecht stand der Alte vor ihr. Mit kräftiger Stimme, die keinen Zweifel daran ließ, dass es irgendwann ein Wiedersehen geben würde, antwortete er: »Das Schicksal ist mit dir und deine Götter auch! Mein Kind, ich wünsche dir eine gute Reise und viel Erfolg bei Miranees Verwandlung. Die Zeit drängt! Macht es gut, meine Freunde. Wenn ihr wieder einmal in Odengard seid, dann lasst euch gerne bei mir blicken und berichtet mir, wie es euch ergangen ist. Ich freue mich schon darauf, euch wiederzusehen.«

Dies nahm Ferodil offenkundig zum Anlass, um fordernd nach Lisbees Arm zu greifen und sie sachte mit sich zu ziehen. Die Entscheidung, ob sie ihren Retter umarmen und in Tränen ausbrechen, oder lieber ohne diese freundschaftliche Geste gehen sollte, nahm er ihr damit ungefragt ab. In gewisser Weise fühlte sie sich froh darüber, denn sie hätte sich ganz sicher anders entschieden. Sie wäre ihm um den Hals gefallen und hätte geheult. Einfach nur geheult wie ein Schlosshund. Was die beiden Elfen darüber denken würden, interessierte sie nicht.

Nach einem letzten traurigen Blick auf ihren liebgewonnenen Helfer drehte sie sich ebenfalls um. Mit weiten Schritten stapfte sie einer ungewissen Zukunft entgegen. Sie wagte keinen letzten Blick zurück. Fürchtete sie doch noch immer, die zarten Dämme würden am Ende doch noch brechen und sie wie ein kleines Mädchen flennen lassen. Diese Blöße wollte sie sich nun nicht mehr geben. Gerade weil vor allem Rohlaan eine so unerschütterliche Zuversicht ausstrahlte. Eine ansteckende Zuversicht.

Ich muss stark bleiben! Ich bin kein kleines Mädchen mehr!

Die schnellen Schritte Ferodils halfen ihr, sich abzulenken und die Fassung zu wahren. Der Abstand zum Götterbaum vergrößerte sich zusehends.

Lichter löschen

Rohlaan

Rohlaans Blick fiel eher zufällig aus seinem Fenster gen Osten. Seit wenigen Stunden befand er sich wieder allein in seiner Wohnung. Obwohl er es gewohnt war, allein zu sein, fühlte es sich nicht mehr so vertraut an wie früher. Die Gesellschaft des Mädchens fehlte ihm. Das ließ sich nicht leugnen. Sie verkürzte ihm die Tage, wie es schon ewig niemand mehr getan hatte. Das Vergehen des restlichen Sonnenumlaufes fühlte sich quälend langsam an.

Draußen dämmerte es nun endlich und die nächtliche Finsternis begann, die letzten Lichtfetzen des Tages zu verschlucken. Zeit, ins Bett zu gehen. Morgen würde die Welt sicher schon wieder anders aussehen. Schon bald würde er wieder in seinen gewohnten Tagesablauf zurückfinden, hoffte er. Nur das fahle Licht des Mondes verblieb als einzige Lichtquelle am klaren Himmel. Es versprach, eine laue Sommernacht zu werden. Eine willkommene Abkühlung. Die Hitze hatte seit dem letzten Regenguss täglich zugenommen. Die Pflanzen ringsum vertrockneten langsam, aber sicher.

In der Ferne heulte ein Rudel Wölfe. Der alte Elf schätzte, dass das Geheul aus nördlicher Richtung kam. Der Himmelsrichtung, in die seine Gäste am Nachmittag aufgebrochen waren.

»Möge das Schicksal euch gnädig sein und ihr gelangt unversehrt nach Mytlaghyr. Ich wünsche euch viel Glück auf eurer Reise.«

Weit entfernt am Horizont zeichneten sich kleine, orange Lichtpunkte ab. Sie bewegten sich zielstrebig in Richtung seiner Oake.

Fackeln! Der Gedanke an sein Bett geriet sofort in Vergessenheit. Sofort begann er die wenigen entzündeten Kerzen in seinem Wohnraum zu löschen. Damit kein verräterischer Lichtschein sein geliebtes Haus hoch oben in der Krone des Riesenbaumes offensichtlich werden ließ. Vielleicht mochten es nur einfache Durchreisende oder auch Menschen sein, die die Hilfe eines Heilers benötigten. Aber wahrscheinlicher erschien es ihm, dass es sich um die südländischen Soldaten handelte. Wer sollte sonst im Schein von Fackeln reisen und die Nacht nicht lieber an einem Lagerfeuer verbringen?

Rohlaan beschloss abzuwarten und auf die Tarnung seiner Behausung zu vertrauen. Die Dunkelheit verbündete sich zusehends mit ihm. Die aufziehende Nacht bot ihm zusätzlichen Schutz vor neugierigen Blicken. Das Schicksal stand an diesem Abend auf seiner Seite. Zudem glich dieser Baum einem alles überragenden Turm in einer Festung. Nur eben ohne Festungsmauern um ihn herum.

Entspannt lehnte er sich an das Holz der Fensteröffnung und beobachtete, wie sich die kleinen Feuerpunkte näherten. Es dauerte eine Weile, bis sich die Pferde und deren Reiter aus der zunehmenden Dunkelheit schälten.

Rohlaans Atem ging ruhig und gleichmäßig. Sollten sie ihn tatsächlich angreifen, bot sein Haus ihm einiges an äußerst wirkungsvollen Verteidigungsmöglichkeiten. Er sah keinen Grund, sich nicht in Sicherheit zu wiegen. Seine Freunde, die Zwerge, hatten seinerzeit einige kleine, aber feine Überraschungen verbaut, die er notfalls einsetzen konnte, falls diese Fremden das Baumhaus überhaupt bemerken sollten.

Den Baum zu fällen, stellte aufgrund des dicken Stammes ein viel zu langwieriges Unterfangen dar, bräuchte man dazu doch mehrere Tage. Vorausgesetzt, man verfügte über das passende Werkzeug, was er von den Reitern nicht erwartete. Die Tür zum Aufzug integrierte sich perfekt in den Stamm. Selbst einem Wissenden, abgesehen von ihm selbst, gelang es nicht, den Eingang mit bloßem Auge zu entdecken. Wie man ihn öffnen und sich Zugang verschaffen konnte, wusste keiner außer ihm und den bereits vor langer Zeit verstorbenen Erbauern. Hier kam kein Fremder herauf, wenn er, Rohlaan, es nicht wollte. Das stand so fest, wie jedes Leben mit dem Tod endete. Sicherer als hier oben konnte man an keinem anderen Ort auf der Welt sein.

Rohlaan lehnte noch immer am Rahmen seines Fensters und wartete darauf, dass die Reiter seinen Baum einfach passierten. Der wohlvertraute Geruch des alten Holzes drang in seine Nase.

Die Zeit verstrich schneller als erwartet, bis sich die Fackeln direkt unter ihm befanden. Deren warmer Schein flackerte auf ihre Träger und deren Pferde.

Die Reiter hielten an den Ausläufern der Wurzeln des Götterbaums und stiegen von ihren Rössern.

Rohlaan kniff die Augenlider zusammen. Im Schein der Fackeln erkannten seine Augen das Blau der Kleidung der Männer. Langsam umrundeten sie seinen Baum, wie ein Rudel hungriger Wölfe eine Gruppe Rehe umkreiste. Nur wirkten sie, von seinem Aussichtspunkt aus betrachtet, so klein wie Mäuse und heulten eben nicht. Dafür begrüßte die Meute in der Ferne den aufgehenden Mond.

Ab und an spähten die Südländer nach oben. Der Heiler zog seinen Kopf noch etwas weiter zurück in die Deckung. Obwohl es ihm unwahrscheinlich erschien, in der Dunkelheit und auf diese Entfernung von dort unten entdeckt zu werden. Aber sicher war sicher, entschied er.

Angestrengt lauschte er. Er hoffte zu erfahren, was die Fremden wohl vorhatten. Seine Ohren hörten trotz des hohen Alters noch recht gut. Im Gegensatz zu seinen Augen, deren Sehkraft längst nicht mehr die Stärke aus jungen Jahren erreichte. Am Grund hörte er zwei der Fremden intensiv über den Umgang mit seinem Baum diskutieren.

Einer von ihnen hüllte sich vollends in weiße Kleidung, der andere trug einen Umhang, der hinter ihm her wehte, wenn er lief. Der Schein der Fackeln reichte geradeso aus, um das zu erkennen.

»Vielleicht sollte ich mir doch ein Paar Augengläser zulegen«, murmelte er.

Ein freundlicher Reisender hatte ihm vor einigen Jahren erzählt, dass es in fernen Landen teure Sehgläser gab, die eine enorme Verbesserung der Sehkraft versprachen.

Der säuselnde Wind trug nur grobe Brocken des am Boden geführten Streitgespräches an sein Ohr. Es fielen Worte wie: »Götterbaum, Verehrung durch die Heiden, gelöschtes Licht, niederbrennen, Zeitverlust, die Hexe einfangen, weiterreiten und aufsitzen.«

Anspannung stieg allmählich in ihm auf, so wie der Meeresspiegel bei Flut anstieg. Alles deutete daraufhin, dass er seine Verteidigungstechniken nun zum ersten Mal im Ernstfall ausprobieren musste. Er kannte die Arbeit der Zwerge. Die Mechanismen würden ihm gute Dienste leisten. Sofern die Jahrhunderte sie nicht längst hatten einrosten lassen. Aber das vermochte er sich beim besten Willen nicht vorzustellen. Es gab nur eine Schwachstelle, die sich in der langen Zeit offenbart hatte. Doch diese wurde erst vor nicht allzu langer Zeit repariert.

Die Anspannung verebbte wieder. Der Kerl mit dem Umhang wandte sich wieder in Richtung der Rösser. Die Männer taten es ihm gleich und saßen auf.

Das musste also ihr Anführer sein. Dank ihrer Pferde würden sie den knappen Vorsprung seiner Freunde schnell aufholen. Vielleicht sollte er versuchen, sie irgendwie aufzuhalten. Nur wie?

Ein inbrünstiges Rufen riss ihn aus seinen Überlegungen. So laut erscholl es, dass es bis an sein spitzes Ohr drang. Der in Weiß Gekleidete wedelte und gestikulierte wild mit den Armen.

»Baron Lodewig, mit Verlaub, wenn der Primus erfährt, wovon ich ihm zweifelsohne berichten muss, dass wir dieses Heiligtum der Heiden nicht zerstört haben, wird all das, was Ihr Euch mit meiner Unterstützung so mühselig wiederaufgebaut habt, vergessen sein und Ihr werdet Eures Amtes enthoben. Ihr könntet im Grunde bereits heute Abschied von Burg Schmalwasser und jeglicher Eurer Ambitionen auf Ausweitung Eurer Macht nehmen. Der Sonnengott und so auch der Primus dulden keine religiösen Symbole neben dem eigenen, dem güldenen Sonnenemblem auf blauem Grund. Unser Sonnengott ist der einzig wahre Gott! Wer etwas Anderes behauptet, soll im Feuer vergehen. Das wisst Ihr genauso gut wie ich. Diesen Baum unversehrt stehen zu lassen, ist ein unverzeihbarer Frevel, Baron.«

Schweigen folgte. Selbst der Wind stand für einen Augenblick still, als wartete er gebannt auf eine Reaktion des Adligen.

Der Baron rief in zornigem Ton zum Weißen herüber: »Wollt Ihr mir etwa drohen, Priester? Ich könnte Euch auf der Stelle töten lassen, Luzius! Habt Ihr etwa den kleinen Reitunfall vom Hosenscheißerhubert vergessen? Euch könnte es schneller genauso wie dem armen Teufel ergehen, als es Euch beliebt. Ein Wort von mir genügt, wie Ihr Euch vermutlich noch erinnert. Im Gegensatz zu Euch sind mir diese Männer hier treu ergeben. Euer Primus würde kein Sterbenswort von diesem angeblichen

Götterbaum erfahren, wenn Ihr hier im Nirgendwo verrottet.«

Rohlaan verstand nicht, was es mit diesem Primus auf sich hatte, wenngleich es sich wohl um einen ziemlich mächtigen Mann handeln musste. Zumindest hatte es keine Berichte über ihn gegeben. Aber wann bekam er auch schon Besuch von Reisenden, die auch die Lande jenseits der Odengarder Grenze durchquerten? Seine Menschenkenntnis sagte ihm, dass der Anführer sich durchsetzen und mit dem gesamten Trupp unverrichteter Dinge losreiten würde.

Dieser Luzius antwortete nun leiser. Der alte Heiler konzentrierte sich und doch drangen dessen Worte nicht lauter als ein Flüstern an sein Ohr.

»Verzeiht, Herr! Nicht im Traum würde es mir einfallen, Euch zu drohen, Baron. Oh nein, ganz gewiss nicht. Dessen seid Euch versichert. Womöglich habe ich mich ein wenig missverständlich ausgedrückt. Bitte verzeiht mir, werter Baron. Ich wollte Euch lediglich darauf hinweisen, welch großer Ruhm und Reichtum Euch zuteilwerden würde, wenn Ihr ein, im wahrsten Sinne des Wortes, so großes Symbol des Heidenglaubens zerstört. Burg Schmalwasser ist ein Fliegenschiss gegen das, was Ihr als Dank für Eure Treue zum einzig wahren Sonnengott erhalten könntet. Doch Ihr müsst es tun, bevor jemand anderes diesen Baum findet und Euch gar noch zuvorkommt. Soweit mir bekannt ist, sind Oakenbäume, und noch dazu in dieser Größe, nur äußerst selten zu finden. Eine erneute Gelegenheit wird sich Euch nicht bieten, fürchte ich. Packt sie also am Schopf, Baron Lodewig. Bevor Euch jemand anderes den ganzen Ruhm vor der Nase wegerntet.«

Wieder folgte ein Moment der Stille. Rohlaans Anspannung kehrte zurück. Dieses Mal ungleich stärker als zuvor. Gebannt wartete der Elf auf das Kommando des Barons, der sich ohne Zweifel verschiedenste Szenarien durch den Kopf gehen ließ.

Lodewig sprach lauter als der Priester. »Also gut, absitzen, Männer! Schafft die Pferde beiseite und sammelt trockenes Gras und Reisig. Stapelt es an den Stamm und verbrennt diesen verdammten Baum, damit wir endlich diese kleine Hexenhure einfangen und zur Burg zurückkehren können. Wir sind schon viel zu lange unterwegs wegen Eurer verrückten Pläne, Priester Luzius. Vergesst nicht, ich habe dringend mein neues Lehen kennenzulernen und zu regieren und meinen Einflussbereich auszubauen. All das ist mir bedeutend wichtiger, als irgendwelche Bäume angeblicher Gottheiten zu vernichten und kleine Mädchen zu jagen, auch wenn ich gestehen muss, dass mir die Jagd trotz aller Entbehrungen und Verluste zwischenzeitlich ein gewisses Vergnügen bereitet. Besonders dann, wenn Ihr Euer Unbehagen über Eure Teilnahme so schlecht zu verbergen vermögt wie im Augenblick. Doch ich habe nun einmal Pflichten als Baron, denen ich nachkommen muss und möchte. Und Luzius«, der Anführer machte eine Pause, bevor er in bedrohlichem Tonfall fortfuhr: »Wenn Ihr mir das nächste Mal droht, hilft es Euch auch nicht weiter, dass

Eure exzellenten Berichte mich wieder zu einem einflussreichen Mann gemacht haben. Dessen seid Euch versichert! Also schreibt Euren nächsten Bericht mit Bedacht und Sorgfalt.«

Entsetzt registrierte Rohlann, was gerade vor sich ging. Die Männer saßen ab und taten wie ihnen geheißen wurde. Als ob der Wind nur darauf gewartet hatte, wehte er nun stärker als zuvor. Ließ die Fackeln in der Tiefe aufflackern. Wie Fähnchen drehten sie sich im Luftzug hin und her. Die Schatten rings umher tanzten einen unsteten Reigen ohne den fröhlichen Klang dazu passender Musik.

Rohlaan hegte einen Funken Hoffnung, sich womöglich verhört zu haben. Das Handeln der Soldaten zerstörte diesen zarten Keim, wie eine zugedrückte Faust.

»Dann werde ich euch gebührend willkommen heißen, Herr Baron! Hohe Herren hatte ich in meinem bescheidenen Heim noch nie zu Gast«, sprach der Elf zu sich selbst. In aller Ruhe schritt er zu einem anderen Fenster. Ein unscheinbarer Hebel ragte aus der Wand heraus. Von seiner neuen Position aus spähte er hinab zu den Soldaten, die damit beschäftigt waren, den Befehl des Barons auszuführen. Rohlaan lehnte sich weit aus dem Fenster. Er bemühte sich, bestmögliche Sicht zu erhalten. Zu seinem Bedauern gingen diese fremden Krieger erschreckend unkoordiniert vor und stapelten auf allen Seiten zugleich, anstatt den Heuhaufen ringartig um den Stamm zu errichten. Sein Baum versperrte ihm die Sicht auf die Rückseite. Den Hebel im richtigen

Moment zu betätigen, entwickelte sich zu einem reinen Glücksspiel. Lauernd wartete er darauf, dass sich in seinem Sichtfeld mindestens zwei der Gegner in Schlagweite befanden. Es galt, seine Abwehrmaßnahmen so sinnvoll wie möglich einsetzen.

»Es ist an der Zeit, mich zu erkennen zu geben«, faselte er voller Konzentration auf den richtigen Zeitpunkt. »Jetzt!«

In einer fließenden Bewegung zog er den Hebel nach unten. Keinen Herzschlag später öffneten sich am Fuße des Stammes verborgene Klappen. Scharfe Zwergenstahlklingen schossen heraus. Angetrieben von Gewichten pendelten sie wie eine Säge hin und her. Wer ihnen zu nahe kam, lief Gefahr, Gliedmaßen oder gar den Kopf zu verlieren. Selbst Rüstungen boten vor ihrer tödlichen Kraft keinen wirksamen Schutz. Menschenstahl stellte für diese Klingen keinen ernstzunehmenden Gegner dar. Menschenhaut und die darunter liegenden Knochen erst recht nicht.

Erfreut stellte Rohlaan fest, einen der beiden Männer erwischt zu haben. Der andere konnte gerade noch rechtzeitig zurückweichen. Der Verfehlte fuchtelte wild mit den Armen. Laute Flüche drangen an Rohlaans Ohr. Warnende Worte an seine Kameraden, die sich irgendwo um den Baum herum verteilt aufhielten. Deutlich vernahm Rohlaan die Worte: »Oleg hat's zerfetzt!«

Die Schneiden pendelten länger als erwartet, bevor sie langsam die todbringende Kraft verließ und sie sich zunehmend dem Stillstand annäherten.

Der Alte rannte von Fenster zu Fenster. Er verschaffte sich einen Überblick, ob er womöglich noch einen oder zwei weitere in Stücke zerschnitten hatte.

Der Einfallsreichtum und die Baukunst der Zwerge waren einfach unbezahlbar.

Er lächelte. Alle Klingen hatten ausgelöst, doch es blieb bei diesem einen Gefallenen. Auf der Rückseite lag eine Fackel in einem der Haufen aus trockenem Gras. Ein kleines Feuer züngelte bereits nach dem Stamm. Rauch stieg dem Nachthimmel entgegen. Kein schwerwiegendes Problem. Auch dafür hatte er schon eine Lösung parat, die ein Ausweiten des Brandes auf seinen geliebten Wohnsitz verhindern sollte.

Zufrieden stellte er fest, dass die Fremden auf Abstand gingen.

Von unten hörte Rohlaan Befehlsfragmente. »Tür und Stamm holen.«

Erst beim Blick nach unten begriff er. Aus dem Eingang ragten keine Klingen.

Stille legte sich über die Ebene. Die Fackeln schwärmten in Richtung der Bäume aus.

Rohlaan nutzte die Zeit, um seinen Kamin zu entzünden. Er stellte einen großen Kessel unter den Wasserhahn und drehte ihn auf. Doch nur ein paar wenige Tropfen und ein tiefes Gluckern drangen aus der alten Leitung.

»Ausgerechnet jetzt! Das kann doch nicht wahr sein«, fluchte er und verdrehte entnervt die Augen. In einer hastigen Bewegung drehte er sich zu einem weiteren

Wasserhahn. Dem, der die äußeren Schleusen öffnen sollte. Die Zwerge hatten seinerzeit mit Bedacht vorgesorgt und zahlreiche Rohre so verlegt, dass sie nach draußen führten, um gegnerische Feuerangriffe auf den tragenden Baumstamm schon im Keim auszulöschen. Durch den Anschluss an den unterirdischen Brunnen ließe sich ein tagelanger Regen erzeugen. Der Elf öffnete den Hahn. Nichts außer einem klagenden Gluckern ertönte aus den vielen Öffnungen jenseits seiner Dielen.

»Verdammtes Schicksal! Die Hauptleitung des Rohrsystems muss mal wieder verstopft sein.«

Diesen baulichen Mangel kannte er nun schon zur Genüge. Nicht alle Bauwerke der Zwerge vermochten der Ewigkeit zu trotzen. Jene, die Wasser führten, machten ihm dies immer wieder deutlich. Dieses Mal ausgerechnet im unpassendsten Moment. Das Leitungssystem verstopfte in letzter Zeit häufiger und hätte nach all diesen Jahrhunderten längst ausgetauscht werden müssen, anstatt immer wieder nur notdürftig repariert zu werden. Doch es fand sich bisher kein geeigneter Baumeister, dem Rohlaan diese schwierige Komplettsanierung annähernd zugetraut hätte. Anvertrauen wollte. Es war schon viel zu lange her, dass ein halbwegs handwerklich begabter Zwerg auch nur in der Nähe seines Baumes gesichtet wurde. Menschen verfügten in seinen Augen nicht über das notwendige handwerkliche Geschick. Ihr baumeisterlicher Verstand bewegte sich in viel zu engen Grenzen. Im Augenblick käme ihm dennoch jeder Handwerker gerade recht.

Das Wohlwollen des Schicksals drohte, ihn von einem Moment auf den anderen zu verlassen. Der Schutz gegen Feuer bildete einen elementaren Bestandteil seiner Verteidigung. Ein Bestandteil, der nun ausfiel und ihm schmerzlich fehlen würde.

Er besann sich auf seinen Plan. Ärgerlich blickte er sich um. Suchte nach irgendetwas, was er an Stelle des Wassers erhitzen und auf die Angreifer hinunterschütten konnte. Das Öl seiner Lampen, die anstelle der Kerzen gewöhnlich den Raum erleuchteten, erschien ihm geeignet. Er stellte sich vor, wie die zähflüssige Masse seine Gegner verbrühte. Genau das, was er brauchte! Rohlann sammelte die Lampen ein. Begann das Öl in seinen großen Topf zu schütten. Platzierte das Metallgefäß an dem Haken über dem Feuer. Hastig warf er so viele Holzscheite in den lodernden Kamin, wie er nur konnte, um die knisternden Flammen weiter anzufachen und das Gefäß schnellstmöglich auf eine einsatzbereite Temperatur zu erhitzen. Das Feuer loderte und die Hitze schlug ihm ins Gesicht.

Mit großen Schritten bezog er an einem neuen Hebel Stellung. Spähte hinaus. Vom Fenster aus konnte er den Eingang zu seinem Baum einsehen und auch den feindlichen Baron bestens im Auge behalten. Die Flammen in der Tiefe leckten am glatten Stamm seiner Oake, sengten die Rinde an. Noch hielt sein Baum der bedrohlich züngelnden Hitze stand. Die Pflanze führte noch ausreichend Feuchtigkeit in sich, um kein leichtes Brandopfer zu werden. Ein trockener Baum hätte wahrscheinlich längst lichterloh gebrannt. Doch seine in vollem Saft stehende Oake nicht.

Der Mond verkroch sich für einen Augenblick hinter einer Wolke. Das ohnehin spärliche Licht erlosch kurzzeitig. Rohlaan sah keinen der Soldaten mehr.

Plötzlich tauchten sie aus dem Schleier der Finsternis auf. Mehrere Männer in Doppelreihe trugen einen dicken Baumstamm zwischen ihren Körpern. Sie mussten ihn aus dem Wäldchen beschafft haben, der den von den Einheimischen sogenannten Götterplatz umsäumte.

Wie beim Sturm auf ein Burgtor trugen sie ihre Schilde schützend über ihren Köpfen. Mit voller Kraft warfen sie sich mit dem Stamm gegen die Eingangstür. In dem Moment, als das donnernde Geräusch von Holz auf Holz in seinen Ohren dröhnte, zog Rohlaan den Hebel. Eine Halterung entließ kopfgroße Steine. Stumm raste das Gestein dem Erdboden entgegen. Erfreut lauschte der Heiler dem Scheppern, als die Brocken auf das Metall der Schilde und Rüstungen prallten. Volltreffer!

Sofort sah er nach, welche Wirkung seine Maßnahme erzielt hatte. Zwei Männer lagen am Boden und wurden von ihren Kameraden aus dem Gefahrenbereich gezogen. Wahrscheinlich lebten sie noch und die anderen Soldaten fürchteten, dass sogleich weitere Brocken folgen mochten, um den beiden den letzten Lebenshauch auszuschlagen.

Die Männer wirkten auf den Elfen allesamt kampferprobt. Zumindest rannten sie nicht davon wie eine Herde Schafe, in deren Flanke ein Wolf geprescht kam.

Nach einigen Augenblicken wich die Freude aus Rohlaans Augen. Er sah mit an, wie sich die beiden vermeintlich Schwerverletzten erhoben. Zwar taumelnd, aber sie wirkten noch immer kampfbereit. Ihre Schilde und Helme mussten ihnen bessere Dienste geleistet haben, als er zunächst annahm.

Rohlaan fragte sich inzwischen, auf welcher Seite das Schicksal heute stand. Es schauderte ihn bei dem Gedanken, dass es angesichts der unausgeglichenen Kräfteverhältnisse auf die Seite der Angreifer übergelaufen sein mochte.

Viel Zeit für derartige Überlegungen blieb ihm nicht, da der Baron die Männer aus sicherer Entfernung dazu antrieb, erneut den provisorischen Rammbock aufzunehmen. Abermals knallte das Holz mit aller Macht gegen die Eingangstür. Wie lange würde es wohl dauern, bis sie sie durchbrachen? Seine Zeit lief allmählich ab. Es galt zu handeln.

Es gab in der Halterung nur Platz für eine Steinladung. Er konnte keine weiteren Brocken auf den Feind herniederregnen lassen. Der Elf eilte zu seinem Kamin. Sengende Hitze schlug ihm entgegen. Er haschte sich ein Tuch, wickelte es um den Henkel seines Kessels. So schnell er es vermochte, schleppte er das Behältnis mit dem kochenden Öl ans Fenster. Immer darauf bedacht, sich nicht selbst zu verbrühen.

Wieder erscholl ein dumpfes Poltern. Wieder hielt die Tür stand. Wie ein mit Eisen verstärktes Tor einer riesigen Burg versperrte es den Weg. Rohlaan fürchtete, dass sich dies mit jedem weiteren Stoß ändern mochte. Zerbrachen sie die Tür, so schien es für ihn lediglich eine Frage der Zeit, bis die Invasoren den Mechanismus des Aufzugs verstanden. Dann würden die Soldaten zu ihm heraufkommen. Er sah die Männer schon auf sich zukommen. Sah, wie sie ihn umkreisten und von allen Seiten gleichzeitig attackierten. Ihn aufgrund ihrer Anzahl mit Leichtigkeit niedermachten. Ganz egal wie gut er sich im Zweikampf schlagen würde.

Das galt es unter allen Umständen zu verhindern. Zu allem entschlossen, schüttete Rohlaan den Inhalt seines Kessels in die Tiefe.

Heulen der Wölfe

Ferodil

Ferodil betrachtete die unruhig schlafende Lisbee. Der harte Untergrund stand im völligen Gegensatz zu Rohlaans weichem Krankenbett. Das Mädchen wälzte sich abermals von einer Seite zur anderen. Was sie wohl träumte? Hatte sie wieder ihre immergleiche Vision? Ferodil vermochte es nicht zu beurteilen. Ihr Verband verbarg die sicherlich noch immer schmerzende Narbe am linken Arm und schütze Lisbee vor einer erneuten Entzündung.

Den ganzen Tag und bis weit über den Sonnenuntergang hinaus hatte er sie zur Eile angetrieben. Immerhin mochte es sehr wohl so sein, dass die Südländer ihnen schon wieder dichter auf den Fersen waren, als es ihnen lieb sein konnte. Deshalb hatte er auch entschieden, kein Feuer zu entzünden. Nun fand die Menschentochter nicht einmal im Schlaf erholsame Ruhe.

Trotz der Eile waren sie in den vergangenen Stunden nicht sonderlich weit gekommen. In diesem Teil Odengards siedelten die Menschen deutlich dichter. Zu viele kleine Ortschaften und Gehöfte galt es zu umgehen. Ferodil hatte sich für den vergangenen Tag eine deutlich längere Wegstrecke erhofft. Je eher sie über die Nebelbrücke kamen, desto eher gelangten sie in Sicherheit.

Der Elf beobachtete Lisbee genau. Das schüchterne Mädchen hatte sich seit ihrem gemeinsamen Aufbruch aus Schmalwasser verändert. Sie wirkte reifer, erwachsener, zeigte sich entschlossener in dem, was sie wollte. Seit sie die Oake hinter sich gelassen hatten, spürte er ihren prüfenden Blick auf sich lasten. Vermutlich lag ihr daran, ihn zu ergründen. Seine Geheimnisse und seine Vergangenheit beunruhigten sie sicher sehr. Sie wusste schon viel zu viel über ihn.

Ausgerechnet Ferodils alter Freund Rohlaan war ihm in die Quere gekommen und hatte dem Mädchen von seiner unsäglichen Vergangenheit berichtet. Der alte Wahrheitsliebhaber hatte damit den Erfolg seiner Mission aufs Spiel gesetzt.

Lisbee schlief nur dank der Erschöpfung so tief und fest, dass ihre eigenen Träume sie nicht zu wecken vermochten. Neben ihr hätte ein Heer aus grobschlächtigen Orks gegen kaltblütige Albae in die Schlacht ziehen können. Sie hätte es verschlafen. Der schnelle Marsch musste an ihren Kräften gezehrt haben wie die Kälte des Nordwinds an den Landen, die er durchstreift. Doch Zeit blieb eben ein kostbares Gut in diesen Tagen. Ferodil überlegte, wie lange sie das Tempo wohl durchhalten mochte. Er durfte Lisbee nicht schonen. Ihre Wunde musste unterwegs zu Ende verheilen.

Er legte den Kopf in den Nacken. Der Mond warf sein fahles Licht schon deutlich länger auf die Erde, als er es im Laufe dieser Nacht noch tun würde, bevor der gleißend helle Schein der Sonne ihn schließlich ablösen würde. Ferodil biss einen weiteren Happen des süßlichen Brotes ab. Rohlaan verstand es sehr gut, zu backen. Es schmeckte vorzüglich. Beim nächsten Wiedersehen musste er ihn unbedingt nach dem Rezept fragen, auch wenn Kochen und Backen nicht zu Ferodils Stärken zählten. Ferodil hegte keinen Zweifel daran, seinen alten Freund irgendwann einmal wiederzusehen. Schätzte er den Baum doch als von Menschen uneinnehmbar ein. Fraglich erschien ihm stattdessen, ob es in Odengard eine Zukunft für Rohlaan und die anderen verbliebenen Wesen gab, die im Reich der Anhänger des Sonnengottes als geächtet galten. Selbst den Dryaden aus dem Wäldchen stand ein übles Schicksal bevor.

Ferodils Gedanken schweiften zum Überfall auf die Südländer. Zu seiner schändlichen Tat. Dem Mord am ahnungslosen Fährtenleser. Ein scheußlicher Rückfall in seine Vergangenheit. Derart heimtückisches Verderben wollte er sein ganzes Leben nicht mehr über die Welt bringen. Zu sehr brandmarkte ihn seine Zeit im Dienste des machtsüchtigen Muerton. Dennoch ließ er es geschehen, um sich, Miranee und Lisbee zu schützen. Letztlich im Glauben daran, am Ende etwas Gutes zu bewirken. Doch ein Mord hatte noch nie etwas Gutes bewirkt. Das wusste er nur zu gut.

Dieser Muerton war ein Monster. Der dunkle Magier machte seine Diener zu ebenso kaltblütigen Monstern, welche, ohne zu zögern den Tod brachten. Ferodil dankte seinem Schicksal jeden Tag dafür, aus den Klauen des Mannes entkommen zu sein. Wenn auch nur äußerst knapp und zu einem viel zu hohen Preis. Selbst als Mörder zu gelten, schien ihm dabei noch das geringere Übel.

Das weitaus größere Übel lag mit dem Kopf auf seinem Schoß und schlummerte unruhig schnaufend. Miranee! Sie war so jung und schön und dieses Scheusal von einem Magier verwandelte sie einfach so in eine Schattenwölfin. Aus einer üblen Laune heraus. Zu seinem abartigen Vergnügen. Nur um im nächsten Moment die Jagd auf sie und Ferodil zu eröffnen und seine Schergen auf sie zu hetzen. Das Schicksal ließ sie mit viel Glück entkommen.

So hatte sich der Magier die Bestrafung seines erfolgreichsten Dieners sicherlich nicht vorgestellt. Und nun vermochte der grausame Kerl die Verwandlung weder rückgängig zu machen noch die Strafe endgültig zu vollstrecken. Als man Muerton auf die Schliche kam und ihn zur Rechenschaft ziehen wollte, verschwand er spurlos. Niemand vermochte ihn zu finden oder sah ihn jemals wieder.

Ferodils Fäuste ballten sich wie von allein und verlangten den knarzenden Nähten seiner Lederhandschuhe alles ab. Obwohl die Freude überwog, dass die Schreckensherrschaft schon vor langer Zeit ein Ende fand, bedeutete es auch, dass auf diese Weise Ferodils Rechnung mit seinem früheren Meister unbeglichen blieb. Dabei schuldete er dem ehemaligen Mitglied des Rates noch etwas. Den Tod! Den Tod, den der Kerl ihm und Miranee dereinst selbst auf den Hals gehetzt hatte!

Miranee fiepte leise. Ferodil streichelte sacht über ihren Kopf. Sie beruhigte sich. Wahrscheinlich hörte sie im Schlaf das Heulen der Wölfe. Das Rudel hielt sich, dem Klang nach, in nicht allzu großer Entfernung auf. Ferodil schätzte die Gruppe auf höchstens vier Tiere, die unter dem weitestgehend sternenklaren Nachthimmel dem Mondlicht huldigten. Wegen ihnen sorgte er sich nicht, obwohl sich das Rudel ihnen näherte.

Ein feiner Geruch beschäftigte ihn, setzte sich in seiner Nase fest. Rauch!

Ein Mensch, so schätzte er, dürfte die Veränderung in der Luft noch nicht riechen. Zu dünn lag der Odem des Feuers in der Luft.

Ferodil schaute alarmiert auf. Was er sah, ließ selbst ihn, den hartgesottenen Elfen, erschrecken und ihm das Blut in den Adern gefrieren. Das Schicksal beendete ihre friedliche Nachtruhe weit vor der Zeit.

Ferodil sprang auf.

Miranee fuhr hoch. Blitzschnell stand die Schattenwölfin auf den Beinen. Sie knurrte.

Ferodil weckte Lisbee, sammelte ihre Habseligkeiten in aller Eile auf.

»Wir müssen weiter!«

Lisbee gähnte, sah ihn fragend aus ihren Augenschlitzen an.

Ihm blieb keine Zeit für lange Erklärungen. Sie mussten sich sputen und durften nicht zurückblicken.

»Wir müssen weiter«, wiederholte er sich. »Los, steh schon auf!«

Hoffentlich bemerkte sie den Grund des schnellen Aufbruchs in ihrer Schlaftrunkenheit nicht. Angst mochte gewiss ein Ansporn zur Eile sein. In diesem Fall aber würde sie nur lähmende Verzweiflung bewirken.

Herr der Raben

Ignazio

Ignazio stieg die Treppen in die Katakomben unter seinem Residenzturm hinab. Quälend langsam und doch nicht gemächlich. Sein alternder Körper fiel ihm zunehmend zur Last. Er nahm es stumm zur Kenntnis, ertrug es wohl oder übel. Jeder Schritt und jede Stufe brannten in seinen sehnigen Beinen. Die Anstrengung trieb ihm den Schweiß auf die Stirn. Er keuchte. Mit jedem Schritt pfiff seine Lunge. Der Wein und die Gicht taten ihr Übriges. Die Mehrzahl seiner Tage schienen längst gezählt. Sein Körper wandelte schon viel zu lange unter der Sonne.

König Hennrich hatte die große Halle erst kurz zuvor verlassen. Der junge Herrscher machte sich in Ignazios Augen zu viele Gedanken. Er stellte zu viele Fragen. Gefährliche Gedanken und gefährliche Fragen. Gedanken und Fragen, die den König ins Licht schicken konnten, lange bevor auch er ein ähnlich seliges Alter erreicht hätte. Darum allerdings musste er sich später kümmern, beschloss der Primus. Es gab noch weitaus dringlichere Dinge zu erledigen.

Für den Moment beschäftigten ihn eben jene dringenden Angelegenheiten. Der Rabe, der vorm Besuch des Königs aus Odengard eingetroffen war, trug eine äußerst interessante Botschaft am Fuß. Eine Nachricht, die einer eiligen Antwort bedurfte, bevor die Gelegenheit vertan war und ein Feuer alles vernichten würde. Eine Botschaft, die den König nicht zu interessieren hatte und schon allein deshalb unmittelbar verbrannt werden musste, nachdem der Primus sie gelesen hatte.

Seine Sandalen setzten auf den steinigen Fußboden des Kellergewölbes auf. Die gepolsterten Sohlen verschluckten jedes Geräusch.

Ignazio sah sich um. Hier unten erinnerte nichts an die prunkvollen Marmorwände des oberen Geschosses. Denn hier unten gab es nur nacktes, kaltfeucht moderndes Gestein, einen strohbedeckten Boden, Fackeln an allen Wänden und eine Reihe von Verliesen. Das Herzstück aber bildete die wohl am besten ausgestattete Folterkammer des ganzen Königreiches. In manchen der Zellen schmorten seine Ehrengäste, wie Ignazio die Insassen gern zu nennen pflegte. Eine illustre Ansammlung von Elfen, Zwergen und anderen merkwürdigen Kreaturen Mytlaghyrs. Vor allem aber eine Ansammlung von Magiern und Magierinnen. Wobei der Volksmund die Magiekundigen gewöhnlich als Hexen oder Hexer betitelte. Zumindest seitdem es von Generationen von Priestern im Namen der ewigbrennenden Sonne in den Gotteshäusern so gepredigt wurde. Gefesselt und in Ketten aus einer einzigartigen Legierung gelegt, die das Wirken von Magie unterband und eine Flucht verhinderte. Nur ein einziger Schmied und Ignazio selbst kannten die Zusammensetzung dieses mächtigen Metalls.

In Gefangenschaft geraten während der Eroberungszüge der Hennrichdynastie. Festgehalten zu einem einzigen Zweck. Die Magie, die ihnen innewohnte, sollte ihnen geraubt werden. Geraubt und auf den Primus selbst übertragen werden. An einem wirksamen Verfahren forschte Ignazio noch. Bis dahin mussten diese bedauernswerten Kreaturen ihr Dasein in seinem nasskalten, finsteren Verlies fristen. Kein Sonnenstrahl verirrte sich bis nach hier unten. Dennoch bildete diese Stätte das wahre Machtzentrum des Primus. Nicht der hohe Turm, der fast bis zu den Wolken hinaufragte. Nicht der große Marmorsaal, der jeden Besucher wie einen Winzling wirken ließ. Nein, aus diesem Verlies heraus befahl Ignazio seine erfolgreichsten Spielzüge im großen Ringen um die Macht. So wie es schon so einige Primusse vor ihm taten.

Wer von den Insassen nicht über Magie verfügte, den erhielten seine Diener am Leben, um Lösegeld einzufordern. Wer auch dazu nicht taugte, durfte nicht auf Gnade hoffen. Dennoch mochte er sich womöglich im Tode noch als nützlich erweisen.

In der Nähe des Eingangs standen ein sperriger Tisch und ein Stuhl. Ignazios geheimer Schreibtisch. Nicht vergleichbar mit dem prunkvollen Edelholz in der Kuppel seines Turms, aber von wesentlich größerer Bedeutung. Nur wenige eingeweihte Priester kannten diesen Ort. Eine Fackel erleuchtete die Arbeitsfläche. Mittig ragte sie über der Tischplatte aus der Wand. Etliche rote Kerzen standen auf der gesamten Arbeitsfläche verteilt.

Neben dem schweren Tisch lehnten sich unzählige Regale an die Mauer. Aufgereiht in Reih und Glied verwahrten sie sein ganzes Wissen, seine Aufzeichnungen und die seiner Vorgänger. Seinen wahren Schatz. Gefüllt auch mit alten Schriften und Karten. Karten des ganzen Kontinents, den er fortan nur noch Notreum nennen wollte, egal was dieser einfältige König davon hielt. Sein Wille stand fest. Niemand würde ihn daran hindern können. Auch nicht dieser Hennrich der Dritte, König der Südlande, dem inzwischen einzigen Land auf diesem Kontinent.

Auch Karten von Mytlaghyr hortete er hier unten, denn auch dieses Ziel behielt er fest im Blick. Es bedurfte einer guten Vorbereitung und noch einiger Zeit der genauen Planung, um es zu verwirklichen. Kannte er das sagenumwobene Mytlaghyr doch nicht nur aus Karten und Geschichten.

Er nahm Platz, wollte sich die Notiz ins Gedächtnis rufen, die ihm der pechschwarze Vogel zugetragen hatte.

Eine Tür knarrte. Ignazio sah auf. Rui betrat den Raum.

»Kann ich Euch behilflich sein, Primus Ignazio?« Eine tiefe Verbeugung begleitete die Frage.

Das Klerusoberhaupt blickte seinem ergebenen Diener in das von Altersflecken übersäte Gesicht.

»Einstweilen nicht, Rui. Komm zurück, wenn ich mit dem Glöckchen läute und bring einen Raben mit. Es handelt sich um eine Nachricht an Burg Schmalwasser. Priester Luzius müsste dort residieren, wenn ich nicht irre. Bis dahin möchte ich nicht in meiner Arbeit gestört werden.«

»Sehr wohl, mein Primus.«

Gerade wollte der Diener gehorsam der Anweisung nachkommen und wieder durch die Tür hinaustreten, da setzte Ignazio nochmals an: »Rui!«

»Ja, mein Primus?«

»Bring auch einen Boten mit. Ich möchte einen Auftrag an die Diener des Königs übermitteln lassen.«

Das Gesicht des Dieners offenbarte den Ansatz eines freudigen Grinsens. »Mit Freuden, mein Primus.«

Ignazio fragte sich, ob sein eigener Tonfall wohl zu verräterisch klang. In der Marmorhalle musste er sich unbedingt besser im Griff haben, wenn es erst so weit war.

Rui schloss die Tür hinter sich.

»Wo war ich doch gleich stehengeblieben? Ach ja. Die freudige Nachricht.« Er kratze sich am Schädel und versuchte sich an den genauen Wortlaut zu erinnern. Die Nachricht stammte aus Faren, einem Ort hoch oben im frisch eroberten Norden. Lucares lautete der Name des Unterzeichners.

Lesen und Schreiben stand in den Südlanden nur den Geistlichen zu. Nicht einmal dem König gewährten die Gottesdiener ein Recht aufs Erlernen. So hielt man es schon seit der Zeit des ersten Primus. Wer sich widersetzte, dem drohte eine Anklage wegen Ketzerei. Wer dann auch noch für schuldig befunden wurde, dem drohte der Tod.

Primus Ignazio wusste sehr wohl, dass Hennrich sich um dieses Verbot nicht scherte. Doch er verzichtete auf ein Strafverfahren. Bisher jedenfalls. Sein Wissen mochte ihm zu einem späteren Zeitpunkt noch zum Vorteil gereichen. Denn Wissen bedeutete Macht und Ignazio wartete geduldig auf den Tag, an dem er seine Macht demonstrieren konnte.

Dennoch stellten diese Rabenbotschaften den perfekten Weg zum Austausch von geheimen Nachrichten dar. Solange sie eben nicht dem König in die Hände fielen.

Ein Mädchen aus Schmalwasser ist auf der Flucht in Richtung Mytlaghyr. Es gibt Gerüchte, dass sie zwei Räubern üble Verbrennungen zufügte. Eine leibhaftige Hexe! Luzius jagt sie gemeinsam mit Baron Lodewig. Sie soll im Feuer brennen!

Der Primus ließ seine Augen über die Zeilen schweifen, die er soeben notiert hatte. Sie entstammten seinem Gedächtnis und gaben wieder, was die schwarzen Schwingen ihm zugetragen hatten, kurz bevor der König in Ignazios Saal aufkreuzte. Aufgeschrieben ließen sich die Worte viel besser durchdenken und für alle Ewigkeit hier im unterirdischen Archiv aufbewahren, um sie für seine Nachfolger zu erhalten.

Er wandte sich vom Schreibtisch ab, hin zum Verließ. Grüblerisch wanderte sein Blick über die Zellen vor ihm. Betrachtete die Gefangenen. An einer offenen Tür blieben seine trüben Augen haften. Das Gefängnis wartete noch auf seinen nächsten Insassen. Sein Zeigefinger kratze über sein Kinn. Eine Marotte, die ihn immer wieder überkam, wenn er nachdachte.

»Interessant! Direkt vor meiner Nase und ich habe sie nicht gesehen. Nun allerdings ist die Zeit gekommen, meine Sammlung zu erweitern«, flüsterte er zu sich selbst.

Im nächsten Augenblick griff er nach einem Stück Papier und angelte die Gänsefeder erneut aus dem Tintenfass, um seine Botschaft an diesen Priester Luzius zu verfassen.

Die Hexe darf nicht brennen! Sie ist unverzüglich nach Vattikar zu überstellen! Ihr tragt persönlich die Verantwortung für ihre leibliche Unversehrtheit und ihre baldige Ankunft!

Eine klare Anweisung, die keinen Verstoß verzeihen würde. Das war genau die Art von Nachricht, die er verfassen wollte. Ignazio lächelte voller Vorfreude, rollte das Stückchen Papier zusammen, träufelte etwas Kerzenwachs darauf und drückte anschließend seinen Siegelring in das sich verfestigende Wachs hinein. Dann griff er nach dem Glöckchen.

Feuer entfachen

Rohlaan

Der Inhalt des Ölkessels verfehlte Rohlaans eigentliches Ziel. Der Wind drückte die Flüssigkeit auf ihrem weiten Weg nach unten in Richtung des Oakenstammes. Sie landete knapp neben den Soldaten, die in Erwartung eines weiteren Steinregens dieses Mal schneller zurücksprangen. Einige Tropfen spritzten in das bereits wieder vergehende Feuer links der Tür. Fachten es erneut an. Fauchend wie ein wildes Tier bäumten sich die Flammen mit neuer Kraft auf. Setzten die Ölpfütze in Brand und griffen auf die Eingangstür über. Auch sie hatte er mit der tranigen Flüssigkeit besudelt. Rohlaan schluckte. So stellte er sich seine Verteidigung nicht vor. Er arbeitete an seinem eigenen Untergang, wenn er so weitermachte.

»Schicksal, wo steckst du, wenn ich deine Hilfe brauche?« Er schlug sich die Hand vor die Stirn.

Die Jubelschreie der Männer dröhnten in seinem Kopf. Maßlos ärgerte er sich über seine eigene Dummheit. Rohlaans Lippen entfuhr ein elfischer Fluch. So alt wie er war, so dämlich war sein Handeln. Nur noch tausendmal mehr. Am liebsten hätte er sich auf der Stelle selbst dafür geohrfeigt. Aber dafür blieb keine Zeit. Wenn er lebend entkam, würde er das umgehend nachholen, schwor er sich.

Die Zeit, die ihm noch blieb, verrann. Die Tür brannte. Bald schon läge sein Aufzug frei. Noch vor dem Morgengrauen würden die Soldaten seine Wohnung stürmen und ihn in Stücke hacken. Fahrig strich er sich das ergraute Haar aus dem Gesicht. Es blieb ihm kaum noch eine weitere Verteidigungsmöglichkeit.

»Was kann ich noch tun?«

Rohlaan sah sich noch einmal in seiner Wohnung um. Fast so, als wollte er sich verabschieden. Vieles würde er nicht mitnehmen können. All die Rezepte, die er in hunderten von Jahren gesammelt und erforscht hatte. Sie alle würden entweder ein Opfer der Flammen, oder die Menschen würden sie an sich reißen. All seine mühevolle Arbeit, zerstört binnen kürzester Zeit. Eine einzelne Träne kullerte über seine Wange.

Er wischte sie weg, schaute trotzig auf. Eine letzte Möglichkeit blieb ihm noch. Sein Antlitz verformte sich zu einer grimmigen Fratze. Er nahm sein altes Schwert von der Wand, ließ es zweimal sirrend durch die Luft kreisen. Obwohl der Elf es seit einer Ewigkeit nicht mehr in Händen gehalten hatte, vollzog er die Bewegungen grazil und geübt, wie zu seinen besten Zeiten als Kämpfer. Das Gefühl für den richtigen Umgang mit der feinen Waffe schoss mit der Berührung des Griffes in seine Glieder zurück. Beinahe so, als könnten sie sich an die Zeit erinnern, als er noch kein Heiler, sondern ein Krieger war, der Seite an Seite mit mutigen Männern kämpfte. Männern, die nach ihrem Tod zu Göttern der Odengarder Menschen aufsteigen sollten. Nur das

Schicksal selbst wusste, was ihn nach seinem Tod wohl erwartete. Ob auch über ihn einst Heldenlieder gesungen wurden.

Die Klinge fühlte sich perfekt ausbalanciert und leicht an. Kein Rost hatte sich in all den Jahren des Tiefschlafes an den feinen Elfenstahl herangewagt. Die Schneide fügte sich zu einem verlängerten Arm, nur schärfer. Todbringender. Ein Gefühl aufkeimender Hoffnung und Kraft überkam ihn, während er das kalte Metall die Luft zerteilen ließ.

Doch bevor er sie einsetzen wollte, gab es noch eben jene, einzig verbliebene andere Art, sich aus der Ferne zu verteidigen. Je weniger Gegner ihn dort unten erwarteten, desto größere Aussicht auf einen Sieg bestand für ihn.

Behände gürtete er das Schwert um seine Hüfte und marschierte schnurstracks in Richtung der Kiste mit seinen persönlichen Gegenständen. Dort angelangt klappte er den Deckel auf und sog die Luft tief ein. Ein vertrauter Geruch stieg ihm in die Nase. Ihm bot sich ein gewohntes Bild. Alles lag ordentlich darin verstaut. Ein Griff und Rohlaan fand, wonach er suchte. Er nahm ein Bündel aus der Truhe, gehüllt in eine undurchsichtige grüne Decke, verziert mit zahlreichen Stickereien elfischer Schriftzeichen. Die gleichen Zeichen, die auch in die Klinge seines Schwertes eingraviert waren. *Zwei Elfen – ein Herz*, stand dort in den Runen geschrieben, die ihm das Gefühl von Heimat gaben. Rohlaan legte das Bündel bedächtig auf seinen Tisch. Vorsichtig, als wolle er rohe

Eier auswickeln, entfernte er die Decke. Ein Bogen und eine Handvoll Pfeile kamen zum Vorschein. Seine Augen glänzten feucht beim Gedenken an die einstige Besitzerin dieser Waffe. Das Bildnis seiner längst verstorbenen Frau mit diesem Langholz in der Hand, das Bildnis der anmutigen Jaelariel, erschien vor seinem inneren Auge. Sie schien ihn aufmunternd anzulächeln.

Erneut brandete am Fuße des Baumes Jubel auf. Das Feuer leistete den Soldaten offenbar gute Dienste. Der Elf packte den Bogen und nockte die Sehne ein. Er griff nach den Pfeilen und eilte wieder an das Fenster, von dem aus er den Eingang einsehen konnte. Dort unten wuselten die Fremden um die Tür herum, die sie sich noch nicht zu überschreiten trauten.

Bogenschießen zählte noch nie zu seinen Stärken. In ihm steckte ein Schwertkämpfer, wie er im Buche stand, aber eben kein sonderlich guter Schütze. Die schleichend geschwundene Sehkraft verhieß ihm keine Aussicht auf gezielte Treffer. Doch es blieb kaum eine andere Option. Entschlossen spannte er, allen Widrigkeiten zum Trotz, den Bogen und schoss ohne Vorwarnung. In seiner Lage gab es keinen Grund mehr zu zaudern und zu zweifeln. Es galt zu handeln, wenn er das Licht der aufgehenden Sonne auch am nächsten Tag erblicken wollte.

Sein Ziel verfehlte Rohlaan jedoch. Der Baron stand noch immer auf seinen Beinen und brüllte nun Befehle. Wie sollte er auch kleine Mäuse mit einem Bogen jagen, fragte der Alte sich und legte bereits den nächsten Pfeil auf die Sehne. Wenn das Schicksal ihm doch noch gewogen war, so musste es den ein oder anderen Pfeil doch ins Ziel lenken. Das hoffte er zumindest.

Die Männer zogen sich zurück. Der nächste Pfeil schnellte los und verfehlte sein Ziel abermals. Sich bewegende Mäuse ließen sich noch schwerer treffen. Er verschoss einen dritten Pfeil. Vergebens.

Erste Armbrustbolzen schlugen in seinem Haus ein. Die Einschlagstellen deuteten an, dass die Schützen Rohlaans tatsächlichen Aufenthaltsort bisher nicht genau ausmachen konnten. Oder aber sie schossen ähnlich schlecht, wie er selbst, was er sich beim besten Willen nicht vorstellen konnte.

Erneut ließ der Alte einen Pfeil davonrauschen und horchte überrascht auf, als er einen dumpfen Knall hörte. Das Geschoss schien irgendwo eingeschlagen zu haben. Da keiner der Männer am Boden lag, schien es sich zu seiner Enttäuschung wohl nur um einen Schild zu handeln, den er da getroffen hatte. Aber immerhin, er hatte etwas getroffen. So musste er weitermachen.

Die Männer dort unten spannten noch ihre Armbrüste.

Erneut zielte Rohlaan auf den Baron, ließ die Sehne los, hörte das Geräusch des durch die Luft sausenden Pfeiles und dann einen schmerzerfüllten Aufschrei. »Volltreffer!«, jubelte der alte Elf. Er konnte seinen Erfolg jedoch nicht bestaunen, zwangen ihn die Armbrustbolzen nun ihrerseits, den Kopf einzuziehen. Eine Salve jagte ihm entgegen und schlug rings um ihn herum ein.

Nur um eine Handbreit verfehlte ihn ein Bolzen. Grub sich statt in seinen Kopf tief in das dunkle Holz des Fensterrahmens.

Er spähte nach draußen. Von unten stieg immer mehr Rauch auf, trieb ihm Tränen in die Augen. Zu seiner Überraschung lag statt des Anführers der Priester am Boden. Ein Soldat eilte zu ihm. Der Baron stand noch immer wie ein Fels in der Brandung.

Ein letzter Pfeil blieb Rohlaan noch. Er küsste den Schaft sanft und flüsterte: »Das Schicksal meint es nicht gut mit mir, Jaelariel. Ich hoffe, es steckt noch ein Hauch deiner Seele in diesem Pfeil und lenkt ihn für mich sicher ins Ziel.«

In geduckter Haltung wartete er auf den nächsten Einschlag der Bolzen. Es krachte direkt neben ihm. Holzsplitter fielen zu Boden.

Rohlaan erhob sich, spannte den Bogen erneut und zielte. Die Flugbahn des Pfeils sah nahezu perfekt aus. Zumindest für seine bescheidenen Verhältnisse. Das Geschoss steuerte geradewegs auf den verhassten Baron zu. »Dieses Mal erwische ich dich!«, jubilierte der alte Heiler.

Kurz bevor der Pfeil sein Ziel erreichte, drehte sich der Kerl einfach gekonnt aus der Schussbahn. Fast als übte er das täglich. Die glänzende Metallspitze des Geschosses vergrub sich zusammen mit Rohlaans Hoffnung auf einen schlachtentscheidenden Schlag im Boden. Rohlaan hätte vor Wut fluchen können, doch all das nützte nichts mehr. Er musste nun endgültig kapitulieren und sein Haus verlassen, bevor es zu spät war. Bevor sie ihn holen kommen konnten.

Er hastete zum Aufzug und öffnete die Tür. Rund um das Fenster schlugen erneut Geschosse ein. Kaum öffnete er den Zugang, glitt er auch schon in die Kabine und betätigte eilig den Hebel, der die Gegengewichte in Bewegung setzte. Seine Fahrt nach unten begann. Es behagte ihm wahrlich nicht, seinen Baum, sein geliebtes Heim und alles, was er besaß, zu verlassen und der Zerstörungswut dieser Menschen zu opfern. Doch es blieb ihm keine Wahl mehr. Er hatte noch immer eine Aufgabe. Seine Bestimmung lag darin, Leben zu retten, Krankheiten zu heilen und einen Lehrling zu finden, um seine unschätzbar wertvollen Kenntnisse weiterzugeben. Selbst wenn er wohl nur das noch retten konnte, was sich in seinem Kopf befand. Viel zu lange hatte er es schon aufgeschoben, jemanden in seine Kenntnisse einzuweihen. Niemals kam ihm der Gedanke, plötzlich sterben zu können. Doch das Schicksal schien an diesem lauen Sommerabend eine andere Sicht auf all diese Dinge zu haben.

Die Erfüllung all seiner Vorhaben, seiner Aufgaben blieb ihm nur möglich, wenn er überlebte. Das Schicksal ließ ihm keine andere Wahl. Seine Rache an den Südländern musste warten. In dieser Nacht würde er nicht mehr gegen sie kämpfen. Sobald der Aufzug unten sein würde, beabsichtigte er, die verborgene Klappe zum Nottunnel zu öffnen und verborgen im Erdreich den Angreifern zu entkommen. Sollten sie ihn doch suchen.

Von ihm aus stundenlang oder bis ihnen die Sonne auf den Kopf fiel. Den geheimen Ausgang im angrenzenden Wäldchen würden sie nicht finden, solange sie weiter mit Armbrüsten auf sein Baumhaus schossen oder später gar seine Wohnung durchwühlten. Die Zeit zur Flucht würde ihm genügen. Sie musste genügen, obwohl er noch keine Idee hatte, wohin er sich zurückziehen konnte, wenn er im Reich der Menschen verweilen wollte. Doch darüber konnte er sich später den Kopf zerbrechen, wenn das Schlimmste hinter ihm lag.

Während der Fahrt nach unten setzte sich ihm der grässlich beißende Rauch in die Nase. Kratzte in seinem Hals wie eine eitrige Mandelentzündung. Ließ ihn husten und trieb ihm die Tränen in die Augen. Selbst das Tuch, welches er sich schützend vors Gesicht hielt, änderte daran nichts. Die Abfahrt entwickelte sich zu einem endlosen Martyrium. Er schnappte nach Luft, zwang sich, sie anzuhalten, um nicht zu viel des giftigen Gases einzuatmen. Er musste bei Bewusstsein bleiben, um zu entkommen.

Gleich ist es geschafft!

Ein peitschender Knall ließ ihn erschrecken. Die Kabine prallte hart auf. In Rohlaans rechtem Knöchel breitete sich ein stechender Schmerz aus. Er stöhnte auf. Das Seil musste gerissen sein.

Die Hitze in der Kabine nahm schlagartig zu. Er musste dringend aus dem Gefährt heraus. Hustend, keuchend und mit tränenden Augen versuchte Rohlaan die Tür zum Fluchttunnel aufzureißen.

Sie klemmte. Der Elf fluchte und bereute es sofort. Schwarzer Rauch brannte ihm in der Kehle. Das Schicksal schien nun endgültig die Seiten gewechselt zu haben.

Die Kabine lag verkeilt vor der Tunneltür. Er drückte und stemmte sich dagegen. So sehr er sich auch bemühte, er bekam den einzig verbliebenen Fluchtweg nicht frei.

Brandblasen marterten seine Haut. Der Rauch biss in seinen Augen, die mit einer weiteren Tränenflut dagegenzuhalten versuchten. Er sah nichts mehr. Einzig weil es sich um sein Zuhause handelte und er es kannte wie seine Heilerrobe, vermochte er noch, sich zu orientieren. Rohlaan würgte. Noch zwei Atemzüge mehr und er würde in Ohnmacht fallen.

Nichts wie raus hier!

Er griff nach seinem Schwert und warf sich mit aller Macht gegen die glühende Eingangstür. Sie konnte ihm nichts mehr entgegensetzen. Ohne Gegenwehr gab sie den Weg frei. Brennendes Holz splitterte um ihn herum in alle Richtungen.

Rohlaan stürzte mehr hinaus, als dass er sich noch aufrechthielt. Er rang verzweifelt nach Atem. Es stank nach versenkten Haaren und verkohlter Haut. Er prustete. Hustete. Noch nie in seinem langen Leben fühlte es sich so gut an, Atemluft in die Lungen zu ziehen!

Wie durch einen verschwommenen Nebel erkannte er einen Mann mit wehendem Umhang vor sich. Entschlossenheit brandete in Rohlaan auf. Ihm blieb nichts mehr zu verlieren. Mit letzter Kraft stürmte der Alte auf den Baron zu. Das Schwert kaum erhoben. Er wollte laut schreien. Seine Wut, seine Verzweiflung zur Welt hinausbrüllen. Doch mehr als ein heiseres Krächzen bekam er nicht heraus.

Metallisches Klacken erklang. Stoppte den Elfen abrupt in seiner Bewegung. Beinahe hätte es ihn von den Beinen gerissen. Schmerzen verspürte er keine. Rohlaan blickte zögerlich an sich herab. Obwohl er ahnte, was er zu sehen bekommen würde.

Blut rann aus drei Wunden in seiner Brust. Die Schäfte von Armbrustbolzen ragten aus seinem Körper. Sein sprudelnder Lebenssaft verfärbte sein längst nicht mehr weißes Gewand in ein tiefes Rot.

Jaelariel! Sein letzter klarer Gedanke galt ihr.

Seine Finger lösten sich vom Griff seines Schwertes und ließen es zu Boden fallen. Im gleichen Moment sackte auch Rohlaan am Fuße seiner lichterloh brennenden Oake in sich zusammen.

Wenn Wünsche in Erfüllung gehen

Lisbee

Schwer atmend bewunderte Lisbee die Schönheit der Natur. Der Himmel strahlte blau und zauberte ihr ein fröhliches Lächeln auf ihr schmales Gesicht. Im Gegensatz zu Ferodil hatte sie gute Laune. Der Elf verströmte seit ihrem Aufbruch eher eine nachdenkliche Verschlossenheit statt Zuversicht. Obwohl sie der rettenden Nebelbrücke immer näherkamen. Mehr als die Hälfte des Weges lag bereits hinter ihnen. Lisbee fand keinen Grund für Ferodils Unmut. Von ihren Verfolgern fanden sie keine Spur, dank Ferodils Ablenkungsmanöver.

Der Sommer zeigte sich von seiner schönsten Seite. Seit Tagen schon erschien kaum ein Wölkchen am Himmelszelt. Um sie herum blühte ein Meer aus Heidekraut. Die Sonne ließ die unzähligen Blüten in all ihren farblichen Nuancen erstrahlen. Ein leichter Wind wogte das Kraut hin und her wie kleine Wellen bei ruhiger See. Hier und da trotzte ein Strauch dem kargen Land. Überall verstreut lagen Felsen und Steine, die das prachtvolle Farbenmeer durchbrachen. Selbst deren sonst so eintöniges Steingrau wirkte im warmen Schein so facettenreich, wie Lisbee es noch nie zuvor gesehen hatte. Die Anordnung der Gesteinsbrocken erinnerte sie an eine uralte Legende, ein Märchen, welches man in Odengard kleinen Kindern vor dem Schlafengehen erzählte. Der alten Geschichte nach sollten einst die Götter selbst mit ihren riesengleichen Händen das Gestein aus einem Sack gegriffen und wie Saatgut auf der Erde verstreut haben. Eben diese Brocken lagen noch immer unberührt an Ort und Stelle, so wie sie einst gelandet sein mussten. Lisbee lächelte. Dabei wusste sie inzwischen, dass die Götter dereinst ganz normale Männer waren, die ihr Land verteidigten.

Die herrliche Idylle lud zum Verweilen ein. Ferodil zeigte sich einmal mehr völlig unbeeindruckt von der Schönheit der Natur.

Grimmig trieb er sie zu ständiger Hast an. »Los, beeil dich. Diese Gegend bietet uns zu wenig Schutz. Schon von Weitem kann man einsame Wanderer am Horizont erkennen«, warnte er eindringlich. Ansonsten sprach er nicht viel. Fast kam es Lisbee so vor, als verschwieg er ihr etwas.

Lisbees Seiten begannen schon wieder zu stechen, so versessen trieb der Elf sie an. Schwer atmend wunderte sie sich, wie er dieses Tempo durchhalten konnte, ohne dabei ins Schwitzen zu geraten. Ihr selbst rann der Schweiß bereits in dicken Schlieren von der Stirn. Immerhin peinigten sie keine Blasen mehr an ihren Sohlen. Darüber konnte sie sich zumindest ein wenig freuen. Ihre Narbe schmerzte inzwischen nur noch gelegentlich. Sie mochte sich nicht ausmalen, wie es ihr wohl ohne Rohlaan ergangen wäre.

Dem alten Heiler gegenüber empfand sie eine tiefe Dankbarkeit. Nicht nur weil er ihr Leben gerettet hatte, sondern auch für seinen Großmut. Schließlich hatte er ihr diese herrliche elfische Kleidung überlassen, die einst zum Besitz seiner Anvertrauten zählte. Gewiss hatte es ihn viel Überwindung gekostet, die Kleidungsstücke seiner geliebten Frau einem dahergelaufenen Menschenmädchen anzuvertrauen. Anzusehen waren ihm seine Gefühle nicht, erinnerte sich Lisbee. Dabei handelte es sich doch sicherlich um alte Erinnerungsstücke. Solch edle Kleidung hatte sie in ihrem ganzen Leben noch nie gesehen, geschweige denn besessen. Die Lederstiefel schmiegten sich angenehm zart an ihre Füße. Das Laufen weiter Strecken fiel ihr mit ihnen viel leichter.

Lisbee vermisste den gutmütigen alten Elfen, der sich einfach nicht überzeugen lassen wollte, sich ihrer kleinen Gruppe anzuschließen. Nun, da sich die Zeit der Elfen in Odengard ihrem Ende neigte, sah sie keinen Grund, warum er bleiben wollte. Dennoch verstand sie seinen Wunsch, den Menschen weiter helfen zu wollen. So verhielten sich Heiler nun einmal. Sie hoffte, dass es ihm gut ging. Und dass die Männer, die eigentlich ihr und Ferodil auf den Fersen waren, niemals sein Versteck finden mochten. Der Alte hatte ihr nämlich noch etwas Anderes geschenkt. Etwas, was sie auf der ganzen Reise schon so schmerzlich vermisste. Das Gefühl von Geborgenheit in einem trauten Heim, bewohnt von herzlichen Menschen – oder Elfen, wie sie sich selbst lächelnd korrigierte.

Abrupt blieb Ferodil vor ihr stehen. Lisbee trat ihm beinahe in die Hacken.

»Was ist los?«, erkundigte sie sich, weil sie keinen Grund für den plötzlichen Halt erkennen konnte.

Ein kurzes »Pst!« blieb die einzige Antwort, die sie bekam. Ferodils Augen schienen irgendetwas in der endlosen Weite zu suchen.

»Spürst du die Erschütterungen im Boden nicht?«

Lisbee sah ihn skeptisch an und erwiderte: »Nein, ich spüre nichts. Was sollte denn hier auch den Boden erschüttern? Höchstens unsere eigenen Schritte vielleicht.« Sie lachte den Elfen an, in der Hoffnung, er erlaubte sich nur einen Scherz mit ihr, obwohl er für gewöhnlich selten scherzte. Erst recht nicht, da er doch schon seit Tagen so verschlossen wirkte.

»Pferdehufe!«

Lisbees Lachen erstarb. Sie spürte regelrecht, wie ihr die Farbe aus dem Antlitz wich.

»Bei den Göttern! Meinst du, sie haben uns gefunden? Wo sollen wir uns denn hier bloß verstecken?« Sie verfluchte die kahle Landschaft, die sie bis eben noch so bewundert hatte.

»Es ist nur ein einzelnes Ross, so wie es sich anfühlt.«

Die spitzen Elfenohren lauschten unaufhörlich, während er sich weiterhin nach dem Auslöser dieser Bodenschwingungen umsah.

Miranees angespannte Körperhaltung verriet Lisbee, dass der Elf sich nicht zu irren schien und sich tatsächlich jemand näherte.

Die nüchterne Feststellung, es sei nur ein einzelner Reiter, beruhigte das Mädchen nur wenig. Wenn der

Kerl nah genug an sie herankam, würden sie drei wohl mit ihm fertig werden, schätzte sie. Sofern es sich allerdings um einen Späher handelte, würde er sie schon aus der Ferne entdecken und den Rest der Horde zur Verstärkung holen. Sie wusste, dass sie nicht schnell genug laufen konnten, um vor den ausdauernden Tieren mit ihren raumgreifenden Schritten fliehen zu können.

Miranees leises Knurren lenkte Lisbees Aufmerksamkeit nach links.

»Ein einzelner Reiter, wie ich es vermutet habe«, stieß der Elf aus. Es dauerte noch einige Herzschläge, bevor sich der Mann und sein Reittier auch für Lisbees Augen sichtbar am Horizont abzeichneten. Er bewegte sich offenbar in ihre Richtung.

Ferodil packte Lisbee unsanft am Kragen und zerrte sie hinter einen Felsbrocken, hinter dem sich auch zwei Pferde hätten verstecken können. Miranee folgte ihrem Instinkt und verbarg sich ebenfalls vor den Blicken des Reiters. Auch sie suchte Schutz hinter dem Gestein.

»Wir warten hier ab«, beantwortete Ferodil Lisbees Frage, bevor diese sie stellen konnte. Verständnisvoll nickte sie und presste sich an das schroffe Gestein.

Ferodil lugte vorsichtig um den Felsen, behielt den Fremden im Auge.

Inzwischen galoppierte dieser schon nah genug, dass auch Lisbee vereinzelte Hufschläge wahrnahm, die auf das Gestein und den trockenen Boden trommelten.

Ihr Herz pochte wild. Es fühlte sich an, als versuchte es vor Schreck in ihre neue Strumpfhose zu rutschen.

Miranee drängte sich an Lisbees Schenkel. Die junge Magierin bewunderte die Wölfin dafür, wie ruhig sie doch die ganze Reise über blieb. Sie zeigte sich nie ängstlich oder gar aggressiv. Das Verhalten der Fähe spiegelte rein gar nichts von all dem wider, was Lisbee aus finsteren Sagen über Schattenwölfe wusste. Inzwischen wusste sie auch, warum sie sich so verhielt. Für einen Augenblick huschte Lisbee wieder das bildschöne Gesicht einer Elfenfrau durchs Sichtfeld. Wie damals nach dem Angriff der Banditen. So musste Ferodils Gemahlin aussehen. Wenn sie in Mytlaghyr angelangten, sollte sie sie von diesem Zauber befreien. Sie sollte die Wölfin in ihre elfische Gestalt zurückverwandeln. Auch wenn das bedeutete, dass es für sie selbst und den Elfen keine gemeinsame Zukunft gab. Lisbee wusste nur noch nicht, wie dieses Wunder zu bewerkstelligen sei.

Lisbee nahm Miras Trostversuch dankbar an. Diese freundliche Art machte die Konkurrentin nur noch sympathischer, als sie es ohnehin schon war.

Seit Ferodils Geständnis bezüglich seines früheren Lebens und seiner unsäglichen Taten durchzogen tiefe Kratzer sein Ansehen bei Lisbee. Dennoch verspürte sie immer wieder Anzeichen der Eifersucht gegenüber der Wölfin. Bisher verbarg sie sie gut.

Was wäre wohl, wenn es ihr nicht gelang, den Bann zu brechen, der auf Miranee lag? Eine Frage, die ihr des Öfteren durch den Kopf geisterte.

Ungläubig vernahm Lisbee die Stimme des Elfen, der deutlich weniger überrascht klang, als sie sich fühlte.

»Es ist nur ein Junge. Ich bin nicht gut im Schätzen von Menschenaltern, aber er dürfte höchstens elf oder zwölf Winter gesehen haben.«

»Was sollte ein Junge hier draußen wollen?«, flüsterte sie. Das dumpfe Geräusch von Hufen, die auf den trockenen Steppenboden trafen, hielt direkt auf sie zu und ließen den Boden erzittern.

»Er ist ein Bote, denke ich. Der kommt uns wie gerufen.« Die Stimmung des Elfen heiterte auf. »Das Schicksal meint es heute gut mit uns. Mira, du beschaffst uns das Pferd.«

Lisbee beobachtete, wie Ferodil einen kurzen Blick mit der Wölfin austauschte und die beiden sich ohne weitere erklärende Worte verstanden.

Augenblicklich drückte sich das majestätische Tier zu Boden und kroch elegant durch das Heidekraut. Jede noch so kleine Deckung nutzte sie geschickt aus. Erstaunlich flink bewegte sie sich vom Felsbrocken fort. Mira bewegte sich in die mutmaßliche Richtung, in der das Pferd wohl laufen würde, wenn es den Felsen passiert hatte, hinter dem sich Lisbee und Ferodil noch immer versteckt hielten.

»Was hast du vor?«, raunte Lisbee und begehrte in den Plan eingeweiht zu werden. »Du wirst ihm doch nicht wehtun, Ferodil, oder?«

»Du hast dir doch vor einiger Zeit ein Pferd gewünscht. Heute wird dein Wunsch in Erfüllung gehen.«

Ungläubig sah Lisbee den Elfen an.

»Damals beim Bauernhof. Weißt du das nicht mehr?«

So langsam dämmerte es ihr. »Doch ich erinnere mich. Aber wir können ihm doch nicht einfach sein Pferd stehlen, Ferodil!«

Sie führte bis eben noch ein unbescholtenes Leben und hatte noch nie eine Straftat begangen. Außer in den Augen der Fremden eine Hexe zu sein natürlich, aber das zählte für sie nicht. Bei dem Gedanken an das Vorhaben des Elfen überkam sie ein mulmiges Gefühl im Bauch. Sämtliche Fasern in ihrem Leib sträubten sich dagegen. »Ich bin doch nicht wie diese Räuber, die ich mit meinem ...«, Lisbee schluckte. »Du weißt schon, die ich in die Flucht geschlagen habe.« Ihr schauderte noch immer bei dem Gedanken an den Tag, an dem das Feuer in ihr erwachte. Obwohl es sie in höchster Not vor den Verbrechern bewahrt hatte.

»Dieses Pferd kann uns das Leben retten, Lisbee. Wir werden mit ihm wesentlich schneller vorankommen als zu Fuß. Ich lasse mir diese Gelegenheit nicht entgehen. Egal was du davon hältst.«

Lisbee schluckte, kaute bedrückt auf ihrer Unterlippe. »Tu dem Jungen bitte nicht weh! Hörst du? Er kann schließlich nichts dafür.« Mitleid schwang in ihrer Stimme mit. Wusste sie doch inzwischen nur allzu gut, dass ihr Retter vor nichts zurückschreckte.

»Keine Sorge, das Kind hat nichts zu befürchten.«

Es kam Lisbee wie eine Ewigkeit vor, bis der junge Reiter den Felsen passierte. Er sah tatsächlich nicht viel älter als zehn aus. Sein Ross trabte inzwischen gemächlich und schnaubte angestrengt.

Die junge Magierin mühte sich, dem Drang zu widerstehen, eine Warnung in Richtung des Jungen auszustoßen. Ihre Augen suchten nach Miranee. Vergeblich. Die riesige, schwarze Wölfin verschwand völlig in der Blütenpracht.

Nur wenige Augenblicke später erblickte Lisbee das Tier in voller Größe. In halsbrecherischer Geschwindigkeit und mit gefletschten Zähnen jagte die Schattenwölfin auf das Ross zu. Ferodil hielt Lisbee am Arm zurück.

Miranee erreichte das Reittier. Vor Schreck wiehernd stieg das Kaltblut mit den Vorderbeinen in die Luft. So weit, dass es sein Gleichgewicht verlor. Mitsamt seinem Reiter kippte der massige Leib nach hinten über. Unbeholfen rollte sich das Pferd ab.

Ein Schreckensschrei drang aus Lisbees Kehle. Sie vermochte ihn nicht zu unterdrücken. Das Gewicht des Kaltbluts drückte den Jungen in den Staub. Reglos blieb er liegen. Mühevoll sprang das schwere Ross wieder auf. Miranee setzte ihm sofort nach. Die Fähe trieb es energisch an. In Richtung des Felsens, hinter dem sich Lisbee und Ferodil verborgen hielten. Langsam ließ sie sich zurückfallen, als die Laufrichtung des Kleppers passte.

Lisbee starrte gebannt auf den Jungen. Er tat ihr so leid. Beim Sturz musste er sich ganz bestimmt das Genick gebrochen haben.

Erleichtert sah sie ihn plötzlich aufspringen. Der Kleine rannte so schnell ihn seine Beine trugen. Er warf keinen einzigen Blick zurück. Lisbee erschien es so, als würde er lieber sein verloren geglaubtes Pferd opfern, als sich dem Riesenwolf im Kampf zu stellen. Verübeln mochte sie es ihm nicht. So bedrohlich wie Miranee beim vorgetäuschten Angriff wirkte, hätte sie an seiner Stelle wohl ähnlich gehandelt.

Ferodil sprang hinter dem Felsgestein hervor und versuchte das panische Pferd zu beruhigen. Er bekam es geradeso am Zügel zu fassen. Doch die für ein Kaltblut übliche Ruhe strahlte das aufgebrachte Tier noch immer nicht aus. Es wieherte aufgeregt, scharrte mit den Hufen und zog wild an seinen Zügeln. Offensichtlich war ihm die Entfernung zum Ort des Wolfsangriffes noch lange nicht weit genug, obwohl Miranee sich nun wieder versteckte. Ferodil mühte sich, den vierbeinigen Kraftprotz zu halten.

Mit langsamen Schritten näherte sich Lisbee. Wie von selbst entglitten ihr die langgezogenen Worte: »Ruhig, Braune. Ganz ruhig, meine Hübsche. Alles ist gut.« Eine Hand streckte sie in Richtung Nase des Kaltblutes aus. Sie ließ ihm Zeit daran zu schnuppern. Heißer Atem überzog ihre Handfläche.

Eine prächtige Stute stand vor ihr. Von der Statur her ähnelte sie Kristans Pferd, welches sie in ihren Träumen nun schon so oft wiedergesehen hatte. Im Gegensatz zu dem Schecken von damals trug dieses Ross jedoch schwarzbraunes Fell. Eine breite Blässe zierte das Gesicht.

»Kaltblüter eignen sich nicht unbedingt zum schnellen Reiten. Sie sind zum Ziehen schwerer Lasten geboren.«

»Besser als nichts«, entgegnete Ferodil. »Wer auch immer den Boten gesandt haben mag, schien zumindest nicht über ein schnelleres Tier zu verfügen.«

Schon beim ersten Kontakt ihrer Hand mit dem weichen Maul gewann Lisbee das Vertrauen der Stute. Das Tier entspannte sich und Lisbee bekam den Eindruck, es würde sich ganz auf sie konzentrieren. Ihr die Führung fort von der eben erlebten Gefahr überlassen. Lisbee schloss das Pferd schon bei der ersten Berührung ins Herz. Andersherum schien es sich ähnlich zu verhalten. Wie ließe sich die Reaktion des Pferdes sonst erklären?

»Woher weißt du so gut mit Pferden umzugehen?« Ferodils Frage offenbarte mehr Überraschung, als Lisbee von ihm kannte.

»Vermutlich, weil ich auf der Reise zu Cynthia viel Zeit mit einem verbracht habe. Außerdem bin ich auch schon seit Tagen mit einem sturen Esel unterwegs und komme ganz gut mit ihm klar.«

Für einen Herzschlag konnte Lisbee einen fragenden Blick in den Augen des Elfen erkennen. Das erhoffte Lächeln auf seinen schmalen Lippen blieb allerdings aus.

»Dann lass uns schnell aufsteigen und losreiten. Oder willst du noch ein wenig länger in Erinnerungen schwelgen? Die Zeit drängt. Je eher wir die Nebelfurt erreichen, desto eher sind wir in Sicherheit.«

Innerlich verdrehte Lisbee die Augen. Dieser sture Esel mit den spitzen Ohren machte es ihr auch nicht immer leicht, ihn gern zu haben. Auch wenn es stimmen mochte, was er da sagte.

»Werden uns die Reiter denn in Mytlaghyr nicht auch verfolgen? Ich meine, sie werden doch nicht einfach an der Grenze umkehren.«

Grimmig antwortete Ferodil: »Wenn sie klug sind, dann brechen sie ihre Verfolgung an der Brücke ab.«

»Und wenn sie nicht klug sind?«

»Genug Zeit vergeudet. Komm, ich helfe dir aufs Pferd.« Noch während er sprach, formte Ferodil mit beiden Händen eine Art Steigbügel vor seinem Körper, auf den Lisbee treten und sich auf den Pferderücken ziehen konnte. Der Widerrist der Stute überragte Lisbees Kopf um einiges. Als Sattel diente ein weißer Schafspelz, den nur ein um den Bauch geschnallter Ledergurt hielt. Kaum thronte die junge Magierin dort oben, schwang sich auch Ferodil zu ihr hinauf und nahm hinter ihr Platz. Nervös tippelte das Ross ein paar Schritte vor und zurück.

»Dann reite mal los«, forderte Ferodil.

»Ich kann nicht.« Lisbees Schultern sanken herab.

»Du kannst nicht! Warum denn nicht? Du scheinst mir doch ein Händchen für Pferde zu haben.«

»Ich habe auf meiner Reise mit Kristan den Umgang mit Pferden von ihm erlernt. Aber ich war damals noch zu klein, um reiten zu lernen.«

»Gut, dann übernehme ich das.« Ferodils Arme umschlossen ihre Taille. Nur eine leichte Berührung und schon überzog eine Gänsehaut ihren Körper. Seine Hände griffen suchend nach den Zügeln. Kaum ergriffen, gab er dem Pferd mit seinen Hacken auch schon das

Signal vorwärtszulaufen. Mit einem Ruck sprang das massige Tier nach vorne. Die Bewegung kam für Lisbee unerwartet. Sie war mehr als froh, an Ferodil hängengeblieben zu sein, anstatt rückwärts vom Pferderücken zu plumpsen. Ein heißkalter Schauer lief ihr über den Rücken. So nah war sie dem Elfen vorher noch nie gekommen. Jedenfalls nicht bei vollem Bewusstsein. Schnell straffte sie sich wieder, stellte den alten Abstand wieder her.

Das Ross setzte zum Galopp an. Aus dem Augenwinkel erkannte Lisbee Miranee. In etwas Abstand rannte die Wölfin hinter ihnen her und machte der Stute schon durch ihre bloße Anwesenheit Beine.

Wie in einem Traum flog die Heidelandschaft an Lisbees Augen vorbei. Sie kamen zügig voran. Die Magierin freute sich. Sie hoffte, den Häschern nun endgültig entkommen zu können. Doch bald schon bemerkte sie den weißen Schaum, der sich an den Flanken des galoppierenden Rosses bildete und als klebrige Masse haften blieb.

Warnend rief sie zurück, versuchte das Getrampel der Hufe zu übertönen: »Du darfst Leni nicht zu sehr antreiben, Ferodil! Das wird sie auf Dauer nicht aushalten.«

»Was meinst du? Wer ist Leni?«

»Na das Pferd, auf dem wir sitzen. Sie ist ein Bauernpferd. Dafür gemacht, den Acker zu pflügen oder schwere Lasten zu ziehen und nicht, um Wettrennen zu laufen. Du bringst sie noch um, wenn du sie weiter so antreibst!«

»Du hast ihr ernsthaft schon einen Namen gegeben?«

»Ja. Warum denn auch nicht? Sie wird uns nach Mytlaghyr begleiten, denke ich. Da hat sie doch wohl einen Namen verdient«, verteidigte sie ihre Entscheidung.

»Ihr Menschen seid so …«

»… so was?«, hakte Lisbee schnippisch ein.

»Ach, vergiss es«, tat Ferodil seine begonnenen Worte ab. Wahrscheinlich tat er es, damit ihm nicht noch etwas herausrutschte, was Lisbee als Beleidigung auffassen mochte. Oder sah er ein, dass sie recht hatte? Lisbee wusste es nicht.

»Lass sie langsamer laufen! Bitte, Ferodil!«

Fährmann und Schattenwolf

Lisbee

Unter sternenklarem Himmel schlichen Ferodil, Lisbee und Miranee um ein Dorf herum, um unerkannt an diesem vorbeizukommen. Zu dieser frühen Stunde herrschte noch friedliche Stille in dem beschaulichen Ort. Die Dunkelheit erleichterte es ihnen, unentdeckt zu bleiben.

Leni mussten sie schon am Abend zuvor zurücklassen. Lisbee litt sehr darunter. Auch wenn ihr Po sich grün und blau anfühlte von dem Geholper beim Reiten. Doch die Stute hatte gelahmt und vermochte sie keinen einzigen Schritt mehr ihrem Ziel entgegenzutragen. Zu Lisbees Entsetzen hatte der Elf doch ernsthaft vorgeschlagen, ihr treues Reittier schlachten zu wollen. Er sah große Portionen Proviant und Futter für Miranee in dem Fleischberg. Nur mit Mühe und Not hatte die Novizin es geschafft, ihn von diesem grauenvollen Gedanken abzubringen. Sie musste sogar damit drohen, selbst keinen Schritt mehr weiterzugehen und ihn zu verbrennen, wenn er es wagen würde, sie auch nur anzufassen und gegen ihren Willen fortzuschleifen. Diese Masche zog immer, wie sie vom Abschied bei Rohlaan wusste.

So ließen sie Leni schweren Herzens in der Wildnis zurück. Raubtiere schien es in der Gegend keine zu geben. Lisbee hoffte, ihre treue Trägerin würde von Menschen gefunden, die ihr helfen konnten. Sobald sie selbst und Ferodil erst einmal weit genug fort wären.

Nachdem sie den kleinen Ort passiert hatten, marschierten sie noch eine ganze Weile stumm. Der Mond und die Sonne wechselten sich gerade ab, als sie eine Stelle an einem See erreichten, bei der Ferodil einen Fährmann erwartete.

Weiße Schwaden waberten über das kühle Nass. Lisbee genoss den Anblick. Am Ufer eines so großen Sees hatte sie noch nie zuvor gestanden. Zumindest konnte sie sich nicht mehr daran erinnern.

»Der Fährmann scheint noch nicht wach zu sein. Jedenfalls sehe ich hier lediglich ein angebundenes Seil und kein Floß.« Sie gähnte. Die Ruhepause kam ihr gerade recht nach dem halbnächtlichen Marsch. Sie suchte nach einer Stelle, an der sie sich hinsetzen konnte.

»Du wirst ihn rufen. Er wird gewiss zu uns übersetzen. Ein gutes Geschäft wird er sich doch wohl kaum entgehen lassen wollen. Du wirst ihm einfach fünf Odentaler anbieten.«

Lisbee riss die Augen auf. »Hast du so viel Geld dabei? Ich habe nicht einen Taler in den Taschen.« Sie hob die geöffneten Hände wie zum Beweis für ihre Worte.

»Nein!«, entgegnete Ferodil sichtbar ungerührt.

»Tja, dann werden wir den See wohl umgehen müssen.« Lisbee stöhnte. »Meine Füße wollen mich kaum noch tragen.« Enttäuscht sog sie die Luft ein.

»Das würde uns zu viele Tage kosten. Die können wir uns nicht leisten. Noch haben wir Vorsprung vor den

Reitern, wie mir scheint. Den willst du doch halten, oder?«

»Ja natürlich.« Sie biss sich auf die Unterlippe, um einen Fluch zu unterdrücken. »Aber mir ist noch nicht klar, wie wir den Fährmann für seine Dienste bezahlen wollen.«

»Gar nicht. Er wird uns seine Dienste nicht leisten. Oder glaubst du ernsthaft, der Mann wird freiwillig einen Schattenwolf auf sein Floß lassen?«

Lisbee schlug sich die Hand vor die Stirn: »Stimmt! Aber wie sollen wir dann auf die andere Seite gelangen?«

»Vertrau mir einfach. Warte, bis ich mit Miranee im Schilf verschwunden bin und rufe den Fährmann herüber. Den Rest erledige ich. Gib nur darauf acht, dass er mit dem Rücken zu mir steht.«

»Du wirst ihn doch nicht hinterrücks erstechen wollen?«, entfuhr es Lisbee. Schreckensweite Augen fixierten den Elfen.

Ferodil schenkte ihr ein Lächeln, stellte seinen Rucksack vor ihren Füßen ab und nahm etwas heraus. »Vertrau mir einfach«, erwiderte er und verzog sich mit Mira ins Schilf, wo er sich inmitten der unzähligen Halme fast unsichtbar machte.

Unschlüssig, was sie tun sollte, stellte sich Lisbee ans Ufer. Nach einigen Momenten betretenen Schweigens rang sie sich durch, den Fährmann zu rufen. Erst nachdem sie ihr Preisangebot zum anderen Ufer hinüberrief, erkannte sie auf der anderen Seeseite Bewegung. Eine

Laterne warf ihren Schein auf die dunkle, glatte Haut des Wassers.

Ein einzelner Mann stieg auf das Holzfloß, welches dort am Ufer vertäut lag. Langsam und gemächlich kam es auf sie zugesteuert und schob seichte Wellen vor sich her. In diesem Tempo erwartete Lisbee, dass es bis zur Mittagsstunde dauern würde, bis der Fährmann ankäme. Ihr Herz schlug ihr bis zum Hals.

Hoffentlich tut Ferodil ihm nichts an. Bei den Göttern, daran möchte ich nicht beteiligt sein.

Der Fährmann kam endlich näher. Ein faltiges Gesicht, umrahmt von grauen, fettigen Haaren, schälte sich aus dem Nebel. Der gebeugte Körper besaß noch immer ausreichend Kraft, um das Gefährt in großen Zügen am Tau entlangzuziehen.

Lisbee wagte keinen Blick mehr in Ferodils Richtung. Der Alte würde es sicher mitbekommen.

Das Holzgefährt hielt im flachen Wasser, bevor es auf den seichten Ufergrund lief.

»Wohin soll die Reise gehen? Was macht ein junges Mädchen wie du zu dieser frühen Stunde allein hier draußen?«

Lisbee rang mit ihrer Aufregung. Betont beherzt antwortete sie: »Das Ziel meiner Reise geht dich nichts an. Ich bezahle dich über die Gebühr für deine Dienste.«

»Schon gut. In Zeiten wie diesen muss man eben vorsichtig sein und Fragen stellen«, beschwichtigte der Alte und schenkte ihr ein zahnloses Lächeln. »Aber bevor ich dich übersetze, musst du mir schon die Münzen zeigen.«

Er verharrte noch immer auf seinem Floß und wartete offenbar darauf, dass sie näherkam.

Lisbees Magen zog sich zusammen. Krampfhaft überlegte sie, wie sie den Mann ans Ufer locken konnte.

Sie klimperte mit den Wimpern und hoffte darauf, dass er das im Dämmerlicht überhaupt sehen konnte. »Weißt du, mein Gepäck ist recht schwer und ich habe es schon sehr lange getragen. Du siehst mir recht stattlich aus. Wärst du vielleicht so nett, meinen Rucksack auf das Floß zu tragen. Du bekommst dafür einen Odentaler zusätzlich. Die Münzen gebe ich dir sofort in die Hand, wenn du bei mir angelangt bist.« Ihre Mundwinkel formten ein jungfräuliches Lächeln.

Der Fährmann stieg vom Floß.

Lisbees Nervosität steigerte sich ins Unermessliche. Aber sie durfte es sich nicht anmerken lassen. Gleichzeitig freute sie sich über ihr gelungenes Manöver. Sie wusste nicht, was Ferodil vorhatte und was sie nun tun sollte. Das Stoppelgesicht würde das Geld gleich sehen wollen. Wie sollte sie ihn bloß noch weiter hinhalten? So langsam wurde es höchste Zeit. Ferodil sollte seinen Plan schleunigst in die Tat umsetzen, bevor der Fährmann hinter ihre Täuschung kam. Wo blieb der Elf nur? Lisbee begann von einem Bein auf das andere zu treten. Unwillkürlich kaute sie auf ihrer Unterlippe herum.

Etwas Seltsames lag im Blick des Fährmeisters. Wurde er etwa misstrauisch? Sie biss sich fast die Lippe wund.

Die Schritte des Fährmanns kamen ihr zögerlich, irgendwie zu langsam vor. Der Kerl setze gerade dazu an, sich umzudrehen. Das musste sie um jeden Preis verhindern. Krampfhaft überlegte Lisbee, wie sie die Aufmerksamkeit des Mannes wieder ganz auf sich richten konnte.

Ein Schatten tauchte hinter dem Alten auf. Schlich sich lautlos an. Eine Hand umklammerte seinen Körper noch ehe der Arme wusste, wie ihm geschah. Eine weitere drückte dem Fährmann ein Tuch auf Mund und Nase. Lisbee sah den Schrecken in seinen geweiteten Augen. Sein kurzes Aufbäumen endete in einem erschlaffenden Zucken. Langsam sank er zu Boden.

Lisbee schluckte. Alles ging so schnell. Was hatte der Elf ihm nur angetan? War sie jetzt eine Mörderin, weil sie ihm geholfen hatte?

Triumphierend stand Ferodil über dem Kerl und warf ein grünes Fläschchen in die Luft. Das Gefäß drehte sich zweimal um die eigene Achse, bevor es wieder in seiner Handfläche landete.

Lisbee traute ihren Augen nicht. »Ist er ... ist er tot?«

»Genauso wenig wie du es warst.« Ferodils Mundwinkel reichten fast bis zu den Ohren. »Keine Angst, ihm ist nichts geschehen. Wenn er aufwacht, wird ihm möglicherweise der Schädel etwas brummen. Aber sonst wird er es unbeschadet überstehen.«

Lisbee atmete erleichtert aus. Der glimpfliche Ausgang überraschte sie. An ihre erste Begegnung mit Ferodil hatte sie überhaupt nicht mehr gedacht.

Ferodil griff nach seinem Gepäck. »Willst du da Wurzeln schlagen? Komm jetzt!«

Miranee wartete bereits auf dem Floß.

Lisbee stieg auf das Gefährt. Erst jetzt bemerkte sie, wie viele Spalten das morsche Holz aufwies. Wasser schwallte durch die Ritzen, überflutete den Boden und sie stand mittendrin.

»Ihr Götter, lasst uns die andere Seite wohlbehalten erreichen.«

Zu spät!

Lodewig

Lodewig ballte wütend die Faust, spuckte vom Rücken seines stolzen Hengstes aus ins saftige Gras. Dann deutete er auf das Gewässer. »Wir sind zu spät. Schaut euch diesen Scheißdreck doch einmal an.« Innerlich tobte er und das durfte ruhig jeder um ihn herum mitbekommen.

Keiner der Männer antwortete ihm. Alle starrten auf den weiten See, über dessen Ufer schillernde Libellen schwebten. Das Wasser plätscherte ruhig, reflektierte den glitzernden Schein des Herrn des Himmels. Lodewig schirmte seine Augen gegen das grelle Licht ab. Das Quaken der Frösche durchbrach die friedliche Stille der Natur.

»Die Karte stimmt also doch halbwegs.« Er funkelte Luzius an. »Das hier ist der See, der darin als *Der Lange* verzeichnet ist. Vor uns liegt die Anlegestelle der einzigen Fähre, die uns auf die andere Seite bringen könnte. Oder besser, hier wäre sie, verdammter Schweinemist!«

Das dicke Tau der Fähre lag schlapp ins Wasser getaucht da und sog sich damit voll.

»Die verdammte Hexe hat den einzigen Überweg zerstört.«

»Ihr solltet nicht so viel fluchen, Herr Baron. Der Herr des Himmels wird darüber nicht begeistert sein. Er schaut direkt auf Euch herab. Kaum ein Wölkchen trübt seine Sicht.«

Lodewig verdrehte die Augen, drehte sich im Sattel in Richtung des Sprechers. Auf dem weißen Wallach saß der Kerl, der ihm die ganze sinnlose Jagd eingebrockt hatte. Er sah bemitleidenswert aus. Der linke Arm ruhte in einer Schlinge, die sich um seinen Nacken schlang. Ob er ihn je wieder würde benutzen können, das wusste nur der Sonnengott allein. Dennoch hatte der Mistkerl Glück im Unglück gehabt, da der Pfeil des Elfen sein Herz nur um Haaresbreite verfehlt hatte. So musste auch Lodewig die Jagd fortsetzen, da der Klugscheißer trotz der Verwundung keine Ruhe geben wollte, bevor die Hexe nur noch aus einem Häufchen Asche bestand.

»Ich pisse darauf, ob es dem Herrn des Himmels gefällt, was ich von mir gebe«, spuckte er dem Priester entgegen. »Unsere Jagd endet hier! Und zwar genau hier! Verstanden? Es ist vorbei.«

»Ich bete dafür, dass der Herr im Himmel Euch soeben nicht vernommen hat. Solch rüde Worte geziemen sich nicht. Schon gar nicht für einen Mann Eures Standes, werter Baron.«

Lodewig rümpfte seine verkrüppelte Nase. Dieses Mal ließ sich nichts hochziehen, um seinen Zorn in die Welt zu speien. Er konnte so befreit durchatmen wie schon lange nicht mehr. Der Geruch durchgeschwitzter Pferde drang in ihn ein. Mahnte ihn, mehr Rücksicht auf seine kostbaren Tiere, seine künftige Einkommensquelle, zu nehmen.

»Wir dürfen jetzt nicht umkehren, Baron Lodewig. Wir stehen kurz davor, die Hexe zu erwischen.«

Ein lautes Lachen erscholl. »Seid Ihr von Sinnen, Priester? Versteht Ihr es nicht? Ich wusste doch, dass Ihr keine Karten lesen könnt.«

Luzius glotzte ungläubig aus seiner Kutte und empörte sich: »Wie redet Ihr mit mir? Ich bin ein Diener Gottes. Unser aller Gottes, wohlgemerkt. Ich kenne seinen Willen. Was ich sage …«

»Ist mir scheißegal, Luzius. Wir werden das verdammte Weibsstück nicht mehr einholen. Die Fähre ist zerstört. Wir müssen den See umrunden, um auf die Nordseite zu gelangen. Bis wir drüben ankommen, hat die Kleine die verdammte Nebelbrücke längst überquert, Priester. Es ist aussichtslos. Seht es endlich ein.«

»Das sehe ich anders, werter Baron. Eure Pferde sind pfeilschnell und ausdauernd. Das könnt ihr nicht bestreiten, Baron, oder etwa doch?«

»Ihr sitzt auf dem Rücken eines der edelsten Rösser Odengards.« Lodewig drückte stolz die Brust heraus.

»Und das nur aus einem Grund.« Der Priester griente ihn selbstsicher an. Zu selbstsicher für den Geschmack des Barons.

»Der da wäre?« Lodewig sah keinen Zusammenhang in den Worten des Jünglings.

»Unser geliebter Herr der Sonne hat sie nicht umsonst in Eure Hände gegeben, werter Baron. Mit ihrer Hilfe können wir es schaffen, die Hexe zu fangen. Sie ist nur zu Fuß. Wie schnell kann sie wohl sein? Oder wollt ihr behaupten, Eure Pferde taugen nicht für ein Wettrennen gegen ein Mädchen? Denkt nur daran, was der Elf Euren Pferden angetan hat. Wolltet Ihr Euch dafür nicht an ihm rächen? Oder gebt Ihr etwa auf? So kenne ich Euch überhaupt nicht. Werdet Ihr etwa alt?« Der Priester legte eine Sprechpause ein und setzte ein herausforderndes Lächeln auf.

Die Männer schauten betreten zu Boden.

In Lodewig brodelte es. Der Priester drohte ihn vor seinen Soldaten bloßzustellen, wenn er nicht entschlossen handeln würde. Dieser Kerl wusste ihn zielsicher bei seinem Stolz zu packen und ließ ihm keine Wahl.

»Ihr zweifelt, wie ich sehe, Herr Baron. Glaubt Ihr, Ihr habt die vielen Münzen womöglich doch in die falschen Pferde investiert? Es war ein kleines Vermögen, wenn ich mich recht entsinne. Sollen die Münzen etwa alle in den Sand gesetzt worden sein?«

»Ich zweifle nicht! Natürlich können meine Tiere den Wettlauf gewinnen!« Innerlich ärgerte sich der Adlige darüber, dass dieser Luzius ihn auf diese Weise noch länger von seiner Rückkehr auf die Burg abhielt. Spaß bereitete ihm die Jagd schon längst nicht mehr. Aber der Priester hatte recht. Mit dem Elfen bestand noch eine offene Rechnung.

»Dann beweist es«, forderte Luzius.

Im Schilf raschelte es. Lodewig fuhr herum. Seine Aufmerksamkeit richtete sich auf den Uferbewuchs. Suchte nach dem Auslöser des Geräuschs. Schnatternd erhoben sich ein Paar Enten in die Luft. Mit dem Geflügel verflog die vage Hoffnung, die Gejagten könnten sich womöglich noch an Ort und Stelle versteckt halten.

Erfüllt von Zorn verkündete Lodewig: »Wir reiten weiter.« Kaum waren die Worte ausgesprochen, trieb er seinen Hengst auch schon zum Galopp an.

Eine Wand aus Nebel

Lisbee

Lisbee fühlte sich zutiefst erschöpft und dennoch überglücklich. Sie atmete schwer. Ihr Herz pochte wild vor Anstrengung nach dem kräftezehrenden Dauerlauf.

Nun endlich war es so weit. Das Ziel ihrer Reise lag in greifbarer Nähe. Die Nebelbrücke! Ihre Rettung!

Der salzige Geschmack auf ihrer Zunge und das lauthalse Kreischen der Möwen kündigten ihre baldige Ankunft an den Steilklippen an. Die tosende Brandung ertönte mit jedem Schritt lauter in ihren Ohren.

Und da stand sie nun! Uneins mit ihren Augen, ob sie ihr etwas vorgaukeln wollten oder ihr die Wahrheit zeigten. Vor ihr lag eine grazile Brücke aus Gestein. Trotz der zierlich anmutenden Bauweise ließ sie keinen Zweifel an ihrer Stabilität. Zwei Kutschen fanden auf dem Übergang nebeneinander Platz, schätzte Lisbee. Die Brücke wirkte jungfräulich, als sei sie soeben erst erschaffen worden. Kein Moos krallte sich in den feinen Ritzen und Spalten zwischen den Steinen fest. Dabei war dieser Weg nach Mytlaghyr älter als die Zeit selbst. Sofern all die Sagen stimmten, die sich um dieses majestätische Bauwerk rankten. Selbst das allgegenwärtige Salz in der Seeluft vollbrachte es in all den Jahrtausenden nicht, eine weiße Haut über das glatt geschliffene Gestein zu legen.

In einer Entfernung von etwa eintausend Schritten verschwand das im Bogen ansteigende Bauwerk in einem undurchsichtigen, schier undurchdringbaren Nebel, der sich wie ein Tuch über die Brücke legte, und in seiner Breite von Horizont zu Horizont reichte. Beinahe so, als ob die Wolken sich dort zur Ruhe betteten, um der strahlenden Sonne das Himmelszelt zu überlassen. Alles, was dahinter lag, verbarg der weiße Schleier vor neugierigen Blicken. Nicht einmal der raue Wind vermochte den wabernden Dunst wegzublasen.

Lisbee fand dafür nur eine mögliche Erklärung. Eine Erklärung, an die sie bis vor kurzem nicht glauben mochte. Von deren wahrer Existenz sie, bevor sie auf Ferodil traf, überhaupt nicht wusste. Etwas, das sie inzwischen am eigenen Leib erfahren hatte. Es musste Magie im Spiel sein. Es konnte nicht anders sein. Sie fand keine andere Erklärung.

Sie lächelte. Erleichterung machte sich in ihr breit. Verlieh ihr neue Kraft, gab ihr neuen Mut. Eine Träne der Freude bahnte sich ihren Weg durch Lisbees verschwitztes Gesicht. Sie ließ es geschehen. Dem Drang, ihrem Begleiter um den Hals zu fallen, widerstand Lisbee nur mit Mühe. Immerhin stand Miranee, Ferodils verwandeltes Eheweib und gute Freundin von Lisbee, direkt neben ihr. Die Wölfin durch eine unbedachte, innige Umarmung eifersüchtig zu machen, lag der jungen Frau fern. Egal wie sehr ihr das Äußere dieses Elfen noch immer gefiel. Noch immer ihr Innerstes gehörig durcheinander brachte. Und dass, obwohl er vermutlich noch mehr dunkle Geheimnisse hütete, als er bereits gezwungenermaßen preisgeben musste. Irgendwann würde der Tag kommen, an dem sie, Lisbee, die Ziehtochter einer einfachen Heilerin, in der Lage war, Miranee zurückzuverwandeln. Ihr ihre einstmals bezaubernde Elfengestalt wiederzugeben, die sie bereits vor ihrem inneren Auge zu sehen bekam. Lisbee erinnerte sich noch gut an den flüchtigen Moment: Damals im Wald, als sie die Banditen in die Flucht geschlagen und mit einer beinahe tödlichen Wunde dafür bezahlt hatte. Die erfolgreiche Rückverwandlung schuldete sie ihrer neuen Freundin einfach. Nach allem, was sie zusammen durchlebt hatten. Eine Liebesbeziehung zu dem Elfen würde alles nur unendlich verkomplizieren. Dessen war sie sich in den letzten Tagen, nach zähem Ringen ihrer Gefühle, schlussendlich bewusst geworden. Nicht seine dunklen Geheimnisse schreckten sie ab. Nein, es war das bestehende Band, welches sie nicht zu ihrem Vorteil zu durchtrennen gedachte.

Wehmut keimte in Lisbee auf. Schließlich musste sie das raue Land, welches in all den Jahren zu ihrer Heimat geworden war, verlassen, um auf diese Weise ihr Leben zu retten. Wenngleich sie inzwischen wusste, dass ihre eigentliche Heimat weiter südlich lag. Doch auch diese galt es, hinter sich zu lassen. In Odengard zu bleiben, bedeutete über kurz oder lang ihren Tod. Einen qualvollen Tod, grausam wie der ihrer Ziehmutter. Dabei strebte doch alles in ihr danach, ihre wahren Eltern zu finden. Erst recht nachdem sie kaum eine Nacht mehr ohne diesen verrückten Traum verbrachte. Dem Traum, in dem sie sich selbst wie aus den Augen eines Vogels dabei beobachtete, wie sie in der Zeit zurückkreiste, bis sie bei ihren Eltern angelangte und dann kein Antlitz zu erkennen vermochte. So oft sie auch träumte, die Gesichter offenbarten sich ihr nicht. Sie fürchtete bereits, sie würde ihre Eltern nicht einmal dann erkennen, wenn sie direkt vor ihrer Mutter und ihrem Vater stand.

Die von Ferodil stets propagierte Hoffnung auf eine Rückkehr als ausgebildete Magierin teilte sie nicht. Auch wenn er jedes Mal behauptete, dass die Suche unter Ausschöpfung ihres vollen magischen Potenzials deutlich einfacher sein würde.

»Ganz Mytlaghyr ist von diesem Nebel umgeben. Genauso wie von den felsigen Riffen an den Ufern rings herum. Dieses Land über den Seeweg zu erreichen, ist unmöglich. Selbst für einen Narkæsch. Man gelangt nur über eine Brücke wie dieser hier ins Land jenseits des Nebels. Unsere Heimat anzugreifen, wäre töricht. Jede Attacke kann mit wenigen Männern bereits an der Brücke zurückgeschlagen werden. Dieser Übergang hier ist der einzige weit und breit«, erklärte Ferodil mit vor Stolz geschwollener Brust.

Der Wind und die Brandung erschwerten es Lisbee, ihren Reisegefährten zu verstehen.

Die Brücke und der Nebel faszinierten die angehende Magierin bis eben noch so sehr, dass sie sich erst jetzt genauer umsah. Ihre Knie drohten ihr den Dienst zu verweigern. Sie schlotterten.

Lisbee stand hoch oben am Rand einer Klippe. Sie blickte in die Tiefe. Ihre Sicht verschwamm. Die Luft blieb ihr weg. Obwohl der Wind doch so wild um sie herumtanzte, an ihrer Kleidung zerrte und zog. Schwäche befiel jede Faser ihres Körpers. Sie fühlte den kalten Schweiß ihren Rücken hinunterrinnen. Ihr wurde schwummerig und sie begann zu schlottern. Nur mit Mühe zwang sie ihre Füße dazu, ein paar winzige Schritte rückwärts zu gehen, um nicht sofort in den Abgrund zu stürzen. Aufsteigende Übelkeit rang mit ihr um den Inhalt ihres Magens. Sie kam sich so hilflos vor wie selten zuvor in ihrem Leben. Den Göttern ausgeliefert. Darauf hoffend, dass sie keinen stärkeren Windstoß sandten, um sie so kurz vor dem Ziel noch in den Abgrund zu stoßen.

Mira trat dicht an sie heran, schmiegte sich an Lisbees Bein, als wollte sie sie stützen.

Erst nachdem sie genug Abstand zum Abgrund gewonnen hatte, klärte sich Lisbees Sicht wieder. Ferodil stand schräg vor ihr und sah sie fragend an, zeigte ansonsten jedoch keine Regung.

Lisbee zwang ihre Augen stur geradeaus, um den Blick in die Tiefe zu vermeiden. Da erkannte sie, was der Elf wohl gemeint haben musste. Dicht vor dem Nebelfeld und bis dahin hinein ragten Felsen aus dem sie umspülenden Meerwasser. Spitz und scharfkantig wie ungleichmäßig große Fangzähne ragten sie aus den Wogen. Eng aneinander aufgereiht durchbohrten sie die Wasseroberfläche. Die Wellen schaukelten dazwischen hin und her und gaben dann und wann den Blick auf unter der Wasseroberfläche verborgene weitere Spitzen frei. Bei genauerer Betrachtung wirkten sie wie die Zähne eines geifernden Monsters, die alles zerreißen würden, was ihnen zu nahekam. Zusammen mit dem Nebel boten sie jedem Reisenden, der die Brücke zu überqueren gedachte, ein gespenstisches und gleichzeitig ein schaurig schönes Schauspiel der unbändigen Kräfte der Natur.

Miranee drehte sich in die Richtung, aus der sie soeben gekommen waren, und begann zu knurren.

Lisbee drehte sich ebenfalls um die eigene Achse und kniff die Augen zusammen, doch sie konnte nichts erkennen. Stattdessen spürte sie ein Ziehen von Zähnen an ihrer linken Hand.

»Was soll das, Mira? Aua! Das tut weh? Lass das!«, beschwerte sie sich.

Auch Ferodil spähte angestrengt in die Richtung, aus der sie gekommen waren.

Die Fähe ließ nicht nach, an Lisbees Hand zu ziehen.

Erschrocken lauschte die Novizin des Elfen Stimme. »Reiter! Die Südländer kommen! Los lauf! Schnell, über die Brücke«, rief er.

Die Zeit schien in Lisbees Welt stillzustehen. Um sie herum verging sie dafür doppelt so schnell. Es fühlte sich an, als setzte ihr Herz für einen Augenblick aus. Sie hatten es doch fast geschafft. Sollte nun doch alles vergebens gewesen sein? Panik übermannte Lisbee, lähmte ihre Beine.

In der Ferne erkannte sie eine Staubwolke. Alles in ihr wehrte sich dagegen, über dieses Bauwerk zu gehen. Lieber würde sie sterben. Oder sollte sie sich doch ihrer Angst stellen und ihr Heil in der Flucht über die Brücke suchen? Ihre Gedanken überschlugen sich schneller als die Hufschläge, die ihr entgegen preschten. Die Götter trieben ein übles Spiel mit ihr. Sie gaukelten ihr vor, ihr Ziel erreicht zu haben, um sie dann im letzten Moment ans Messer ihrer Feinde zu liefern.

Vor ihrem geistigen Auge erschienen ihr zwei lichterloh brennende Scheiterhaufen. Eine neuerliche Vision und noch dazu eine solch grausame, das war das Allerletzte, was sie in diesem Augenblick gebrauchen konnte. Niemand sollte derart qualvoll sterben! Dennoch stellte diese Vision eine unübersehbare Warnung dar. Es war der Flammentod! Er näherte sich unaufhaltsam. Ihr Flammentod! Das Ende der Hexenjagd!

Sie musste einfach fliehen. Nur ihren Beinen fehlte es an Weisheit für diese Erkenntnis. Sie versagten ihr den Dienst und bewegten sich keinen einzigen Schritt vorwärts. Wie sehr Lisbee es auch wollte.

»Ferodil, ich kann das nicht«, stammelte sie. Sie selbst hörte die nackte Angst in der eigenen Stimme. Ihre Glieder versteiften sich immer mehr. Raubten ihr die Fähigkeit, sich zu rühren. Nicht einmal ein Blinzeln gelang ihr mehr.

In Lisbees Händen begann es furchtbar zu kribbeln. Das Gefühl wuchs in Windeseile an. Mira jaulte neben ihr laut auf. Entließ Lisbees Hand reflexartig aus ihrem

Maul. Die junge Odengarderin nahm all das nur beiläufig wahr.

Ferodil schien zu ahnen, was mit ihr geschah. »Beruhige dich, Lisbee. Sie sind weit genug entfernt. Wir schaffen es vor ihnen auf die andere Seite. Dort angekommen kann uns nichts mehr geschehen. Drüben sind wir alle in Sicherheit. Es wird einen besseren Zeitpunkt geben, deine Zauberkünste zu erproben. Aber nicht hier und nicht jetzt. Konzentriere dich auf deine Beine und lauf. Du wirst nicht hinunterstürzen. Schließ einfach die Augen. Ich führe dich. Vertraue mir!«

Seine Stimme klang weit weg. Noch bevor Lisbee etwas erwidern konnte, zerrte der Elf schon an ihrem Arm. Sie sah die Reiter am Horizont näherkommen, schloss die Augen, atmete tief ein und ließ es geschehen. Ferodil hakte sich unter ihrem Arm ein. Aus ihr unerklärlichen Gründen kühlte des Elfen Nähe die Hitze in ihren Händen schlagartig ab. Doch für den Moment war das egal.

Vielmehr drängte sie die Frage, wie sie ein Wettrennen gegen die schnellen Pferde ihrer Verfolger gewinnen sollten. Ein Wettrennen mit dem Tod. Ein Rennen, das im Grunde schon entschieden war, als die Verfolgungsjagd in Schmalwasser begonnen hatte. Ferodil hatte ihr nach Kräften geholfen, das unausweichliche Ende hinauszuzögern, doch auch sein Können gelangte am heutigen Tag an seine Grenzen. Der grauenvolle Tod nahte unaufhaltsam. Schon bald würde er sie einholen. Und dann würde es einfach vorbei sein!

Lisbee verließ sich auf Ferodils Führung und fügte sich seinem Kommando. Zögerlich setzte sie einen Fuß vor den anderen. Quälend langsam kamen sie voran, während das Donnern der Hufe weiter anschwoll. Dennoch strahlte Ferodil selbst in dieser schier ausweglosen Situation noch Ruhe und Zuversicht aus.

Sie musste ihm einfach vertrauen. Was blieb ihr auch anderes übrig, als ihm zu folgen? Sich ergeben? Nein! Wenn die Mörder sie haben wollten, dann wenigstens nicht, ohne sich anstrengen zu müssen. Vielleicht hatte der Elf ja recht und es bestand tatsächlich noch ein klitzekleiner Funke Hoffnung, wenn sie das fremde Ufer erreicht hätten.

Schlurfend setzte Lisbee einen Schritt nach dem anderen in Richtung des steinernen Bauwerks. Begleitet vom beängstigenden Gefühl, der Boden unter ihren Füßen würde schwanken. So als beabsichtigte er, sie zu Fall zu bringen und über die Brüstung kopfüber in den Tod zu stürzen. Ihre Knie schlotterten. Sie zitterte am ganzen Leib. Aber sie lief. Tippelnd nur, aber sie kam vorwärts.

Mit jedem Schritt, den sie auf der Brücke zurücklegten, ohne in die Tiefe zu stürzen, gewann Lisbee an Sicherheit und Geschwindigkeit. Dennoch wagte sie es erst, als sie die nasskalte Luft des Nebels auf ihren Wangen verspürte, die Augenlider wieder zu öffnen. Sie befand sich inmitten der wabernden Nebelwand. Ihr Blick durchdrang den feuchten Schleier keine Handbreit weit. Sie fühlte sich unendlich froh, von Ferodil geführt zu werden.

Zu ihrem Erstaunen lichtete sich der Nebel schon nach wenigen weiteren Schritten. Das jenseitige Ufer lag in etwa genauso viele Schritte entfernt wie zuvor der Nebel von der Klippe auf der anderen Seite. Auf wundersame Weise ging es noch weiter bergauf. Obwohl auf der anderen Seite keine Steilklippe auf sie wartete. Dort drüben befand sich ein grün bewachsener Uferstreifen, den ein schmaler, gepflasterter Pfad teilte. Nur ein kurzes Stück weiter führte der Weg in einen Wald hinein.

»Dort können wir uns verstecken.«

Lisbee vernahm den Klang von Pferdehufen. Auf steinernem Boden donnerten sie heran, begleitet von wütenden Rufen.

Ihr Herz pochte bis zum Hals. Sie riss ihren Arm los und begann zu rennen. Die Angst um ihr Leben trieb sie zur Eile an. Ließ sie die einsetzende Atemnot und das schmerzende Stechen in den Seiten vergessen. Miranee und Ferodil taten es ihr gleich.

Ihr Blut jagte in schneller Frequenz durch ihre Adern. Keuchend erreichte sie den Eingang zum Wald, dicht gefolgt vom Stampfen der Hufe. Ihre Handflächen kribbelten, als hätte sie in ein Ameisennest gegriffen.

Die ersten Reiter überholten sie, Ferodil und Miranee. Lauthals grölend und mit gezogenen Waffen schlossen sie einen Kreis um Lisbee und ihre Freunde. Zogen ihn immer dichter. Lisbee wusste nicht, wie ihr geschah. Vor wenigen Augenblicken war sie noch überglücklich, ihren Verfolgern entflohen zu sein und nun saß sie endgültig in der Falle. Es gab keinen Ausweg mehr.

»Stehenbleiben!«, befahl eine Stimme hinter ihr. »Haben wir euch endlich! Die kleine Hexe und ihr Elf. Ein nettes Hündchen habt ihr da. Das wird euch aber auch nichts mehr nützen. Der Scheiterhaufen wartet schon auf euch!«, schob die Stimme höhnend hinterher. »Werft sie in Ketten!«

Fast zeitgleich mit ihren Begleitern drehte sich Lisbee zu dem Sprecher um. Noch immer sah sie keine Möglichkeit zur Flucht. Die Falle schnappte zu, strafte Ferodils Versprechungen über die Sicherheit auf dieser Uferseite Lügen. So wie sich der Kreis um sie herum zuzog, zog sich eine unsichtbare Schlinge um ihren Hals und raubte ihr den Atem. Ihre Zunge ähnelte einem ausgewrungenen Lappen. Ausgetrocknet und schwer wie die Wassereimer, die sie vor nicht allzu langer Zeit noch allmorgendlich zu tragen pflegte, lag sie in ihrem sprachlosen Mund.

Die ersten Männer sprangen von ihren Pferden und zogen die todbringende Schlinge noch enger um sie alle.

Ferodil stand reglos neben ihr. Er zog weder den Bogen noch sein Kurzschwert. Miranee tat es ihm gleich, doch zumindest konnte Lisbee ihr am aufgestellten Nackenfell ansehen, dass sie bereit war, um ihr Leben zu kämpfen. Zweifellos ein aussichtsloser Kampf. Lisbee dachte nicht daran aufzugeben. So wie der Elf neben ihr es offenbar zu tun gedachte.

Hilflos blickte sie sich um. Sie erkannte nichts. Wer bei den Göttern sollte ihnen zu Hilfe eilen? Hier war niemand außer ihnen! Das Schnaufen der schwitzenden

Pferde und das Scheppern der Waffen und Rüstungen blieben die einzigen Geräusche, die sie umgaben. Niemand, der die Brücke gegen einen Angriff verteidigte, trat aus den Schatten der Bäume. Nichts geschah so, wie Ferodil es auf der anderen Seite noch behauptet hatte. Nur die Bäume standen hier Wache und sollten schon bald stumme Zeugen ihres Todes werden. Nicht einmal ein Vogel zwitscherte von irgendwo her aus dem dichten Geäst.

Liebe Götter, lasst es schnell gehen, betete Lisbee. Sie dachte an Cynthia und daran, wie sie selbst vor einigen Wochen aus der Ferne die unendlichen Qualen beobachtete, die ihre Ziehmutter auf dem Scheiterhaufen erleiden musste.

In diesem Moment kam ihr im wahrsten Sinne des Wortes die Erleuchtung. Sie schaute an sich hinab. Ihre Hände standen lichterloh in Flammen, ohne jedoch ihre eigene Haut zu verbrennen. Sie hob die Fackeln aus Fleisch und Blut vor ihren Körper. Bereit, einen Feuerball auf jeden zu werfen, der sich noch einen Schritt weiter näherte.

Dann sah sie auf. Auf seinem Pferd thronend saß der Mann mit dem Umhang und dem auffällig befiederten Helm. Sein Blick wirkte fest und unerschrocken. Er hielt dem ihren stand, ohne auch nur mit der Wimper zu zucken. Gleich daneben saß der Mann in der weißen Kutte. Er wirkte deutlich jünger als der andere Kerl. Außerdem sah er um einiges mitgenommener aus. Sein linker Arm hing in einer Schlaufe, die er um den Hals gebunden trug. Die Wunde schien nur notdürftig verbunden zu sein. Getrocknetes Blut klebte in rostig braunen Flecken am Verband. Das Weiß der Kutte war kaum noch als solches erkennbar.

Diese beiden Männer hatten ihre Ziehmutter in den qualvollen Flammentod geschickt. Sie trugen die Verantwortung! Sie mussten dafür büßen, bevor Lisbees Lebenslicht erlöschen sollte. Wut flammte in der jungen Frau auf. Gemeinsam mit der Trauer um Cynthia übernahm dieses übermächtige Gefühl die Kontrolle über ihre Gedanken. Sie würde vielleicht nicht alle Soldaten töten können. Doch um Cynthia zu rächen, würde es noch reichen. Das würde das Letzte sein, was sie in ihrem kurzen Leben noch tun würde. Ihre Muskeln spannten sich an, bereit, zwei Feuerbälle hinfort zu schleudern und die beiden verhassten Scheusale von ihren hohen Rössern zu holen. Sie in menschliche Fackeln zu verwandeln. Sie wusste, dass sie es konnte, ohne es jemals erprobt zu haben.

Wieder sah sie zwei Scheiterhaufen vor ihrem geistigen Auge, erkannte darin ihre Vision wieder. Nun wusste sie, das Scheinbild zu deuten. Diese beiden Männer sollten brennen! Ihre schrecklichen Taten sollten auf sie selbst zurückfallen. Die Götter gewährten ihr, Lisbee, die Erfüllung dieses einen letzten Wunsches. Es war an der Zeit, ihn in die Tat umzusetzen.

Wie aus dem Nichts stand Ferodil plötzlich vor ihr. Seine Stimme kam ihr unendlich weit entfernt vor. Als spräche er sie im Traum an. Sein »Nein!« formte sich deutlich lesbar auf seinen Lippen und drang trotzdem kaum zu Lisbee vor. Im letzten Moment hielt sie die Brandgeschosse zurück. Sah stattdessen, wie ein rotbärtiger Krieger sein Schwert erhob und auf Ferodils Rücken zielte. Das Sonnenlicht spiegelte sich auf der glatten Schneide. Dessen Reflektion traf bereits auf Ferodils Rückseite. Dorthin, wo das Schwert in wenigen Herzschlägen hacken würde.

Alpträume aus Feuer

Ignazio

Nebelschwaden versperrten ihm die Sicht. In schlierigen Fetzen hingen sie vor seinen Augen und offenbarten nur dürftig, was vor ihm lag. Möwen kreischten lauthals gegen den Wind und die tosende Brandung an.

Er befand sich an einer Brücke, die auf der sichtbaren Seite in eine steile Klippe mündete. Das andere Ende blieb unsichtbar im Nebelmeer verborgen.

Blau gewandete Schemen traten aus dem wabernden Gemisch aus Wasser und Luft. Auf ihren Brüsten prangten ihm wohlbekannte Symbole. Je eine goldene Sonne. Der Nebel verdichtete sich. Die Schemen verschwammen in der klebrigen Masse. Mit einer ausladenden Handbewegung wischte er sein Sichtfeld frei. Als wären es nur Stoffbahnen, die vor ihm hingen. Er stutzte. Gaukelten ihm seine alten Augen nur etwas vor? Schleppten die Soldaten in der Tat gerade Brennholz auf die Odengarder Küstenklippen? Das durfte nicht wahr sein! Das konnte doch nur eines bedeuten! Und es gab nichts, was er hätte tun können, um das Unausweichliche zu verhindern. Zorn erfüllte ihn vom schrumpeligen Zeh bis zum schütteren Haaransatz. Die Ausmaße seines altersgeschwächten Körpers boten seiner unermesslichen Wut über die Geschehnisse nicht annähernd genug Raum, sich zu entfalten. Seine Haut gierte danach zu bersten. Dem Druck aus dem Inneren freien Lauf zu lassen.

Dabei hatte er doch extra einen Raben entsandt! In der Annahme, dieser Luzius würde die Hexe zurück nach Schmalwasser schaffen. Um sie dort in aller Öffentlichkeit in den göttlichen Flammen von der Hexerei zu reinigen. Hatte er den Raben letztlich an den falschen Ort gesandt? Die Nachricht, die der schwarzgefiederte Bote gen Burg Schmalwasser trug, sollte genau dieses Vorgehen verhindern. Wenn dieser Jungpriester doch nur nicht so töricht handeln würde. Über dessen Ehrgeiz und Fanatismus hatte er schon den ein oder anderen Bericht gehört. Allerdings wurde der Jüngling ihm als taktisch klüger beschrieben. Wer hatte den Kerl bloß nach Odengard beordert?

Plötzlich verdichteten sich die Nebelschwaden wieder und ließen sich auch durch seine ungehaltenen Handbewegungen nicht mehr vertreiben. Eine ferne Stimme drang in seinen Kopf. Mit jedem Mal rief sie lauter. Bekannt kam sie ihm vor, auch wenn er sie nicht sofort zuordnen konnte. Sie schrie seinen Namen. »Primus Ignazio!«

Die Bilder verschwanden schneller aus seinem Kopf, als ein Wind den Nebel hätte zerstreuen können.

Nach einem ersten Blinzeln öffnete er die müden Augenlider. Er befand sich in seinem Saal, auf seinem schmucklosen Empfangssessel aus kaltem Marmor. Die Feuerschalen brannten lichterloh und beleuchteten den riesigen Raum trotzdem nur notdürftig. Die rotorangen

Flammen zuckten in seine Richtung. Er sah auf, bemerkte das noch immer leicht geöffnete Tor, durch das die Wache sich in geduckter Haltung zurückzog, als sie sein Erwachen bemerkte.

»Primus Ignazio«, erscholl die Stimme zu seiner Rechten erneut. Der Sprecher klang sehr aufgebracht. Seine Stimme überschlug sich fast. »Wacht endlich auf! Etwas Schreckliches ist geschehen!« Noch immer rüttelte der Mann ihm wie von Sinnen an der Schulter.

Ignazio blickte auf und erkannte das gerötete Antlitz des Königs schräg über sich. Die Form der Nase und die schmalen Züge erinnerten ihn an einen Raubvogel. Des Königs Haare klebten in Strähnen an dessen schweißnasser Stirn. Hennrichs glasige Augen blickten ihn fahrig an. Seine Lippen bebten. Die mit Edelsteinen besetzte Goldkrone hing windschief auf seinem königlichen Haupt.

»König Hennrich, beruhigt Euch. Was in Gottes warmem Schein ist denn geschehen?«, stöhnte Ignazio aus trockener Kehle.

Aufgebracht brüllte der König, was Ignazio insgeheim längst wusste. »Prinz Hennrich der Vierte ist tot!«

Ignazio legte einen betroffenen Blick auf. Er erhob sich umständlich aus seinem Sitz. Seine Rechte griff nach der Schulter des Königs. »Mein aufrichtiges Beileid, König Hennrich. Euer Sohn schwebt viel zu früh zur Sonne. Er war doch kerngesund. Ihr erwähntet bei Eurem letzten Besuch jedenfalls nichts Gegenteiliges. Wie konnte das geschehen?«

Die Züge des Regenten verhärteten sich, strahlten bittere Wut aus. »Mein Sohn starb keines natürlichen Todes!«

Der Alte hob eine buschige Augenbraue und hakte nach: »Was wollt Ihr damit sagen? Wie ist er dann von uns geschieden?«

»Ein Mordkomplott. Im Schlaf wurde er erstochen. Seiner Amme, die in der Nacht über ihn wachen sollte, schlitzte der Meuchler die Kehle auf. Sein Gemach fand ich getränkt von Blut vor.«

»Aber wie kann es sein, dass ein Meuchelmörder unbemerkt in Eure Gemächer gelangt, mein König?«

»Das frage ich Euch, Primus!«

»Mich? Warum mich? Was sollte ich damit zu schaffen haben? Ich bin der oberste Diener des Sonnengottes! Dem Gott, der Leben schenkt und nicht heimtückisch des Nachts kleine Kinder mordet.« Ignazio spielte den Empörten. Dabei durchbohrten ihn die stechenden Adleraugen des Königs.

»Ihr seid der einzige Mensch unter der Sonne, der von diesem Mord profitiert, Primus!«

»Eure Worte grenzen an Ketzerei, König Hennrich. Ich halte Euch zugute, in welch traurigem Moment Ihr sie von Euch gebt. Gewiss meint Ihr sie nicht so.«

»Sagt mir Primus, wer sonst hätte ein Interesse am Tod meines Sohnes, wenn dies doch bedeutet, dass mein Ableben Euch auf den Thron verhilft?«

»Ihr wisst so gut wie ich, König Hennrich, dass ich an meinen Turm gebunden bin und ihn nicht verlassen darf. Erst recht nicht in meinem betagten Alter. Ich muss in der Nähe des Sekundis bleiben, um ihn im Augenblick meines eigenen Ablebens zum Primus zu ernennen. Noch dazu wäre ich körperlich nicht einmal ansatzweise in der Lage, mich unbemerkt in Euer Gemach zu schleichen.« Um seine Worte zu unterstreichen, schlurfte er in all seiner Gebrechlichkeit ein paar kurze Schritte durch den Saal. Brachte ein wenig mehr Abstand zwischen sich und den aufgebrachten Herrscher. Wer wusste schon, wozu der vor Trauer wütende Kerl wohl imstande war. Rache zu nehmen, ohne den Dingen vorher gebührend auf den Grund zu gehen, erschien Ignazio immerhin eine nicht sehr unwahrscheinliche Möglichkeit.

»Ihr könntet einen Mörder gedungen haben«, spie ihm Hennrich entgegen. Sein ganzer Leib zitterte. Seine Stimme bebte und hallte von den Marmorwänden wider.

»Beim Sonnenlicht, das ist doch Unfug. Ihr solltet Euch selbst reden hören, mein König.«

»Meine Männer durchkämmen bereits ganz Vattikar. Sie werden keinen Stein auf dem anderen liegen lassen, bevor sie den Meuchler nicht finden. Sobald sie ihn gefunden haben, wird sich offenbaren, mit wem er womöglich im Bunde steht.« Der König schaute ihn durchdringend an, als wolle er ein Geständnis hören.

»Ich werde meine Wachen verdoppeln. Denn ich sehe mich selbst ebenso bedroht wie Ihr. Es erscheint mir doch möglich, dass man auch mich zu töten versucht.

Ich rate Euch, Eure Wachmannschaften ebenso zu verstärken, mein König.«

»Ihr versucht von Euch abzulenken, Primus Ignazio.«

»Unsere Sonne sei mein Zeuge.« Ignazio deutete einen unschuldigen Blick gen Himmel an und starrte dennoch nur an die finstere Decke seines Saals. »Es gibt nichts von mir abzulenken, mein Freund. Habt Ihr denn irgendetwas gefunden? Irgendeinen Hinweis auf den Täter? Sei er auch noch so klein.«

Hennrich zögerte seine Antwort hinaus. Wahrscheinlich überlegte er, wie viel er Ignazio anvertrauen durfte. Da er ihn doch offenkundig bereits für schuldig befand. Dann zog er einen Dolch. Er holte ihn so ruckartig hervor, dass Ignazio noch einen weiteren Schritt zurückwich. Er fürchtete, die Klinge im nächsten Augenblick in den Wanst gerammt zu bekommen. Seine Wachen standen vor dem Tor. Niemand hätte ihn retten können.

»Diesen habe ich im Gemach meines Sohnes gefunden.« Hennrich reichte die Waffe an Ignazio, dessen Verkrampfung sich wieder löste. Getrocknetes Blut klebte noch an der Klinge. Ganz in Ruhe betrachtete der Primus die geschwungene Waffe, als sähe er sie zum ersten Mal und müsste sie eindringlich untersuchen. Er ließ sich absichtlich mehr Zeit als notwendig, um die Mordwaffe in Augenschein zu nehmen.

»Seht Ihr diese Zeichen, mein König?«

Hennrich betrachtete die Klinge und nickte.

»Es sind elfische Schriftzeichen.«

»In der Tat?«, staunte der König.

»Damit ist nun geklärt, woher der Täter stammt und warum er ungesehen in Euer gut bewachtes Heim, Eure privaten Gemächer, vordringen konnte. Nur Elfen verfügen über ein derartig hohes Maß an Heimtücke. Kein Diener unseres Sonnengottes würde ein hilfloses Kind meucheln. Egal ob Prinz oder Bettlerkind.«

»Ihr müsst verstehen, wenn ich kritisch bleibe, Primus. Sagt mir, Ignazio, was hätte ein Elf vom Tod meines Sohnes?«

»Ihr tut gut daran, kritisch zu fragen, Majestät. Das macht einen würdigen Herrscher aus! Erst recht in einer so dunklen Stunde, in der das Sonnenlicht scheinbar von der Finsternis verschluckt wird, zeugt es von enormer Größe, mein König!«, heuchelte das Oberhaupt des Klerus. »Lasst mich kurz darüber sinnieren, welchen Nutzen ein Elf daraus ziehen könnte.«

Ignazio wusste bereits, was er antworten wollte, wartete dennoch mit seiner Antwort ab und tat, als überlegte er angestrengt. Auch der Herrscher trug einen nachdenklichen Gesichtsausdruck.

Schließlich sprach er mit einer triumphalen Handbewegung: »Ich glaube, ich habe eine Lösung für dieses Rätsel.«

»Was denkt Ihr, Primus? Welches Ziel könnte der Elf verfolgt haben?«

»Nun, mein König, Ihr habt vor kurzem Odengard erobert. Das letzte Land auf Notreum, welches noch zwischen uns und Mytlaghyr lag. Ihr erinnert Euch? Die Nebelbrücke, über die wir zuletzt sprachen.« Ignazio wartete ab, ob der Herrscher gegen den neuen Namen für Eropos, den er zuletzt noch vehement ablehnte, erneut protestieren würde. Der Herrscher schien mit der Frage nach dem Nutzen des sinnlosen Todes seines Sohnes jedoch zu beschäftigt. Vielleicht war sein Herz auch zu verletzt, um sich über solche Themen zu streiten. Jetzt musste er ihn nur noch dazu bringen, selbst einen Grund zu finden, warum ein Elf seine Familie angriff.

»Bedenkt, die Wesen in Mytlaghyr sind größtenteils magisch und andersartig als wir Menschen. Ihr wisst, wie der Herr der Sonne zu Recht über Magie urteilt. Ihr, mein König, spürt nun leidvoll, welche Blüten sie trägt. Ihre Magie ist die Dunkelheit. Unser Glaube hingegen ist das Licht. Ein ewiger Kampf droht. Euer armer Sohn! So jung und unschuldig, so rein wie er es war. Er ist der erste Leidtragende! Der erste Gefallene!« Ignazio versuchte so mitleidig wie möglich dreinzuschauen. Nur um dann noch mal die Stimme finster anzuheben. »Euer Sohn, Hennrich der Vierte, ist unser erster Gefallener, mein König!«

»Ihr meint, die dort oben im Norden fürchten, wir würden den Krieg zu ihnen tragen?«

»Ich befürchte es, Majestät.« Ein betrübter Blick begleitete seine Worte.

»Dabei habe ich Euch doch bereits erklärt, dass es nicht zu meinen Plänen gehört, über die Nebelbrücke zu marschieren.«

»Keine weise Entscheidung, wie sich nun herausstellt. Sie konnten nicht von Euren Plänen wissen. Doch scheinbar wollten die Elfen Euch zuvorkommen. Zuerst durchbrechen sie Eure Blutlinie und womöglich sollt Ihr als Nächstes folgen. Ich rate Euch dringend, im Namen des Sonnenherren, verstärkt Eure Wachen!«

Für einige Zeit herrschte Stille im göttlichen Saal. Der Alte lauerte auf des Königs nächste Worte. Wie würde er wohl nun vorgehen? Nun, da sein Liebstes tot in der Wiege lag.

»Ich habe meine Pläne geändert, Primus Ignazio!« Die Stimme des Herrschers klang entschlossen. Trotzdem wollte der Primus sichergehen.

»Was meint Ihr, König Hennrich? Was gedenkt Ihr zu unternehmen, um den sinnlosen Tod Eures Sohnes zu sühnen?«

»Der Schuldige wird gesucht und zum Tode verurteilt. Stellt sich heraus, dass es einer dieser Heiden hoch oben aus dem Norden jenseits der Nebelbrücke war, so soll ganz Mytlaghyr brennen und nicht mehr einfach nur die Brücke zerstört werden, wie ich es ursprünglich entschieden hatte!«

Ignazio jubilierte innerlich. Der Eroberer machte einen entschlosseneren Eindruck denn je auf ihn. Einen Elfen mit einer zur Mordwaffe passenden Scheide am Gürtel würde er ihm in Kürze liefern. Womöglich tödlich durchbohrt, weil der feige Mörder sich gegen seine Verhaftung bis aufs Blut gewehrt hätte. Er unterdrückte seine Freude über den Erfolg seiner Pläne. Seine Saat ging auf. Das durfte er sich nicht mit einem zu freudigen Gesicht zerstören. Gespielt grimmig stimmte er zu: »So soll es geschehen, mein König! Im Namen der Sonne und des ewigen Lichtes!«

Scheiterhaufen

Ferodil

Ferodil versperrte Lisbee energisch den Weg. Unerschütterlich wie einer der Felsen, die aus dem Meer ragten, stand er vor ihr. Er spürte die Hitze der Flammen auf seiner Haut. Sie schlugen offen aus ihren Händen. Gierten züngelnd nach ihrem ersten Opfer. In Lisbees Augen spiegelten sich Angst und Verzweiflung. Aber auch Wut und der unbedingte Wille, nicht kampflos zu sterben.

Aus dem Augenwinkel nahm der Elf das im Sonnenschein aufblitzende Schwert wahr, welches schon in zwei oder drei Atemzügen unausweichlich seinen Rucksack durchschlagen und mit brutaler Gewalt tief in seinen Leib hineinhacken würde. Ohne jegliche Regung blieb Ferodil dennoch stehen und ergab sich seinem Schicksal. Kein Griff an sein Schwert. Kein Versuch einer eiligen Ausweichbewegung. Nicht einmal ein Blinzeln oder gar nervöses Zucken seiner Augenlieder ließ er sich im Angesicht seines hinterrücks heraneilenden Todes entlocken.

Ferodil blieb stur stehen. Darauf bedacht, Lisbees Hände um jeden Preis vom Einsatz ihrer neuentdeckten, glutheißen Waffen abzuhalten. Das Feuer loderte wütend. Ihm blieb keine Zeit für ausschweifende Erklärungen. Kraftvoll packte er die junge Frau an den Armen und drückte die Gliedmaßen wie dünne Zweige gewaltsam nach unten. Trauer und Wut erröteten Lisbees Gesicht. Sie zitterte am gesamten Leib. Doch die Flammen in ihren Handflächen vergingen, noch bevor sie nach Ferodils Armen greifen und seine Haut mit Blasen übersäen konnten. Sie ließ ihn gewähren, bäumte sich nicht einmal gegen ihn auf. Sie vertraute ihm. Zumindest hoffte er darauf. Oder sie hatte sich endgültig aufgegeben, nun da der Tod in Form eines Schwertes auf Ferodil zuraste. Er wusste es nicht. Es spielte auch keine Rolle mehr, denn sie tat, was er erreichen wollte. Nur das und nichts weiter zählte in diesem Augenblick.

Ein leises Zischen drängte dicht an Ferodils Ohr vorbei. Er spürte den feinen Windhauch sanft über sein Gesicht streicheln. Gefolgt von einem dumpfen Knacken. Dem stumpfen Geräusch des Schwertes, welches auf dem gepflasterten Boden aufschlug. Das Kettenhemd schepperte, als dessen Träger es seiner Waffe rücklings gleichtat. Erst in diesem Moment wirbelte Ferodil herum, doch ließ die eigene Klinge stecken. Tief atmete er die reine Seeluft ein, nur um zu spüren, ob sein Leben noch in ihm steckte.

Seltsam verdreht, so wie es nur der Tod in seiner Art Kunst zu erschaffen vermochte, lag ein rothaariger Soldat zu seinen Füßen. Aus seinem linken Auge ragte der Schaft eines elfischen Pfeiles. Der Helm, der den Mann hätte schützen sollen, lag einen Schritt weit dahinter auf dem Pflasterpfad. Eine dunkelrote Lache ergoss sich unter dem Kopf des Angreifers.

Wie Lisbee auch, starrten die fremden Soldaten, gebannt vom plötzlichen Abschuss ihres Kameraden, in den Wald hinein. Wie aus dem Nichts war der tödliche Pfeil aufgetaucht. Weitere mochten sogleich folgen.

Auf der Suche nach dem Schützen hasteten die Blicke der Männer unsicher von Baum zu Baum, von Ast zu Ast und Busch zu Busch.

Während Miranees Anspannung wich, verkrampften sich die Soldaten zusehends. Sie krallten sich an ihren Schwertern und Schilden fest. Die Armbrüste baumelten noch immer an den Halterungen ihrer Sättel. Zu sicher schien ihnen die Beute, als dass sie gedachten, ihre Schusswaffen zum Einsatz zu bringen. Ob sie ihre Entscheidung wohl nun bereuten, ging es Ferodil durch den Kopf. Ihre schreckverzerrten Gesichter trieben ihm ein dünnes Lächeln ins Gesicht. Noch war die Gefahr nicht gebannt.

Anstatt den Kreis um ihre Gefangenen enger zu schließen, wandten sich die südländischen Soldaten ängstlich ab und verkrochen sich hinter dem blanken Metall mit dem Sonnensymbol, das ihr Leben schützen sollte. Selbst der Priester, der noch immer auf seinem Schimmel saß, duckte sich und versuchte sich möglichst klein zu machen. Ihm sah Ferodil die Strapazen der Reise am deutlichsten an. Seine Robe wies zahlreiche Risse auf und starrte nur so vor Dreck. Nur an wenigen Stellen drang noch reines Weiß zwischen den Flecken hindurch. Er faselte irgendetwas von einem Herrn der Sonne und weiterem für den Elfen unverständlichen Zeug.

»Was auch immer nun geschieht. Lass es geschehen und lass um jeden Preis deinen Dolch stecken. Vor allem aber lass dein Feuer nicht aus deinen Händen gleiten«, raunte Ferodil der schlotternden Lisbee zu. Sie stand noch immer starr am gleichen Fleck.

»Wieso? Was geschieht hier?«, flüsterte sie. Die Unsicherheit ließ ihre Stimme dünn und schwach erscheinen, wie eine Flamme im Moment bevor sie erlischt und nur noch die Glut übrig bleibt.

»Ich erkläre es dir später. Wenn die Wächter uns gerettet haben.«

Lisbee wollte noch etwas fragen. Zumindest sah ihr Gesicht danach aus. Ein barscher Befehl kam ihr zuvor.

»Männer! Schnappt euch endlich diesen Bastard und die kleine Hexe. Den Wolf erschlagt auf der Stelle. Dann lasst uns von diesem verdammten Ort verschwinden, bevor es noch mehr Pfeile hagelt.«

Ferodil kannte die Stimme bestens. Er hatte sie auf ihrer Flucht bereits mehrfach vernommen. Zuletzt am Feuer, als er die beiden Pferde gestohlen hatte. Daher hielt er es nicht für notwendig, dem Sprecher auch nur eines Blickes zu würdigen.

»Macht schon!«, ertönte erneut die drängende Stimme in erbosten Tonfall, nachdem sich keiner der Männer rühren und den Befehl befolgen wollte.

Die Soldaten wandten sich nur allmählich wieder ihrem eigentlichen Ziel zu. Scheinbar siegte die Angst der Soldaten vor ihrem Herrn gegen die Angst vor einem erneuten Beschuss. Sie zogen den Kreis nun wieder enger und schlossen eilig die Lücke, die ihr Kamerad hinterlassen hatte. Gänzlich trauten sie dem Frieden jedoch nicht. Immer wieder blickten sie sich hektisch nach dem versteckten Schützen um.

Ferodil spürte Lisbees Angst. Wie das Knistern eines Feuers lag sie in der Luft. Die drohende Gefahr steigerte Lisbees Todesangst offensichtlich ins Unermessliche und Ferodil erwartete jeden Augenblick, dass diese Furcht zum entzündenden Funken heranwuchs. Sie hob bereits wieder die Arme an. Offenbar dazu bereit, dem alles vernichtenden Feuer freien Lauf zu lassen. Ohne zu zögern, griff Ferodil erneut nach ihren dürren Armen und hielt sie zurück. Es musste ihm einfach gelingen, das Inferno zu verhindern. Andernfalls wären sie genauso verloren wie die Fremden und all die Strapazen wären vergebens gewesen. Wer sollte ihm und Miranee dann noch helfen können? In diesem Mädchen lag seine letzte Hoffnung.

Bevor die Flammen aus Lisbees Händen wuchsen, traten die ersten Gestalten aus den Schatten der Bäume. Sie verließen ihre Verstecke zwischen den Blättern und Zweigen, auf den Ästen und in den verborgenen Erdhöhlen. Wer es nicht besser wusste, musste bis dahin zwangsläufig annehmen, in diesem Wäldchen diesseits der Brücke niemanden vorzufinden. So gut tarnten sie sich. Nur einem Sehenden wie Ferodil blieben sie trotz ihrer Bemühungen nicht gänzlich verborgen. Die Wächter zeigten sich. Endlich! Für seinen Geschmack hatten sie sich viel zu viel Zeit gelassen.

Ferodil atmete tief durch. Lisbee schien die Elfen und Zwerge nun ebenfalls bemerkt zu haben. Ihr verkrampfter Körper hielt inne, löste sich aber noch immer nicht aus seiner Angststarre.

Selbst Ferodil entging ihr erstaunter Gesichtsausdruck nicht, als sie der Zwerge gewahr wurde. Kaum verwunderlich, stand sie diesen grobschlächtigen Zottelbärten aller Wahrscheinlichkeit nach wohl zum ersten Mal in ihrem jungen Leben gegenüber. Obwohl sie ihm selbst nur höchstens bis zur Brust reichten, handelte es sich bei diesem Volk stets um imposante Erscheinungen. Auch diese hier trugen stählerne Rüstungen, in denen sie sich erstaunlich geräuschlos bewegten. Fast so leise wie die Elfen in ihren feinen Lederrüstungen, nur eben nicht so geschmeidig.

Mit gespannten Bögen und Armbrüsten umzingelten ihre Retter die Eindringlinge. Geübt und perfekt aufeinander abgestimmt umrundeten sie die Eindringlinge, in deren Gesichtern Ferodil ansteigende Unsicherheit, sogar Anzeichen von Angst ausmachte. Denn wenn es eines gab, was er auf dieser Reise von seiner Begleiterin gelernt hatte, dann war es die Fähigkeit, die Gefühle der Menschen in ihren Gesichtern besser ablesen zu können. Angst und Trauer zählten zu den Gefühlen, die er bei Lisbee am häufigsten beobachtet hatte. Es fiel ihm inzwischen leichter, diese unverkennbare Mimik zu interpretieren. Besonders dann, wenn jemand um sein Leben fürchtete. Lisbee trug ihre Furcht jedes Mal offen zur Schau, wenn Gefahr drohte. Auch die kampferprobten

Menschensoldaten, die dem Tod sicherlich nicht zum ersten Mal ins erbarmungslose Antlitz schauten, verbargen diesen verräterischen Gesichtsausdruck mehr schlecht als recht.

Ungläubig sahen die Männer sich nach den Fremden um, die das Schicksal gegen sie schickte. Den bis eben noch sicher geglaubten Sieg in eine Niederlage verwandelten. Die Schwerter in ihren Händen sanken gen Erde. Immerhin sah sich ihre kleine Einheit inzwischen deutlich in der Unterzahl. Stand den todbringenden Pfeilspitzen und Bolzen mit den nur durch Kettenhemden geschützten Rücken zugewandt. Die eigenen Schusswaffen befanden sich zu all ihrem Unglück außer Reichweite.

»Ergebt euch und lasst die Waffen fallen«, befahl eine elfische Stimme.

»Warum sollte ich?«, gab der Baron verächtlich schnaubend zurück und rotzte einen dicken, schleimigen Brocken aus. Im Gegensatz zu seinen Untergebenen schien er keineswegs gewillt, sich die Niederlage einzugestehen und seine so lang gejagte Beute kampflos hergeben zu wollen.

»Weil wir jeden erschießen, der in unser Land eindringt und seine Waffe erhebt, kaum dass er den heiligen Boden betreten hat. So will es das Gesetz von Mytlaghyr. Wir sind die Wächter der Brücke. Wir werden nicht zögern, dieses Gesetz durchzusetzen. Fragt euren rothaarigen Kameraden, wenn ihr mir nicht glaubt.«

»Hörst du, Lisbee? Halte dein Feuer im Zaum!«, raunte Ferodil. Ein kaum merkliches Nicken bekam er als Antwort. Lisbee stand noch immer da, als sei sie eine in Stein gemeißelte Statue.

»Ich will nur meine Gefangenen und dann verschwinden wir auch schon wieder«, brummte der Baron.

»Auf mich wirken sie nicht so, als wären sie Gefangene, wenn ich es mir recht beschaue.«

Ferodil machte den Sprecher als Anführer des Wachtrupps aus. Wie hieß dieser strohblonde Elf doch gleich? Er erinnerte sich nicht an dessen Namen. Auch nicht an dessen Gesicht. In seiner Hand hielt er einen Bogen, auf dessen Sehne kein Pfeil gespannt lag. Es musste sich demnach um den Schützen handeln, der ihm das Leben gerettet hatte. Dafür wollte er sich später in jedem Fall bei ihm bedanken, auch wenn bisher nahezu alles so lief, wie er es erwartet hatte. Zumindest bis auf den Umstand, dass er selbst nur knapp dem Tod entronnen war.

»Es reicht mir jetzt! Ich diskutiere nicht mit irgendeinem dahergelaufenen Spitzohr über meine Belange. Verstanden? Verpisst euch und nehmt die Abgebrochenen gleich mit, bevor sie sich auch noch einmischen wollen. Ergreift die beiden Gefangenen, Männer!«, polterte der Baron. Sein Gesicht leuchtete inzwischen so rot wie schmiedeheißes Eisen.

Die Männer rührten sich nicht. Er langte nach dem Griff seines Schwertes. »Dann erledige ich es eben selbst. Ihr könnt euren Sold vergessen, ihr Feiglinge! Wenn wir zurück auf Burg Schmalwasser sind, werdet ihr euch für die Missachtung meines Befehls verantworten müssen. Ihr werdet hängen, ihr Verräter!«, brüllte er.

Klirrend zog er die Klinge aus der Scheide. Kaum hielt er sie in die Höhe, gab er seinem Hengst mit den Hacken das Signal, vorwärts zu preschen.

Ein Klacken erscholl. Ein Armbrustbolzen bohrte sich durch den nietenbesetzten Handschuh direkt ins Fleisch des Adligen. Den Baron verließ die Kraft. Das Schwert entglitt seinem Griff. Sein adeliges Blut besudelte die Pflastersteine. Das Pferd stoppte verschreckt seinen Lauf, noch bevor es Geschwindigkeit aufgenommen hatte. Ferodil beobachtete, wie ein junger Soldat seine Waffe mitsamt dem Schild scheppernd fallen ließ und seine Hände über den Kopf erhob. Ein Mann nach dem anderen tat es dem einsichtigen Kameraden gleich.

»Festnehmen«, ertönte die Stimme des Anführers der Wächter. Die Armbrüste der bärtigen Zwerge zielten weiterhin auf die wehrlosen Soldaten, während die Elfen ihre Bögen sinken ließen und zu den Eindringlingen eilten, um sie niederzuwerfen. Auch den blutenden Baron rissen sie unsanft vom Pferd. Der Bolzen steckte noch immer in seiner Schwerthand.

Den Priester ereilte das gleiche Schicksal. Noch bevor er seinen Schimmel klammheimlich wenden und das vermeintliche Durcheinander zur Flucht nutzen konnte, fand er sich bereits winselnd auf dem Erdboden wieder. Der Verband um seine Schulter begann sich dunkelrot zu verfärben und feucht zu schimmern. Die grobe Behandlung bekam seiner Wunde anscheinend nicht.

Ferodil empfand kein Mitgefühl für den Mann. Schließlich wusste er genau, wer den Hass gegen Elfen, Zwerge und ganz besonders gegen Magiekundige überall auf der Welt gesät hatte. Wer den Glauben an den Sonnengott einem Geschwür gleich eifrig verbreitete. Es waren die Priester. Priester wie dieser.

In den Augen des Elfen hatte dieser Kerl nicht weniger Schuld auf sich geladen als alle anderen seinesgleichen. Dieser Schuft trug die Schuld am Tod von Lisbees Ziehmutter, und damit an dem unaussprechlichen Leid der jungen Frau. Und wer wusste schon, wen er noch alles auf dem Gewissen hatte.

Ferodil kam nicht umhin, das sich wendende Schicksal der Sonnengottanbeter zu belächeln. Auch Lisbee schien neuen Mut zu schöpfen. Sie entspannte sich und begann sich wieder zu regen. Fast zaghaft erkundigte sie sich: »Was geschieht jetzt mit ihnen, Ferodil?«

»Wir schicken sie zu ihrem Hetzergott. Sie haben den Krieg nach Mytlaghyr gebracht. So will es das Gesetz!«, mischte sich der Anführer der Wächter ein. »Fesselt sie und stellt sie in einer Reihe auf.«

»Aber nicht alle von uns wollten kämpfen«, beschwerte sich der blonde Jüngling. »Der Baron und der Priester haben uns gezwungen«, presste er gequält hervor, während ihm die Fesseln die Handgelenke zusammenschnürten. Die umstehenden Soldaten fielen in seinen Protest ein. Hofften sie ernsthaft auf Gnade? Gnade, die sie selbst nicht gewährt hätten. Ferodil schüttelte den Kopf.

»Das tut nichts zur Sache«, entgegnete der Anführer der Wächter ohne jede Regung. »Euer Leben habt ihr allesamt verwirkt. Knebelt sie! Ich will nichts mehr von ihnen hören.«

Ferodil sah den anderen Elfen dabei zu, wie sie die Befehle ihres Anführers ausführten. Selbst der um sein Leben bettelnde Priester verstummte nach kurzer Zeit. Nur noch ein gedämpftes Gebrabbel drang durch das Tuch, das seiner Zunge die Fähigkeit zu sprechen raubte.

Ein Elf führte den schwarzen Hengst des Barons an Ferodil, Lisbee und Miranee vorbei. Das stolze Tier zeigte kein Anzeichen von Angst vor der Wölfin. Es marschierte seinem Führer unbeirrt hinterher.

»Wie erbärmlich. Sein Leben lang bringt er den Tod, hetzt Menschen gegen Menschen auf und zeigt kein Erbarmen. Doch wenn ihn dieses Schicksal selbst ereilt, winselt er um Gnade«, wandte sich Ferodil an die neben ihm stehende Lisbee.

»Was meinst du?«, fragte die junge Frau irritiert.

Ferodil sah sie an und deutete auf den sich windenden Priester. Erst da bemerkte er, wie blass sie aussah. Sie schaute stur geradeaus, als sei sie mit den Gedanken an einem anderen Ort.

Stockend sprach sie den Anführer an: »Auch ich habe meine Waffe erhoben. Muss ich nun auch sterben?«

Ist sie verrückt geworden? Will sie sich selbst zum Tod verurteilen? Das kann doch nicht wahr sein. Was macht sie denn?

Sie war noch immer so brav und gehorsam wie am ersten Tag. Ferodil konnte es nicht fassen. Hätte sie nichts gesagt, wäre es womöglich überhaupt nicht aufgefallen. Doch nun? Nun besaß er keinen Einfluss mehr auf das, was geschehen mochte. Ihr Schicksal lag nunmehr in der Hand des fremden Elfen.

»Wie lautet dein Name?«, warf Ferodil eiligst ein, um von Lisbee abzulenken. »Ich möchte mich bei dir bedanken. Ich verdanke dir mein Leben. Länger hättest du aber wahrlich nicht zögern dürfen, sonst würdest du mich nun zweigeteilt vor dir liegen sehen.« Er setzte ein freundliches Gesicht auf.

Es schien zu funktionieren. Der fremde Elf ging nicht auf Lisbees Feststellung ein, sondern drehte sich in Ferodils Richtung.

»Mein Name lautet Sirolas. Ich bin der Befehlshaber der Wächter der Grenzbrücke gen Odengard.«

Sein goldblondes Haar trug er zu einem grazil geflochtenen Zopf zusammengebunden. Die rasierten Schläfen erinnerten eher an eine Zwergenfrisur und verliehen seinem Antlitz etwas Wildes. Nur seine Gesichtszüge wirkten zu ebenmäßig und glatt, standen im Kontrast zur Frisur. Seine Wildlederkleidung diente ihm, bei genauer Betrachtung, nicht nur zum Schutz seines Körpers, sondern auch zur Tarnung. Die Farbgebung erlaubte es ihm, vollends mit dem Wald zu verschmelzen.

»Du brauchst dich nicht zu bedanken. Ich habe lediglich meine Pflicht getan.« Sirolas hob eine Augenbraue. »Obwohl ich weiß, wer du bist. Bedauerlicherweise hast du dich an das hiesige Gesetz gehalten und mir keinen Anlass gegeben, auf dich anzulegen. Nur darauf habe ich gewartet.« Die Stimme klang gleichgültig. Im Gegensatz zum Gesagten.

»Kennen wir uns?«, fragte Ferodil entrüstet. Er überlegte fieberhaft. Doch den feindseligen Elfen erkannte er nicht wieder. Als er vor einiger Zeit die Brücke überquert hatte, um nach Odengard zu gelangen und nach Lisbee zu suchen, war dieser Kerl jedenfalls nicht im Dienst.

»Nein!«, erwiderte der Elfenkommandant noch immer ohne sichtbare Rührung. »Aber nach allem, was ich über dich weiß, hätte ich Mytlaghyr damit wahrlich einen großen Gefallen getan.«

Ferodil spürte Lisbees fragenden Blick auf sich ruhen, zwang sich aber dennoch zu einer in ruhigem Tonfall ausgesprochenen Antwort. »Ich weiß nicht, was du über mich gehört hast, Sirolas, Wächter der Brücke. Womöglich wird einiges davon sogar zutreffen, einiges auch nicht. Was zählen meine vergangenen Taten noch, wenn man sie mit meinen heutigen aufwiegt? Urteile nicht vorschnell über mich, da du offenbar meine Beweggründe nicht kennst. Am heutigen Tage bringe ich ein Menschenkind nach Mytlaghyr, von dem ein Mitglied des Rates der Zwölf glaubt, dass es eines fernen Tages unser aller Heimat retten wird.«

Sirolas rümpfte nur seine Nase, während Ferodil sprach. Der Kommandant ging aber nicht weiter auf das Gesagte ein.

Lisbees Augen quollen indessen vor Entgeisterung fast über. Sie schnappte gerade nach Luft, um zu einem Einwand anzusetzen. Doch Sirolas kam ihr zuvor.

»Was dich angeht, Menschenkind, so hast du recht. Auch du hast deine Waffe erhoben. Es ist unerheblich, ob sie aus Stahl oder Magie geschmiedet wurde. Du hast das Gesetz gebrochen. Dich erwartet demnach die gleiche Strafe.«

Ferodils Blick raste zwischen den beiden hin und her. Er wollte es nicht glauben. So knapp nur waren sie ihren Verfolgern entkommen und nun sollte Miranees Hoffnung auf eine Rückverwandlung von einem übereifrigen wachhabenden Kommandanten zunichtegemacht werden. Das durfte doch nicht wahr sein. Ferodil konnte es nicht glauben. Was für ein grausames Spiel trieb sein Schicksal mit ihm? War das die Rache für seine Taten, die er einst in den Diensten der Drachengemeinschaft verübt hatte? War er denn dafür nicht schon genug gestraft worden?

Es dauerte einige Herzschläge, bis der Sinn der weiteren Ausführungen des Kommandanten in seinem Kopf auf fruchtbaren Boden fiel.

»Doch du hast Glück, Mädchen, und einen mächtigen Fürsprecher auf deiner Seite.«

Ungläubig klebte Ferodil an Sirolas' Lippen.

»Gestern Morgen erreichte uns ein Reiter und überbrachte uns eine Schriftrolle. Darauf stand geschrieben, dass wir dich unter allen Umständen passieren lassen sollen. Dich und deine Begleiter. Außerdem sind wir verpflichtet, deinem Wort Folge zu leisten. Dir obliegt es, über die Gefangenen zu richten. Wir erwarten deinen Urteilsspruch. Auf welche Weise sollen die Eindringlinge gerichtet werden? Strang, Schwert oder Armbrust?«

Lisbee erstarrte und schien unfähig zu antworten.

Ferodil ergriff das Wort. »Wer hat euch den Reiter gesandt?«

»Die Schriftrolle trug das Siegel Deadaeds. Also einem Mitglied des Rates der Zwölf. Die Mitglieder stehen über uns allen, wie du sicher weißt. Sie allein dürfen sich über das Gesetz stellen, wenn es begründet ist. Diesbezüglich dürftest du weniger gut informiert sein. Wie ich hörte, hast du dich schon oft selbst über das Gesetz hinweggesetzt, ohne dem ehrenwerten Rat anzugehören.«

»Und doch bin ich am Leben und bei bester Gesundheit«, griente er dem unfreundlichen Elfen ins Gesicht. Ferodil freute sich mehr über die gute Nachricht, als dass er sich über die abfällige Art des Kommandanten ärgerte. »Was weißt du schon über den Grund, der mich dazu trieb? Du hättest nicht anders gehandelt an meiner Stelle.«

Sirolas schnaubte verächtlich.

Lisbee ging dorthin, wo der Baron sein Schwert verloren hatte. Es lag noch immer am selben Fleck mitten im Gras. Sie hob es zitternd auf. Die scharfe Schneide spiegelte die Sonnenstrahlen, als wäre sie soeben erst poliert worden. Als sich die junge Frau wieder in Ferodils Richtung umwandte, standen ihr Tränen in den Augen. Sie fand nur allmählich ihre Stimme wieder, die offenbar mit ihrer Fassung verloren gegangen war. »Das ist Rohlaans Schwert.«

»Bist du dir ganz sicher? Ich meine … wie sollen … wie sollen diese … wie sollen die Kerle in dessen Besitz gekommen sein?«, hörte er sich fragen, obwohl es nur eine Antwort darauf gab. Doch er wollte es nicht wahrhaben. Es durfte nicht wahr sein! Ein trauriges Gefühl machte sich in ihm breit wie eine Horde Orks in einer Höhle. Eine düstere Vorahnung, die von Lisbee in Gewissheit verwandelt wurde, ohne Magie zu wirken. Eine Handvoll Worte reichten dafür aus. Er erinnerte sich an die Nacht nach ihrem Aufbruch. Er hatte das Feuer gesehen. Aber damals hatte er noch gehofft, der alte Heiler wäre den Südländern auf irgendeine Weise entkommen. Nun traf ihn die traurige Gewissheit und zerstörte jedwede Hoffnung seinem treuen Freund jemals seine Miranee in ihrer wahren Gestalt vorstellen zu können.

»Ich erkenne es am Knauf wieder. Es ist Rohlaans Schwert.«

Ferodil rang mit seiner Fassung. Er hatte den alten Heiler gewarnt, dass es in Odengard nicht mehr sicher wäre. Doch der alte Sturkopf wollte nicht auf ihn hören.

Warum habe ich ihn nicht einfach mitgeschleift? Er war mir doch stets ein guter Freund. Einer der wenigen. Ich hätte ihn schützen müssen. Stattdessen habe ich den Tod zu seinem Haus geführt.

Ferodil schluckte. Rohlaans Schicksal trägt die Schuld, versuchte er sich selbst einzureden. Ohne Erfolg.

»Sag, Sirolas, ist es verboten in eurem Wald Holz zu schlagen?« Lisbees Stimme klang nach unterdrückter Trauer und aufsteigender Wut.

»Nein. Das ist nicht verboten. Warum fragst du, Menschenkind? Sollen wir die Schädel der Soldaten etwa als Mahnung für andere auf Spieße stecken? Es werden vermutlich nicht die letzten Krieger sein, die die Grenze zu überqueren versuchen.«

Lisbee verzog das Gesicht. »Nein. Mir schwebt etwas Anderes vor. Ich hatte eine Vision, die nun Wirklichkeit werden soll. Lasst zwei Scheiterhaufen auf der anderen Uferseite errichten. Die Soldaten selbst sollen das Holz aufschichten. Nur der mit dem Umhang und der Priester nicht. Diese beiden sollen nur dabei zusehen.«

Ferodil warf einen Blick gen Odengard. Die Klippen erkannte er deutlich. Von dieser Seite aus konnte er durch den magischen Nebel hindurchschauen wie durch einen dünnen Seidenschleier.

»Warum dort drüben, Lisbee?«

»Sirolas hat recht. Es werden sicher noch mehr von ihnen kommen. Sie sollen zumindest davor gewarnt sein, was sie erwartet, wenn sie versuchen hier einzufallen. Auch wenn sie das nicht aufhalten wird. Ich beabsichtige, erneut meine Waffe zu ziehen und dieses Mal auch einzusetzen. Du kennst die Strafe, die mir hier dafür droht.«

»Ist dir klar, dass du dann noch zweimal über die Brücke gehen musst, um ihnen dein Urteil zu verkünden und wieder auf die sichere Seite zu gelangen?«

»Ich weiß, Ferodil. Im Moment ist es mir egal. Ich habe meine Höhenangst heute bereits einmal überwunden und ich muss es womöglich noch öfter in meinem Leben tun. Das Weglaufen muss ein Ende haben. Vielleicht ist heute der Tag, an dem ich mich dieser Angst entledigen muss. Ganz sicher aber ist heute der Tag, an dem ich mich unserer Verfolger entledigen werde. Den Mördern meiner geliebten Cynthia. Außerdem habe ich dich und Miranee an meiner Seite. Ihr habt mich bisher sicher geleitet. Was soll mir also noch geschehen? Ich danke euch aus ganzem Herzen dafür.« Die Novizin lächelte. Miranee schmiegte sich fest an Lisbees Bein, als wollte sie die junge Frau in ihrer Absicht bekräftigen.

»Mutige Worte. So soll es geschehen«, stimmte Ferodil zu, während bereits die ersten Soldaten Brennholz an ihm vorbei schleppten.

Als es an die zwei Pfähle ging, die sie in der Mitte jedes der beiden Haufen aufstellten, mühten sich die Blauröcke ab. Ferodil konnte sich denken, wie schwer es ihnen fallen mochte, das dicke Holz mit ihren gefesselten Händen zu schleppen. Schweiß floss in Strömen von ihren Gesichtern. Doch die Zwerge und Elfen trieben sie unbarmherzig an, bis das Werk vollbracht war. Ihn kümmerte es nicht.

Gemeinsam mit Miranee schritt er an der Seite Lisbees über die steinerne Brücke. Mitten durch die feuchte Nebelluft. Im Gegensatz zu ihrer ersten Überquerung sah er der jungen Odengarderin nur wenig Furcht an. Aufrecht und langsam spazierte sie ans andere Ufer, wo die verbliebenen vier Soldaten neben ihrem Baron und dem Priester in einer Reihe standen. Noch immer gefesselt und geknebelt, harrten die Delinquenten aus. Auf jeden zielte eine Armbrust.

Der Priester zappelte noch immer nervös. Der Zwerg hinter ihm piesackte ihn mit der Spitze des Armbrustbolzens.

»Bist du wirklich bereit, das zu tun?« Ferodil flüsterte die Worte, damit niemand anderes sie vernehmen konnte. Er wollte sie nicht in einem Moment schwach wirken lassen, in dem es darauf ankam, Stärke zu zeigen.

Die junge Frau verströmte bereits eine merkliche Hitze.

Sie kamen zum Stehen.

Sirolas verlautbarte: »Diesen sechs Menschen wird vorgeworfen, gegen das Gesetz Mytlaghyrs verstoßen zu haben. Sie haben unser heiliges Land betreten und sofort ihre Waffen erhoben. Um zu töten.« Bei diesem Satz fiel sein kalter Blick auf den Baron. »Die Strafe, die auf diesen Verstoß steht, ist der Tod. Das Urteil sprechen wird die junge Magierin, die sie bis in unser Reich verfolgt haben. Ermächtigt wurde sie durch den hohen Rat der Zwölf. So wie sie nun richtet, so soll es geschehen.«

Stille legte sich über die felsigen Klippen. Niemand sprach. Nur der Wind, die Brandung und die Möwen sangen ihr aufbrausendes Lied. Die Sonne brannte heiß auf die Versammlung aus Elfen, Zwergen, Menschen und einer Schattenwölfin herab. Ferodil spürte, wie sämtliche Augen auf Lisbee ruhten. Sie ließ sich Zeit. Musterte die zu Richtenden einen nach dem anderen.

»Bindet den Priester und den mit dem Umhang an jeweils einen Pfahl.«

Die Elfen zögerten nicht und zerrten die beiden Menschen auf die Richtstätte. Ferodil erstaunte es, wie gefasst der Baron seinem Urteil entgegen stolzierte. Der Priester zappelte wie ein Kaninchen, das man an den Ohren packte und in die Luft hielt. Noch immer versuchte er, sich seinem Schicksal zu entziehen. Bei jedem Schritt stemmte er sich in die Gegenrichtung. Als ob es eine Aussicht auf Erfolg für ihn gab, wehrte er sich nach Leibeskräften. Vergebens. Er zögerte die Strafe, seinen Tod, nur geringfügig hinaus. Quälend langsam zerrten die Elfenwächter ihn in Richtung seines Pfahles und banden ihn fest.

Lisbee streckte ihre Hände nach vorn. Ohne ein erkennbares Signal oder hörbaren Befehl flackerten in ihren Handflächen kleine, sich rasch vergrößernde Flämmchen. Sie zuckten den beiden Scheiterhaufen entgegen. Gierten danach, auf das Brennholz überzuspringen und alles zu verzehren. Die Odengarderin hielt sie zurück, gewährte den Flammenzungen nicht, über das Holz zu lecken. Noch nicht. Ferodil hob eine Augenbraue. So viel Kontrolle über ihre Gabe hatte er ihr nicht zugetraut. Nicht in dieser emotionsgeladenen Situation.

Stattdessen kämpfte ihre Stimme lautstark gegen den Wind. »Ihr Elfen, Zwerge und Menschen, hört nun mein Urteil. Diese beiden Männer haben den Tod verdient. Sie allein tragen die Schuld am qualvollen Flammentod meiner geliebten Ziehmutter. Cynthia!« Sie hielt für einen Moment inne, als ob sie der alten Frau gedachte. »Nie hat sie irgendjemanden etwas Schlechtes angetan. Stets versuchte sie mit ihrer Heilkunst denen zu helfen, die Hilfe dringend benötigten. Und doch schickten diese beiden Männer sie in die Flammen. Ich habe es mit eigenen Augen mitansehen müssen.« Ihre Wangen glühten dunkelrot. »Sie haben denselben qualvollen Tod verdient.«

Lisbee hielt für einige Herzschläge inne. Ließ ihren Worten die gebührende Zeit, in die Köpfe der Anwesenden zu dringen. Dann deutete sie auf die vier verbliebenen Soldaten, die sie nun angsterfüllt anstarrten. »Auch ihr seid schuldig, euch an diesen schrecklichen Missetaten beteiligt zu haben. Euch lasse ich eure erbärmlichen Leben, denn es war nicht eure Entscheidung, meine Ziehmutter zu verbrennen. Ihr müsst mit eurer Schuld leben, anstatt auf dem Scheiterhaufen zu enden wie eure Anführer. Ich weiß nicht, welches Schicksal das schlimmere ist. Dies jedoch soll eure Strafe sein!« Erneut ließ sie ihre Worte wirken. »Berichtet im ganzen Land, auch über die Grenzen Odengards hinaus, über die Geschehnisse an der Nebelbrücke und die Dinge, die zu diesem Ergebnis führten. Berichtet, dass ich wiederkehren werde, um Odengard von der Tyrannei der Sonnenanbeter zu befreien, sobald ich meine Kräfte vollends beherrsche. Doch vorher schaut mit an, was mit euren Herren geschieht.«

Ferodil konnte es nicht fassen, was aus Lisbee geworden war. So brav, ängstlich und zerbrechlich sie am Anfang ihrer Reise wirkte, so stark und entschlossen handelte sie in diesem Augenblick. Es hatte sich bereits angedeutet und zeigte sich am heutigen Tag in aller Deutlichkeit. Das Mädchen war in der kurzen Zeit ihrer gemeinsamen Reise zu einer entschlossenen Frau herangereift. Ob es daran lag, dass Deadaed ihr mit der ihr verliehenen Macht, über die Gefangenen zu gebieten, dieses Selbstbewusstsein eingehaucht hatte? Oder waren es die Trauer und die Wut über den Tod ihrer Ziehmutter und Rohlaans, dem sie ihr Leben verdankte, die sie so erbarmungslos machten? Die Erlebnisse der vergangenen Tage gingen offensichtlich nicht spurlos an ihr vorbei. Er konnte es ihr nicht verdenken. Ferodil vermochte dennoch nicht einzuschätzen, was den Ausschlag für diese wundersame Verwandlung gab.

Schon näherte sich Lisbee dem Scheiterhaufen des Priesters. Der Kerl zappelte, riss an den Stricken, versuchte sich loszureißen. Es gelang ihm nicht. Blut sickerte aus seiner Wunde. Die Flammen kamen dem Holz gefährlich nahe. Jeden Moment würden sie übergreifen und zu einer unaufhaltbaren Feuersbrunst anwachsen, die alles fraß, was sich auf ihrem Weg befand. Panik und blankes Entsetzen standen dem Priester ins Gesicht geschrieben. Selbst der Baron zu ihrer Linken begann sich langsam am Pfahl zu winden.

Nur eine Handbreit, bevor das Feuer das Holz berührte, hielt Lisbee einen Augenblick in ihrer Bewegung inne. Aus dem geknebelten Mund des Priesters drangen unverständliche Worte an Ferodils Ohr. Es hörte sich an wie ein Flehen und Betteln und blieb dennoch ein ersticktes Brabbeln. Auf seinen Körper schien die Sonne. Das Symbol seines Glaubens. Sein Gott vermochte ihn nicht mehr zu schützen.

Schweiß tropfte ihm von der Stirn und von den Händen. Nicht nur von dort. An Achseln und Brust drängte die Körperflüssigkeit durch das Gewand und hinterließ feuchte Flecken. Der Hetzer wand sich wie wild. Im Gegensatz zum Baron, der im Vergleich dazu kaum eine Regung zeigte und seinem Schicksal mit arroganter Würde entgegensah.

Lisbee erhob sich langsam wieder. Mit fester Stimme verkündete sie: »Bei den Göttern, ich lasse mich nicht zu einer Bestie machen, wie ihr es seid. Ich bringe euch nicht auf diese bestialische Weise um.«

Ferodil meinte, Erleichterung im Gesicht des Priesters zu erkennen, auch wenn er sich dessen nicht ganz sicher war. Doch schon im nächsten Augenblick riss der Mann die Augen weit auf. Ohne den Knebel hätte sein Mund vermutlich ähnlich reagiert.

»Euer Gott soll euch selbst richten. Hört meine Bitte, ihr Wächter! Lasst sie hier angebunden und achtet darauf, dass sie nicht befreit werden.«

Die Flammen in ihren Handflächen erstarben so schnell, wie sie gewachsen waren. Stille legte sich erneut über das Plateau. Ohne eine Reaktion der Verurteilten abzuwarten, drehte sie sich auf dem Hacken um und eilte an Ferodil vorbei über die Brücke. Ferodil erkannte das Glitzern in ihren Augen und folgte ihr, ohne ein Wort an die Wächter zu richten. Miranee eilte ihm voraus und schloss alsbald zu Lisbee auf, um sich an sie zu schmiegen.

Kaum befand sich der Elf neben ihr, gab Lisbee auch schon schluchzend zu: »Ich konnte sie nicht selbst töten. So sehr ich es auch wünsche. Für Cynthia und für Rohlaan. Ich bin kein Monster, wie sie welche sind.«

Ferodil legte einen Arm um ihre Schulter. Er antwortete nicht. Ihm wollte einfach nichts einfallen, was er zum Trost hätte erwidern können. Stumm liefen sie durch die Nebelwand. Die Feuchtigkeit legte sich auf ihre beiden Gesichter und vermischte sich mit Lisbees Tränen. Miranee trottete gemächlich neben ihnen her.

Am anderen Ufer angekommen, wählte Ferodil den direkten Weg zu den Pferden. Vorbei an den zurückgebliebenen Wächtern, die die kleine Gruppe ungehindert passieren und ihrer Wege gehen ließen.

»Welches möchtest du?«, fragte er unvermittelt.

Hilflos zuckte sie mit den Schultern und wischte sich die Tränen von den Wangen. »Ich kann doch überhaupt nicht reiten. Schon vergessen?«

»Dann lernst du es unterwegs. In der Zwischenzeit lenke ich dein Tier, indem ich den Zügel halte. Du erlernst es mit Sicherheit sehr rasch. Wer Feuer aus seiner Hand wachsen lassen kann, der lernt auch zu reiten.«

In Lisbees Gesicht zeigte sich ein verlegenes Lächeln. »Ich wähle den Schimmel.«

Ferodil packte sie an den Hüften und hievte sie auf den Rücken des Wallachs. Dann griff er nach dem Schwert, das angelehnt an eine Eiche stand und befestigte es am Sattel des Weißen.

»Es ist in Rohlaans Sinne, wenn du es bekommst. Die Klinge wird dir gute Dienste leisten. Ich werde dir unterwegs die Grundlagen im Umgang damit beibringen.«

Lisbee wollte zu einer Erwiderung ansetzen. Doch bevor ein Ton aus ihrem Mund kroch, hob er abwehrend die Hand. Ihr Lächeln wuchs zu einem herzlichen Strahlen heran.

Der Elf band das Ross los und reichte ihr die Zügel. Das noch immer verschwitzte Tier stand vollkommen ruhig da und wartete. Ferodil hingegen beeilte sich. Er band den schwarzen Hengst des Barons los. Es war das zweifellos edelste Pferd, das er je aus einer Menschenzucht zu Gesicht bekommen hatte. Dieses kraftvolle Tier sollte es mühelos mit den Elfenpferden aufnehmen können. Elegant schwang er sich auf den Rücken des Rappen. Ungeduldig trampelte das Tier auf der Stelle, so dass der Elf sich anstrengen musste, nicht auf der anderen Seite wieder hinunterzufallen.

»Dieses Pferd gefällt mir. Es hat Rasse«, grinste er zu Lisbee hinüber, die sein Grinsen erwiderte. Er nahm ihr die Zügel aus der Hand.

»Miranee, es geht los. Sei achtsam. Nicht dass du die Pferde zu sehr erschreckst und unsere Lisbee vom Rücken ihres Wallachs plumpst, wenn er unverhofft losprescht.«

Schweigend blickten sie auf die gepflasterte Straße durch den Wald.

Unvermittelt fragte Lisbee: »Willst du dich nicht von unseren Rettern verabschieden, Ferodil?«

»Nein. Es macht wohl wenig Sinn, wenn ich es recht bedenke.«

»Du scheinst nicht sonderlich beliebt zu sein.«

»Nun, mein Ruf eilt mir anscheinend voraus. Ich wünschte, es wäre anders. Doch meine Vergangenheit bestimmt mein Schicksal für die Zeit meines Lebens. Darum überlege dir deine Taten gut, Lisbee.« Ohne auf eine Erwiderung zu warten, setzte er die Pferde in Bewegung.

Miranee folgte ihnen in einigem Abstand. Die Hufeisen der beiden Rösser klackerten auf den Pflastersteinen.

Ferodil sog die klare Luft in seine Lungen. Endlich befand er sich wieder in seiner Heimat. Gewohnte Gerüche stiegen ihm in die Nase. Gerüche, die ihn daran erinnerten, woher er stammte und wohin er gehörte. Egal wohin es ihn bei seinen Missionen auf dieser weiten Welt auch verschlug. Nirgends roch es so wundervoll wie in den heimatlichen Wäldern.

»Ich danke dir, Ferodil«, durchbrach Lisbees Stimme das erneute Schweigen.

»Ich gebe zu, ich war nicht ganz uneigennützig.« Ferodil zog die Mundwinkel zu einem kecken Schmunzeln hoch und deutete mit einem Nicken hinter sich. Dorthin, wo er Mira vermutete.

»Ich werde mich bemühen, die Magie so schnell zu beherrschen, wie ich es vermag, damit ich deine Frau und dich wieder miteinander vereinen kann.«

Ferodil zog an den Zügeln. Die beiden Pferde hielten. Ernst sah er Lisbee ins Gesicht. Sie schaute genauso fragend, wie er sich gerade fühlte. »Was willst du tun? Bist du etwa auch eine Nekromantin?«

Sie schaute noch fragender drein als zuvor.

»Kannst du etwa Tote erwecken?«, ergänzte der Elf, weil sie nicht antwortete.

»Ich fürchte, ich verstehe nicht, wovon du sprichst, Ferodil. Sollte ich nicht Miranee zurückverwandeln? Was ist eine …? Wie sagtest du doch gleich?«

Ferodil dämmerte langsam, was sie wohl dachte, und lachte betrübt: »Du glaubst, Mira wäre meine Frau?«

Lisbee nickte.

»Meine Nalivee starb damals in der Schlacht mit den Orks direkt vor meinen Augen. Sie fiel an diesem schicksalhaften Tag als erste aus meinem kleinen Trupp. Noch heute sehe ich manchmal des Nachts in meinen Träumen das Schwert auf sie zurasen, den Glanz in ihren Augen erlöschen und kann nichts dagegen tun.«

»Das tut mir schrecklich leid. Das wusste ich nicht. Ich dachte … nun ja … du sagtest doch, Miranee wäre die Einzige, die du liebst. Ich meine … was hätte ich da denken sollen?«, stammelte sie sichtlich überrascht.

Ferodil sah sich nach hinten um. Die trüben Gedanken an Nalivee hellten sich auf. In den Bernsteinaugen Miranees erkannte er ihre Augen wieder. Er beobachtete die Wölfin und stellte sich vor, wie es wohl wäre, wenn sie endlich wieder ein Elf wäre. Sicher wäre sie genauso schön und anmutig wie Nalivee. Dann schaute er Lisbee ins Gesicht, die ihn noch immer fragend ansah. Wahrscheinlich bedauerte sie ihre Worte, in dem Bewusstsein, alte Wunden wieder aufgerissen zu haben.

»Miranee ist Nalivees und meine Tochter. Sie ist die Einzige, die mir verblieb, um von mir geliebt zu werden. Ich liebe sie mehr als mein Leben. Deshalb riskierte ich schon so vieles, um endlich einen Weg zu finden, ihr ihre elfische Erscheinung zurückzugeben.«

Ferodil mochte sich täuschen, aber er meinte, ein aufflackerndes Strahlen in Lisbees Gesicht auszumachen. Ganz deutlich erkannte er die rötliche Verfärbung ihrer Wangen.

»Ich glaube, ich habe ihr Gesicht schon einmal gesehen. Damals im Wald, nach dem Überfall der beiden Räuber. Da hat sie mich berührt und ich sah kurz ein Elfengesicht vor mir. Ein wunderschönes Gesicht, wenn ich ehrlich bin. Ich wusste es damals noch nicht zu deuten, aber nun ergibt alles einen Sinn.«

»Du musst sie mir unbedingt beschreiben«, drängte Ferodil. Eine solche Ungeduld wie in diesem Augenblick meinte er in all seinen eintausendzweihundert Lebensjahren noch nicht verspürt zu haben. Sein Herz pochte so wild wie schon ewig nicht mehr.

Lisbee lachte herzlich. »Das werde ich gern. Aber vergiss nicht weiterzureiten. Es wird Zeit, dass wir unser Ziel erreichen. Schließlich möchte ich euch so schnell wie irgend möglich helfen. Das bin ich euch beiden schuldig. Ich berichte dir unterwegs von ihr. Versprochen!«

Lisbees Brief

Werte Leserin, werter Leser,

wenn du diese Zeilen liest, hast du mich auf meiner Flucht aus dem verträumten Schmalwasser bis ans Ende, bis an den Übergang nach Mytlaghyr begleitet und bist mir dabei sicher sehr nah gekommen. Vielleicht kennst du mich nun sogar so gut, wie man eine gute Freundin kennt. Mich, das junge Mädchen, mit all meinen Gefühlen und den mir eigenen Gedanken. Du bist mir auf dem langen, beschwerlichen und, bei den Göttern, oft gefahrvollen Weg durch dichte Wälder und endlose Wiesen bis hin zur Brücke über die Nebelfurt gefolgt. Nur um sicherzugehen, dass ich auch unversehrt dort angelange, was mir, zugegeben, nicht immer so leichtfiel. Dafür möchte ich dir von Herzen danken!

Du hast im Verlauf der Zeit erfahren, wie es sich anfühlt, die Magie in sich zu entdecken. Ist deine Begierde, mich noch näher kennenzulernen, womöglich noch immer nicht gestillt? Möchtest du vielleicht erleben, wie stark meine magischen Fähigkeiten sich unter Anleitung eines wahren Meisters der Magie wie Deadaed entwickeln. Oder möchtest du herausfinden, ob ich gar Miranee und Ferodil die erhoffte Hilfe sein kann? Womöglich brennt auch dir die Frage annähernd genauso sehr wie mir unter den Nägeln, wer meine wahren Eltern sind und was ihnen zugestoßen sein mag?

Willst du all das unbedingt herausfinden? Dann gibt es für dich nur eine Möglichkeit! Es wird Zeit für dich, die Magie in dir selbst zu entdecken!

Du hast mich bisher lediglich aus deiner fernen und mir fremden Welt heraus betrachtet. Als treuer Begleiter und stummer Zeuge meiner Taten. Fast so wie Ferodil einst, bevor er mich ungefragt aus meinem behüteten Leben riss und kurzerhand mit sich nahm, wofür ich ihm noch heute dankbar bin. Dabei könntest du mich gleichwohl unterstützen. Es ist ganz leicht und kostet dich nur ein Lächeln sowie eine kleine Handbewegung. Gib dir einen Ruck und entfessele ganz einfach die Magie in dir selbst!

Deine Welt ist endlos fern der meinen. Ich vermag nicht in sie einzutauchen, so wie du es in meine vermagst. Sie bietet dir so viele magische Portale, die lediglich mit Sternen und den richtigen Worten gefüllt zu werden bedürfen.

Schau nicht untätig zu, sondern steig hinauf zum Himmel. Greife dir nicht weniger als fünf der funkelnden Himmelsleuchter aus dem Firmament und streue sie in eines dieser Portale. Es liegt in deiner Hand. Triff deine Wahl. Du hast die Macht dazu! Das wissen wir beide, auch wenn du mich besser kennst, als ich dich. Die richtigen Worte werden dir dann wie von selbst in den Sinn kommen. Du würdest mir und dem Chronisten damit eine riesige Freude bereiten.

Wie auch immer du dich entscheidest, mein Leben wird weitergehen. Dessen kannst du versichert sein. So wahr, wie es die Götter gibt! Der Erschaffer dieser Chronik wird sein Werk fortführen und mich begleiten, bis alles erreicht ist, was es zu erreichen gibt oder ich kläglich gescheitert bin.

Ich warte derweil auf dich und freue mich auf ein Wiedersehen mit dir!

Es grüßt dich herzlichst,

Deine Lisbee

Danksagung

Es ist vollbracht! Mein Debütroman ist fertig gestellt und ich hoffe doch, dass es mir gelungen ist, meine Leser und Leserinnen damit zu fesseln und in eine ferne Welt hineinzuziehen.

Nachdem nun Lisbee sich bei dir, liebe Leserin/lieber Leser bedankt hat, ist es auch für mich, dem Autor dieses Werkes, an der Zeit, ein paar dankende Worte loszuwerden.

Zunächst bedanke ich mich bei euch, meiner Leserschaft, dafür, euch die Zeit genommen zu haben und dieses Buch bis zum Ende gelesen zu haben. Ich hoffe, es hat euch genauso viel Spaß bereitet wie mir, es für euch zu schreiben. Wer mag, darf sich gern eingeladen fühlen, eine Rezension dazulassen und/oder mir in den sozialen Netzwerken zu folgen bzw. meinen Newsletter zu abonnieren. Ihr lauft sonst Gefahr, weitere Werke von mir zu verpassen. 😊

Ganz besonders möchte ich mich bei der Frau an meiner Seite bedanken. Dafür, dass sie mir so viel Zeit für mein Schaffen geschenkt und den Rücken freigehalten hat, um dieses Werk fertigzustellen. Und auch dafür, als Testleser Nummer eins herzuhalten. Du bist einfach eine wundervolle Frau.

Natürlich möchte ich mich auch bei meiner Familie und meinen Freunden bedanken, die mich auf meinem Weg hin zur Veröffentlichung begleitet haben.

Mein Dank gilt auch den unzähligen Fantasyautoren, deren Werke mich köstlich unterhalten haben und womöglich auch die ein oder andere Inspiration beisteuerten. Ich möchte an dieser Stelle keine Namen nennen aus Angst, jemanden zu vergessen, der es ebenso verdient hätte, hier genannt zu werden. Doch es sei gesagt, dass die Elfen und die Zwerge mich besonders stark dazu animiert haben, überhaupt mit dem Schreiben zu beginnen.

Und nicht zuletzt gibt es einige Einzelpersonen, die hier dankend erwähnt werden sollen, da deren Anteil an der Fertigstellung des Buches von großer Bedeutung war. Diese wären:

Margo Wendt, der ihr, liebe Leser und Leserinnen, die wundervolle Karte von Odengard zu verdanken habt. Ich fand die Zusammenarbeit großartig und kann die junge Dame nur weiterempfehlen.

Dennis Kazek, Jon Barnis und Tea Loewe, meinen befreundeten Autoren, die mir auf dem Weg zur Debütveröffentlichung mit gutem Rat zur Seite standen. Schaut euch gerne auch ihre Bücher einmal an.

Senta Herrmann und Antonia Grafweg, die in akribischer Kleinarbeit das Beste aus der Geschichte herausgeholt haben, wenn ich mich mit Lisbee verlaufen habe.

Giuseppa Lo Coco für dieses atemberaubende Cover, an dem ich mich persönlich nicht sattsehen kann.

Wer wissen möchte, wie es für Lisbee weitergeht, darf sich gerne dazu eingeladen fühlen, den zweiten Band zu lesen.

Der Titel wird nach heutigem Stand der Planung lauten:

Die Chroniken von Mytlaghyr: Hexentanz

Vita

Calvin Cozym erblickte 1982 in Rathenow das Licht der Welt. Er wuchs in einem Dorf nahe seiner Geburtsstadt auf. Heute lebt er mit seiner Familie im Nordwesten des Landes Brandenburg. Hauptberuflich arbeitet er tagsüber als Bankkaufmann und darf sich nach abgeschlossenem Studium Bankbetriebswirt nennen. In seiner Freizeit hört er liebend gern Rockmusik und spielt E-Gitarre, wenn es die Zeit zulässt.

Am liebsten entführt er seine Leser/innen in fantastische Romanwelten. Denn das sind die Welten, in die er auch selbst am liebsten eintaucht, wenn er ein Buch zur Hand nimmt.

Alles über seine Werke findet sich hier:

www.calvincozym.de

http://www.instagram.com/calvincozym_fantasyautor

CALVIN COZYM

FORTELLAS GESCHICHTEN

CALVIN COZYM

FORTELLAS GESCHICHTEN

SCHWERT DER SCHÖNHEIT